Op-Center
Image virtuelle

DU MÊME AUTEUR
CHEZ POCKET

TOM CLANCY ET STEVE PIECZENIK
présentent

TOM CLANCY
OP-CENTER

ALBIN MICHEL

NOTE DU TRADUCTEUR :

L'action de ce livre se passe en grande partie à Saint-Pétersbourg. Que donc le lecteur féru de tourisme ou de géographie ne s'étonne pas s'il ne reconnaît pas les noms de certains lieux. La translittération du russe et la toponymie fluctuante d'une cité que les avatars historiques auront fait successivement appeler *Sankt Piter Bourkh, Pétersbourg, Saint-Pétersbourg, Petrograd* ou *Leningrad* en sont l'explication...

Par ailleurs, pour tout ce qui est termes techniques, sigles et acronymes, on pourra toujours se reporter avec profit aux glossaires des derniers ouvrages du même auteur déjà parus dans cette collection.

Titre original :
TOM CLANCY'S OP-CENTER : MIRROR IMAGE
Berkley Books
publié avec l'accord de Jack Ryan Limited Partnership
and S&R Literary, Inc.

Traduit de l'américain
par Jean Bonnefoy

ISBN : 2-266-07809-7

Prologue

Vendredi, 17 : 30, Saint-Pétersbourg

« Pavel, dit Piotr Volodya, je ne saisis pas. »

Pavel Odina crispa ses doigts sur le volant et lorgna, l'air renfrogné, son voisin assis à l'avant du fourgon vitré. « Qu'est-ce que tu ne saisis pas, au juste, Piotr ?

– Vous avez bien pardonné aux Français, répondit Piotr en grattant une de ses rouflaquettes laineuses, alors pourquoi ne pas également pardonner aux Allemands ? Les uns et les autres ont envahi notre Mère la Russie. »

Froncement de sourcils de Pavel. « Si tu n'es pas capable de voir la différence, Piotr, tu es un imbécile.

– Ce n'est pas une réponse, intervint Ivan, l'un des quatre hommes assis à l'arrière.

– Il se trouve que c'est vrai, remarqua Edouard, son voisin. Mais Ivan a raison, ce n'est pas une réponse. »

Pavel rétrograda. C'était la partie qu'il détestait le plus dans leur demi-heure de parcours nocturne en direction des immeubles de Nepokorennyikh Prospekt. Deux minutes après avoir quitté le palais de l'Ermitage, il dut ralentir à l'approche du goulet d'étranglement de la Néva. Il se retrouva empêtré dans les embouteillages, pendant que ses réflexions politiques se poursuivaient à toute vitesse.

Pavel sortit de sa poche de chemise une cigarette parfaitement roulée que Piotr lui alluma.

« Merci.

– Tu ne m'as toujours pas répondu, observa Piotr.

– Je vais le faire, dès que nous serons sur le pont. Je ne peux pas réfléchir et pester en même temps. »

Pavel déboîta sèchement de la file centrale vers celle de gauche, en malmenant quelque peu ses passagers. Oleg et Konstantin, qui s'étaient assoupis après avoir quitté l'Ermitage, se réveillèrent en sursaut.

« Tu es trop impatient, Pavel, remarqua Ivan. Qu'est-ce qui te presse à ce point de retourner chez toi ? Ta femme ? Depuis quand ?

– Très drôle. » En vérité, rien ne le pressait d'aller où que ce soit. Sa seule urgence, c'était de fuir la pression, fuir l'échéance qui les consumait tous depuis plusieurs mois sans interruption. Maintenant qu'il en voyait enfin le bout, il n'avait qu'une hâte : se remettre à la conception de logiciels d'animation graphique pour la Mosfilm.

Jouant de nouveau de la boîte de vitesses, Pavel zigzagua entre les petites Zaporojetz pétaradantes et les berlines Volga plus cossues. On apercevait également quelques rares voitures étrangères, apanage exclusif de fonctionnaires gouvernementaux ou de trafiquants du marché noir : eux seuls pouvaient se les payer. Du reste, Pavel et ses camarades ne seraient pas à bord de ce minibus s'il ne leur avait pas été fourni par le studio. Le puissant fourgon aménagé de fabrication suisse était le seul truc qu'il regretterait vraiment.

Non, ce n'est pas vrai, songea-t-il en regardant vers l'ouest. Il apprécia la perspective de la forteresse

Pierre-et-Paul, sur la rive opposée de la Néva, dont les gracieuses aiguilles flamboyaient au soleil couchant.

Il regretterait également Saint-Pétersbourg. Il regretterait la beauté flamboyante de ses couchers de soleil orange sur le golfe de Finlande, le flot paisible des eaux bleues de la Néva, de la Fontanka et de l'Ekateringofki, et la splendeur toute simple de ses nombreux canaux. Même si leurs eaux gardaient encore des traces de la pollution héritée d'années de négligence communiste, elles avaient cessé de charrier ces épais déchets industriels qui empestaient le cœur de l'antique cité, la Venise russe. Il regretterait la majesté rubiconde du palais Belojersky, les dorures intérieures de la chapelle Alexandre-Nevski, où il allait parfois prier, les imposants dômes dorés du palais de la Grande Catherine, les jardins paisibles et les fontaines cascadantes de Petrodvorets, le palais de Pierre le Grand. Il regretterait les hydroptères blancs et fuselés qui écumaient les eaux de la Néva, l'air de sortir d'un roman de science-fiction de Stanislas Lem – et il regretterait les splendides bâtiments de guerre qui les écrasaient de leur masse, lorsqu'ils entraient et sortaient de l'école navale Nakhimov, sur l'île Apterkarski, à l'embouchure du fleuve.

Et bien entendu, il regretterait surtout l'incomparable Ermitage. Même s'ils n'étaient pas censés déambuler dans le musée, il trouvait toujours le temps de s'y évader dès que le colonel Rosski avait le dos tourné. Qu'importe qu'on l'y voie tous les jours, de toute façon, officiellement, il travaillait ici. Du reste, personne n'y prêtait attention. Et puis, lorsqu'on était croyant, on ne pouvait pas se retrouver entre la *Descente de croix* de Rembrandt, la *Lamentation du Christ* de

Carrache, ou (son préféré) le *Saint Vincent au cachot*, de l'école de Ribalta, sans vouloir les admirer. Surtout quand on se sentait tant d'affinités avec un saint Vincent resté fidèle à sa foi malgré son emprisonnement.

Mais il ne serait pas mécontent de fuir le travail proprement dit, le stress du boulot sept jours sur sept, et surtout l'œil vigilant du colonel Rosski. Il avait servi sous les ordres de ce salaud en Afghanistan et maudissait le destin qui les avait réunis depuis un an et demi.

Comme il le faisait toujours aux abords du pont de la perspective Kirovski, Pavel se laissa dériver vers la file extérieure, le long du séparateur en béton, empruntée par les plus intrépides des conducteurs. Il respira plus calmement dès qu'il se fut intégré au flot des véhicules plus rapides.

« Tu veux vraiment une réponse ? demanda Pavel, en tirant avec obstination sur sa cigarette.

– À quelle question ? plaisanta Ivan. Celle sur ta femme ? »

Grimace de Pavel. « Je vais te dire la différence entre les Allemands et les Français. Les Français ont suivi Napoléon parce qu'ils avaient faim. Ils ont toujours préféré leur confort à la bienséance.

– Et la Résistance, alors ? demanda Piotr.

– Une monstruosité. Le sursaut réflexe d'un cadavre. Si la Résistance française avait eu la vigueur de la résistance russe à Stalingrad, Paris ne serait jamais tombé. »

Pavel accéléra pour empêcher une Volkswagen de s'insinuer dans la file juste sous son nez. *Encore une trafiquante, tiens,* devina-t-il en surprenant le regard aigre de la bonne femme. Pavel jeta un coup d'œil au rétro quand un camion quitta la voie centrale pour venir se placer derrière eux.

« Les Français ne sont pas méchants, poursuivit-il. Mais les Allemands ont suivi Hitler parce qu'ils sont restés foncièrement des Vandales. Qu'on leur laisse le temps et leurs usines se remettront à produire des chars et des bombardiers, ça je te le garantis. »

Piotr secoua la tête. « Et le Japon ?

– Des salopards, eux aussi. Si Doguine remporte la présidentielle, il les aura à l'œil, je te le garantis.

– La paranoïa est-elle un motif valable pour donner sa voix à quelqu'un ?

– Ce n'est pas de la paranoïa de redouter ses anciens ennemis. C'est de la prudence.

– C'est de la provocation ! contra Piotr. Tu ne soutiens pas un homme parce qu'il a juré de frapper les Allemands au premier signe de remilitarisation.

– Ce n'était qu'une des raisons. » La route se libéra devant eux et Pavel accéléra sur le pont enjambant les eaux noires. Les hommes refermèrent les vitres. Le vent soufflait. « Doguine a promis de relancer le programme spatial, ce qui donnera un coup de fouet à l'économie. Il installera d'autres studios comme le nôtre, et la construction de nouvelles usines le long des voies du Transsibérien permettra d'obtenir des produits bon marché et des logements neufs.

– Et où trouvera-t-il l'argent pour accomplir tous ces prodiges ? demanda Piotr. Rien que notre petit nid douillet a déjà coûté la bagatelle de vingt-cinq milliards de roubles ! Crois-tu vraiment que, s'il gagne, Doguine pourra tailler suffisamment dans les dépenses gouvernementales et les opérations à l'étranger ? »

Pavel acquiesça en soufflant un nuage de fumée.

Piotr fronça les sourcils. Il leva le pouce derrière son

épaule. « Ce n'est pas tout à fait ce qu'on a entendu avant de partir. Le numéro deux s'entretenait de magouilles juridiques avec un avocat. C'est comme ça qu'il compte trouver l'argent et il vaut toujours mieux éviter d'associer... »

Pavel réagit d'instinct à l'embardée soudaine de la Volkswagen. Il écrasa la pédale de frein, donna un brusque coup de volant sur la droite. Au même moment, il perçut un déclic tandis qu'une épaisse fumée verte se déversait de sous le tableau de bord.

« Qu'est-ce que... ? toussa Piotr.

– Ouvre une vitre ! » glapit un des hommes assis à l'arrière, alors que tous se mettaient à suffoquer.

Mais Pavel s'était déjà effondré, presque inconscient. Plus personne ne contrôlait le monospace quand le camion le percuta par l'arrière.

La Volkswagen avait presque retrouvé sa file lorsque le monospace, propulsé par le camion, la frôla sur la droite. Le côté gauche de son pare-chocs avant vint racler le flanc droit de la berline dans une gerbe d'étincelles. Poussé vers le bord de la chaussée, le minibus heurta la barrière basse en béton et l'escalada, toujours chassé par le poids lourd. Le pneu droit explosa, l'essieu enfourcha le sommet de la balustrade et le véhicule plongea dans les eaux clapotantes.

Il y eut un sifflement quand il toucha la surface, restant un bref instant en équilibre à la verticale avant de se retourner. Un jet de vapeur et de bulles d'air jaillit des flancs, se mêlant à la fumée verte qui se dissipait déjà, tandis que l'épave dérivait, ventre en l'air, à la surface du fleuve. Le reste de l'habitacle était déjà entièrement immergé.

Le robuste camionneur et la jeune blonde furent les premiers à gagner la balustrade défoncée. Bientôt rejoints par plusieurs automobilistes, sortis en hâte de leur véhicule.

Ni l'homme ni la femme n'échangèrent une parole. Ils se contentèrent de regarder l'épave tournant avec lenteur, emportée par le courant vers le sud-ouest. Déjà, les bulles d'air se raréfiaient et la fumée verte n'était plus qu'un imperceptible panache. L'épave était trop loin pour que l'on pût envisager de plonger à la recherche d'éventuels survivants.

Les deux conducteurs rassurèrent les témoins qui leur demandaient s'ils n'avaient rien. Puis ils réintégrèrent leurs véhicules en attendant l'arrivée de la police.

Personne n'avait vu le chauffeur du poids lourd jeter dans le fleuve un petit boîtier rectangulaire au moment où il se retournait.

1.

Samedi, 10 : 00, Moscou

Grand, solidement bâti, Doguine, le ministre de l'Intérieur, était installé derrière l'antique bureau de chêne dans son cabinet du Kremlin. Un ordinateur trônait au centre du plateau épais patiné par les siècles. Sur sa droite, un téléphone noir et, sur sa gauche, un petit cadre contenant la photo de ses parents. Le cliché était barré par une marque horizontale : son père l'avait plié en deux pour l'emporter dans sa poche de chemise durant la guerre.

Les cheveux argentés de Doguine étaient soigneusement ramenés en arrière. Il avait les joues creuses et ses yeux sombres paraissaient fatigués. Son strict complet brun acheté au Goum était fripé, et ses souliers marron clair étaient éraflés : le tout suggérait cet air de négligence soigneusement étudiée qui avait fait merveille depuis des lustres.

Mais pas cette semaine, songea-t-il, amer.

Pour la première fois en trente années de vie publique, son image d'homme du peuple l'avait trahi. Avec la ferveur qu'on lui connaissait, il avait offert au peuple russe le nationalisme qu'il disait réclamer.

Il avait remis à l'honneur la fierté militaire et les vieux sentiments de méfiance envers les ennemis traditionnels. Et pourtant, le peuple s'était retourné contre lui.

Doguine savait pourquoi, bien sûr. Son rival, Kiril Janine, avait jeté une dernière fois son filet percé pour tenter de ramasser le butin proverbial du Vieux Pierre, le pêcheur des légendes qui exauçait tous les vœux.

Le capitalisme.

En attendant l'arrivée de son assistant, Doguine laissa son regard errer par-delà les sept hommes assis devant lui. Ses yeux noirs parcouraient les murs, où s'affichait la chronologie des succès du totalitarisme.

Comme son bureau, les murs suintaient l'histoire. Ils étaient recouverts de cartes somptueusement encadrées, certaines datant de plusieurs siècles, des cartes de la Russie sous les tsars successifs, depuis le règne d'Ivan le Terrible. Les yeux las de Doguine les embrassaient toutes, depuis la toile aux teintes fanées peinte, disait-on, avec le sang de chevaliers teutoniques captifs, jusqu'à un plan du Kremlin représenté sur une tapisserie cousue à l'intérieur de la jambe de pantalon d'un Boche tué.

Le monde tel qu'il était, songea-t-il tandis que ses yeux se posaient sur une carte de l'Union soviétique que Guerman S. Titov avait emportée dans l'espace en 1961. *Et tel qu'il sera de nouveau.*

Les sept hommes assis sur des fauteuils et des canapés étaient marqués par les ans, eux aussi. La plupart avaient la cinquantaine passée, plusieurs étaient même plus que sexagénaires. Certains étaient en civil, d'autres en uniforme. Aucun ne parlait. Le silence n'était rompu que par le ronronnement du ventilateur à l'arrière de l'ordinateur, lorsque, enfin, un coup fut frappé à la porte.

« Entrez. »

Doguine sentit son cœur défaillir quand la porte s'ouvrit sur un jeune homme au teint frais. Une profonde tristesse se lisait dans ses yeux, et Doguine comprit ce qu'elle signifiait.

« Eh bien ?

– Je suis désolé, murmura le jeune homme, mais c'est officiel. J'ai moi-même vérifié les chiffres. »

Doguine acquiesça. « Merci.

– Puis-je prendre les dispositions ? »

Doguine acquiesça derechef et le jeune homme s'éclipsa. Il referma doucement la porte en sortant.

Doguine se retourna vers les hommes. Ils n'avaient pas bronché. « Ce n'est pas vraiment une surprise », observa le ministre de l'Intérieur. Il rapprocha la photo de ses parents, caressant le sous-verre du bout des doigts. Comme s'il voulait leur parler. « Le ministre des Affaires étrangères a remporté les élections. C'est l'époque qui veut ça. Tout le monde est ivre de liberté, mais c'est une liberté sans responsabilité, sans lucidité, sans prudence. Avec Janine, la Russie a élu un président qui veut créer une nouvelle monnaie, asservir notre économie aux produits que nous pourrons exporter. Éliminer le marché noir en ôtant toute valeur au rouble et aux biens qu'il garantit. Éliminer les rivaux politiques en se rendant indéboulonnable tant qu'il ne déplaira pas aux marchés étrangers. Éliminer l'opposition de l'armée en payant les généraux à servir ses desseins plutôt qu'à protéger la mère patrie. "À l'instar de l'Allemagne et du Japon, nous explique-t-il, une Russie économiquement forte n'a nul besoin d'ennemi." » Doguine plissa les yeux en contemplant l'image de son père. « Soixante-dix ans durant, nous n'avons redouté aucun ennemi. Votre héros, Staline, n'était pas seulement le maître de la Russie : il était le maître du monde ! Ce n'est pas pour rien qu'il avait pris ce nom de guerre : "l'homme d'acier"... Cet acier dont notre peuple était fait, à l'époque. Et il savait entendre la voix de la force. Aujourd'hui, le peuple ne cherche que le confort, et il ne sait entendre que les rodomontades et les promesses creuses.

– Bienvenue en démocratie, mon cher Nikolaï, dit le général Viktor Mavik, homme au torse puissant et à la voix tonnante. Bienvenue dans un monde où l'OTAN courtise la République tchèque, la Hongrie, la Pologne et toutes les nations de l'ex-Pacte de Varsovie, pour les convaincre d'intégrer l'Alliance atlantique, sans même juger bon de nous consulter. »

Le vice-ministre des Finances Evguenyi Grovlev se pencha en avant, menton pointu calé sur les pouces, doigts minces joints devant son nez busqué. « Nous devons éviter les réactions excessives. Les réformes de Janine n'interviendront pas assez vite. Les gens se détourneront de lui encore plus rapidement que naguère de Gorbatchev ou d'Eltsine.

– Mon adversaire est jeune, mais il n'est pas stupide, rétorqua Doguine. Il n'aurait pas fait de promesses sans accords préalables. Et quand elles prendront effet, Allemands et Japonais auront enfin ce qu'ils n'avaient pas réussi à obtenir lors de la Seconde Guerre mondiale et les Américains, ce qu'ils n'avaient pas réussi à décrocher pendant la guerre froide : d'une façon ou de l'autre, tous posséderont la mère patrie. »

Doguine reporta son attention sur une autre carte, celle de la Russie et de l'Europe de l'Est affichée sur son moniteur. Il pressa une touche pour zoomer sur l'Europe. La Russie disparut.

« Une pression sur une touche et nous disparaissons, observa-t-il.

– Par notre seule inaction, rétorqua Grovlev.

– Certes, admit Doguine en se tournant vers l'officier dégingandé. Par notre seule inaction. » L'atmosphère devenait lourde et il épongea la sueur sur sa lèvre supérieure à l'aide d'un mouchoir en papier. « Nos concitoyens ont troqué leur méfiance des étrangers contre la promesse de la fortune. Mais nous allons leur montrer que cela ne marche pas ainsi. » Il fixa tour à tour ses interlocuteurs. « Le fait que vous et vos candidats ayez perdu les élections prouve l'état de confusion de notre peuple. Mais le fait que vous soyez tous ici ce matin indique également que vous ne voulez pas rester les bras ballants.

– Tout à fait, confirma le général Mavik en glissant un doigt sous son col. Et nous avons confiance en vos capacités. Vous avez été un maire de Moscou énergique, et un communiste loyal au Politburo. Mais lors de notre première réunion, vous ne nous avez guère éclairés sur vos intentions au cas où la vieille garde échouerait dans sa reconquête du Kremlin. Or, la vieille garde a échoué. Alors, nous aimerions à présent avoir quelques détails.

– Moi de même », intervint le général Dhaka. Les yeux gris de l'officier de l'armée de l'air flamboyaient sous ses sourcils broussailleux. « N'importe lequel d'entre nous ferait un formidable chef de l'opposition ! Pourquoi faudrait-il qu'on vous soutienne ? Vous nous avez promis une coopération avec l'Ukraine. Jusqu'ici, nous n'avons vu que quelques manœuvres de l'infanterie russe près de la frontière, frontière que Janine lui-même s'est hâté d'entériner. Même si l'on arrive à organiser des manœuvres conjointes, qu'est-ce que cela apportera ? Les anciens frères soviétiques se trouveront réunis, les puissances occidentales trembleront vaguement... En quoi cela nous aidera-t-il à rebâtir la Russie ? Si vous voulez que l'on se joigne à vous, il faut nous proposer un cadre précis. »

Doguine fixa le général. Les joues pleines de Dhaka étaient cramoisies, comme le double menton engoncé par le nœud de cravate. Le ministre savait que ce *cadre précis* allait amener la majorité de ses interlocuteurs à rallier Mavik, voire à rejoindre Janine.

Il les considéra tour à tour. Sur la plupart de ces visages, il lut une conviction résolue, tandis que chez d'autres – Mavik et Grovlev en particulier – il lisait moins de l'intérêt que de la lassitude. Leur hésitation le mit en colère car il était le seul à offrir le salut à la Russie. Il garda toutefois son calme.

« Vous voulez des détails précis ? » Doguine tapa une commande, puis fit pivoter l'écran de l'ordinateur face aux sept hommes. Tandis que le disque dur ronronnait, le ministre de l'Intérieur contempla la photo de son père. Le soldat Doguine avait été décoré pendant la guerre, avant de devenir, par la suite, l'un des plus fidèles gardes du corps de Staline. Il avait dit un jour à son fils que tout au long du conflit, il avait appris à n'emporter sur lui qu'un objet : le drapeau national. Où qu'il soit, en toute circonstance, quels que soient les dangers, il lui permettrait toujours de trouver un ami ou un allié.

Dès que le bourdonnement du disque dur cessa, Doguine et cinq de ses invités se levèrent comme un seul homme. Mavik et Grovlev échangèrent des regards soupçonneux avant de les imiter lentement. Tous deux saluèrent.

« Voici comment je compte reconstruire la Russie », commença Doguine. Il contourna son bureau et indiqua l'image qui occupait tout l'écran de l'ordinateur : sur un champ rouge uni, une étoile à liséré jaune surmontait la faucille et le marteau – l'ex-drapeau soviétique. « En rappelant le peuple à ses devoirs. Les patriotes n'hésiteront pas à faire ce qui est nécessaire, quel que soit le plan, et quel que soit le prix à payer. »

Les hommes se rassirent – Grovlev excepté.

« Nous sommes tous des patriotes, observa le ministre des Finances. Et je déteste la comédie. Si je dois vous céder mes ressources, j'aimerais savoir à quoi elles serviront. À fomenter un coup d'État ? Déclencher une seconde révolution ? Ou préférez-vous nous taire cette information, camarade ministre ? »

Doguine considéra Grovlev. Il ne pouvait pas tout dire. Il ne pouvait pas lui révéler ses plans pour l'armée, ni son implication avec la mafia russe. La plupart des Russes estimaient encore qu'ils n'étaient qu'un groupe de paysans sans aucune vision globale. Selon la teneur de ses plans, Grovlev pouvait reculer ou décider de soutenir Janine.

« Camarade ministre, répondit Doguine, je n'ai pas confiance en vous. »

Grovlev se raidit.

« Et d'après vos questions, poursuivit le ministre de l'Intérieur, il est évident que vous n'avez pas plus confiance en moi. J'ai l'intention de gagner cette confiance par mes actes, et je vous engage à en faire de même. Janine sait qui sont ses ennemis, et désormais, il détient le pouvoir présidentiel. Il se peut qu'il vous offre un poste ou une fonction que vous serez tenté de prendre. Et vous pourriez dès lors être contraint de travailler contre moi. Durant les soixante-douze prochaines heures, je dois donc vous demander d'être patient.

– Pourquoi soixante-douze heures? demanda Skoulé, le chef de cabinet du ministre de la Sécurité.

– C'est le temps qu'il faudra à mon centre de commandement pour devenir opérationnel. »

Le jeune fonctionnaire aux yeux bleus se figea. « Soixante-douze heures? Vous ne voulez quand même pas parler de Saint-Pétersbourg? »

Doguine acquiesça d'un signe de tête.

« C'est ça que vous contrôlez? »

Nouveau signe d'acquiescement.

Skoulé poussa un soupir et tous les autres le regardèrent. « Mes plus sincères compliments, monsieur le ministre. Voilà qui place le monde entier entre vos mains.

– Vous ne croyez pas si bien dire, sourit Doguine. Presque comme le secrétaire général Staline.

– Excusez-moi, intervint Grovlev, mais je me sens encore une fois en dehors du coup. Camarade Doguine, quelle est au juste cette "chose" mystérieuse que vous contrôlez?

– Le Centre opérationnel de Saint-Pétersbourg, répondit Doguine, les installations de reconnaissance et de communications les plus perfectionnées de tout le pays. Grâce à lui, nous avons accès à l'ensemble des informations, des images satellite de la planète aux transmissions électroniques. Le centre possède également son propre personnel spécialisé chargé d'effectuer des "frappes chirurgicales" sur le terrain. »

Grovlev paraissait perplexe. « Vous parlez de la station de télévision installée au palais de l'Ermitage ?

– Oui, confirma Doguine. C'est une couverture. Votre ministre en a approuvé le financement, sous la forme d'un studio de télévision opérationnel. Mais le budget de fonctionnement du complexe clandestin émane de mes services. Et les fonds continuent de venir du ministère de l'Intérieur. » Du pouce, Doguine se frappa la poitrine. « De moi. »

Grovlev se rassit enfin. « Vous prépariez cette opération depuis un certain temps...

– Depuis plus de deux ans. Le lancement est prévu lundi soir.

– Et ce centre, intervint Dhaka, est votre poste de commandement pour une opération qui ne va pas se limiter à espionner Janine durant ces soixante-douze heures.

– On fera bien plus que l'espionner, confirma Doguine.

– Mais vous ne nous en direz pas plus ! bougonna Grovlev. Vous réclamez notre coopération mais vous, vous ne voulez pas coopérer. »

Le ton de Doguine se fit menaçant : « Vous voulez que je me confie à vous, camarade ministre ? Très bien. Ces six derniers mois, l'homme que j'ai placé à la tête du centre opérationnel a utilisé ses techniciens ainsi que les équipements électroniques déjà mis en place pour surveiller tous mes alliés potentiels en même temps que mes rivaux. Nous avons pu collationner quantité d'informations sur les pots-de-vin, les liaisons et... (regard incendiaire en direction de Grovlev)... les inclinations personnelles inhabituelles... Je serais ravi de partager ces informations avec vous, en réunion collective ou en tête à tête, maintenant ou plus tard. »

Certains se trémoussèrent, mal à l'aise, sur leur siège. Grovlev, quant à lui, demeura impavide.

« Espèce de salaud..., grommela-t-il.

– Tout à fait, dit Doguine. Je confirme. Un salaud qui s'arrangera pour que le boulot soit fait. » Le ministre de l'Intérieur consulta sa montre, puis se dirigea vers Grovlev et le fixa droit dans les yeux. « Je dois maintenant m'en aller. J'ai rendez-vous avec le nouveau président : les félicitations officielles, de la paperasse à faire signer. Mais d'ici douze heures, vous pourrez juger par vous-mêmes si je fais cela par vanité ou bien (il indiqua le drapeau toujours affiché sur son moniteur) pour ceci... »

Et sur un dernier signe de tête à l'assemblée silencieuse, le ministre Doguine quitta le bureau. Son secrétaire sur les talons, il se hâta vers une voiture qui devait le conduire auprès de Janine avant de le ramener ici. Alors, enfin seul, la porte refermée, il passerait le coup de fil qui mettrait en branle des événements appelés à changer la face du monde.

2.

Samedi, 10 : 30, Moscou

Keith Fields-Hutton entra en coup de vent dans sa chambre de l'hôtel Rossiya, rénové depuis peu, jeta ses clés sur la commode et se précipita dans la salle de bains. Il eut le temps de récupérer au vol les deux feuilles roulées de papier thermique qui étaient tombées du télécopieur qu'il avait apporté avec lui.

C'était la partie du boulot qu'il détestait le plus. Pas le danger, qui était parfois considérable ; pas les heures interminables dans les halls d'aéroport, à attendre des vols de l'Aeroflot qui n'arrivaient jamais – c'était banal ; pas non plus les longues semaines loin de Peggy, ce qui était le plus frustrant.

Non, ce qu'il détestait le plus, c'étaient ces satanées tasses de thé qu'il était obligé d'ingurgiter.

Lorsqu'il effectuait ses visites mensuelles à Moscou, Fields-Hutton descendait toujours au Rossiya, situé juste à l'est du Kremlin, et il aimait prendre son petit déjeuner dans l'élégant café de l'établissement. Cela lui donnait le temps d'éplucher toute la presse. Mais surtout, en vidant constamment sa tasse, il fournissait à Andreï, le serveur, un prétexte pour venir lui apporter un troisième, un quatrième, voire même un cinquième sachet de thé. Au bout de la ficelle, une petite étiquette portait la marque *Tchachka Tchaï*. Et à l'intérieur de celle-ci se trouvait une rondelle contenant un microfilm, que Fields-Hutton s'empressait de fourrer dans sa poche dès que personne ne regardait. Comme en général le maître d'hôtel ne le quittait pas des yeux, Fields-Hutton devait attendre qu'il soit distrait par l'entrée de nouveaux clients pour pouvoir récupérer les films.

Andreï était une des découvertes de Peggy. Son nom figurait sur une liste d'anciens militaires, et elle devait apprendre par la suite que son intention première avait été de travailler dans une exploitation pétrolière en Sibérie occidentale. Mais à la suite d'une opération à la colonne vertébrale consécutive à une blessure en Afghanistan, il lui était désormais interdit de soulever de lourds fardeaux. Après Gorbatchev, il n'avait plus eu de moyens de subsistance. C'était l'homme idéal pour transférer des données entre Fields-Hutton et des agents parfaitement camouflés dont il ne connaissait ni le nom ni le visage. Si jamais Andreï se faisait prendre, seul Fields-Hutton serait exposé... et c'était le risque inhérent à sa fonction.

Malgré ce que pouvait croire le commun des mortels, le KGB ne s'était pas effondré avec la chute du communisme. Bien au contraire, sous sa nouvelle appellation de ministère de la Sécurité, il était devenu plus envahissant que jamais. L'agence avait simplement changé de structure, passant d'une armée de professionnels à une force encore plus considérable de civils travaillant au coup par coup. Ces agents étaient rémunérés en fonction des tuyaux qu'ils rapportaient. La conséquence était qu'amateurs et vétérans s'étaient mis à traquer les espions partout. Peggy y voyait la version russe d'un *talk-show* télévisé, avec des correspondants locaux avides de décrocher le reportage exclusif. Et elle n'avait pas tort. On traquait l'étranger plutôt que les célébrités, mais l'objectif était le même : rendre compte de toute activité clandestine ou louche. Et comme nombre d'hommes d'affaires avaient estimé que toute menace sérieuse avait disparu, ils s'attiraient immanquablement des ennuis en aidant leurs associés russes à troquer leurs roubles contre des dollars ou des marks, en contribuant à alimenter le marché noir en bijoux et en vêtements de luxe, ou en espionnant les firmes concurrentes venues elles aussi prospecter de nouveaux marchés. Toutefois, au lieu de les poursuivre, on laissait, astuce classique, ces prisonniers étrangers racheter leur liberté. Fields-Hutton disait en riant que le ministre devait consacrer moins de temps à assurer la sécurité nationale qu'à surveiller le commerce. À eux seuls, les fabricants nippons dépensaient des centaines de millions de roubles chaque année pour qu'on garde l'œil sur des concurrents trop enclins à lorgner sur leurs activités en Russie. La rumeur courait même que le Japon avait investi plus de cinquante millions de roubles dans la campagne présidentielle du candidat malheureux, le ministre de l'Intérieur Nikolaï Doguine, afin de l'aider à protéger le pays d'un afflux d'investisseurs étrangers.

Le métier d'espion était donc on ne peut plus florissant, et après sept ans d'activité, l'agent britannique Fields-Hutton ne chômait toujours pas.

Fields-Hutton était sorti de Cambridge avec une maîtrise de littérature russe et le désir d'entamer une carrière de romancier. Le dimanche après sa soutenance, il était assis dans un café de Kensington et lisait, justement, les *Mémoires écrits dans un souterrain* de Dostoïevski quand une femme installée à la table voisine se retourna et lui demanda : « Est-ce que ça vous dirait de mieux connaître la Russie ? » Et après un rire, elle avait ajouté : « Bien mieux...? »

Tel avait été son premier contact avec le renseignement britannique, et avec Peggy. Plus tard, il apprit que les rapports entre le DI-6 et Cambridge remontaient à la Seconde Guerre mondiale et à l'époque d'Ultra, le projet confidentiel destiné à déchiffrer le fameux code Enigma des Allemands.

Fields-Hutton alla se promener avec Peggy et accepta de rencontrer ses supérieurs. En moins d'un an, le DI-6 lui avait trouvé une couverture d'éditeur de bandes dessinées chargé d'acheter des planches et des récits aux auteurs russes pour les publier en Europe. Cela lui donnait un prétexte pour effectuer des voyages réguliers, chargé d'imposants cartons à dessin et de piles de magazines, sans oublier les vidéocassettes et les jouets représentant les personnages conçus par les Russes. Dès le début, Fields-Hutton avait été ahuri de découvrir les faveurs qu'en échange d'une tasse, d'une serviette de bain ou d'un bête chandail à l'effigie d'un superhéros, il pouvait obtenir des employés d'aéroports, du personnel hôtelier, et même de la police. Que ce soit pour approvisionner le marché noir ou se fournir en cadeaux pour les gosses, le troc était un argument de poids en Russie.

Avec les quantités de magazines et de gadgets qu'il transportait, il n'avait pas de mal à planquer le microfilm – qu'il soit enroulé autour de l'agrafe d'un illustré, ou glissé à l'intérieur d'une griffe creuse dans la main d'une figurine de *Tigerman.* Ironie ultime, le travail d'édition de BD avait fini par acquérir sa vie propre et le renseignement britannique tirait de substantiels profits des droits dérivés de cette activité. Statutairement, l'organisme n'avait pas le droit d'exercer d'activités commerciales – « Après tout, c'est le gouvernement », avait un jour expliqué Winston Churchill à un agent désireux de commercialiser sous forme de jouet une machine à décrypter. Toutefois, le Premier ministre, John Major, en accord avec le Parlement, avait accepté que les bénéfices retirés de l'activité éditoriale soient reversés aux programmes sociaux d'aide aux familles d'agents britanniques décédés ou handicapés.

Même si Fields-Hutton avait fini par apprécier son métier d'éditeur de BD et décidé de devenir romancier quand il prendrait sa retraite – avec suffisamment de matière pour écrire des romans à suspense réalistes –, son véritable travail pour le renseignement britannique était d'éplucher tous les projets de travaux publics aussi bien nationaux qu'étrangers en Russie orientale. Chambres secrètes, doubles fonds et faux sous-sols étaient encore monnaie courante et lorsqu'ils étaient découverts, ils fournissaient toujours quantité d'indications précieuses. Ses contacts actuels, Andreï et Léon (un illustrateur qui vivait dans un appartement pétersbourgeois), lui procuraient plans et photos de tous les chantiers de construction et de rénovation en cours à l'intérieur de sa zone de responsabilité.

Une fois sorti de la salle de bains, Fields-Hutton s'assit au bord du lit, sortit de sa poche les sachets de thé et les déchira. Il en ôta délicatement les rondelles de microfilm qu'il glissa tour à tour sous une forte loupe – il avait indiqué à la douane qu'elle lui servait à examiner les diapos d'illustrations de couverture (« Oui, monsieur le douanier, j'ai bien plus de casquettes de base-ball à l'effigie du Fantôme qu'il n'est nécessaire. Bien sûr que vous pouvez en avoir une pour votre fils. Et si vous en preniez également deux ou trois pour ses amis ? »).

Ce qu'il voyait sur l'une des photos pouvait être mis en rapport avec une brève qu'il avait relevée dans le quotidien du jour. Le cliché montrait le chargement de rouleaux de bâches dans l'un des ascenseurs de service de l'Ermitage. Les photos prises plusieurs jours de suite révélaient que l'on avait déjà amené plusieurs grandes caisses d'œuvres d'art.

Cela n'aurait pas dû éveiller les soupçons. On avait entrepris de nombreux travaux de modernisation et d'agrandissement du célèbre musée dans la perspective du tricentenaire de la cité, en 2003. En outre, le bâtiment était situé au bord de la Néva. Il était tout aussi possible que l'on bâche les murs pour protéger les œuvres de l'humidité.

Mais Léon lui avait également faxé deux planches de dessins, et, selon la symbolique propre à la série *Captain Legend* de la première planche, le superhéros avait rejoint le Monde d'Hermès – entendez que *Léon s'était rendu à l'Ermitage* – une semaine après la date où avaient été pris les clichés. Or, il n'avait pas signalé de travaux nécessitant le recours à des bâches, sur aucun des trois niveaux des trois corps de bâtiment. Quant aux caisses, même si l'on continuait d'introduire des œuvres au musée, aucune pièce nouvelle n'avait été exposée, et aucune exposition n'était programmée dans un avenir proche : vu le nombre de sections fermées pour travaux, l'espace dévolu aux présentations était compté. Fields-Hutton allait devoir demander au DI-6 de vérifier si d'autres musées ou des collectionneurs privés avaient récemment expédié des œuvres à l'Ermitage, même s'il doutait des résultats d'une telle recherche.

Et puis il y avait les horaires où les ouvriers apportaient ces bâches et ces caisses. Selon la bande dessinée de Léon, ces hommes – les esclaves du Monde d'Héra qui alimentaient en vivres et en armes une base secrète – descendaient le matin et ne ressortaient pas avant le tout début de soirée. Il en avait plus particulièrement surveillé deux qui revenaient chaque jour et qu'il était prêt à filer si le DI-6 estimait la chose utile. Il pouvait ne s'agir que de simples travaux de rénovation, mais il était également possible que ces travaux servent à masquer des activités secrètes se déroulant en sous-sol.

Tout cela se raccordait avec l'accident signalé dans le journal du matin, accident également décrit dans la seconde planche faxée par Léon. La veille, six employés du musée qui rentraient du travail en minibus avaient dérapé sur le pont de la perspective Kirov et plongé dans la Néva, où ils s'étaient noyés. Léon s'était rendu sur les lieux et son esquisse de couverture pour *Captain Legend* était plus éloquente que l'article du journal. Elle montrait le héros aidant les esclaves à sortir d'un astronef contraint à un atterrissage de fortune dans les sables mouvants. Sur la planche, l'indication de couleur pour la fumée s'élevant des lieux de l'accident était « vert ». *Du chlore.*

Les hommes avaient-ils été gazés ? Le camion qui les avait expédiés par-dessus le parapet avait-il simplement servi à masquer leur assassinat ?

L'accident aurait pu être une coïncidence, mais dans le renseignement, on ne pouvait laisser échapper le moindre indice. Tout indiquait qu'il se passait quelque chose d'anormal à Saint-Pétersbourg et Fields-Hutton voulait savoir quoi.

En faxant les dessins de Léon à son bureau londonien, Fields-Hutton ajouta un message pour demander qu'on lui avance vingt-sept livres – entendez qu'ils devaient consulter la page sept de l'édition de ce matin du *Journal de Saint-Pétersbourg* – en ajoutant qu'il allait se rendre dans cette ville pour discuter avec l'artiste de son projet de couverture.

« Je crois qu'on tient quelque chose d'intéressant, écrivait-il dans son message. J'ai le sentiment que si le scénariste parvient à trouver un raccord entre les sables mouvants et les mines souterraines du Monde d'Héra, nous tiendrons un synopsis de première. Je vous ferai part de l'avis de Léon. »

Après avoir reçu l'accord de Londres, Fields-Hutton fourra son appareil photo, sa trousse de toilette, son baladeur, les planches et les gadgets dans un sac de voyage, descendit à toute vitesse et héla un taxi qui le conduisit à la gare de Saint-Pétersbourg, sur Krasnoprudnaya. Il prit son billet et alla s'asseoir sur un banc pour attendre le prochain train en direction de la vieille cité au bord du golfe de Finlande.

3.

Samedi, 12 : 20, Washington, DC

Durant la guerre froide, le bâtiment anonyme d'un étage situé à proximité de la piste d'entraînement de la marine, sur la base aérienne d'Andrews, servait de salle de préparation pré-vol aux équipages d'évacuation d'urgence. Dans l'éventualité d'une attaque nucléaire, leur tâche aurait été d'évacuer les principaux dirigeants de la capitale fédérale.

Mais l'édifice couleur ivoire n'était pas qu'un vestige de la guerre froide. Les pelouses étaient un peu mieux entretenues désormais, et l'on avait planté les zones de terre battue qui servaient naguère à l'entraînement des troupes. Des bacs à fleurs en béton entouraient toute la zone pour empêcher l'intrusion d'un commando en voiture piégée. Et les personnels ne se rendaient plus au travail à bord de véhicules de l'armée, jeeps ou Hughes Defender, mais au volant de breaks Ford ou Volvo, voire de berlines Saab ou BMW.

Les soixante-dix-huit personnes qui travaillaient ici à plein temps étaient employées par le Centre national de gestion de crise. C'étaient des tacticiens triés sur le volet, généraux, diplomates, analystes du renseignement, informaticiens de haut vol, psychologues, experts en reconnaissance, écologistes, juristes et même spécialistes de la manipulation médiatique, voire illusionnistes. Le CNGC partageait quarante-deux autres employés au soutien logistique avec le ministère de la Défense et la CIA, et avait la responsabilité d'un commando tactique de douze personnes, l'équipe d'Attaquants, basée non loin de là à l'académie militaire de Quantico, le centre de formation du FBI.

Le statut du CNGC était tout à fait original dans l'histoire politique des États-Unis. Sur une période de deux ans, le groupe avait dépensé plus de cent millions de dollars en équipement et remise à niveau du matériel, transformant l'ancienne salle de briefing en un centre opérationnel destiné à communiquer avec la CIA, la NSA, la Maison Blanche, les Affaires étrangères, le ministère de la Défense et ses services de renseignements, le NRO et l'ITAC, le Centre d'analyse de renseignements et de menaces. Mais après une période de rodage de six mois, au cours de laquelle il avait dû gérer des crises aussi bien intérieures qu'internationales, l'*Op-Center*, comme on l'appelait familièrement, se retrouvait désormais placé sur le même pied que toutes ces autres agences fédérales – et il avait même pris le pas sur certaines. Le directeur Paul Hood rendait compte au président Michael Lawrence en personne, et ce qui n'avait été au début qu'un centre de déblaiement d'informations aux capacités d'intervention limitées avait désormais la possibilité exclusive de surveiller, lancer et piloter des actions sur toute l'étendue du globe.

Le groupe était un mélange de professionnels rassis qui adoptaient, vis-à-vis du renseignement, une démarche méthodique, pragmatique d'agents sur le terrain, et de jeunes blondinets adeptes de la haute technologie et des opérations spectaculaires. Et pour coiffer ce véritable patchwork, un seul homme : Paul Hood. Même si Hood était loin d'être un saint, son altruisme avait conduit ses collaborateurs, revenus de tout, à le baptiser le « Pape » Paul. Il était d'une honnêteté scrupuleuse, malgré son passé de banquier de choc durant le mandat de Reagan. Il faisait également preuve d'une modération exemplaire, bien qu'il eût été deux ans maire de Los Angeles. Hood ne cessait d'enseigner à son équipe les arcanes de cet art nouveau de la gestion de crise. Il y voyait une alternative aux réactions traditionnelles de Washington qui oscillaient toujours entre l'inaction et la guerre totale. À Los Angeles, il avait inauguré cette nouvelle technique qui consistait à découper les problèmes en segments plus faciles à gérer qu'il confiait ensuite à des professionnels travaillant en étroite collaboration. Cela avait très bien marché à Los Angeles, et c'était également le cas à Washington, même si cela allait à l'encontre de la tendance dominante, celle du « c'est moi le chef ». Mike Rodgers, son second, lui avait dit un jour qu'ils trouveraient sans doute plus d'adversaires dans la capitale fédérale que n'importe où ailleurs dans le monde puisque les chefs de départements, les directeurs de services et les fonctionnaires élus risquaient de voir dans le style de gestion de l'Op-Center une menace contre leurs fiefs. Et bon nombre n'allaient pas hésiter à saper l'efficacité du centre.

« Les fonctionnaires de Washington s'apparentent à des zombies, avait expliqué Rodgers ; capables de ressusciter de la mort politique quand les mœurs ou les temps changent – regardez Nixon, regardez Jimmy Carter. Résultat : non seulement les rivaux essaient de détruire des carrières, mais ils font tout pour ruiner des existences. Et comme si cela ne suffisait pas, ils s'en prennent également à la famille et aux amis. »

Mais Hood n'en avait cure. Leur mission était de veiller à la sécurité des États-Unis, pas de mettre en avant la réputation de l'Op-Center ou de ses employés, et il prenait cette mission à cœur. Il était en outre convaincu que s'ils accomplissaient le boulot qu'ils étaient censés faire, leurs « rivaux » ne pourraient pas avoir barre sur eux.

Pour l'heure, ce n'était ni l'aventurier de la finance, ni le politicien, ni le « Pape » qu'Ann Farris voyait assis dans le bureau directorial. Ses yeux couleur rouille discernaient sous l'homme mûr de quarante-trois ans le jeune homme un peu gauche. Malgré la mâchoire volontaire, les cheveux bruns ondulés, les yeux noisette et le regard d'acier, Hood donnait l'impression d'un gamin qui avait envie de rester à Washington pour jouer avec ses copains, ses satellites-espions et ses agents sur le terrain au lieu de partir en vacances avec sa famille. Si les gosses ne s'étaient pas ennuyés autant de leurs anciens amis, et si le déménagement sur la côte Est n'avait pas mis à l'épreuve son mariage, Ann savait que Paul aurait refusé de bouger.

Le directeur de l'Op-Center était assis dans son vaste bureau installé dans le bâtiment de haute sécurité. Le directeur général adjoint, Mike Rodgers, était installé dans un grand fauteuil à la gauche du bureau, et l'officier de presse Farris, sur le canapé à droite. L'itinéraire du voyage de Hood en Californie du Sud était affiché sur l'ordinateur.

« Sharon a réussi à arracher une semaine de liberté à son patron, Andy McDonnell : comme il dit, son émission en direct sur le câble pourra survivre sans sa séquence cuisine diététique, expliqua Hood. Et on se retrouvera au Bloopers, l'antithèse de la cuisine saine. Bref, c'est là que nous devons passer la première nuit. Les gosses ont vu la pub sur MTV, et si vous cherchez à me biper là-bas, je ne vous entendrai sans doute pas... »

Ann se pencha, lui tapota le dessus de la main ; son sourire radieux était encore plus éblouissant que le fichu griffé qu'elle avait noué dans ses longs cheveux châtains.

« Je parie que si vous étiez un peu plus relax, vous feriez des ravages, remarqua-t-elle. J'ai lu un article sur Bloopers, dans *Spin.* Commandez donc un hot dog cornichons et une tourte aux frites. Je suis sûre que ça vous plaira. »

Hood ricana. « Qu'est-ce que vous diriez qu'on prenne ça comme emblème du service : "Op-Center – préserver la sécurité mondiale au nom du hot dog cornichons."

– Il faudra que je demande à Lowell ce que ça donnerait en latin. (Ann sourit.) Il ne faudrait quand même pas que ça sonne prétentieux. »

Soupir de Rodgers. Hood et Ann se tournèrent vers lui. Assis, jambes croisées, le général de division s'épousseta nerveusement le genou.

« Désolé, Mike, dit Hood. Je dois être un poil trop relax...

– Ce n'est pas ça le problème, observa Rodgers. C'est surtout que je crois qu'on ne parle pas le même langage. »

Au titre d'attachée de presse, Ann avait l'habitude d'entendre des vérités énoncées à mots couverts. Elle détecta sans peine la critique et l'envie dans le ton de Rodgers.

« Ce n'est pas non plus le lien, admit Hood. Mais s'il y a une chose que vos gosses vous apprennent – et Ann sera d'accord avec moi – c'est qu'il faut savoir s'adapter. Merde, je me surprends parfois à avoir envie de faire les mêmes commentaires sur les groupes de rap et le heavy metal que mes parents sur les Young Rascals. Il faut suivre le mouvement. »

Rodgers était dubitatif. « Vous savez ce que George Bernard Shaw disait de l'adaptation ?

– J'avoue que non...

– Il disait : “Le sage s'adapte au monde ; le fou persiste à vouloir que le monde s'adapte à lui. C'est pourquoi tous les progrès sont l'œuvre de fous.” Je n'aime pas le rap et je n'aimerai jamais ça. Mais surtout, je ne ferai jamais semblant de l'apprécier.

– Que faites-vous quand le lieutenant-colonel Squires en écoute ?

– Je lui ordonne de m'éteindre ce satané truc. Et il me dit que je suis fou...

– Et vous lui citez Bernard Shaw », intervint Ann.

Rodgers se tourna vers elle et hocha la tête.

Hood haussa le sourcil. « Intéressant. Eh bien, voyons si nous pouvons au moins nous mettre d'accord sur le fait que tout ceci doit être réglé dans les tout prochains jours. Voyons d'abord mon emploi du temps... »

Hood arbora son sourire juvénile et se tourna vers son écran avec un air affairé. Ann tenta d'arracher un sourire au directeur adjoint, mais sans succès. À la vérité, il souriait rarement, et ne semblait vraiment heureux que lorsqu'il partait chasser le sanglier, les staliniens, ou quiconque faisait passer sa carrière avant la sécurité des combattants, hommes ou femmes.

« Lundi, je fais le tour des studios Magna, poursuivit Hood. Et mardi, c'est le parc de loisirs Wallace World. Les gosses veulent aller faire du surf, donc mercredi : plage. Et ainsi de suite. Si vous avez besoin de moi, j'ai un portable sur moi. Et je n'aurai pas de problème pour rejoindre un commissariat ou un bureau du FBI si jamais vous deviez me contacter sur une ligne téléphonique protégée.

– Ce devrait être une semaine tranquille », observa Ann. Avant de venir, elle avait chargé dans son Powerbook la mise à jour matinale transmise par l'agent Bob Herbert et elle venait d'ouvrir le couvercle du Mac. « Les frontières d'Europe orientale et du Moyen-Orient sont relativement calmes. La CIA a réussi à aider les autorités mexicaines à fermer la base rebelle de Jalapa sans incident. En Asie, la situation est stabilisée après qu'on a frôlé la guerre avec la Corée[1]. Et les Ukrainiens et les Russes ont fini par se décider à rouvrir des pourparlers pour savoir qui possède quoi en Crimée.

– Mike, le résultat des élections russes peut-il influer là-dessus ? demanda Hood.

– Nous ne le pensons pas. Le nouveau président russe – Kiril Janine – a déjà croisé le fer avec son homologue ukrainien Viesnik, mais Janine est un pro. Il tendra un rameau d'olivier. De toute façon, nos projections n'indiquent aucun Code rouge dans la semaine qui vient. »

Hood acquiesça. Ann savait qu'il avait une confiance

1. Voir *Op-Center I*, Albin Michel, 1996.

limitée dans la trilogie projections-élections-psycho-baratin, mais à présent, il faisait au moins semblant d'écouter. À son entrée à l'Op-Center, Paul s'entendait modérément avec la psychologue Liz Gordon.

« Puissiez-vous avoir raison, dit Hood. Mais si l'Op-Center est mobilisé pour n'importe quelle affaire dépassant le Code bleu, je veux être celui qui donnera le feu vert. »

Rodgers cessa d'agiter la jambe. Les yeux noisette aux reflets dorés parurent soudain s'assombrir. « Je peux m'en occuper, Paul.

– Je n'ai jamais dit le contraire. Vous avez montré ce que vous saviez faire en arrêtant ces missiles en Corée du Nord.

– Alors, quel est le problème ?

– Il n'y a aucun problème, dit Hood. Ce n'est pas une question de capacité. Mais de disponibilité.

– Je comprends, répondit Rodgers avec sa courtoisie habituelle. Mais le règlement l'autorise. Le directeur adjoint est en droit d'autoriser les opérations si le directeur est absent.

– Le mot précis est "souffrant", pas "absent", fit remarquer Hood. Je ne serai pas souffrant, et vous connaissez l'opinion du Congrès concernant les opérations à l'étranger. Si jamais ça tourne au vinaigre, ce sera moi qui me retrouverai traîné devant une commission sénatoriale pour fournir des explications. Je veux être en mesure de les leur fournir parce que j'étais sur place, pas parce que je les aurai lues dans votre rapport. »

Le nez de Rodgers (cassé quatre fois dans l'équipe universitaire de basket) s'allongea quelque peu. « Je comprends...

– Mais vous n'êtes toujours pas d'accord.

– Non. Franchement, moi, je serais ravi d'avoir l'occasion de me frotter au Congrès. Tous ces ronds-de-cuir, je vous leur donnerais une leçon de gouvernement par l'action, pas par le consensus.

– C'est bien pourquoi je préfère que ce soit moi qui m'en charge, Mike. Ce sont toujours eux qui règlent nos factures.

– Raison pour laquelle des gars comme Oliver North font ce qu'ils font. Pour contourner les innombrables comités de coordination de tous ces directeurs adjoints... Les poules mouillées qui n'adoptent que les propositions qu'on leur a conseillées, qui s'assoient dessus et finissent par les ressortir tellement diluées et tellement tard que de toute façon, ça ne sert plus à rien. »

Hood parut avoir envie de répliquer et Rodgers semblait prêt à lui renvoyer aussitôt la balle. Au lieu de cela, les deux hommes se dévisagèrent en silence.

« Eh bien, intervint Ann, nerveuse, voilà qui nous laisse la responsabilité délicate des prises d'otage unique à l'étranger, classées vert ou des prises d'otages multiples en métropole, classées bleues, pendant que vous vous gardez les prises d'otage classées jaunes et les états de guerre classés rouges. » Elle rabattit l'écran de son Powerbook, consulta sa montre, se leva. « Paul, vous penserez à transmettre votre emploi du temps à nos ordinateurs ? »

Hood lorgna sa machine. Il pressa les touches Alt/F6, puis tapa PB/entrée, et MR/entrée. « C'est fait.

– Super. Allez-vous essayer de profiter de votre voyage pour vous détendre ? »

Paul acquiesça. Avant de se retourner vers Rodgers. « Merci pour votre aide, dit-il en se levant pour lui serrer la main au-dessus de son bureau. Si je savais comment vous faciliter la tâche, Mike, je le ferais.

– À la semaine prochaine », répondit Rodgers avant de s'éclipser.

« À bientôt, également, dit Ann, avec un discret au revoir et un sourire d'encouragement. N'oubliez pas d'écrire... et relaxez-vous.

– Je vous enverrai une carte de Bloopers. »

Ann referma la porte et suivit Rodgers au bout du couloir. Elle bouscula quelques collègues pour le rattraper avant les portes closes des services de collecte d'informations de l'Op-Center.

« Vous vous sentez bien ? » demanda-t-elle en arrivant à sa hauteur.

Rodgers acquiesça.

« Vous n'avez pas l'air en forme.

– Je suis encore capable de jouer dans le même ton que lui.

– Je sais bien. Parfois, on a comme l'impression qu'il a une ampleur de vue supérieure à la nôtre. Le reste du temps, on aurait plutôt l'impression qu'il cherche à vous remettre au pas, comme un pion à l'école. »

Rodgers la considéra. « C'est assez bien vu, Ann. À l'évidence, vous avez sérieusement étudié la question. »

Elle rougit. « J'ai tendance à réduire tout le monde à des extraits significatifs. C'est une sale manie. »

Pour faire dévier la conversation, Ann avait souligné le *tout le monde.* Elle comprit aussitôt son erreur.

« Et chez moi, qu'est-ce que vous sélectionneriez comme extraits ? »

Ann le fixa sans se démonter. « Vous êtes un homme franc, décidé, dans un monde devenu trop complexe pour vos qualités. »

Ils s'arrêtèrent à la hauteur de son bureau. « Et ça, c'est bon ou mauvais ?

– C'est ennuyeux. Avec un peu de mou, vous pourriez certainement avoir bien plus. »

Sans la quitter des yeux, Rodgers composa son code sur le clavier du chambranle. « Mais quand cela ne correspond pas à vos désirs, à quoi bon l'avoir ?

– J'ai toujours considéré qu'un tiens vaut toujours mieux que deux tu l'auras.

– Je vois. Je ne suis pas d'accord, c'est tout. » Rodgers souriait maintenant. « Et puis... Ann ? La prochaine fois, si vous voulez me dire que je suis entêté, dites-le franchement. »

Rodgers lui adressa un petit salut, pénétra dans son bureau, referma la porte sur lui.

Ann resta un instant interdite avant de se retourner et gagner à pas lents son propre bureau. Elle éprouvait de la compassion pour Mike. C'était un brave type, et un type doué. Mais il était irrémédiablement handicapé par son désir de donner le pas à l'action sur la diplomatie, même quand cette action négligeait des vétilles comme la souveraineté nationale ou l'accord du Parlement. C'était sa réputation d'avaleur de feu qui l'avait empêché d'accéder au siège de secrétaire d'État à la Défense pour échouer ici, à titre de lot de consolation. Il avait accepté le poste parce qu'il était d'abord et avant tout un bon soldat, mais sans pour autant dire que ça l'enthousiasmait ni qu'il était ravi de devoir rendre compte à des supérieurs civils.

Enfin, se dit-elle, *chacun ses problèmes*. Elle, par

exemple. Le problème auquel Rodgers avait discrètement fait allusion.

Paul allait lui manquer. Paul, son fier et preux cavalier, le chevalier qui refusait de quitter son épouse, même si elle faisait comme s'il n'existait pas. Pis encore, Ann ne pouvait s'empêcher de fantasmer sur les moyens qu'elle emploierait pour l'aider à se relaxer si seulement elle et son fils avaient l'occasion de l'accompagner en Californie du Sud, à la place de Sharon et des gosses.

4.

Samedi, 14 : 00, Brighton Beach

Depuis son entrée clandestine en Amérique, en 1989, Herman Josef, le transfuge russe aux cheveux bruns, travaillait à la boutique Bestonia Bagels, du côté de Brighton Beach, à Brooklyn. Ici, il était responsable de l'assaisonnement des beignets, il devait les saupoudrer, encore tout chauds, de sel, de graines de sésame, d'ail, d'oignon et de graines de pavot et de diverses combinaisons des ingrédients en question. Bosser près des fours était épouvantable en été, très agréable en hiver, et passablement indifférent le reste de l'année. La plupart du temps, bosser ici n'avait aucun rapport avec bosser à Moscou.

Arnold Belnick, le proprio, le sonna à l'interphone. « Herman, passe au bureau. J'ai une commande spéciale. »

Chaque fois que ce mince Moscovite de trente-sept ans entendait cette phrase, toute indifférence l'abandonnait. Les vieux instincts, les sentiments passés refaisaient surface. Le besoin de survivre, de réussir, de servir son pays. Des talents affûtés par dix ans de service dans le KGB avant sa transformation.

Après avoir jeté son tablier sur le comptoir et confié

au jeune fils Belnick la tâche de finir de préparer les beignets, Herman escalada quatre à quatre l'escalier usé qui gémit sous son poids. Il pénétra dans le bureau, chichement éclairé par une lampe fluorescente et un Vélux crasseux. Il referma la porte, la verrouilla, puis s'approcha du vieil homme un peu chauve installé derrière le bureau.

Belnick le jaugea à travers un nuage de fumée de cigarette. « Tiens », fit-il en lui tendant un papier.

Herman y jeta un œil avant de le rendre à Belnick. Le vieux bonhomme rondouillard le déposa dans un cendrier, en approcha le bout incandescent de sa cigarette et y mit le feu. Puis il jeta les cendres par terre et les écrasa consciencieusement.

« Des questions ?

– Oui. Est-ce que je devrai me rendre à la planque ?

– Non. Même si tu es surveillé, il n'y a aucune raison pour qu'on sache que tu as une quelconque responsabilité là-dedans. »

Herman hocha la tête. Il s'était déjà planqué dans la maison de Forest Road, à Valley Stream, après avoir tué un rebelle tchétchène venu collecter des fonds pour la cause indépendantiste. C'était une planque tenue par la mafia russe pour ses agents. De là, il n'était qu'à un quart d'heure de l'aéroport Kennedy, ou à vingt minutes de Jamaica Bay. D'un côté comme de l'autre, il était facile de faire sortir des agents quand ça commençait à sentir le roussi. Sinon, dès que l'excitation était retombée, il pouvait retourner sans encombre à Brighton Beach et retrouver Bestonia.

Herman ouvrit une penderie dans l'angle du bureau, retira le double fond, tâtonna. Et comme s'il s'approvisionnait tranquillement en sel ou en graines de pavot, il entreprit d'enlever toutes les affaires dont il avait besoin.

5.

Dimanche, 12 : 00, Saint-Pétersbourg

Son bon vieux Bolsey 35 mm passé autour du cou, Keith Fields-Hutton acheta un billet à un kiosque proche de l'Ermitage, près de la Néva, puis parcourut les quelques pas qui menaient à l'entrée du vaste musée au dôme doré. Comme toujours, il se sentait intimidé en passant devant la colonnade de marbre blanc du rez-de-chaussée. C'était un sentiment qu'il éprouvait chaque fois qu'il pénétrait dans ce monument, l'un des plus chargés d'histoire de la planète.

Le musée national de l'Ermitage est le plus vaste musée de Russie. Il a été fondé en 1764 par Catherine II, comme une annexe au Palais d'Hiver construit deux ans avant. Ses collections de deux cent vingt-cinq œuvres devaient rapidement s'accroître jusqu'à parvenir au chiffre actuel de trois millions de pièces. Le musée abrite des toiles de Vinci, Van Gogh, Rembrandt, du Greco, Monet et d'autres maîtres innombrables, sans oublier la section archéologique avec ses objets du paléolithique, du mésolithique, du néolithique, des âges du bronze et du fer.

Aujourd'hui, le musée est formé de trois bâtiments : le Palais d'Hiver, le Petit Ermitage, situé au nord-est, et le Grand Ermitage, au nord-est de ce dernier. Jusqu'en 1917, l'Ermitage n'était ouvert qu'à la famille du tsar, à ses hôtes et à l'aristocratie. Ce n'est qu'après la révolution que le public y a eu accès.

En pénétrant dans le grand hall, avec ses guichetiers et ses marchands de souvenirs, Fields-Hutton songea à la tristesse de sa présence ici. Quand la Grande Catherine avait créé le musée, elle avait instauré un certain nombre de règles de bon sens pour ses hôtes. La règle première, essentielle, était l'article un : « En entrant ici, on doit mettre de côté son titre et son rang, de même que son chapeau et son épée. »

Elle avait raison. L'expérience artistique devait aplanir les querelles personnelles et politiques, non pas les dissimuler. Mais Fields-Hutton et Léon s'accordaient à penser que les Russes avaient rompu ce pacte. Outre la mort des six ouvriers et les mystérieux déménagements de matériel, on avait noté dans les parages un accroissement du niveau d'hyperfréquences. Léon avait précédé sur les lieux son employeur et il avait eu le temps de tester son téléphone cellulaire dans différentes zones du musée. Plus il s'approchait du fleuve, plus la réception était mauvaise. Cela pouvait expliquer la présence des bâches. Si les Russes avaient installé ici un centre de transmissions situé sous le niveau du fleuve, les composants électroniques devaient être isolés de l'humidité.

Le fait d'installer un tel centre dans l'enceinte du musée se justifiait du point de vue stratégique. L'art était aussi négociable que l'or et les musées étaient rarement bombardés en temps de guerre. Seul Hitler avait violé ce sanctuaire en le bombardant. Toutefois, les habitants de ce qui était alors Leningrad avaient pris la précaution d'évacuer leurs trésors à Sverdlovsk, en plein Oural.

Les Russes ont-ils installé un centre ici parce qu'ils envisageraient une guerre? se demanda Fields-Hutton.

Il consulta le plan du monument dans son *Guide bleu.* Il l'avait déjà mémorisé pendant le voyage en train mais ne voulait pas éveiller les soupçons des gardiens en donnant l'air de savoir où il avait besoin de se rendre. Chaque gardien pouvait être un agent du ministère de la Sécurité.

Après un coup d'œil au plan, Fields-Hutton tourna à gauche en direction de la longue colonnade de la galerie Rastrelli. Chaque centimètre de plancher était exploité, ne laissant nulle place pour une salle secrète dans les étages ou pour une cage d'escalier dissimulée menant aux sous-sols. Longeant le mur qui séparait la colonnade de l'aile orientale, il s'arrêta en avisant ce qu'il avait pris de prime abord pour un cagibi réservé aux gardiens. Il y avait un clavier près de la porte et il sourit en déchiffrant le panonceau imprimé fixé sur un chevalet à gauche. On y lisait, en caractères cyrilliques :

Ici vont être prochainement installés les locaux d'Arts pour les enfants, une chaîne de télévision scolaire destinée à diffuser les trésors de l'Ermitage dans toutes les écoles de la nation.

Peut-être, songea Fields-Hutton. *Et peut-être pas.*

Fields-Hutton surveilla le gardien en faisant mine de lire son guide, puis attendit qu'il ait tourné les talons pour se précipiter vers la porte. Une caméra de sécurité était placée juste au-dessus, aussi prit-il soin de ne pas lever le nez de son guide pour montrer son visage.

Il fit semblant d'éternuer, cacha sa figure derrière sa main, et en profita pour lorgner l'objectif à la dérobée. Courte focale, moins de vingt millimètres. Donc un très grand angle qui devait couvrir la porte en même temps que les abords, à gauche et à droite, mais pas jusqu'au sol.

Fields-Hutton fouilla dans sa poche de pantalon et sortit son mouchoir. Dedans, il avait mis un peso mexicain, une des rares pièces n'ayant pas la moindre valeur en Russie. Au pire, si quelqu'un le trouvait, il le ramasserait et le garderait en souvenir – avec un peu de chance, ce serait un officier supérieur qui aurait des choses intéressantes à raconter en privé.

Fields-Hutton éternua encore et se pencha le plus possible pour glisser le peso sous la porte. Il était à peu près certain qu'il y avait un détecteur de mouvement de l'autre côté, mais pas assez sensible pour déceler la pièce. Sinon, toutes les souris et tous les cafards du musée auraient déclenché l'alarme. Puis il se releva prestement et s'éloigna, le nez toujours enfoui dans son mouchoir.

Il regagna l'entrée principale par un chemin détourné et laissa un gardien fouiller le sac qu'il portait en bandoulière. Une fois dehors, il se trouva un banc tranquille sous un arbre près du fleuve et sortit du sac son Discman. Il fit défiler les plages du CD l'une après l'autre, les données numériques de chaque plage décrivant, en langage codé, ce qu'il venait de voir au musée. Ces chiffres étaient consignés sur le disque enregistrable. Plus tard, dès qu'il se retrouverait hors de portée des récepteurs susceptibles d'être installés au musée, il donnerait l'ordre à son mini-lecteur de CD de transmettre le signal au consulat britannique à Helsinki, d'où il serait relayé vers Londres.

Quand il eut terminé de leur parler du studio de télévision, Fields-Hutton se cala contre le dossier du banc pour écouter ce qu'il espérait être des bruits d'espionnage aux alentours de son petit peso mexicain.

6.

Dimanche, 12 : 50, Saint-Pétersbourg

En passant sous la porte de la zone de réception, la pièce avait traversé un détecteur à contre-impulsion électromagnétique. L'écran du CIE était conçu pour réagir au moindre signal qui le traversait, même aussi faible que celui émis par les accus au cadmium des montres numériques.

La perturbation déclencha un bip sonore qui couvrit tous les autres signaux parvenant aux écouteurs de Glinka, le directeur de la sécurité du centre opérationnel. Ce petit officier râblé n'était pas alarmiste, mais le colonel Rosski était, lui, à cran – surtout après l'« incident » de la veille et cette rumeur selon laquelle un inconnu observerait de l'extérieur leurs faits et gestes depuis déjà plusieurs jours.

Il vérifia auprès de la réceptionniste, qui lui confirma que personne n'était entré ni sorti. Après l'avoir remercié, le petit homme musclé ôta son casque, le tendit à son second, quitta son siège et descendit rejoindre le box du colonel au bout du couloir étroit.

En fait, il cherchait un prétexte pour se dégourdir les jambes, après avoir passé neuf heures d'affilée à tester la sécurité des liaisons avec des dizaines d'ambassades de par le monde. Et cela, après en avoir passé quatre à soumettre deux des lignes téléphoniques du centre à toute une batterie de tests : évaluation du courant de fuite d'une éventuelle bretelle, écoute en ligne, balayage en fréquence, impulsions à haute tension, mesure de capacitance des lignes.

La galerie centrale avait à peu près les dimensions de deux couloirs d'autobus mis bout à bout. Elle était éclairée par trois ampoules de vingt-cinq watts fixées sur des douilles noires suspendues au plafond. L'endroit bénéficiait d'une isolation acoustique si parfaite que seul le bruit d'une canonnade ou d'un marteau-piqueur aurait pu parvenir du dehors. Les murs intérieurs et extérieurs étaient en briques doublées de mousse isolante, puis de six couches alternées de fibre de verre et de feuilles de caoutchouc vulcanisé de vingt-cinq millimètres d'épaisseur. Le tout était recouvert de bâches pour isoler de l'humidité les installations et, pour finir, d'une épaisseur de carton. Une couche de peinture noir mat absorbait la lumière qui aurait pu filtrer par les fentes du plancher les surmontant.

Comme un tronc d'arbre, le corridor avait plusieurs embranchements desservant des zones spécifiques : ordinateurs, écoute radio, reconnaissance aérienne, communications, archives, sas d'accès, et ainsi de suite. Le bureau du général Orlov se trouvait à une extrémité, celui du colonel Rosski à l'autre.

Glinka arriva au bureau du colonel et pressa la touche rouge sous le haut-parleur près de la porte.

« Oui ? crépita la voix perçante.

– C'est Glinka, mon colonel. J'ai relevé une perturbation de 0,98 seconde dans la zone de réception. Pas assez longue pour correspondre à une intrusion, mais vous vouliez que je vous signale s'il y avait quoi que ce soit qui...

– Où est le concierge ?

– Il travaille dans l'aile Kurgan...

– Merci, coupa Rosski. Je vérifierai moi-même.

– Mon colonel, je peux aller v...

– Ce sera tout », trancha Rosski.

Glinka passa la main dans sa brosse blonde. « Bien, mon colonel », dit-il avant de regagner son poste.

Autant pour la petite balade en haut des marches. Mais c'était toujours mieux que de contrarier l'impitoyable colonel Rosski, ce qu'avait fait ce pauvre Pavel Odina lorsqu'il avait dérobé du matériel. Glinka avait dénoncé le vol au colonel uniquement parce qu'il ne voulait pas en être accusé lui-même. Il n'aurait jamais imaginé que le concepteur de logiciels connaîtrait un si effroyable destin, dont chacun savait ici que Rosski avait été l'orchestrateur.

Après avoir traîné la jambe pour regagner son poste, il récupéra ses écouteurs, et s'installa pour un nouveau tour de garde de cinq heures au moins sans interruption.

Il se mit à songer tranquillement à tous les moyens qu'il aimerait mettre en œuvre pour coincer ce putain de fils de pute prétentieux, s'il en avait le courage...

Engoncé dans son vieil uniforme noir impeccablement repassé, orné d'éclairs rouge vif aux revers, et la casquette parfaitement remise en forme, le colonel Leonid Rosski quitta son bureau et se dirigea d'un pas vif vers la porte étanche donnant sur l'escalier.

Comme tous les soldats du Spetnats – acronyme formé des mots *spetsialnoïe najatcheniye*, « affectation spéciale » –, le petit officier maigre avait des nerfs et un caractère de granit, que révélait son expression inflexible. Ses sourcils sombres plongeaient sévèrement au-dessus d'un long nez long aquilin, et ses lèvres minces retombaient aux extrémités, à la rencontre des deux rides profondes partant des arêtes du nez. Il arborait une épaisse moustache, détail incongru dans sa promotion. Mais sa démarche était caractéristique des forces spéciales : vive, assurée, comme si seule une laisse invisible le retenait de filer vers un but connu de lui seul.

Rosski ouvrit la porte et la tira derrière lui d'un geste ferme, composa le code de verrouillage, puis pressa la touche de l'interphone à côté du clavier.

« Raïssa, verrouillez la porte extérieure.

– Bien, mon colonel. »

Il parcourut rapidement un couloir sombre pour gagner un autre escalier qui le mena devant une autre porte à clavier, donnant sur un studio de télévision. D'ordinaire, il se mettait en civil avant de sortir, mais là, il n'avait pas le temps.

Les techniciens du studio étaient en train de finir d'installer projecteurs, moniteurs et caméras. Ils ignorèrent Rosski qui se frayait un passage au milieu des câbles, des caisses et du matériel. Derrière les vitres de la cabine technique, on distinguait un escalier raide brillamment éclairé. Rosski le grimpa pour rejoindre la réception, à l'étage au-dessus. Raïssa se leva de son bureau et le salua d'un signe de tête. Elle allait dire quelque chose mais il porta un doigt à ses lèvres pour lui intimer le silence tandis qu'il scrutait les alentours.

Rosski avisa aussitôt le peso, négligemment abandonné sous le bureau de la réceptionniste, sur le côté droit de la pièce exiguë. Les deux employés en train de déballer du matériel s'arrêtèrent pour le regarder. Il leur fit signe de continuer à parler. Ils reprirent leur discussion sur le dernier match de foot tandis que Rosski scrutait la pièce. Il tourna autour, comme un serpent encercle sa proie, s'abstenant de la toucher, redoutant de respirer au-dessus. Un parasite avait pu déclencher l'alarme dans les écouteurs de Glinka, et le peso pouvait n'être rien de plus que ce qu'il semblait être. Mais Rosski n'avait pas survécu à vingt ans de service dans les forces spéciales sans avoir appris à se méfier de tout détail d'apparence anodine.

Il vit que le peso était passablement usé, comme s'il était en circulation depuis un bon bout de temps. La date – 1982 – était là pour le confirmer. Il examina la tranche de la pièce, les sillons émoussés, la crasse logée au milieu. Tout cela semblait tout à fait authentique. Mais l'œil pouvait être abusé. Il arracha un cheveu sur sa nuque et l'approcha de la pièce. Le cheveu plongea comme un bâton de sourcier. Il se lécha le bout de l'index et imbiba délicatement de salive la surface. Il regarda attentivement les traces de poussière sur son doigt; à l'endroit où il avait touché la pièce, celle-ci était propre.

C'était l'électricité statique qui avait attiré la poussière et le cheveu, ce qui signifiait que quelque chose à l'intérieur générait un champ électrostatique. Les lèvres crispées de colère, Rosski se releva et redescendit au centre opérationnel. L'émetteur encastré dans le peso avait une puissance limitée. Qui que soit l'espion qui les écoutait, il devait se trouver à moins de quelques centaines de mètres du musée. Les caméras de sécurité révéleraient son identité à Rosski. Ensuite, il n'y aurait plus qu'à lui régler son compte.

7.

Dimanche, 9 : 00, Washington, DC

Mike Rodgers franchit d'un pas léger la porte à clavier donnant accès à l'Op-Center. Après avoir salué les gardes armés assis derrière la vitre blindée, qui lui indiquèrent le mot de passe du jour, Rodgers traversa en hâte le rez-de-chaussée, réservé à l'administration, où les officiers supérieurs avaient installé leurs bureaux dans les locaux de l'ancien QG des services d'évacuation. Comme Paul Hood, Mike Rodgers préférait être en bas, dans le sous-sol récemment aménagé où se déroulait l'essentiel de l'activité du centre opérationnel.

Une autre sentinelle armée était en faction près de l'ascenseur, et après lui avoir donné le mot de passe, Rodgers eut le droit de pénétrer dans la cabine. Pour assurer la garde du centre, on avait choisi la tradition éprouvée du « Qui va là ? » de préférence aux systèmes hi-tech sophistiqués employés par les autres agences, où l'on avait déjà vu les analyseurs d'empreinte être abusés par des gants gravés au laser, et les systèmes d'identification vocale, par des synthétiseurs. Même si Rodgers avait vu la sentinelle quasiment chaque jour depuis six mois et même s'il connaissait par leur prénom son mari et ses enfants, il n'était admis que s'il détenait le mot de passe. Qu'il essaye de pénétrer de force, et il serait arrêté. Qu'il tente de résister, et il serait abattu. À l'Op-Center, précision, compétence et patriotisme passaient avant l'amitié.

Émergeant au cœur du dispositif, qu'on avait coutume d'appeler « le Ring », Rodgers se faufila dans le dédale de boxes vers les bureaux du service action, disposés autour de ce noyau central. Contrairement aux bureaux des étages supérieurs, ceux-ci avaient accès à une large panoplie de sources d'information, qui allaient de l'imagerie satellitaire aux communications directes avec les agents opérant dans le monde entier, en passant par les ordinateurs et les bases de données capables de vous prédire avec précision le tonnage de riz récolté à Rangoon dans les cinq années à venir.

Rodgers occupait le bureau de Hood en l'absence du chef. Il jouxtait la salle de conférence qu'on appelait familièrement « le Bocal ». Le Bocal était ceint d'une muraille d'ondes électromagnétiques qui empêchaient toute surveillance électronique. On disait également que ces ondes pouvaient également rendre fou ou stérile. La psychologue Liz Gordon disait en plaisantant à moitié que les ondes expliquaient une bonne partie des comportements constatés dans cette enceinte.

Alerte et plein d'énergie malgré une soirée de samedi agitée, Rodgers composa le code sur le clavier jouxtant la porte du bureau du chef. Le battant s'ouvrit avec un chuintement, les plafonniers s'allumèrent et pour la première fois depuis six mois, Rodgers sourit avec satisfaction. Enfin, il était responsable de l'Op-Center.

Cela dit, il sentait qu'il était un peu injuste envers Hood. Le directeur avait peut-être son côté mère poule, comme l'avait souligné Ann. Mais c'était quand même un chic type. Il avait des intentions louables et, plus important, c'était un gestionnaire extrêmement doué. Et puis, il était toujours astucieux de déléguer son autorité en interne à un groupe d'experts relativement autonomes tels que Martha Mackall et Lowell Coffey II, Matt Stoll et Ann Farris. Pourtant, Rodgers sentait de plus en plus que l'Op-Center exigeait d'être guidé par une volonté unique, comme le FBI du temps d'Edgar Hoover. Il fallait à sa tête un homme qui n'éprouve pas le besoin de consulter la CIA ou le Conseil national de sécurité avant d'agir, mais se contente d'informer les autres organisations après coup. Après avoir désamorcé une guerre en Corée et le bombardement potentiel du Japon, il en était venu à croire que l'Op-Center devait se montrer plus agressif sur la scène internationale, au lieu de suivre passivement le cours des événements.

Raison supplémentaire pour ne pas continuer à garder l'anonymat, estima Rodgers. Mais ils avaient le temps de réfléchir aux modalités : soit la méthode passive, en ménageant des fuites vers la presse, soit celle, plus spectaculaire, consistant à envoyer les Attaquants dans une de ces missions qui avaient permis aux commandos israéliens d'être craints et respectés. Des missions qu'il était inutile de déléguer à d'autres agences, comme leur récente attaque du site de missile nord-coréen qu'ils avaient confiée aux militaires de Corée du Sud.

Rodgers et Hood avaient eu cette discussion bien des fois, et le directeur le renvoyait invariablement à leurs statuts, qui interdisaient tout aventurisme. Ils étaient censés agir comme une force de police, pas comme une cinquième colonne. Mais Rodgers assimilait les statuts à une partition musicale : même si on la jouait note pour note en suivant les indications du compositeur, cela laissait malgré tout une grande latitude pour l'interprétation. Au Viêt-nam, il avait lu et relu l'*Histoire du déclin et de la chute de l'Empire romain* d'Edward Gibbon, et une des phrases de l'historien britannique était devenue le credo de Rodgers : la meilleure des choses sur terre était l'indépendance.

Enflammé par la lecture de Gibbon et celle d'un exemplaire corné de *Ma guerre* du général Patton, cadeau de son père, Rodgers avait fait deux périodes de service au Viêt-nam. Il était retourné aux États-Unis pour décrocher sa licence d'histoire à l'université de Temple, avant d'être affecté en Allemagne, puis au Japon. Il avait commandé une brigade motorisée lors de la guerre du Golfe, puis était resté stationné en Arabie Séoudite avant de revenir en métropole, postuler un emploi aux Affaires étrangères. Au lieu de cela, le président lui avait offert le poste de directeur adjoint de l'Op-Center. Il n'avait pas regretté de l'avoir accepté. C'était grisant de se trouver impliqué dans des crises partout dans le monde. Il savourait encore le récent succès de son incursion en Corée du Nord. Ce qu'il appréciait moins, en revanche, c'était de jouer les comparses, même de Paul Hood.

L'ordinateur émit un bip. Rodgers se dirigea vers le bureau. Il tapa *Ctrl-A*. Le visage rond de Bob Herbert, trente-huit ans, emplit aussitôt l'écran, transmis par la caméra à fibres optiques placée au-dessus de son moniteur. L'agent du Service national de renseignements avait les traits tirés.

« Bonjour Mike.

– Salut, Bob, qu'est-ce que vous faites ici, un dimanche ?

– Je suis de permanence depuis hier soir. Stephen Viens, du NRO, m'a appelé chez moi, et je suis venu. Vous avez lu ma note ?

– Pas encore, avoua Mike. Que se passe-t-il ?

– Si vous consultiez la boîte aux lettres de votre courrier électronique et me rebipiez ensuite ? suggéra Herbert. Vous aurez tous les horaires et les libellés exacts, et les données des satellites de reconn...

– Et si vous me mettiez rapidement au fait ? » Mike se passa une main sur le visage. *E-mail. Biper. Téléconférences par fibres optiques.* Le renseignement devait être une tâche physiquement épuisante, comme l'amour, et pas se réduire à du voyeurisme électronique.

« Bien sûr, Mike. Je vous fais un topo, répondit Herbert, un rien inquiet. Vous vous sentez bien ?

– Ouais. Juste un brin déphasé avec cette fin de XXe siècle.

– C'est vous qui le dites. »

Rodgers ne se fatigua pas à expliquer. L'agent Herbert était un type bien, un gars qui avait payé le prix de ses actes. Il avait perdu sa femme et l'usage de ses jambes lors de l'attentat contre l'ambassade de Beyrouth, en 1983. Mais après de sérieuses réticences initiales, même Herbert avait fini par tomber sous le charme des ordinateurs, des satellites et des liaisons par fibres optiques. Il appelait cette triade technologique « la vision divine du monde ».

« Nous avons deux séries d'éléments, expliqua Herbert, peut-être liés, peut-être pas. Vous savez que nous avons relevé des émissions d'hyperfréquences depuis la Néva, à la hauteur de l'Ermitage, à Saint-Pétersbourg.

– Oui.

– Au début, on a cru qu'elles provenaient du studio de télévision que les Russes sont en train d'installer au musée pour diffuser des émissions culturelles dans les écoles. Mais mes spécialistes de la télé ont surveillé leurs essais de transmission, et tous se situent dans la gamme de 153 à 11 950 kHz. Cela ne correspond pas aux signaux que nous obtenons depuis la Néva.

– Donc, le studio de télé sert de couverture à une autre opération.

– Fort probable. On avait pensé à un nouveau dispositif de sécurité pour gérer l'afflux de touristes que les Russes attendent pour le tricentenaire de la cité, mais cela ne colle pas non plus.

– Comment ça ?

– Martha Mackall a appelé un ami aux Finances, pour m'obtenir les budgets des ministères russes de la Culture et de l'Éducation, expliqua Herbert. Nulle part on ne voit le moindre rouble pour financer un projet qui doit tourner autour des cinq à sept millions de dollars. On a donc fouiné un peu et retrouvé des fonds pour ce studio dans le budget du ministère de l'Intérieur...

– Ça ne veut rien dire, objecta Rodgers. Notre gouvernement opère constamment des transferts de postes budgétaires.

– Certes, mais leur ministère a attribué l'équivalent de *vingt millions* de dollars au projet.

– L'Intérieur est aux mains de Doguine, le conservateur pur et dur qui vient de perdre les élections. Une partie de cet argent aurait pu alimenter sa campagne présidentielle.

– C'est une éventualité, reconnut Herbert. Mais il y a un deuxième détail qui indique qu'il pourrait s'agir d'autre chose que d'un studio de télévision. À treize heures trente, hier, nous avons intercepté une communication pour New York, émanant du secteur nord de Saint-Pétersbourg. Une commande de bagels.

– Plaît-il ?

– C'était une commande de croissanterie, faxée de Saint-Pétersbourg à la boutique Bestonia Bagels de Brighton Beach, à Brooklyn. On demandait un beignet aux oignons nappé de fromage blanc, un beignet salé au beurre, un beignet ordinaire, et deux beignets ail et fines herbes.

– Une commande de repas à domicile, depuis l'autre bout du monde... Et ce n'était pas une blague.

– Non. Bestonia a renvoyé une confirmation. Il s'agit d'espionnage, aucun doute.

– Effectivement. Une idée de la signification du message ?

– On a transmis le tout au chiffre, poursuivit Herbert. Ils sèchent dessus. Lynne Dominick dit que les divers beignets pourraient représenter des quartiers de la ville ou des régions du monde. Ils pourraient également correspondre à des agents. Chaque garniture pourrait représenter un objectif spécifique. Elle m'a dit qu'elle continuait de bosser dessus, mais elle a appelé Bestonia et ils ont un choix d'une douzaine de beignets, avec vingt garnitures différentes. Ça risque de prendre un moment.

– Et cette boutique, ça donne quoi ?

– Aucune vague, jusqu'ici. Elle appartient aux Belnick, une famille venue de Kiev, par Montréal, en 1961.

– Bien implantés, donc.

– Tout à fait. Darrell a prévenu le FBI et ils ont envoyé une équipe planquer du côté de la boutique. Ils n'ont rien noté de spécial, en dehors des livraisons de bagels. »

Darrell McCaskey assurait la liaison du centre avec Interpol et le FBI. En coordonnant les efforts entre les agences, il permettait à chacune de profiter des ressources des autres.

– Vous êtes sûrs que ce sont bien des beignets qu'ils livrent ?

– On a filmé les sacs ouverts avec une caméra placée sur un toit, et visionné les bandes. C'est bien des beignets. Et le livreur est apparemment payé la somme correspondant à la taille de chaque commande. Aucun des clients ne ressort déjeuner, donc ils doivent effectivement manger le contenu des sacs. »

Rodgers hocha la tête. « A priori, ça nous ramène à un truc qui se tramerait à Saint-Pétersbourg. Que fait le DI-6 ?

– Ils ont un gars sur place. Le commandant Hubbard a promis de nous tenir au courant.

– Parfait. Et vous, qu'est-ce que vous en pensez ?

– J'ai l'impression d'avoir fait un petit saut dans les années soixante, ambiance *Quatrième Dimension*. Aujourd'hui, quand je vois les Russes claquer des masses de fric sur un projet, ça m'inquiète. »

Rodgers acquiesça, tandis que le chef du renseignement coupait la communication. Herbert avait raison.

Les Russes n'étaient pas bons perdants et ils se retrouvaient confrontés à l'éventualité de voir un candidat battu aux élections chapeauter une opération secrète impliquant des agents infiltrés aux États-Unis.

Rodgers était inquiet, lui aussi.

8.

Dimanche, 16 : 35, Saint-Pétersbourg

Quelle que soit la saison à Saint-Pétersbourg, la chaleur du jour se dissipe presque immédiatement, chassée par le vent qui se met à souffler du golfe en fin d'après-midi. L'air frais est diffusé dans les moindres recoins de la cité par le lacis de bras et de canaux, raison pour laquelle la chaude lueur des éclairages intérieurs apparaît si tôt dans la journée. C'est également pour cela qu'après le crépuscule, les piétons, qui doivent souvent braver ensemble les bourrasques et le froid mordant, se sentent liés par une affinité particulière.

Le coucher de soleil avait un effet presque surnaturel aux yeux de Fields-Hutton. Cela faisait près de deux heures qu'il était assis sous un arbre sur les rives de la Néva, à relire des manuscrits stockés sur le disque dur de son portable Toshiba. En même temps, il écoutait son baladeur qui était également un récepteur radio accordé sur la fréquence du peso glissé derrière la porte. Et maintenant, en regardant le soleil descendre dans le ciel, les rues commencer à se vider et les quais devenir quasiment déserts, il avait l'impression que les gens se sentaient obligés de rentrer se calfeutrer chez eux avant que les vampires et les spectres ne sortent se mettre en chasse.

Soit ça, soit j'édite depuis trop longtemps de la BD d'horreur et de science-fiction.

Le froid le gagnait. Malgré son habitude des rigueurs du climat londonien. Mais, pis encore, il avait de plus en plus le sentiment d'avoir perdu son après-midi. Tout ce qu'il avait capté depuis qu'il s'était mis à l'écoute du micro-espion était du bla-bla-bla sur le sport et les femmes, des ordres aboyés par des chefs, des bruits de pieds-de-biche ouvrant des caisses et ceux d'allées et venues des employés travaillant au studio. Pas exactement le genre de surveillance à donner des palpitations dans les hautes sphères du service.

Il contempla la rive opposée, puis reporta son regard sur l'Ermitage. Le musée était un édifice imposant, avec ses douzaines de colonnes blanches désormais rougies par le couchant et son dôme crénelé étincelant aux derniers rayons du soleil. Les cars commençaient à ramener leurs groupes de touristes. L'équipe de jour s'apprêtait à quitter les locaux. La relève de nuit venait juste d'arriver. Les Pétersbourgeois qui avaient passé leur dimanche au musée faisaient la queue aux stations de trolleybus ou s'éloignaient pour rejoindre la station de métro la plus proche, celle de la perspective Nevski, à un quart d'heure de marche de là. Bientôt, comme les rues, le grand musée allait se retrouver désert.

Fields-Hutton espérait que Léon aurait réussi à lui dénicher une chambre d'hôtel : il allait devoir revenir demain matin poursuivre sa surveillance. Il était convaincu que s'il devait se produire quelque chose, ce ne pouvait être qu'au studio de télévision.

L'agent britannique décida de retourner à l'intérieur et d'arpenter les alentours durant quelques minutes, pour vérifier si quelqu'un, en dehors des ouvriers, fréquentait les lieux aux approches de l'heure de fermeture. Quelqu'un qu'il pourrait décrire au service anthropométrique du DI-6 – un militaire en civil, un fonctionnaire gouvernemental, un agent étranger... Qui plus est, il régnait toujours une certaine confusion, une certaine tension dans les jours entourant le lancement d'une opération nouvelle. Par ailleurs, un ouvrier quittant son poste pouvait toujours dire ou faire quelque chose susceptible de lui révéler ce qui se tramait réellement ici.

Refermant son ordinateur et dépliant sa haute silhouette – dans un concert de craquements –, Fields-Hutton épousseta son pantalon, puis se dirigea d'un pas décidé vers l'entrée du musée. Il avait gardé son baladeur allumé.

À sa droite, il avisa un couple qui venait de sortir et déambulait, main dans la main, le long de la berge. Il pensa à Peggy, non pas à cette première promenade décisive, celle où elle l'avait fait pénétrer dans le monde de l'espionnage, mais à une autre, juste cinq jours plus tôt, sur les quais de la Tamise. Ils avaient pour la première fois parlé du mariage, et Peggy avait admis qu'elle y songeait. Certes, Peggy avait la constitution de la tour penchée de Pise, et il lui faudrait peut-être une éternité pour tomber – mais il était prêt à courir le risque. Ce n'était pas tout à fait la créature timide et réservée avec laquelle il avait toujours rêvé de convoler, mais il appréciait son tonus. Et puis, elle avait le visage d'un ange. Et surtout, elle méritait largement sa patience.

Il sourit en voyant une jeune femme trottiner vers le fleuve avec son fox-terrier. Il n'avait pas l'impression qu'ils élevaient la variété anglaise en Russie, même si on trouvait de tout au marché noir de nos jours, y compris les races de chiens en vogue en Occident.

La fille était en survêtement, elle était coiffée d'une casquette de base-ball et tenait une petite bouteille d'eau en plastique. Alors qu'elle approchait, il remarqua qu'elle ne transpirait pas. Cela lui parut étrange, car les appartements les plus proches étaient au moins à huit cents mètres de là, et un coureur aurait déjà dû être en nage. Elle lui souriait. Il lui rendit son sourire. Soudain, le chien se libéra de sa laisse et se précipita sur lui, lui mordant cruellement le gras du mollet avant que la fille ait eu le temps de le récupérer.

« Je suis horriblement désolée ! dit-elle en fourrant sous son bras le cabot glapissant.

– Ce n'est pas grave. » Grimaçant de douleur, il se laissa tomber sur le genou droit pour examiner la blessure. Il déposa l'ordinateur, sortit son mouchoir et essuya le sang des deux rangées de marques semi-circulaires laissées par les crocs.

La femme s'agenouilla près de lui, manifestement pleine de sollicitude. Serrant toujours fermement sous son bras droit le terrier furieux, elle lui tendit la bouteille de son bras libre.

« Tenez, ça vous servira.

– Merci, non... » Les marques de crocs étaient de nouveau gorgées de sang. Il y avait quelque chose d'anormal. Cette fille avait l'air trop inquiète, trop attentive. Les Russes n'étaient pas comme ça. Il fallait qu'il s'éloigne, et vite.

Avant qu'il ait pu l'en empêcher, la fille avait versé

de l'eau sur sa blessure. Des rigoles de sang ruisselèrent sur sa jambe tandis qu'il tendait la main pour la retenir.

« Qu'est-ce que vous faites ? demanda-t-il avec insistance, tandis qu'elle vidait le contenu de sa bouteille. Mademoiselle, je vous en prie... »

Il se releva. Elle fit de même, en reculant. Ses traits désormais étaient dénués de toute émotion. Même le chien s'était tu. Les terribles soupçons de Fields-Hutton se confirmèrent quand la brûlure dans sa jambe commença à se dissiper – en même temps qu'il cessait de sentir son pied.

« Qui êtes-vous ? demanda-t-il alors que l'engourdissement prenait toute sa jambe et que le vertige le gagnait. Qu'est-ce que vous m'avez fait ? »

La femme ne répondit pas. C'était inutile. Fields-Hutton se douta qu'elle l'avait empoisonné avec un agent chimique à action rapide. Tandis que le paysage se mettait à tournoyer autour de lui, il pensa à Léon et se pencha pour récupérer son ordinateur. Il tomba, saisit la poignée et, tirant le portable derrière lui, rampa vers la rivière. Quand ses jambes devinrent totalement inertes, il essaya de progresser à la force des bras, de se forcer à rester conscient. Il voulait rester en vie assez longtemps pour jeter l'ordinateur dans la Néva. Mais bientôt, ses épaules commencèrent à s'engourdir. Ses bras n'étaient plus que des poids morts et il bascula en avant.

La dernière chose que vit Keith Fields-Hutton, ce fut les eaux dorées de la Néva qui coulaient à quelques mètres de lui. La dernière chose qu'il entendit, ce fut la voix de la femme qui lui disait « Adieu ». Et sa dernière pensée fut que Peggy verserait des larmes quand le commandant Hubbard lui apprendrait que son amour était mort en service commandé à Saint-Pétersbourg.

Sa tête roula doucement sur le côté tandis que son cœur, sous l'effet de l'agent neurotoxique VX, cessait de battre.

9.

Dimanche, 21 : 00, Belgorod, frontière russo-ukrainienne

Le Kamov Ka-26 se posa sur le carré de terrain éclairé par les projecteurs. Ses deux rotors soulevèrent des tourbillons de poussière en spirales inversées. Pendant que des soldats s'affairaient déjà à vider les caisses de matériel de communications entreposées dans la soute à l'arrière du poste de pilotage, le ministre Doguine descendit. Tête penchée, tenant son feutre d'une main et les pans de son pardessus de l'autre, il se hâta d'évacuer la zone d'atterrissage.

Doguine avait toujours adoré les bases temporaires comme celle-ci – champ désert transformé du jour au lendemain en centre névralgique, empreintes de bottes dans la glaise balayée par le vent, air poussiéreux lourd d'odeurs de gasoil.

La base était équipée pour les combats de montagne, selon une configuration établie aux derniers jours de la guerre en Afghanistan. À cent mètres sur sa droite s'alignaient des rangées de longues tentes qui abritaient chacune une douzaine de fantassins. Vingt tentes par rangée, qui s'étendaient bien au-delà du faisceau des projecteurs, presque jusqu'au pied des collines. Au-delà, dans les angles nord et sud du camp, on avait installé des nids de mitrailleuses et creusé des tranchées couvertes. En cas de guerre, ces positions devaient servir à protéger la base contre d'éventuelles attaques de la guérilla. Sur sa gauche, dans la plaine à l'opposé des collines, se déployaient des rangées de chars, d'engins blindés et d'hélicoptères ; puis les baraquements du mess et l'abri de toile des douches ; et enfin la décharge, les tentes médicales et les dépôts d'approvisionnement. Même de nuit, il y avait de l'activité.

Très loin, droit devant lui, Doguine avisa la silhouette immaculée d'un engin d'époque : le bimoteur PS-89 de Dimitri Chovitch. Deux sentinelles montaient la garde, chacune armée d'un fusil d'assaut Avtomat ; le pilote était assis sur son siège, prêt à décoller au premier signal.

Face à l'appareil, le ministre de l'Intérieur ressentit un frisson. Ce qui n'était jusqu'ici que discours s'apprêtait à devenir réalité. Les hommes et le matériel, l'équipement qui allait arriver n'étaient toutefois qu'un début. Pour obtenir le financement indispensable qui l'aiderait à annuler les désastreuses conséquences des élections, il s'apprêtait à signer un pacte avec le diable. Il espérait simplement que Kossigan ne s'était pas trompé, que la clause de sauvegarde fonctionnerait le moment venu.

Derrière le dépôt de ravitaillement se dressaient trois autres tentes : la station météo entourée de ses capteurs montés sur trépied et raccordés aux ordinateurs installés à l'abri ; le centre de communications, avec une antenne satellite pointée vers le nord-ouest, une seconde vers le sud-est ; enfin, la tente de commandement.

Le général Mikhaïl Kossigan était debout devant cette dernière, bien campé sur ses jambes, les mains croisées dans le dos, la nuque raide. En retrait sur sa droite, un planton tenait bon son béret.

Les revers de sa vareuse et ses jambes de pantalon avaient beau claquer furieusement, tout comme les pans de la tente derrière lui, Kossigan ne semblait pas le remarquer. Depuis les yeux acier jusqu'au menton creusé d'une fossette et à la balafre qui les reliait en diagonale, ce colosse d'un mètre quatre-vingt-dix était la quintessence même du Cosaque, vigoureux et sûr de lui.

« Bienvenue, Nikolaï ! s'exclama le général. Ça fait plaisir de te revoir ! » Kossigan ne parlait pas fort mais sa voix couvrait le fracas de l'hélicoptère.

Doguine lui serra la main. « Ça me fait plaisir, moi aussi, Mikhaïl.

– Oh ? Alors pourquoi cet air lugubre ?

– Je ne suis pas lugubre, rétorqua Doguine. Je suis préoccupé.

– Ah. Le grand esprit perpétuellement agité. Comme Trotski en exil. »

Regard noir de Doguine. « Je ne peux pas dire que j'apprécie la comparaison. Jamais je ne me serais opposé à Staline, et j'espère bien ne pas finir abattu d'un coup de piolet. »

Doguine continua de fixer Kossigan. Le général était un homme d'un charme et d'une prestance exceptionnels. Il avait été double champion du monde et sélectionné olympique en tir au pistolet – résultat d'un passage à la DOSAAF, les Volontaires pour la coopération avec l'armée, l'aviation et la flotte, une organisation qui formait les jeunes gens aux disciplines sportives ayant une application militaire. De là, son ascension dans l'armée avait été fulgurante – quoique pas encore assez rapide pour satisfaire un ego grandissant. Doguine était certain qu'il pouvait désormais se fier au général. Kossigan avait besoin du ministre pour l'aider à passer par-dessus ses supérieurs hiérarchiques. Mais par la suite? La suite, c'était toujours un problème avec des personnages comme Kossigan.

Ce dernier sourit. « Ne te tracasse pas. Il n'y a pas d'assassins ici. Que des alliés. Des alliés qui commencent à se lasser des manœuvres, qui ont hâte de passer à l'action... mais (son sourire s'élargit) des alliés qui sont prêts comme jamais à servir le ministre.

– Et son général, ajouta Doguine.

– Cela va de soi. » Kossigan souriait toujours en se tournant, la main tendue, pour inviter son hôte à pénétrer dans sa tente.

En entrant, Doguine découvrit le troisième membre de cet étrange triumvirat : Dimitri Chovitch. Le gangster occupait l'un des trois pliants disposés autour d'une petite table métallique verte.

Chovitch se leva à l'entrée de Doguine. « Mon cher ami », dit doucement Chovitch.

Doguine ne pouvait se résoudre à appeler ce monstre « mon ami ». « Dimitri », marmonna-t-il, en inclinant imperceptiblement la tête tout en regardant son frêle interlocuteur droit dans les yeux. Des yeux d'une froideur encore accentuée par les cheveux en brosse et les sourcils teints en blond. Le visage allongé de Chovitch était impassible, sa peau d'une douceur contre nature. Doguine avait lu que Chovitch s'était fait faire un peeling pour se débarrasser de la couche de corne craquelée héritée de neuf années de séjour dans une prison sibérienne.

Chovitch se rassit, sans quitter des yeux le nouveau venu. « Vous semblez mécontent, camarade ministre.

– Tu vois, Nikolaï ? dit le général Kossigan. Tout le monde le remarque. » Il fit pivoter une chaise, l'enfourcha et pointa l'index sur Doguine, le pouce levé, simulant une arme de poing. « Si tu avais été un peu moins sérieux, peut-être que nous ne serions pas ici en ce moment. Les Russes d'aujourd'hui aiment les chefs qui savent rire et boire avec eux, pas ceux qui donnent l'impression de porter le poids du monde sur leurs épaules. »

Doguine déboutonna son manteau et prit le dernier siège libre. Il y avait sur la table un plateau avec des tasses, une théière, une bouteille de vodka. Il se versa du thé. « La nouvelle Russie a suivi un joueur de flûte qui va les mener, riant et buvant, à leur destruction.

– Ça peut paraître sympa, admit Kossigan. Mais les Russes n'ont jamais su ce qui était le mieux pour eux – et coup de pot, on est là pour leur montrer. Quelle noblesse d'âme de notre part, non ? »

Chovitch croisa les mains sur la table. « Général, j'ignore ce qu'est la noblesse d'âme, et sauver la Russie est le cadet de mes soucis. La Russie m'a expédié en enfer pendant neuf ans avant que l'amnistie générale de Gorbatchev me libère. La seule chose qui m'intéresse, ce sont les conditions dont nous avons déjà discuté. Sont-elles toujours acceptables ?

– Oui », confirma le général.

Les yeux froids du gangster se tournèrent vers Doguine. « Parle-t-il en votre nom, camarade ministre ? »

Le ministre de l'Intérieur touilla le sucre dans son thé. En l'espace de cinq ans depuis sa libération, Chovitch était passé du statut de malfrat sous les verrous à celui de chef d'un réseau mafieux fort d'une armée de cent mille hommes en Russie, en Europe, aux États-Unis, au Japon et ailleurs – dont la plupart avait été admis dans l'ordre ancestral du crime organisé, après avoir manifesté leur loyauté par l'assassinat d'un ami ou d'un parent.

Ne suis-je pas fou de faire alliance avec cet homme? Doguine se posait la question. Chovitch ne resterait loyal que tant qu'ils lui reverseraient vingt pour cent de la richesse totale des anciennes républiques soviétiques, ce qui incluait les plus vastes réserves pétrolières de la planète, le double du bois de la forêt amazonienne, près du quart des filons d'or et de diamant encore inexploités, et parmi les plus vastes gisements houillers, sans oublier les métaux : fer, plomb, uranium, plomb, nickel, argent et platine. L'homme n'était pas un patriote. Il voulait exploiter les ressources naturelles d'une Union soviétique reconstruite et profiter de leur légitimité pour blanchir l'argent de la drogue.

Cela rendait le personnage écœurant mais Kossigan soutenait que tant que lui et ses collègues contrôlaient la plus vaste force armée de la planète, tant que Doguine dirigeait la nouvelle unité de surveillance installée à Saint-Pétersbourg, ils n'avaient rien à craindre d'un Chovitch. On pourrait toujours le flanquer dehors le moment venu, l'exiler dans une de ses résidences de New York, Londres, Mexico, Hong Kong ou Buenos Aires. Ou on pourrait toujours l'abattre en vol s'il refusait d'obéir.

Doguine n'en était pas aussi convaincu, mais il ne semblait guère y avoir d'autre solution. Il avait besoin de sommes d'argent colossales pour soudoyer politiciens et militaires, afin de déclencher une guerre d'agression sans l'approbation du Kremlin. Contrairement à celle d'Afghanistan, ce serait une guerre que les Russes pourraient remporter. Mais l'argent était la clé de l'affaire. De quoi faire se retourner Marx dans sa tombe.

« Je parle pour moi, reprit Doguine en s'adressant à Chovitch. Vos conditions me paraissent acceptables. Le jour où le gouvernement de Janine sera renversé et où je serai nommé président, l'homme que vous choisirez deviendra le nouveau ministre de l'Intérieur. »

Rire glacial de Chovitch. « Et si je me choisis ? »

Un frisson horrifié parcourut Doguine, même s'il était trop madré pour le laisser paraître. « Je vous l'ai dit, votre choix sera le mien. »

La tension née d'une méfiance réciproque était si lourde que Kossigan la rompit en intervenant d'une voix forte : « Et l'Ukraine, dans tout ça ? Et Viesnik ? »

Doguine détourna les yeux. « Le président ukrainien est avec nous.

– Comment se fait-il ? demanda Chovitch. Les Ukrainiens ont enfin l'indépendance qu'ils recherchaient depuis des décennies.

– Viesnik se retrouve avec plus de problèmes sociaux ou ethniques qu'ils ne peuvent en assumer, lui et son armée, expliqua Doguine. Il veut y mettre le holà avant qu'ils ne lui échappent. On va l'aider dans ce sens. Il a également la nostalgie de notre passé glorieux, tout comme Kossigan et moi. » Doguine considéra le monstre froid assis à côté de lui. « Mes alliés polonais comptent organiser une action là-bas, pour mardi, douze heures trente, heure locale.

– Quel genre d'action ? s'enquit Chovitch.

– Mon assistant du Spetnats, à Saint-Pétersbourg, a déjà expédié une équipe secrète dans la ville frontière de Przemysl, côté polonais. Ils doivent provoquer une explosion au siège du parti communiste. Les communistes protesteront contre l'attentat, et mes gars doivent tout faire pour que la manifestation dégénère. Des troupes polonaises seront envoyées sur place et les échauffourées gagneront la frontière ukrainienne, à neuf kilomètres de là. La nuit venue, dans la confusion générale, les troupes de Viesnik tireront sur les forces polonaises.

– Aussitôt, enchaîna Kossigan, Viesnik me contactera pour réclamer un soutien militaire. À ce moment, Janine saura déjà qu'il est en dehors du vrai cercle du pouvoir. Il s'empressera de chercher quels généraux sont derrière lui, exactement comme Eltsine quand ses officiers décidèrent d'écraser la Tchétchénie. Il aura quelques très rares alliés, et les hommes politiques que nous sommes en train d'acheter ne le soutiendront pas non plus. Les Polonais d'Ukraine et les descendants de Biélorusses seront également persécutés. Dès que nous contre-attaquerons, les Ukrainiens et moi, la Russie blanche viendra se joindre à nous, ce qui permettra de porter la ligne de front jusqu'à moins de cent cinquante kilomètres de Varsovie. Les Russes se retrouveront pris dans cette fièvre nationaliste, tandis que Janine se verra lâché par les banquiers et les investisseurs étrangers. Ce sera un homme fini.

– La clé de notre succès, intervint Doguine, est

d'empêcher les États-Unis et l'Europe de se retrouver impliqués militairement. (Il regarda Chovitch.) Nous attaquerons sur le front diplomatique, en prétendant qu'il ne s'agit pas de visées impérialistes mais au contraire d'une attaque contre la Fédération de Russie. Et si jamais ça ne marchait pas, le général vous a sans doute évoqué ce plan visant à faire pression sur les officiers qui ont un rôle pivot dans le dispositif...

– Je lui en ai parlé, confirma Kossigan, mais Dimitri m'a dit qu'il avait une meilleure idée. Pourquoi ne pas la lui exposer toi-même, Dimitri ? »

Doguine lorgna Chovitch, tandis que le gangster se calait confortablement sur son siège. Doguine comprit que c'était juste un moyen de le faire attendre. Il se carra contre le dossier, croisa les jambes, détacha une plaque de boue collée au flanc noir de sa botte.

« Mes gars en Amérique m'ont appris que le FBI avait fait de sacrés progrès en matière de riposte, expliqua Chovitch. Si nous organisons des réseaux de jeu ou de drogue, ils cherchent juste à nous contenir. Mais si d'aventure nous agressons leurs hommes, ils répliquent avec force. Cela évite de voir les rues se transformer en champs de bataille. La majorité des gangsters faisant ça pour l'argent, pas pour des motifs politiques, ils se refusent à attaquer des cibles gouvernementales.

– Alors, que proposez-vous ? demanda Doguine.

– Un attentat contre un objectif civil en guise de leçon de choses.

– Dans quel but ? »

Ce fut Kossigan qui répondit. « Pour accaparer toute l'attention des Américains. Une fois que nous l'aurons captée, nous leur dirons que, s'ils nous laissent le champ libre en Europe de l'Est, ils n'auront plus d'attentats. Et qu'on pourra même leur livrer les terroristes, histoire de faire passer le président Lawrence pour un homme prompt et décidé.

– Évidemment, enchaîna Chovitch, il vous faudra dédommager mes collègues américains de la perte d'un de leurs hommes. Mais vous puiserez dans votre petite caisse noire.

– Évidemment », confirma Kossigan. Il saisit la bouteille de vodka, et considéra Doguine. « Comme nous l'avons dit depuis le début, camarade ministre, tout ce dont nous avons besoin, c'est de contenir les États-Unis jusqu'à la diffusion dans les journaux du soir des vidéos montrant des soldats mutilés ou tués. Les citoyens américains ne toléreront pas de pertes humaines. Avec la perspective de l'élection présidentielle à l'automne, le président Lawrence se gardera d'intervenir. »

Coup d'œil de Doguine à Chovitch. « Quel genre d'objectif civil frapperez-vous ?

– Je ne veux pas le savoir, répondit-il négligemment. Mes gars vivent là-bas. Certains sont des mercenaires, d'autres des patriotes. Mais quel que soit celui qui sera choisi, il saura comment frapper l'Amérique au cœur. Je leur fais totalement confiance. » Il eut un sourire sans joie. « Demain matin, à l'heure qu'il est, nous l'aurons appris aux infos.

– Demain ! s'écria Kossigan. Quels hommes d'action nous sommes ! » Il remplit de vodka sa tasse et celle de Chovitch. « Puisque notre ami Nikolaï ne boit pas, nous l'autoriserons à trinquer avec du thé. Il leva sa tasse. À notre alliance ! »

À l'instant où les hommes choquaient leurs tasses,

Doguine sentit une brûlure au ventre. C'était un coup d'État, une seconde révolution. Le début de la construction d'un empire, et des hommes allaient mourir. Mais en même temps qu'il acceptait ce fait, il avait du mal à supporter la désinvolture de Chovitch. Le gangster était passé de l'enlèvement à l'assassinat comme si de rien n'était.

Doguine but une gorgée de thé en se rappelant la nécessité de ce mariage contre nature. Tout leader devait faire des compromis pour progresser. Pierre le Grand avait changé l'art et l'industrie de la Russie avec des idées qu'il avait importées d'Europe. La coopération allemande avait permis à Lénine de renverser le tsar et de se retirer de la Grande Guerre. Staline avait consolidé son pouvoir en assassinant Trotski et des centaines de milliers d'autres personnes. Eltsine avait noué des alliances avec les pontes du marché noir pour empêcher l'effondrement total de son économie.

Et maintenant, c'était lui qui collaborait avec un gangster. Au moins Chovitch était-il russe. C'était toujours mieux que d'aller se pointer aux États-Unis, le chapeau à la main, pour quémander de l'argent et un soutien moral, comme naguère Gorbatchev et Janine aujourd'hui.

Alors que les deux autres vidaient leur tasse, Doguine évita de croiser le regard de Chovitch. Il essayait de ne pas songer aux moyens, juste à la fin. Il préférait imaginer une carte au mur de son bureau. Une carte de la nouvelle grande Union soviétique.

10.

Dimanche, 20 : 00, New York

Dès réception de la commande de bagels envoyée de Saint-Pétersbourg, Herman Josef avait glissé cinq kilos d'explosif dans un sac en plastique. Il avait ensuite disposé les beignets au-dessus. Puis il s'était rendu, à trois rues de là, au Tout-en-russe, une boutique qui vendait des livres, des cassettes et autres articles de la mère patrie. Soixante minutes plus tard, il avait apporté cinq autres kilos de plastic chez Mickey, un prêteur sur gages de Brighton Beach.

Dans sa journée, Herman avait effectué quinze livraisons analogues, répartissant un total de soixante-quinze kilos d'explosif entre divers sites. Il ignorait s'il était suivi, mais il le supposa. Aussi, à chaque étape, avait-il pris soin de se faire régler ses livraisons, sans omettre de râler bruyamment au retour sur la maigreur du pourboire.

Sitôt Herman reparti, les explosifs avaient été transportés par un autre messager jusqu'à l'hospice de vieillards Nicolas, pour être regroupés dans un sac servant au transport des dépouilles, que l'on porta au funérarium Cherkassov, situé dans le quartier St. Marks de New York. Là, il fut déposé dans un cercueil. La famille Tchaïkov avait laissé aux Belnick le soin de se procurer les armes et les explosifs. Leur spécialité, c'était l'organisation et l'exécution des opérations.

Le tunnel Queens-Midtown passe sous l'East River. On y accède par la 36e Rue, entre les Deuxième et Troisième Avenues. Long de dix-huit cents mètres, il relie l'île de Manhattan à la voie express de Long Island, dans le Queens. Vieux d'un demi-siècle, l'ouvrage est l'une des principales voies de sortie du centre-ville et, à toute heure du jour ou de la nuit, il est saturé.

En cette soirée de dimanche ensoleillé, c'étaient les véhicules des familles rejoignant leur banlieue après une journée passée en ville ou bien des voyageurs pressés de se rendre aux aéroports Kennedy ou La Guardia, qui défilaient sous les lampes orange vif du tunnel.

Grand, portant barbe et cheveux blancs, Eival Ekdol conduisait le corbillard. Il baissa la vitre et respira l'air épaissi de vapeurs d'essence qui lui rappelait Moscou. Il ne pensait pas aux gens autour de lui, ni à ce qu'ils faisaient. Peu importait. Leur mort était le prix du combat pour un nouvel ordre mondial.

À l'approche de la sortie du tunnel, le Russe appuya sur l'allume-cigares. Son pneu avant gauche éclata, le véhicule fit une embardée et il le guida vers le mur. Il ignora les jurons des autres chauffeurs qui avaient dû changer de file pour éviter de le percuter. Les Américains juraient en permanence, comme si les incidents n'avaient pas le droit d'arriver et surtout, comme s'ils les visaient toujours personnellement.

Ekdol alluma ses feux de détresse, descendit du fourgon et gagna à pied la sortie du tunnel. Lorsqu'il en émergea, il sortit de sa poche un téléphone cellulaire et fit mine de parler. Il continua ce manège tout en se dirigeant vers les cabines de péage.

Il passa devant un policier, assis dans une voiture de patrouille près du poste de péage. Le jeune homme lui demanda s'il avait besoin d'aide.

« Merci, non, dit Ekdol avec un fort accent. J'ai téléphoné pour demander des secours.

– C'est juste le pneu ?

– Non. L'essieu.

– C'est qu'il fait sombre, là-dedans, remarqua le policier. Quelqu'un risque de vous heurter. Vous avez des fusées éclairantes ?

– Non, m'sieur. »

Le flic déclencha l'ouverture du coffre. « On ferait mieux d'en prendre quelques-unes.

– Merci, dit Ekdol. Je vous rejoins tout de suite. Je dois téléphoner à la famille du défunt...

– Ouais, sourit le flic. Un enterrement sans corps, ça la fout mal.

– Exactement, m'sieur. »

L'agent descendit de voiture pour sortir du coffre une caisse de fusées éclairantes. Puis il se dirigea vers le tunnel en sifflotant.

Faisant toujours semblant de parler au téléphone, Ekdol contourna la cabine. Peu après, une Oldsmobile Cutlass franchit la barrière du péage et vint s'arrêter à sa hauteur. Avant de monter, Ekdol pressa la touche dièse sur le clavier numérique.

Alors que la Cutlass démarrait sur les chapeaux de roue, une boule de feu jaune vif jaillit de la bouche du tunnel, projetant de toutes parts fumée, éclats de maçonnerie et fragments de métal. Les voitures qui venaient de déboucher furent renversées par le souffle. L'une d'elles cabriola au-dessus du policier pour aller percuter un fourgon arrêté au péage. Les deux véhicules explosèrent, engloutissant la cabine dans les flammes. Les voitures situées sur la voie d'accès furent écrasées par la pluie de débris, tandis qu'à l'intérieur du tunnel retentissaient, assourdies, les détonations successives des autres véhicules qui explosaient. Bientôt, l'aire de péage fut couverte d'épais rouleaux de fumée blanche au milieu d'un silence pesant, effrayant.

Au bout de quelques secondes, le silence fut rompu par le gémissement sourd des poutrelles métalliques qui fléchissaient et par les craquements du béton. Peu après, la voie express et les constructions qui la longeaient furent ébranlées sur une longueur de quatre cents mètres par le contrecoup de l'effondrement de la voûte du tunnel. Le rugissement de l'eau s'engouffrant dans la brèche évoquait un océan secoué par la tempête. Les parois du tunnel furent laminées par la pression et des débris pulvérisés jaillirent du portail en même temps que les flots chassaient devant eux épaves de voitures et fragments de maçonnerie. Le sifflement des incendies éteints fut noyé sous le grondement soudain du fleuve qui se déversait vers l'extérieur, remontant la voie express, emportant avec lui les derniers véhicules et les rares lampadaires encore debout. Des rouleaux de vapeur jaillirent du portail effondré, s'élevant vers le ciel pour se mêler à la fumée noire des incendies.

Alors que la vague refluait et que les débris finissaient de retomber, on entendit au loin des sirènes. En l'espace de quelques minutes, des hélicoptères de la police filaient en rase-mottes le long de la voie express, filmant en vidéo tous les véhicules qui s'éloignaient du lieu du drame.

Mais Ekdol ne s'inquiéta pas. En moins d'une demi-heure, il avait rejoint la planque. La voiture serait démontée au garage, et il aurait fait brûler son accoutrement – fausse barbe, moustaches, lunettes de soleil et casquette de base-ball.

Pour l'heure, sa tâche était terminée. Arnold Belnick et sa « bagel brigade » de mercenaires allaient toucher une coquette somme pour leur rôle dans cette opération ; mais ensuite, ce serait aux autres soldats de la cellule Grozny de poursuivre ce qu'il avait commencé.

Même si ce devait être au prix de sa vie, c'était un honneur de la sacrifier au nom de la nouvelle Union soviétique.

11.

Dimanche, 21 : 05, Washington, D.C.

Mike Rodgers adorait *Khartoum.*

Il n'était pas doux et chaud comme Elizabeth, Linda, Kate ou Ruthie, mais il n'avait pas besoin de sortir au milieu de la nuit pour le ramener à la maison. Le film était là, dans sa collection de disques laser, avec ses autres vidéodisques préférés : *Le Cid, Lawrence d'Arabie,* ou *L'Homme qui voulait être roi,* et quasiment tout ce qu'avait pu tourner John Wayne. Mieux encore, il n'était pas nécessaire de se montrer sociable. Le film ne lui demandait rien, sinon de glisser le disque dans le lecteur, aller s'asseoir et prendre son pied.

Toute la journée, Rodgers avait attendu ce plaisir de visionner *Khartoum,* raison pour laquelle il aurait dû se douter que quelque chose viendrait s'interposer entre lui et son film.

Il avait entamé son dimanche par ses huit kilomètres de jogging quotidien. Puis il s'était préparé un café (noir, sans sucre), avait pris place à la table de la salle à manger avec son portable, et s'était forcé à éplucher l'emploi du temps de Paul Hood – *son* emploi du temps, désormais – pour la semaine à venir. Il devait rencontrer les chefs des autres services américains de renseignements, afin de voir comment partager l'information avec plus d'efficacité, assister à une réunion budgétaire préparatoire, et déjeuner avec Benjamin, le chef de la Gendarmerie nationale française. La seule perspective de tous ces bavardages lui asséchait la bouche. Mais d'autres vrais défis l'attendaient également. Il avait travaillé, avec Bob Herbert et Matt Stoll, leur sorcier de l'informatique, à la mise au point des programmes de couverture pour leur nouveau satellite ED – l'Electronic Disruptor. Le satellite ED était en cours d'essais au-dessus du Japon et l'engin s'était révélé capable de perturber les impulsions électroniques dans des appareils aussi petits qu'un simple ordinateur familial. Il devait également recevoir les informations transmises par les personnels en poste au Moyen-Orient, en Amérique du Sud et ailleurs. Et puis, il y avait les rapports des agents américains infiltrés dans l'armée russe. Il guettait des nouvelles concernant la révision du système de distribution de pétrole, des carburants et lubrifiants, car il était curieux de voir comment le nouveau président russe comptait compenser les coupes sombres dans les effectifs de soutien logistique et du train.

Mais surtout, il guettait le résultat des premières réflexions des ingénieurs de l'Op-Center concernant les suggestions d'éclatement en centres régionaux. Après l'incident de Corée, il lui était apparu qu'ils auraient tout intérêt à disposer d'unités mobiles susceptibles d'être envoyées en tout point du globe. Si c'était faisable, un ou plusieurs ROC – Regional Op-Centers – pourrait renforcer l'efficacité du service.

Après déjeuner, Rodgers s'était rendu au stand de tir d'Andrews. Certains jours, il était incapable de mettre dans le mille avec un simple « pistolet graisseur » – le sobriquet du M3 calibre 45 –, alors que d'autres, il pouvait faire mouche à tout coup avec une vieille carabine 22 Colt Woodsman. Aujourd'hui, c'était un de ses bons jours. Après avoir passé deux heures à faire une démonstration d'adresse à des aviateurs ébahis, Rodgers était allé rendre visite à sa mère, à l'hospice Van Gelder. Elle n'avait plus jamais retrouvé sa lucidité depuis son attaque cérébrale, deux ans plus tôt. Mais comme toujours, il lui avait lu ses poèmes préférés de Walt Whitman, puis il était resté assis à lui tenir simplement la main. Après son départ, il était allé retrouver un vieux pote du Viêt-nam pour dîner avec lui. Andrew Porter possédait une chaîne de cabarets tout le long de la côte Est, et il n'avait pas son pareil pour dérider Rodgers.

Ils buvaient le café en attendant l'addition, quand le récepteur d'appels de Rodgers le bipa. C'était Tobey Grumet, la directrice adjointe de la Sécurité nationale. Rodgers la rappela avec son portable.

Tobey l'informa de l'attentat de New York et d'une réunion d'urgence au Bureau Ovale convoquée par le président. Rodgers s'excusa auprès de Porter et prit aussitôt congé.

Alors qu'il fonçait sur l'autoroute, ses pensées allèrent au général Charles Gordon dit « le Chinois ». Les efforts de Gordon pour défendre Khartoum contre les hordes fanatiques des Mahdi devaient s'inscrire au rang des aventures militaires les plus audacieuses et les plus folles de toute l'histoire. Gordon avait payé de sa vie son héroïsme, la poitrine transpercée par une lance, et l'ennemi avait défilé en brandissant sa tête au bout d'une pique. Mais Rodgers savait que c'était ainsi que Gordon avait voulu mourir. L'Anglais avait troqué sa vie contre la chance de pouvoir dire à un tyran : « Non, vous n'aurez pas cette ville sans vous battre. »

Rodgers éprouvait des sentiments analogues. Nul ne pouvait infliger un tel sort à son pays. Sans devoir se battre.

Il écouta les infos sur l'autoradio tout en conversant au téléphone avec la Maison Blanche. Il était content d'avoir quelque chose à faire : cela l'empêchait de ressasser l'horreur de la situation. On comptait plus de deux cents morts. La navigation était interrompue sur l'East River, la circulation coupée sur les berges et la voie express Franklin-Roosevelt qui longeait le fleuve sur la berge Manhattan resterait fermée plusieurs jours, le temps que la commission d'expertise vérifie qu'elle n'avait pas subi de dommages structurels. Tous les autres points d'accès étaient contrôlés pour y détecter des explosifs – ponts, tunnels, gares, aéroports, autoroutes, lignes de chemin de fer et de métro – ce qui voulait dire que le centre de l'économie mondiale allait être bouclé pour de bon dès lundi matin.

Darrell McCaskey, l'officier de liaison entre le FBI et la direction de l'Op-Center, appela Rodgers et lui annonça que l'agence fédérale avait été chargée de l'enquête et que le directeur Egenes assisterait à la réunion. McCaskey l'informa en outre que les extrémistes habituels avaient téléphoné pour revendiquer l'attentat. Mais personne ne croyait que les véritables auteurs allaient se manifester, et McCaskey n'avait aucune idée de l'identité des terroristes.

Rodgers reçut également un coup de fil de Karen Wong, qui dirigeait l'Op-Center les soirs de week-end, avec les fonctions de sous-directeur adjoint.

« Mon général, commença-t-elle. Je crois savoir que vous avez été convoqué à une réunion.

– C'est exact.

– Dans ce cas, j'ai peut-être un certain nombre d'informations que vous devriez prendre avec vous. Dès que Lynne Dominick, au chiffre, a appris l'explosion, elle a regardé d'un nouvel œil cette commande de beignets venue d'outre-Atlantique. Ça pourrait coller avec le minutage de l'envoi et la position géographique du destinataire.

– Qu'a-t-elle trouvé ?

– À partir du résultat, elle a pu remonter la piste, expliqua Wong, quoique très vite. Malgré tout, ça semble correspondre. En supposant que le dernier beignet représente le tunnel, elle a dessiné une carte. Le reste de la commande semblerait correspondre à des endroits de Manhattan – par exemple, des lieux où livrer les composants de la bombe.

Et on se retrouverait face aux Russes, songea-t-il avec épouvante. Et s'ils étaient à l'origine de cet attentat, on n'y verrait pas un acte terroriste mais bien un acte de guerre.

« Dites à Lynne qu'elle a travaillé comme un chef, dit Rodgers. Résumez ses résultats et faxez-les par ligne protégée au Bureau Ovale.

– Tout de suite. Cela dit, il y a encore autre chose... ça s'est passé à Saint-Pétersbourg. Nous venons d'apprendre, par le commandant Harry Hubbard, du DI-6 de Londres, qu'ils ont perdu deux agents là-bas. Le premier hier après-midi, un vieux de la vieille, dénommé Keith Fields-Hutton. Il se trouvait devant l'Ermitage, au bord de la Néva, et aurait été victime de ce que les Russes qualifient d'attaque cardiaque.

– Un euphémisme pour “descendu par nos soins”, répondit Rodgers. Est-ce qu'il enquêtait sur le studio ?

– Oui, dit Wong. Il n'a toutefois pas eu la possibilité de transmettre un seul rapport. C'est vous dire à quelle vitesse il s'est fait repérer et liquider.

– Merci, dit Rodgers. Paul a-t-il été prévenu ?

– Oui. Il a appelé sitôt après avoir eu connaissance de l'attentat. Il a demandé à vous parler après la réunion.

– Je lui téléphonerai », dit Rodgers en s'arrêtant devant la sentinelle en fonction devant la grille qui débouchait sur l'allée menant à la Maison Blanche.

12.

Lundi, 6 : 00, Saint-Pétersbourg

Quand il était gamin, au début des années cinquante, dans la petite ville de Naryan-Mar, sur l'océan Arctique, Sergueï Orlov pensait qu'il n'apprécierait jamais rien tant que la lueur orangée de la cheminée du foyer parental alors qu'il progressait laborieusement dans la neige en traînant dans son sac en toile deux ou trois poissons pêchés dans le petit lac non loin de là. Pour Orlov, l'âtre rougeoyant n'était pas seulement une balise dans la nuit froide et noire. C'était un signe de vie éclatant d'espoir, qui flamboyait dans un désert glacial et désolé.

Tournant autour de la Terre à la fin des années soixante-dix, à bord de cinq missions Soyouz, étalées sur huit à dix-huit jours – et commandant les trois dernières –, le général Sergueï Orlov devait pourtant admirer un spectacle encore plus mémorable. Il n'avait pourtant rien d'inédit : des dizaines de cosmonautes avaient déjà contemplé la Terre depuis l'espace. Mais qu'ils aient comparé notre monde à une bulle bleue, à une somptueuse bille de verre ou à une boule d'arbre de Noël, tous s'accordaient à reconnaître que cette vision avait modifié leur perspective sur la vie. Les idéologies politiques ne pesaient pas lourd face à l'image de ce globe fragile. Les voyageurs de l'espace avaient compris que le destin de l'homme, s'il en avait un, n'était pas de se battre pour s'assurer le contrôle de leur planète mais d'en goûter la paix et la chaleur dans leur long périple vers les étoiles.

Et puis tu es revenu sur Terre, songea Orlov en descendant du bus 44 sur la perspective Nevski. Inspiration et résolution faiblissent quand on vous demande de faire pour votre pays des choses impossibles à refuser. Un Russe ne refuse jamais. Le grand-père d'Orlov était tsariste, il avait pourtant combattu les Russes blancs durant la révolution. Son père n'avait pas refusé de combattre sur le front d'Ukraine durant la Seconde Guerre mondiale. Et c'était pour eux, pas pour Brejnev, qu'il avait entraîné la nouvelle génération de cosmonautes à espionner depuis l'espace les forces de l'OTAN et des États-Unis, ou à fabriquer de nouveaux poisons chimiques en micro-gravité. On lui avait appris à voir dans le monde non pas la demeure de l'humanité tout entière mais un objet à éplucher, découper et dévorer au nom d'un homme appelé Lénine.

Et puis, il y a les ambitions d'hommes comme le ministre Doguine, poursuivit-il en marchant avec entrain. Malgré l'heure encore matinale, les employés de l'Ermitage arrivaient déjà au musée pour se préparer à l'afflux quotidien de touristes.

Même si le ministre semblait affable et paraissait habité par une satisfaction béate dès qu'il évoquait l'histoire de la Russie, en particulier l'époque de Staline, sa vision du monde était pour le moins hors du temps. Et à chaque nouvelle visite mensuelle de

Doguine à Saint-Pétersbourg, ses souvenirs de l'ère soviétique semblaient toujours plus idéalisés.

Et puis, il y avait les hommes comme Rosski, qui n'avaient apparemment aucune vision du monde. Ils se contentaient de jouir du pouvoir. Orlov avait été inquiété par ce discret coup de fil du sous-directeur adjoint de la Sécurité. Certes, Glinka s'y entendait à jouer sur les deux tableaux, mais Orlov le croyait quand il disait que les activités de Rosski au cours des dernières vingt-quatre heures avaient été inhabituellement secrètes. D'abord, il y avait eu cette insistance à s'occuper en personne d'une enquête de routine sur une alerte à l'intrusion survenue la veille. Il s'était ensuivi des échanges de courriers électroniques – codés et non archivés – avec un agent sur le terrain, sans dire à personne où il devait se rendre, puis de mystérieuses tractations avec un officier chargé de l'enquête sur place.

On m'a donné l'ordre de collaborer avec Rosski, se dit Orlov, *mais je ne vais pas le laisser faire ses manœuvres en douce.* Que ça lui plaise ou non, il allait le remettre au pas, ou sinon, c'était le placard. Tant que Rosski gardait l'appui du ministre de l'Intérieur, il serait difficile de le menacer. Mais Orlov en avait vu d'autres. Ses cicatrices le prouvaient, et il était prêt à en recevoir d'autres si nécessaire. Il avait appris l'anglais pour pouvoir jouer les ambassadeurs de bonne volonté quand, en réalité, il s'affairait à acheter et ramener des bouquins en douce, juste pour voir ce que pensait et lisait le reste du monde.

Orlov remonta le col de sa gabardine pour se protéger des rafales de vent, il fourra dans sa poche ses lunettes à monture noire. Elles s'embuaient toujours dès qu'il descendait de l'autobus ou glacial ou surchauffé, et il n'avait pas le temps de les nettoyer. Comme si ce n'était pas déjà assez de devoir porter des verres, alors que ces yeux avaient jadis été assez perçants pour distinguer la Grande Muraille de Chine depuis l'espace, d'une hauteur de près de cinq cents kilomètres.

Malgré le problème avec Rosski, la bouche aux lèvres charnues d'Orlov restait détendue et son front haut dépourvu de rides sous le bord du feutre gris. Le regard noir impressionnant, les pommettes hautes, le teint mat lui venaient, tout comme son esprit aventureux, de son ascendance asiatique – il était d'origine mandchoue. Son arrière-grand-père lui avait un jour expliqué que sa famille était issue de cette première vague de guerriers qui avaient envahi la Chine et la Russie au XVIIe siècle. Orlov ignorait comment diable le vieillard pouvait les situer aussi précisément. Mais ça ne lui déplaisait pas de penser qu'il descendait d'un peuple de pionniers, bienveillant malgré son antique esprit de conquête.

Mesurant un peu moins d'un mètre soixante-dix, Orlov avait des épaules étroites et une silhouette svelte qui avaient fait de lui un cosmonaute idéal. Malgré une carrière de pilote de chasse sans la moindre anicroche, il portait les traces physiques et mentales de ses années passées dans l'espace. Il en avait gardé une claudication permanente, due à une mauvaise fracture de la hanche et du fémur gauches, quand son parachute s'était mis en torche à l'issue de ce qui devait être son ultime mission. Son bras droit était couvert de profondes cicatrices à la suite du sauvetage d'un collègue cosmonaute de l'épave de son MiG-27

Flogger-D lors d'un vol d'entraînement. On lui avait posé des broches dans la hanche pour lui permettre de marcher mais il avait refusé la chirurgie plastique pour son bras. Il aimait entendre les *ooooh !* et les *aaaah !* de son épouse chaque fois qu'elle découvrait son « pauvre petit oiseau mutilé ».

Orlov sourit en pensant à sa précieuse Macha. Même si le petit déjeuner de ce matin avait été abrégé par le coup de fil de Glinka, la lumière de sa présence le réchauffait encore. D'autant plus qu'il allait devoir attendre jusqu'à demain, au plus tôt, pour la revoir. Comme toujours chaque fois qu'il partait en mission, tous deux répétaient le rituel inauguré près de vingt ans auparavant, avant son premier embarquement pour l'espace : ils s'étreignaient, évitant de se séparer sur des non-dits, sur une colère tue, pour être sûrs de ne pas avoir de regrets si jamais il devait ne pas revenir. Macha avait fini par croire que le jour où ils enfreindraient cette règle, elle ne le reverrait pas.

Le temps des stations Mir et Saliout. Il sourit à ce souvenir. Ces années de travail avec Kizim, Soloviev, Titov, Manarov et tous les autres cosmonautes qui passaient des semaines et des mois dans l'espace. Apprécier la beauté stérile des vaisseaux Vostok et Voskhod, ou du module astronomique Kvant qui leur permettait d'explorer l'univers. Ressentir le fracas et la violence des puissantes fusées Energia propulsant leur charge utile vers le ciel. Tout cela manquait à cet officier de quarante-neuf ans. Mais onze mois plus tôt, devant la faillite, la quasi-débâcle du programme spatial, Orlov avait accepté de commander ce site, ce centre de haute technologie destiné à espionner aussi bien amis qu'ennemis, intérieurs ou extérieurs. Tcherkassov, le chef de la Sécurité, lui avait affirmé qu'avec son tempérament calme mais pointilleux, il avait le profil idéal pour diriger un service comme celui-ci, toujours sous pression – même si Orlov ne pouvait s'empêcher d'y voir un limogeage. Lui qui avait été à deux doigts de caresser la voûte céleste, voilà qu'il se retrouvait jeté au tréfonds des enfers ; il faut dire qu'il avait été gâté par l'humanisme de tous ces scientifiques qui collaboraient avec lui au centre spatial Youri-Gagarine dans la banlieue de Moscou. Comme l'avaient bien compris les Mandchous, le progrès et le pouvoir devaient servir à ennoblir les hommes, à les encourager au sacrifice, pas à les contrôler et les embrigader.

Mais Macha partageait l'avis de Tcherkassov. Elle avait dit à son mari qu'il valait mieux que ce soit un homme comme lui qui dirige le centre opérationnel plutôt qu'un individu comme Rosski et, de ce côté, elle avait raison. Ni le colonel ni son nouveau grand ami, le ministre de l'Intérieur Doguine, ne semblaient savoir où s'arrêtaient les intérêts de la Russie et où commençait l'ambition personnelle.

Tout en marchant d'un bon pas sur le large boulevard, le sac contenant déjeuner et dîner préparés par son épouse bien calé sous le bras, Orlov contempla sur la rive opposée l'école navale de Frounze qui abritait la douzaine de soldats constituant la force d'intervention spéciale du centre, baptisée *Molot* – « le marteau ».

Macha ne s'était pas non plus trompée sur Rosski. Après qu'il lui eut annoncé le nom de son second – l'homme qui avait été impliqué avec son fils Nikita dans l'incident de Moscou –, Macha l'avait mis en garde : qu'il ne laisse pas Doguine lui imposer ce type.

Elle savait qu'ils risquaient de se heurter, alors qu'il estimait quant à lui que collaborer à un projet commun, dans une telle promiscuité, les contraindrait fatalement à une confiance, sinon un respect mutuel.

Une remise en perspective semblait inévitable. Qu'est-ce qui rendait son épouse si lucide... et lui, si naïf ?

Ses yeux parcoururent la rive opposée de la Néva tandis que les rayons obliques du soleil couchant barbouillaient de jaune les façades imposantes de l'Académie des sciences et du musée d'Anthropologie, juste en face, et jetaient de longues ombres brunes derrière les bâtiments. Orlov prit le temps de s'imprégner de la beauté des lieux avant d'entrer dans le musée et de gagner le complexe installé en sous-sol. Ça le chagrinait que Rosski et le ministre ne s'arrêtent jamais pour contempler le fleuve, les bâtiments, et surtout les œuvres d'art. Pour eux, la beauté n'était qu'un truc à planquer sous le reste.

Une fois dans le musée, Orlov se dirigea vers l'escalier d'honneur et l'entrée du nouveau bras secret du Kremlin : une installation dont on remarquait immédiatement l'aspect pratique mais aussi spécifique.

Le côté pratique tenait au site même de l'Ermitage. On l'avait choisi de préférence à d'autres sites potentiels, à Moscou ou à Volgograd, parce que les agents pouvaient entrer et sortir en toute discrétion, mêlés aux groupes de touristes ; parce que d'ici, ils pouvaient gagner aisément la Scandinavie et l'Europe ; parce que la Néva dissimulait et dispersait l'essentiel des ondes radio émises par les équipements du centre ; parce que le studio de télévision fonctionnel qu'ils avaient installé donnait accès aux communications par satellite ;

enfin et surtout, parce que personne n'attaquerait l'Ermitage.

L'aspect spécifique venait de la passion que nourrissait pour l'histoire le ministre de tutelle. Doguine collectionnait les cartes anciennes et, dans sa collection, il y avait les plans du quartier général de guerre de Staline sous le Kremlin – des salles non seulement à l'épreuve des bombes mais reliées à un tunnel secret qui aurait pu permettre à Staline d'évacuer la capitale dans l'éventualité d'une attaque. Le ministre révérait Staline et quand, devant le futur président Janine et le chef de la Sécurité, ils avaient esquissé pour Boris Eltsine les grandes lignes de ce centre d'espionnage et de communications, Doguine avait insisté pour qu'on reprenne le plan élaboré pour Staline. Une conception efficace en définitive, estima Orlov. Comme dans un sous-marin, les quartiers exigus, propres à engendrer la claustrophobie, aidaient le personnel à se focaliser sur la tâche en cours.

Orlov salua le planton au passage. Le général entra en composant le code au clavier ; une fois à l'intérieur, il présenta ses papiers à la réceptionniste, bien qu'elle fût la cousine de Macha et le connaisse parfaitement bien. Puis il se dirigea vers la réception et descendit l'escalier d'accès au studio. Parvenu tout au bout, il composa les quatre chiffres du code du jour et la porte s'ouvrit. Sitôt qu'elle se fut refermée dans son dos, l'unique ampoule éclairant les ténèbres de la cage d'escalier s'illumina automatiquement. Orlov descendit les marches ; en bas, un nouveau clavier lui ouvrit l'accès au centre. À l'entrée du couloir central chichement éclairé, il tourna sur la droite pour se diriger vers le bureau du colonel Rosski.

13.

Dimanche, 21 : 40, Washington, DC

Rodgers franchit rapidement les grilles successives et fut accueilli à la Maison Blanche par Tobey Grumet, la directrice adjointe de la Sécurité nationale. C'était une quinquagénaire de près d'un mètre quatre-vingts, aux longs cheveux blonds, presque pas maquillée. Rodgers avait un profond respect pour cette ancienne du Viêt-nam, qui avait perdu le bras gauche dans un accident d'hélicoptère pendant la guerre.

« Vous m'attendiez. Suis-je en retard ?

– Pas du tout, mon général, dit Tobey en le saluant. Nous sommes tous plus ou moins de vieux couples pantouflards. Tout le monde était tranquillement installé chez soi devant la télé quand ils ont annoncé l'explosion. Ça nous a donné un léger avantage sur vous. C'est pas croyable... juste quand on aurait pu s'imaginer que le monde ne pouvait pas aller plus mal...

– Oh, j'ai lu mes manuels d'histoire, objecta Rodgers. Je n'ai jamais cru une chose pareille. »

Avant d'entrer, Rodgers ôta sa veste d'uniforme et la confia au marine en faction à l'extérieur. Sinon, les boutons de cuivre auraient déclenché le détecteur de métaux encastré dans le chambranle. L'appareil resta muet. Après avoir passé un détecteur à main sur le vêtement du général, le marine le lui restitua avec un salut réglementaire.

« Où en est-on ? s'enquit Rodgers alors qu'ils se dirigeaient vers le Bureau Ovale.

– Nous avons suivi la procédure de riposte, répondit-elle. Nous avons bloqué l'immigration et interpellé les suspects habituels. Le FBI a mis en alerte un certain nombre de sections et de bureaux ; ils ont déjà largué des plongeurs sur les lieux du drame. Le directeur Rachlin s'est plaint que la CIA consacrait trop d'argent à l'endoctrinement politique et pas assez à la filature des psychopathes, savants fous et autres ennemis idéologiques.

– C'est bien Larry, ça, observa Rodgers. Jamais sa langue dans sa poche. Bon sang, que peuvent bien revendiquer ces gens, Tobey ?

– Jusqu'à nouvel ordre, nous traitons le problème comme une attaque terroriste normale. Il est possible qu'il s'agisse simplement d'un acte criminel, et qu'il y ait une demande de rançon. Il est également possible que l'attentat soit l'œuvre d'un individu isolé ou d'un groupe intérieur au pays.

– Comme pour l'attentat à la bombe d'Oklahoma City...

– Exactement. Un groupe exprimant par ce moyen sa colère, sa haine de la société.

– Mais vous ne croyez pas à cette hypothèse ?

– Effectivement, Mike, nous n'y croyons pas du tout. Nous pensons que c'est l'œuvre d'un groupe terroriste étranger.

– Des terroristes...

– Oui. Si tel est le cas, ils pourraient simplement

chercher à faire connaître leur cause. En général toutefois, les actes terroristes ne sont qu'un instrument – entendez qu'ils ne sont que l'élément d'un plan destiné à poursuivre des visées plus vastes.

– La question est de savoir quelles sont les visées de ces individus.

– Nous le saurons bien assez tôt. Il y a cinq minutes, le FBI de New York a reçu un coup de fil annonçant que le président serait bientôt contacté par les terroristes. Le correspondant a fourni des précisions sur la taille de la charge, son emplacement, le type d'explosif utilisé. Tous les détails corroboraient.

– Le président va prendre l'appel ?

– Techniquement, non. Mais il sera dans la salle. Nous pensons que cela satisfera les... vite ! fit soudain Tobey, quand son bip retentit. Ils ont besoin de nous là-bas. »

Tous deux filèrent au bout du couloir. Un secrétaire leur fit signe de pénétrer dans l'antichambre du Bureau Ovale, avant de leur ouvrir la porte intérieure.

Le président Mike Lawrence était debout derrière son bureau. Déployant son un mètre quatre-vingt-dix, mains aux hanches, en bras de chemise. Face à lui, le ministre des Affaires étrangères, Av Lincoln. Ancien joueur professionnel de base-ball, Lincoln avait un visage rondouillard et un début de calvitie.

Quatre autres hauts fonctionnaires étaient également présents : Griffen Egenes, directeur du FBI, Larry Rachlin, patron de la CIA, Melvin Parker, chef d'état-major interarmes, et Steve Burkow, chef de la Sécurité nationale.

Tous écoutaient, la mine sévère, la voix amplifiée dans le haut-parleur du téléphone présidentiel.

«... vous épargner la peine de localiser cet appel, disait la voix à l'imperceptible accent russe. Mon nom est Eival Ekdol. Je réside au 1016, Forest Road, à Valley Stream, sur Long Island. C'est une planque de Grozny. Vous pouvez l'encercler et me capturer. Je suis également prêt à comparaître devant les tribunaux pour y dénoncer les officiers qui m'ont fait tomber. Ça promet du spectacle. »

Grozny, songea Rodgers en s'asseyant à côté du fringant jeune chef de la Sécurité nationale. *Dieu du ciel.*

Egenes, l'ascétique patron du FBI, écrivit sur un calepin à feuilles jaunes avant de brandir la page sur laquelle il venait de griffonner : *Laissez-moi envoyer mes gars là-bas.*

Le président acquiesça et Egenes quitta le bureau.

« Une fois que vous m'aurez, conclut Ekdol, vous n'aurez plus à déplorer d'autres actes de terrorisme.

– Pourquoi faire sauter le tunnel et vous rendre ensuite ? demanda Burkow. Que voulez-vous en échange ?

– Rien. En fait, nous voulons juste que les États-Unis s'abstiennent d'intervenir.

– Où, quand et pourquoi ? demanda Burkow.

– En Europe orientale, répondit Ekdol. Une crise militaire est sur le point d'éclater et nous ne voulons aucune ingérence des États-Unis ou de leurs alliés. »

Parker décrocha un téléphone. Il se tourna pour masquer sa voix.

Ce fut Burkow qui répondit : « Nous ne pouvons pas vous promettre ça. Les États-Unis ont des intérêts en Pologne, en Hongrie...

– Vous avez également des intérêts aux États-Unis, monsieur Burkow. »

L'intéressé parut pris de court. Rodgers restait silencieux, écoutant avec attention.

« Êtes-vous en train de menacer d'autres intérêts américains ? demanda Burkow.

– Absolument. En fait, à dix heures moins le quart, dans une autre grande métropole américaine, un pont suspendu va sauter. À moins, bien sûr, que nous soyons parvenus entre-temps à un accord. »

Chacun regarda sa montre.

« Comme vous vous en êtes sans aucun doute rendu compte, poursuivit Ekdol, il vous reste un peu moins de quatre minutes.

– Monsieur Ekdol, c'est le président Lawrence qui vous parle. Nous avons besoin d'un délai supplémentaire.

– Prenez tout votre temps, monsieur le président. Mais ce sera au prix de vies humaines. Vous ne pourrez pas me retrouver à temps, même si vous vous êtes empressé d'envoyer vos hommes dès que je vous ai fourni l'adresse. Et même quand vous m'aurez, vous ne pourrez pas arrêter Grozny. »

D'un geste de la main, le président ordonna à Burkow de faire taire le téléphone.

« Votre avis, fit Lawrence. Vite.

– On ne négocie pas avec des terroristes, dit Burkow. Point final.

– Bien sûr que si, objecta Lincoln. Pas publiquement, c'est tout. Nous n'avons pas d'autre choix que de négocier avec cet homme.

– Et que fera-t-on du prochain apprenti kamikaze porteur d'une bombe ? rétorqua Burkow. Imaginez que ce soit Saddam qui prenne la suite ? Ou un des néo-nazis qui sévissent chez nous ?

– Nous ne laisserons plus jamais ça se reproduire, coupa le patron de la CIA. On tire la leçon. On se prépare. Pas question que se répète l'attentat de New York. On désamorce la bombe, on coince les salopards ensuite.

– Mais ça pourrait être du bluff, remarqua Burkow. Ça pourrait être un cinglé qui s'est fait sauter la caisse sous l'East River.

– Monsieur le président, intervint Rodgers, je connais un petit peu ces fanatiques de Grozny. Ils ne bluffent pas et vous avez pu voir que quand ils frappaient, c'était du sérieux. Acceptons. Laissez-les remporter cette manche-là, on finira bien par les avoir, à la longue.

– Vous savez comment ?

– J'ai mon idée.

– Enfin, c'est déjà ça, constata le président.

– Dans les circonstances actuelles, n'importe quelle suggestion serait bonne à prendre, intervint Burkow. Mais êtes-vous sûr au moins que ce soit la bonne ? »

Lawrence se massa le visage des deux mains tandis que Burkow foudroyait Rodgers du regard. Le chef de la Sécurité nationale n'était pas homme à capituler aisément, et il avait manifestement pensé avoir un allié en Rodgers. D'ordinaire, c'eût été le cas. Mais cette affaire dépassait le cadre de ce bureau et, pour la traiter, ils avaient besoin de temps, et d'avoir les idées un peu plus claires.

« Désolé, Steve, dit le président. Je suis d'accord avec vous sur le principe. Dieu m'en est témoin. Mais je dois accorder à ce monstre ce qu'il désire. Rétablissez la communication. »

D'une pichenette, Burkow coupa la sourdine du téléphone.

« Vous êtes toujours là ? demanda le président.

– Oui.

– Si nous acceptons vos conditions, il n'y aura pas d'explosion ?

– Uniquement si vous obtempérez immédiatement. Il vous reste moins d'une minute.

– Alors nous sommes d'accord. Nom de Dieu, nous sommes d'accord.

– Parfait », dit Ekdol.

Le téléphone demeura silencieux plusieurs secondes.

« Où sont les explosifs ? demanda Burkow.

– Tout simplement à l'arrière d'un autre camion en train de franchir un autre pont. Je viens à l'instant de prévenir le chauffeur de suspendre la livraison. À présent, comme promis, vous pouvez venir m'interpeller. Je ne dirai pas un mot de notre accord. Mais revenez sur votre parole, monsieur le président, et vous serez incapable d'arrêter mes hommes dans d'autres villes, d'autres métropoles. Est-ce que vous comprenez ?

– Je comprends », dit le président.

On raccrocha.

14.

Lundi, 6 : 45, Saint-Pétersbourg

Orlov effleura le bouton de l'interphone devant la porte de Rosski.

« Oui ? fit la voix stridente du colonel.

– Colonel, c'est le général Orlov. »

La porte s'ouvrit en bourdonnant et Orlov entra. Rosski était installé derrière un petit bureau sur la gauche. Sur le plateau gris métallique trônaient un ordinateur, un téléphone, une cafetière, un télécopieur et un drapeau. À droite, se trouvait le bureau fort encombré de sa secrétaire-assistante, le caporal Valentina Belaïeva. Tous deux se levèrent pour saluer le général, Belaïeva avec vivacité, Rosski, plus lentement.

Orlov leur rendit leur salut et demanda à Valentina de les laisser seuls. Quand la porte se fut refermée, Orlov fixa le colonel.

« S'est-il passé hier quoi que ce soit méritant d'être porté à ma connaissance ? » demanda Orlov.

Rosski se rassit lentement. « Il s'est passé quantité de choses. Quant à la nécessité de vous prévenir... mon général, nos satellites, nos agents, nos services du chiffre et de la surveillance radio, tout cela est passé sous notre responsabilité hier en fin de journée. Vous avez du pain sur la planche.

– Je suis général, observa Orlov. À mes subordonnés de faire tout le travail. Ce que je vous demande, colonel, c'est si vous n'auriez pas fait plus que ce qu'on vous demandait.

– Dans quel domaine précis, mon général ?

– Qu'aviez-vous à faire avec la Brigade criminelle ?

– Nous avions un cadavre encombrant, expliqua Rosski. Celui d'un agent britannique. Un type courageux – on le surveillait depuis plusieurs jours. Il a passé l'arme à gauche alors que notre agent s'approchait de lui.

– Quand cela s'est-il produit ?

– Hier.

– Pourquoi n'avez-vous pas signalé l'incident ?

– Je l'ai fait, objecta Rosski. Au ministre Doguine. »

Orlov s'assombrit. « Tous les rapports sont censés transiter par mon bureau après leur archivage informatique...

– C'est exact, mon général, en phase opérationnelle. Nous n'y sommes pas encore. Il nous faudra encore quatre heures avant d'avoir établi la liaison entre votre bureau et les services du ministre. La mienne est déjà validée et sécurisée. Je m'en suis donc servi.

– Et la liaison entre votre bureau et le mien ? Est-elle sûre ?

– Vous n'avez pas reçu de copie ?

– Vous savez très bien que non...

– Une négligence, sourit Rosski. Je tancerai le caporal Belaïeva. Vous aurez un rapport complet – si vous me permettez de rappeler Belaïeva – d'ici quelques petites minutes. »

Orlov considéra longuement le colonel. « Vous aviez à peine quatorze ans quand vous avez rejoint les Volontaires pour la coopération avec l'armée, l'aviation et la flotte, n'est-ce pas ?

– C'est exact.

– À seize, vous étiez un tireur d'élite et quand d'autres jeunes gens décidaient de sauter la Fosse du Diable en tennis et survêtement, vous, vous avez décidé de le faire à pieds joints, depuis le point le plus large, en rangers et le sac à dos chargé. Avec un petit groupe trié sur le volet, le colonel-général Odintsev lui-même vous a formé à l'art du terrorisme et de l'assassinat. Si mes souvenirs sont exacts, vous avez exécuté un espion en Afghanistan avec une bêche lancée d'une distance de cinquante mètres.

– Cinquante-deux, précisa Rosski en tournant les yeux vers son supérieur. Un record au sein du Spetnats. »

Orlov contourna le bureau, s'assit au bord. « Vous avez passé trois ans en Afghanistan jusqu'à ce qu'un membre de votre groupe soit blessé au cours d'une mission de capture d'un leader afghan. Votre chef de peloton a décidé d'emmener le blessé au lieu de lui administrer l'“injection de la délivrance”. En tant que second, vous avez rappelé ses devoirs à votre supérieur et, devant son refus, vous l'avez tué – main plaquée sur la bouche, couteau dans la gorge – avant de liquider le blessé.

– Si j'avais fait autrement, le haut commandement aurait ordonné l'exécution de tout le groupe pour trahison.

– Bien sûr, mais une enquête ultérieure a soulevé la question de savoir si l'état du soldat était suffisamment grave pour réclamer sa mort.

– Il était blessé à la jambe, objecta Rosski, et il nous

ralentissait. Les règlements sont tout à fait précis sur ce point. L'enquête était de pure forme.

– Quoi qu'il en soit, poursuivit Orlov, certains de vos hommes ont critiqué votre décision. On a parlé, si je ne me trompe, d'ambition personnelle, de désir de promotion. L'état-major s'inquiétant pour votre sécurité, on a décidé de vous rapatrier et de vous intégrer à l'académie militaire. Vous avez enseigné à mon fils et lié connaissance avec le ministre Doguine quand il était encore maire de Moscou. Est-ce exact ?

– Oui, mon général. »

Orlov s'approcha encore ; sa voix n'était plus qu'un murmure. « Depuis maintenant vingt ans, vous servez votre pays et les militaires avec diligence, vous avez risqué votre vie et votre réputation. Fort de toute cette expérience, colonel, dites-moi : ne vous a-t-on jamais appris à *ne pas* vous asseoir en présence d'un officier supérieur tant qu'il ne vous en a pas donné l'autorisation ? »

Le visage de Rosski s'empourpra. Il se leva aussitôt, lentement, très raide. « À vos ordres, mon général. »

Toujours assis sur le bureau, Orlov poursuivit. « Ma carrière a été différente de la vôtre, colonel. Mon père était aux premières loges pour voir les dégâts portés par la Luftwaffe contre l'Armée rouge durant la guerre. Il m'a transmis son respect de la force aérienne. J'ai passé huit années dans les forces de défense aérienne, quatre ans à faire des vols de reconnaissance, puis quatre à former les autres pilotes aux tactiques d'embuscade – attirer l'appareil ennemi sous le feu des canons de DCA. » Orlov se leva pour dévisager un Rosski au regard furieux. « Saviez-vous tout cela, colonel ? Avez-vous étudié mon dossier ?

– Je l'ai étudié, mon général.

– Alors, vous savez donc que je n'ai jamais eu à adresser de réprimande officielle à aucun de mes subordonnés. La majorité des hommes savent se tenir, même les conscrits. Tout ce qu'ils cherchent, c'est à faire correctement leur boulot et en tirer une juste récompense. Certains commettent des erreurs en toute bonne foi, et ce n'est pas une raison pour leur en tenir rigueur et le consigner sur leur dossier. À un soldat, à un patriote, j'accorderai toujours le bénéfice du doute. Vous inclus, colonel. » Orlov s'approcha encore jusqu'à ce que leurs visages se touchent presque. « Mais si vous vous avisez encore une fois de me doubler... je vous coince et je vous renvoie à l'académie – et je n'hésiterai pas à vous coller un rapport pour insubordination. Suis-je assez explicite, colonel ?

– Tout à fait... mon général », répondit Rosski, crachant presque sa réponse.

« À la bonne heure. »

Les deux hommes échangèrent des saluts et le général se tourna pour regagner la porte.

« Mon général ? »

Orlov se retourna. Le colonel était toujours figé au garde-à-vous. « Oui ?

– Ce qu'a fait votre fils, à Moscou... était-ce une erreur commise en toute bonne foi ?

– C'était un acte stupide et irresponsable, grommela Orlov. Vous et le ministre ne vous êtes pas montrés trop sévères à son égard.

– C'était par respect pour tout ce que vous avez fait, mon général. Et il a une grande carrière devant lui. Avez-vous eu l'occasion de lire le rapport sur l'incident ? »

Orlov plissa les paupières. « Je n'ai jamais eu cette curiosité, non.

– J'en tiens une copie à votre disposition. Elle a été retirée des archives de l'état-major. Elle était assortie d'une recommandation. Vous étiez au courant ? »

Orlov ne dit rien.

« Le sergent-chef de la compagnie de Nikita recommandait son expulsion pour hooliganisme. Non pas pour avoir barbouillé l'intérieur de l'église orthodoxe d'Oulitsa Arkhipova, ni pour avoir tabassé le pope, mais pour avoir pénétré par effraction dans le dépôt de l'académie afin d'y voler la peinture, et pour avoir frappé le garde qui avait tenté de s'interposer. (Rosski sourit.) Je crois que votre garçon s'était senti frustré après ma conférence sur la vente d'armes à l'Afghanistan par les forces armées grecques.

– Où voulez-vous en venir ? demanda Orlov. Vous voulez me prouver que c'est grâce à vous que Nikita a appris à attaquer des citoyens sans défense ?

– Les civils ne sont que le ventre mou de la même machine qui commande les militaires, mon général... une cible parfaitement valable aux yeux du Spetnats. Mais j'imagine que vous ne voulez pas discuter stratégie militaire avec moi.

– Je n'ai pas le temps de débattre de quoi que ce soit avec vous, colonel. Nous avons un centre opérationnel à lancer. » Il se dirigea vers la porte mais la voix de Rosski l'arrêta une fois encore.

« Bien entendu, mon général. Toutefois, puisque vous avez demandé à être tenu au fait de tout ce qui avait trait à mes activités officielles, je m'en vais consigner tous les détails de cette conversation – y compris ce que je vais vous dire : les charges relevées contre votre fils n'ont pas été effacées. On n'a simplement pas donné suite au rapport du sergent-chef, ce qui n'est pas la même chose. Si le fait devait être porté à l'attention de la direction des effectifs, il faudrait bien suivre les consignes. »

Orlov avait la main sur le bouton de la porte. Sans se retourner, il répondit : « Mon fils devra assumer les conséquences de ses propres actes, même si je suis certain qu'un tribunal militaire tiendrait compte de ses états de service, ainsi que de la disparition puis de la diffusion de certaines archives...

– Il arrive que des dossiers remontent à la surface, mon général. »

Orlov ouvrit la porte. Le caporal Belaïeva se tenait derrière et s'empressa de le saluer. « Votre impertinence sera également portée sur mon rapport, colonel. » Son regard passa de Belaïeva à Rosski. « Vous voulez vous aussi que je vous ajoute à la liste ? »

Rosski était figé au garde-à-vous derrière son bureau. « Négatif, mon général. Pas pour l'instant. »

Le général Orlov se retrouva dans le couloir tandis que Belaïeva retournait dans le bureau du colonel. Elle referma la porte derrière elle et le général ne put qu'imaginer ce qui se passait derrière le panneau isolant.

Peu importait, d'ailleurs. Rosski avait été rappelé à l'ordre et il aurait à intérêt à suivre le règlement à la lettre... même si Orlov avait le pressentiment que les règles pourraient bien changer une fois que le colonel aurait eu le ministre de l'Intérieur au bout du fil.

15.

Dimanche, 22 : 15, Washington, DC

Griff Egenes retourna au Bureau Ovale.

« L'infanterie fait mouvement vers Forest Road, annonça-t-il. Et une de mes équipes descend en hélico de New York. Ils auront neutralisé ce cinglé d'ici une demi-heure.

– Il ne cherchera pas à se défendre », observa Burkow.

Egenes s'assit pesamment. « Comment cela ?

– Je veux dire qu'on lui a accordé ce qu'il voulait. Il nous servira une vague diatribe extrémiste puis se laissera capturer.

– Merde, dit Egenes. Moi qui avais vraiment envie de lui faire sa fête.

– Et moi, donc », dit Burkow.

Le chef de la Sécurité nationale se tourna vers Mike Rodgers. Même si l'ambiance générale était tendue, c'était Burkow qui affichait le visage le plus grave.

« Eh bien, Mike ? demanda Burkow. Qui sont ces créatures et comment fait-on pour neutraliser le reste de la bande ?

– Avant que vous ne répondiez, intervint le président, quelqu'un peut-il me dire si les Russes ont en cours une opération militaire susceptible de faire boule de neige pour se transformer en invasion ? Ne sommes-nous pas censés surveiller ce genre de dérive ? »

Mel Parker, qui était le chef de l'état-major interarmes et l'éminence grise du gouvernement, répondit : « Pendant qu'Ekdol était occupé à dicter les termes de notre capitulation sans conditions, j'ai passé un coup de fil au ministre de la Défense. Il a appelé le Pentagone. Il semblerait que plusieurs divisions russes effectuent des manœuvres tout près de la frontière ukrainienne. Les effectifs sont assez imposants par rapport à ceux qu'ils engagent d'ordinaire dans la région, mais pas de quoi déclencher un signal d'alarme.

– Aucun autre mouvement de troupes noté ailleurs ? demanda Rodgers.

– Le NRO a mis en œuvre toutes ses ressources pour le découvrir, répondit Parker.

– Mais les manœuvres à la frontière pourraient être une mise en scène, dit le président.

– Tout à fait, confirma Parker.

– C'est bien ça notre problème, intervint le chef du FBI. Cette course à la réduction des effectifs. Nous avons trop peu de ressources humaines en matière de renseignements. Aucun satellite ne pourra jamais nous faire entendre les fantassins râler sur la marche du lendemain, ou nous offrir leurs commentaires sur une carte déployée sous une tente de campagne. C'est pourtant tout l'intérêt du travail de renseignements.

– C'est effectivement un problème, admit Rodgers, mais il n'a pas grand-chose à voir avec la situation actuelle.

– Comment ça ? demanda Rachlin.

– La vérité, c'est que ce Grozny n'a rien gagné au change.

– Que voulez-vous dire ? » C'était Tobey, qui était demeurée jusqu'ici silencieuse, se contentant de prendre des notes pour Burkow.

« Supposez qu'il y ait une invasion, expliqua Rodgers. Mettons que la Russie envahisse l'Ukraine. Nous n'interviendrions pas.

– Pourquoi pas ? demanda-t-elle.

– Parce qu'on se retrouverait en guerre avec la Russie. Et ensuite ? Nous n'avons pas la capacité de mener une guerre classique dans des conditions correctes. Nous l'avons prouvé à Haïti et en Somalie. Si on tentait l'aventure, on essuierait de lourdes pertes et la télé en ferait des gorges chaudes. L'opinion et le Congrès auraient vite fait de nous tomber dessus à bras raccourcis. Et on ne peut pas non plus intervenir avec missiles, bombardiers et attaque à grande échelle, à cause des dégâts collatéraux et des pertes civiles.

– Ça me fend le cœur, objecta Burkow, mais c'est une guerre. Des gens vont en pâtir. Et si je ne me trompe, ce sont les Russes qui ont tiré les premiers, et contre une poignée de civils, à New York...

– Nous ne savons pas si le gouvernement russe a autorisé cette action, fit remarquer Egenes.

– Exact. C'était Lincoln. Et franchement, si impopulaire que puisse être cette décision, je ne suis pas sûr d'avoir envie de nous voir nous embringuer dans une guerre pour défendre l'Europe orientale, ne serait-ce qu'une fois. L'Allemagne et la France refuseraient de se joindre à nous. Il n'est même pas certain qu'ils accepteraient de nous soutenir. L'OTAN pourrait fort bien nous laisser nous débrouiller seuls. Le prix à payer pour repousser la Russie, puis rebâtir ces nations au sortir d'une guerre serait terrible.

– Non ! s'exclama Burkow avec une pointe de dégoût. Mieux vaudrait encore bâtir une nouvelle ligne Maginot pour contenir l'ennemi, comme les Trois Petits Cochons avec leur maison de paille. Je ne marche pas dans ce coup-là. La seule tactique valable, c'est de foncer dans l'antre du Grand Méchant Loup, de le nettoyer au napalm et de se faire une descente de lit avec ce qui reste. Je sais que ce n'est peut-être pas la méthode la plus sensée politiquement, mais ce n'est pas nous qui avons commencé. »

Lincoln se tourna vers Rodgers. « Dites-moi... est-ce que les Japonais vous ont envoyé une boîte de chocolats et un petit mot de remerciement quand vous avez empêché Tokyo d'être réduit en cendres par ces missiles nord-coréens ?

– Je n'ai pas fait ça pour avoir une tape dans le dos, rétorqua le général. Je l'ai fait parce que c'était juste.

– Et nous avons tous été très fiers de vous, dit Lincoln. Mais je n'en compte pas moins deux Américains morts contre zéro Japonais.

– De ce côté, je serais de l'avis de Mel, intervint le président, mais nous perdons de vue notre problème immédiat : qui est derrière cette affaire, et pourquoi. (Il regarda sa montre.) Je dois passer à l'antenne à onze heures dix pour parler de l'attentat. Tobey, voulez-vous mettre à jour la teneur de mon allocution pour y intégrer la capture du poseur de bombe, grâce à la diligence du FBI, de la CIA et des autres services ? »

La directrice adjointe de la Sécurité nationale acquiesça et se dirigea vers le téléphone le plus proche.

Le président considéra Rodgers. « Général, est-ce pour cela que vous m'avez conseillé de capituler devant ce terroriste ? Parce que nous allions céder à ses exigences, quoi qu'il arrive ?

– Non, monsieur le président. La vérité, c'est que nous n'avons pas capitulé devant lui. Nous l'avons simplement distrait. »

Lawrence se cala contre le dossier de son fauteuil, les mains croisées sur la nuque. « Distrait de quoi ?

– De notre contre-attaque.

– Dirigée contre qui ? intervint Burkow. Le salaud nous a indiqué qui il était et s'est dénoncé tout seul.

– Mais il suffit de remonter la filière, suggéra Rodgers.

– Nous sommes tout ouïe », dit le président.

Rodgers s'avança, les coudes posés sur les genoux, et expliqua : « Monsieur, Grozny tient son nom d'Ivan Grozny – Ivan le Terrible...

– Pourquoi donc ne suis-je pas surpris ? » grommela Rachlin.

Mais Rodgers poursuivait : « Depuis les premiers temps de la révolution de 17, ils ont toujours œuvré dans des buts politiques, pas pour de l'argent. Ils étaient la cinquième colonne en Allemagne durant la Seconde guerre mondiale, et ils nous ont posé quelques petits problèmes durant la guerre froide. Nous avons pu leur attribuer certains des échecs des engins balistiques Redstone, à la fin des années cinquante.

– Qui les finance ? demanda Parker.

– Jusqu'à tout récemment, ils étaient soutenus par des forces politiques ultra-nationalistes qui avaient besoin d'exécutants terroristes. Gorbatchev les a démantelées au milieu des années quatre-vingt, à la suite de quoi ils ont décidé de s'étendre outre-mer, en particulier aux États-Unis et en Amérique latine, tout en s'alliant avec la mafia russe, devenue de plus en plus puissante, avec pour objectif de renverser leurs dirigeants qu'ils jugent par trop occidentalisés.

– Dans ce cas, ils doivent réellement détester Janine, nota Lincoln.

– Mais s'ils n'ont plus aucun lien avec le gouvernement, observa le président, que peuvent-ils bien ourdir en Europe de l'Est ? Pas question d'organiser une opération militaire de quelconque envergure sans l'aval du Kremlin. Ce n'est pas la Tchétchénie, avec une poignée de généraux sur le terrain pour dicter leur politique militaire au président Eltsine.

– Merde, observa Rachlin, je n'ai jamais cru un seul instant qu'il ne dirigeait pas toute l'affaire en sous-main.

– C'est justement ça le problème, reprit le général. Il se pourrait bien qu'un gros truc soit en train de se tramer à l'insu du Kremlin. Ce que nous avons vu en Tchétchénie n'était que le début d'une tendance à la décentralisation générale. N'oublions pas que la Russie est un pays immense qui couvre huit fuseaux horaires. Imaginez qu'un type là-bas finisse par se réveiller et décide que ce pays ressemble à un dinosaure et qu'il lui faudrait bien deux cerveaux pour arriver à fonctionner ? »

Le président dévisagea Rodgers. « Quelqu'un aurait-il mis cette idée en pratique ?

– Avant l'explosion, monsieur le président, poursuivit Rodgers, nous avons intercepté une commande de bagels envoyée de Saint-Pétersbourg à un livreur de beignets new-yorkais.

– Une commande de bagels ? C'est une blague !

– Ça a été effectivement ma réaction initiale, dit Rodgers. On a pas mal tourné en rond mais ça n'a commencé à se tenir qu'*après* l'explosion. En prenant le tunnel Queens-Midtown comme point de référence, nos cryptographes ont déduit que le message représentait un plan de New York, où le tunnel était un des points soulignés.

– Les autres points étaient-ils des cibles secondaires ? demanda Egenes. Après tout, les auteurs de l'attentat du World Trade Center avaient d'autres objectifs possibles, dont le tunnel Lincoln.

– Je ne crois pas, répondit Rodgers. Pour notre analyste, ça ressemblerait plutôt à des étapes dans le processus de fabrication de la bombe. À présent, Larry – vous pourrez me le confirmer, mais depuis deux mois maintenant, nous détectons des émissions d'hyperfréquences au bord de la Néva, à Saint-Pétersbourg.

– Ça chauffe effectivement dans le secteur, confirma Rachlin.

– Nous avons pensé au début que le rayonnement provenait d'un studio de télévision en construction à l'intérieur de l'Ermitage, expliqua Rodgers. Nous croyons maintenant que le studio sert de couverture à de mystérieuses activités hautement confidentielles.

– Un deuxième "cerveau" pour le dinosaure, commenta Lincoln.

– Tout juste. L'opération a été financée, apparemment, grâce à des fonds débloqués par le ministre de l'Intérieur en personne, Nikolaï Doguine.

– Le vaincu des élections, nota le président.

– Lui-même. Et il y a autre chose. Un agent britannique s'est fait tuer en jetant un œil là-bas. Décidément, il s'y passe quelque chose. Et qu'il s'agisse d'un centre de commandement ou d'une base militaire, cette installation est sans doute liée à l'attentat de New York, via la commande de bagels.

– Donc, enchaîna Av Lincoln, nous avons un gouvernement russe, ou une faction en émanant, en cheville avec un groupe de terroristes et, fort probablement, avec la mafia locale. Et ces hommes contrôlent apparemment une proportion suffisante de l'appareil militaire pour déclencher un incident sérieux en Europe orientale.

– Exact, dit Rodgers.

– Bon Dieu, intervint Rachlin, j'aimerais bien cuisiner ce salopard de Grozny dès qu'on lui aura mis la main dessus.

– Je peux vous garantir qu'on n'en tirera rien, rétorqua Egenes. Jamais ils ne lui auraient confié de secret en sachant qu'il risquait de se faire pincer.

– Ç'aurait été effectivement assez idiot, admit Rachlin. Ils nous l'ont refilé uniquement pour qu'on puisse faire bonne figure, qu'on donne l'impression d'avoir fait triompher le droit.

– Ne crachons pas là-dessus, intervint le président. Nous savons tous que Kennedy a dû céder sur la présence américaine en Turquie pour amener Khrouchtchev à retirer ses missiles de Cuba. Le fait qu'une moitié seulement de la tractation ait été révélée l'a fait passer pour un héros et Khrouchtchev pour un gros balourd. Bref, poursuivit-il, imaginons que, via Saint-Pétersbourg, un responsable gouvernemental ait commandité l'attentat de New York. Ça ne pourrait pas être le président Janine ?

– J'en doute, répondit Lincoln. Il cherche à renforcer les relations avec l'Occident, pas à déclencher la guerre.

– En est-on si sûr ? demanda Burkow. On s'est déjà fait échauder avant, avec Boris Eltsine.

– Janine n'a rien à y gagner, observa Lincoln. Il a fait campagne contre les dépenses militaires. En outre, Grozny et lui sont des ennemis héréditaires.

– Et Doguine ? s'enquit le président. Est-ce que ça ne pourrait pas être son œuvre ?

– C'est plus probable, reconnut Rodgers. Il aura payé les locaux de Saint-Pétersbourg et sans doute acheté les individus qui y travaillent.

– A-t-on un moyen quelconque d'en discuter avec Janine ? demanda Tobey.

– Je ne prendrais pas ce risque, répondit le général. Même s'il est en dehors du coup, il y a des chances pour qu'une partie de son entourage ne soit pas fiable.

– Bon, alors, quel est votre plan, Mike ? s'énerva Burkow. À ce que je vois, une simple bombe a réussi à placer les États-Unis sur la touche. Quand je pense qu'il n'y a pas si longtemps, ce genre de truc galvanisait les énergies et nous faisait entrer en guerre !

– Steve, la bombe ne nous a pas arrêtés. D'un strict point de vue stratégique, elle nous aurait même donné un coup de main.

– Comment cela ?

– Quel que soit le commanditaire, expliqua Rodgers, il doit juger désormais inutile de nous surveiller de trop près. Tout comme les Russes vis-à-vis d'Hitler après la signature du pacte germano-soviétique.

– Et ils avaient tort, nota Lincoln. Il les a attaqués quand même...

– Tout juste. (Rodgers se tourna vers le président.)

Monsieur, faisons pareil. Laissez-moi expédier mon équipe d'Attaquants à Saint-Pétersbourg. Comme promis, nous n'intervenons pas en Europe de l'Est. En fait, nous laissons même les Européens s'inquiéter de notre isolationnisme.

– Sûr qu'ils vont se découvrir un regain de sympathie pour l'Amérique, railla Lincoln.

– Dans l'intervalle, poursuivit Rodgers, on laisse les Attaquants isoler ces individus du cerveau central. »

Le président contempla tour à tour chacun des hommes présents dans la pièce. Rodgers sentit un changement d'ambiance manifeste.

« Ça me plaît bien, dit Burkow. Ouais, ça me plaît même beaucoup. »

Le regard du président s'attarda sur Rodgers. « Allez-y. Ramenez-moi la tête du Grand Méchant Loup. »

16.

Dimanche, 20 : 00, Los Angeles

Paul Hood était allongé dans un fauteuil gonflable au bord de la piscine de l'hôtel. Son bip et son téléphone cellulaire à portée de main, et le panama rabattu sur les yeux pour qu'on ne le reconnaisse pas. Il ne se sentait pas d'humeur à tailler le bout de gras avec ses concitoyens. Et si l'on exceptait une totale absence de bronzage, on aurait pu le confondre avec un de ces producteurs de cinéma indépendants, modernes et imbus de soi.

La vérité, c'est que même avec Sharon et les gosses qui pataugeaient à quelques mètres de là dans le grand bain, il se sentait mélancolique, étrangement seul. Son baladeur sur les oreilles, il écoutait une station d'infos en attendant le message du président à la nation. Cela faisait un bail qu'il n'avait plus suivi un événement national en tant que simple citoyen et non pas comme responsable officiel, et il se sentait mal à l'aise. Il détestait ce sentiment d'impuissance, cette incapacité à partager ses inquiétudes avec la presse, avec d'autres responsables. Il avait envie de contribuer à cet élan de solidarité et de réprobation nationale, pour ne pas dire de vengeance.

Il n'était qu'un homme de la rue, avachi dans un fauteuil gonflable, attendant les nouvelles, comme n'importe qui.

Non, pas tout à fait comme n'importe qui, il le savait. Il attendait un appel de Mike Rodgers. Même si la ligne n'était pas protégée, Rodgers trouverait bien le moyen de lui révéler quelque chose. À supposer qu'il y eût quoi que ce soit à révéler.

Tout en attendant, il se remit à penser à l'attentat. La cible aurait pu être autre chose que le tunnel. Ce hall d'hôtel, par exemple, avec sa foule de touristes asiatiques, d'hommes d'affaires, de réalisateurs de cinéma venus d'Italie, d'Espagne, de Suède et même de Russie. Faire fuir tout ce beau monde et nuire à l'économie locale, des voitures de remise aux restaurants de luxe. Quand il était maire de Los Angeles, Hood avait participé à un certain nombre de séminaires sur le terrorisme. Même si les groupes avaient tous des méthodes et des raisons d'agir propres, ils avaient pourtant toujours quelque chose en commun : ils frappaient en des lieux fréquentés par beaucoup de gens – centre de commandement militaire, moyen de transport ou immeuble de bureaux. C'était leur moyen d'amener les gouvernements à la table de négociations, malgré les déclarations officielles protestant du contraire.

Il pensa également à Bob Herbert, qui avait perdu l'usage de ses jambes et vu mourir sa femme dans un attentat terroriste. Il ne pouvait imaginer dans quelle mesure cela l'affectait.

Un jeune serveur blond décoloré s'arrêta devant sa chaise et lui demanda s'il voulait boire quelque chose. Hood commanda un club-soda. Quand le serveur revint, il le fixa avec insistance.

« C'est bien vous, n'est-ce pas ? »

Hood ôta son baladeur. « Plaît-il ?

– Vous êtes M. Hood, le maire.

– Oui. » Il acquiesça en souriant.

« Cool ! fit le garçon. J'ai servi la fille de Boris Karloff pas plus tard qu'hier. » Il déposa le verre avec précaution sur une table métallique branlante. « C'est quand même incroyable ce qui s'est passé à New York, non ? C'est le genre de truc auquel on aimerait mieux ne pas penser, et pourtant on ne peut pas s'en empêcher.

– Exact », dit Hood.

Le garçon se pencha vers lui tout en lui servant de l'eau gazeuse. « Je suis sûr que ça vous plaira d'apprendre ça... enfin, peut-être pas... J'ai entendu Mosura, notre directeur, annoncer au détective de l'hôtel que notre compagnie d'assurances voulait qu'on organise des exercices d'évacuation quotidiens, comme sur les paquebots de luxe. Juste pour éviter que les clients poursuivent la chaîne si jamais on nous fait sauter.

– Toujours protéger ses hôtes et ses biens, répondit Hood.

– *Exactamundo* », dit le serveur.

Hood signa la facturette et remercia le jeune homme au moment où son téléphone bipait. Il répondit promptement.

« Comment va, Mike ? » demanda-t-il. L'appareil à l'oreille, il se leva pour gagner un coin ombragé, à l'abri des regards indiscrets.

« Comme tout le monde, répondit Rodgers. Je me sens écœuré et furieux.

– Du nouveau ?

– Je file au bureau après la réunion avec le patron.

Il s'est passé pas mal de choses. Pour commencer, le gars a téléphoné. Il a abandonné. On l'a pincé.

– Tout simplement ?

– C'était assorti de conditions, admit Rodgers. On doit s'abstenir d'intervenir dans certaines affaires sur le point, selon lui, d'éclater à l'étranger. Dans l'ex-zone rouge. Sinon, c'est plus ou moins la routine.

– Un gros truc ? demanda Hood.

– On ne sait pas encore. Impliquant l'armée, apparemment.

– Venant de leur nouveau président ?

– On ne pense pas. On dirait plutôt une réaction contre lui et pas nécessairement une initiative de sa part.

– Je vois.

– En fait, nous pensons que le feu vert pour l'opération est venu du studio de télévision que nous avions placé sur écoute. Ça nous fait une sacrée liasse de documents. Le patron nous a donné l'autorisation d'aller y jeter un œil, sans attendre les autorisations officielles. J'ai mis Lowell dessus. »

Hood s'arrêta sous un palmier. Le président avait autorisé l'expédition d'un commando à Saint-Pétersbourg tandis que l'avocat de l'Op-Center, Lowell Coffey II, était chargé de décrocher le blanc-seing de la Commission parlementaire de surveillance du renseignement. C'était effectivement un gros coup.

Hood consulta sa montre. « Mike, je vais tâcher d'attraper un vol de nuit pour revenir.

– Inutile. On a un peu de marge devant nous. Dès que ça commencera à s'ébranler, je pourrai toujours vous faire remonter en hélicoptère à Sacramento et de là, vous prendrez un vol militaire. »

Hood se retourna pour regarder les gosses. Ils étaient censés faire la visite de Magna Studio, dans la matinée. Et Rodgers n'avait pas tort. Ce serait l'affaire d'un saut de puce d'une demi-heure jusqu'à la base aérienne, puis de cinq heures de vol maximum jusqu'à la capitale. Mais il avait juré de faire un boulot, et c'était réellement un boulot – ou plutôt, une charge, une responsabilité, qu'il ne voulait pas voir reposer sur les épaules d'un autre.

Son cœur battait la chamade. Hood savait bien ce que son cœur lui dictait de faire. Il amenait déjà le sang à ses jambes pour qu'il puisse attraper l'avion.

« Laissez-moi le temps de parler à Sharon.

– Elle va vous arracher les yeux, répondit le général. Vous feriez mieux de respirer un bon coup et d'aller faire un tour pour vous détendre. On est capable de gérer cette affaire.

– Merci bien, mais c'est moi qui vais vous dire ce que je compte faire. J'apprécie d'avoir été mis au courant. Je vous recontacterai un peu plus tard.

– C'est cela », conclut lugubrement Rodgers.

Hood coupa la communication et replia le portable. Il le tapota doucement dans sa paume ouverte.

Oui, Sharon allait effectivement lui arracher les yeux, et les gosses seraient horriblement déçus. Alexander s'était fait une joie d'essayer le Teknophage, la nouvelle attraction de réalité virtuelle, en sa compagnie.

Bon Dieu, pourquoi rien ne peut-il jamais être simple? C'est ce qu'il se demanda en rejoignant la piscine. « Parce qu'il n'y aurait plus de dynamique entre les individus, répondit-il entre ses dents, et la vie deviendrait ennuyeuse. »

Encore qu'un peu d'ennui ne lui aurait pas déplu en ce moment. C'était même ce qu'il avait espéré retrouver en revenant à Los Angeles.

« P'pa, tu viens ? s'écria Harleigh, sa fille, à son approche.

– Mais non, 'spèce de gourde, rétorqua Alexander, dix ans. Tu vois pas qu'il a son téléphone ?

– J'peux pas voir aussi loin sans mes lunettes, pauv'cloche », répliqua sa sœur.

Sharon avait arrêté de canarder leur fils au pistolet à eau pour se remettre à nager. À son expression, Hood comprit qu'elle avait deviné ce qui se préparait.

« Venez tous les deux, dit-elle, tandis que son mari s'accroupissait au bord du bassin, je crois que papa a quelque chose à nous dire.

– Je dois rentrer, expliqua simplement l'intéressé. Après ce qui s'est passé aujourd'hui... il faut qu'on réagisse.

– Y z'ont besoin de papa pour aller leur botter le cul, décréta Alexander.

– Chut ! fit Hood. Rappelle-toi, langue trop bien pendue...

– Sous-marin perdu, acheva son fils. Faites excuse, amiral », dit le gamin en plongeant sous l'eau.

Sa sœur, de deux ans son aînée, tendit le bras pour le retenir en place, mais Alexander avait déjà filé.

Sharon se contenta de fixer son époux, l'air irrité, avant de demander, d'une voix posée : « Cette *réaction*, elle ne peut pas se faire sans toi ?

– Si, tout à fait.

– Eh bien, laisse-les faire.

– Je ne peux pas. » Il baissa les yeux, puis détourna le regard. Ne surtout pas croiser celui de sa femme.

« Je suis désolé. Je tâcherai de te rappeler plus tard. »

Hood se releva et appela ses enfants, qui interrompirent leur poursuite, juste le temps de lui adresser un signe de main. « Et ramenez-moi un T-shirt du Teknophage ! leur lança-t-il.

– Promis ! » fit Alexander.

Il allait s'éloigner quand Sharon le rappela.

« Paul ? »

Il s'arrêta, se retourna.

« Je sais que c'est difficile, et je ne te facilite pas la tâche. Mais on a besoin de toi, nous aussi. Surtout Alexander. Toute la journée de demain, on va avoir droit à ses “Et papa aurait adoré ceci” et “papa aurait adoré cela”. Un de ces jours, il va bien falloir que tu te décides à “réagir” à ces absences répétées.

– Parce que tu ne crois pas que ça me tue, moi aussi ?

– Peut-être pas assez, dit Sharon en s'éloignant d'une poussée contre le bord de la piscine. Pas autant que d'être loin de ton train électrique à Washington. Penses-y, Paul. »

Il y penserait, se promit-il.

D'ici là, il avait un avion à prendre.

17.

Lundi, 3 : 35, Washington, DC

Le lieutenant-colonel W. Charles Squires était posté sur le tarmac de Quantico, en civil, avec un blouson de cuir. L'ordinateur portable posé par terre, calé entre ses jambes, il faisait signe aux six autres Attaquants de monter dans les deux Bell JetRanger qui allaient les conduire à la base d'Andrews. De là, ils seraient transférés à bord de leur C-141B Starlifter privé afin de rejoindre Helsinki. Onze heures de vol.

La nuit était fraîche et vivifiante, même si, comme toujours, c'était le travail en lui-même qui le revigorait le plus. Quand il était gosse, à la Jamaïque, il n'avait jamais rien connu de plus excitant que de courir sur le terrain avant le début d'un match de foot, surtout quand son équipe n'était pas favorite ; il ressentait la même chose aujourd'hui, chaque fois qu'il passait à l'action. C'est d'ailleurs pour lui faire plaisir que Hood avait baptisé ses équipiers du nom du poste qu'il occupait jadis sur le terrain : *Attaquants.*

Squires dormait dans sa petite maison de la base quand Rodgers avait appelé pour lui donner l'ordre de se rendre en Finlande. Rodgers s'était excusé de n'avoir pu obtenir le visa parlementaire que pour une équipe de sept hommes, au lieu des douze habituels. Il fallait toujours que le Congrès vienne mettre son nez dans leurs affaires, et cette fois, c'était la grille des effectifs qui avait trinqué. L'idée étant que si jamais ils se faisaient prendre, on pourrait toujours expliquer aux Russes qu'ils n'avaient pas expédié un détachement *entier*. En matière de politique internationale, ce genre de distinguo avait apparemment un sens. Par chancc, après leur dernière mission, Squires avait adapté le manuel du groupe pour quasiment n'importe quelle configuration.

Squires n'embrassa pas sa femme en partant : les adieux étaient plus faciles quand elle dormait... Au lieu de cela, il emporta le téléphone dans la salle de bains et, tout en s'habillant, discuta avec Rodgers sur la ligne protégée. Le plan était simple : jouer les touristes dès leur arrivée. Une fois qu'ils seraient en vol, Rodgers recontacterait Squires pour lui fournir des compléments d'information. Pour l'heure, il était prévu que trois agents se rendent à Saint-Pétersbourg tandis que les quatre autres attendraient dans la capitale finlandaise, en soutien.

Les gars qui resteraient derrière seraient déçus, et ils ne seraient pas les seuls. Leur équipe n'intervenait pas souvent sur le terrain, mais Squires les gardait toujours prêts et parfaitement entraînés, à force d'exercices, de sport et de simulations ; la frustration vaudrait surtout pour les quatre hommes bloqués à Helsinki, si près de l'action sans pouvoir y participer. Mais en bon soldat chevronné, Rodgers tenait à ce qu'une partie des effectifs soient prêts à assurer les arrières en cas de pépin.

Quand les hommes eurent fini d'embarquer, Squires monta dans le second hélico. L'appareil n'avait pas encore décollé qu'il avait ouvert le portable sur ses genoux, inséré la disquette confiée par le pilote et qu'il vérifiait la liste de l'équipement déjà chargé à bord du StarLifter, des armes aux vêtements et uniformes des nations que l'on considérait comme des barils de poudre, ces zones où un travail de renseignement sur place pouvait s'avérer nécessaire : Chine, Russie et plusieurs pays du Moyen-Orient et d'Amérique latine. Il y avait aussi suffisamment de matériel de plongée et d'équipement polaire pour tout le groupe, même si l'inventaire n'incluait pas encore les appareils photo et vidéo, les guides touristiques, dictionnaires et billets d'avion, indispensables s'ils voulaient passer pour des touristes. Mais Mike Rodgers mettait un point d'honneur à veiller au moindre détail et Squires savait que ces articles les attendraient à Andrews.

Son regard balaya les membres de l'équipe qui avaient embarqué avec lui. Allant de David George, le blondinet souriant qui s'était fait remplacer in extremis par Mike Rodgers lors de leur mission précédente, à leur toute nouvelle recrue, Sondra DeVonne, qui avait commencé par l'entraînement commando dans les SEAL et venait d'être intégrée au groupe pour remplacer l'homme qu'ils avaient perdu en Corée du Nord.

Comme toujours, il ne put s'empêcher d'éprouver de l'orgueil en regardant le visage de ces soldats... et un sentiment aigu de responsabilité en songeant que certains pourraient ne pas revenir. Il avait beau s'escrimer à la tâche, il restait toujours un peu plus fataliste que Rodgers, dont la devise était : *Faute de remettre mon sort entre les mains de Dieu, j'ai intérêt à garder une arme entre les miennes.*

Squires reporta son attention sur l'écran du portable et il sourit en pensant à son épouse et à leur jeune fils, Billy, profondément endormi. Et il sentit monter une nouvelle bouffée d'orgueil en les imaginant dormant en sécurité dans leur lit parce que, depuis plus de deux cents ans, il y avait eu des hommes et des femmes pour défendre les mêmes idées que lui et éprouver les mêmes peurs, alors qu'ils partaient sur terre, sur mer ou dans les airs pour protéger cette démocratie à laquelle tous croyaient passionnément...

18.

Lundi, 8 : 20, Washington, DC

La petite cafétéria des cadres de l'Op-Center était située au rez-de-chaussée du centre, dans une salle blindée aménagée derrière la cantine du personnel. Les murs étaient isolés acoustiquement, les stores tirés en permanence, et un émetteur d'hyperfréquences, installé juste devant, sur une piste d'atterrissage désaffectée, maintenait un bruit de fond grave, assourdissant pour toute oreille indiscrète.

Quand il était monté à bord, Paul Hood avait exigé que chaque cafétéria offre un menu de restauration rapide complet, allant des œufs durs aux crêpes jusqu'aux parts de pizza. Ce n'était pas seulement pour le confort des employés du centre, c'était une question de sécurité nationale : durant l'opération Tempête du désert, l'ennemi avait eu vent qu'il se tramait quelque chose grâce à ses espions qui avaient remarqué la soudaine augmentation des commandes de pizzas et de plats chinois livrés au Pentagone. Si pour une raison quelconque l'Op-Center devait être mis en état d'alerte, Hood n'avait pas envie qu'un espion, un journaliste ou qui que ce soit l'apprenne d'un jeune livreur de Big Mac à mobylette.

La cafétéria des cadres était toujours bondée entre huit et neuf heures du matin. L'équipe de jour prenait le relais à six heures et passait les deux premières heures de sa vacation à parcourir les informations venues du monde entier. À huit heures, une fois les données assimilées, archivées ou écartées, et à moins d'une situation de crise, les directeurs de chaque division venaient prendre leur petit déjeuner et comparer leurs notes. Aujourd'hui, Rodgers avait posté un courrier électronique annonçant une réunion générale à neuf heures pile, de sorte que la salle se viderait quelques minutes plus tôt, pour donner à tout le monde le temps de rejoindre le Bocal.

Quand l'attachée de presse Ann Farris pénétra dans la salle, son tailleur-pantalon rouge suscita un hochement de tête admiratif de Lowell Coffey II. Elle comprit tout de suite qu'il avait dû avoir une nuit épuisante. Quand il était en forme, Lowell manifestait sa critique constructive dans tous les domaines, de la mode à la littérature.

« La nuit a été dure ? demanda-t-elle.

– Je l'ai passée à la Commission parlementaire de surveillance du renseignement, expliqua-t-il en se tournant vers un exemplaire tout frais du *Washington Post.*

– Ah, fit-elle. Une longue nuit, donc. Que s'est-il passé ?

– Mike pense avoir repéré les Russes qui ont réellement commandité l'attentat du tunnel. Il a envoyé l'équipe d'Attaquants les récupérer.

– Donc ce petit Eival Ekdol qu'ils ont arrêté ne travaillait pas seul.

– Exact. »

Ann s'arrêta devant la machine à café. Elle y glissa un dollar. « Paul est au courant ?

– Paul est rentré. »

Sourire épanoui d'Ann. « C'est vrai ?

– Tout ce qu'il y a de vrai. Il a pu attraper le vol de nuit de Los Angeles, il devrait être là dans la matinée. Mike doit briefer l'ensemble de l'équipe au Bocal à neuf heures. »

Pauvre Paul, songea Ann en prenant son double express et en récupérant sa monnaie. *L'aller retour en moins de vingt-quatre heures. Sharon a dû adorer.*

Autour des six tables rondes, les sièges étaient occupés par des cadres étonnamment peu affairés. Assise devant un café noir (avec trois sucres), la psychologue Liz Gordon mâchait sa gomme à la nicotine dans la salle interdite aux fumeurs et tortillait nerveusement une courte mèche de cheveux auburn tout en parcourant les derniers numéros de la presse populaire hebdomadaire.

L'officier de soutien logistique Matt Stoll jouait au poker avec le spécialiste de l'environnement Phil Katzen. Un petit monticule de pièces de vingt-cinq cents trônait entre les deux hommes, mais au lieu de cartes, ils jouaient via deux ordinateurs portatifs reliés par câble. En passant devant eux, Ann nota que Stoll était en train de perdre. Il reconnaissait volontiers qu'il n'avait jamais été doué pour le bluff : chaque fois que la situation tournait au vinaigre, qu'il joue aux cartes ou qu'il tente de réparer un ordinateur responsable de la défense du monde libre, on voyait ce garçon au visage rondouillard de chérubin suer par tous les pores de la peau.

Stoll écarta un six de pique et un quatre de trèfle.

Phil lui donna en échange un cinq de pique et un sept de cœur.

« Enfin, ça me fait toujours une carte plus forte, dit Matt en se couchant. Encore une main... Pas de veine que ça ne marche pas comme le calcul quantique. On confine des ions dans un réseau de champs électromagnétiques, on balance une salve de laser sur une particule piégée pour la placer dans un état excité, puis on la frappe unc seconde fois pour la décharger. Et hop, voilà une bascule. Des rangées d'ions formant une porte logique quantique : t'as rien de plus petit et de plus rapide comme ordinateur. Clair, net, précis : parfait.

– Ouais, railla Phil. Vraiment pas de bol que ça ne marche pas comme ça.

– Sois pas si sarcastique », grommela Stoll en enfournant le reste de son beignet au chocolat, qu'il fit passer avec une lampée de café noir. « La prochaine fois, on jouera au baccarat, et ça se passera autrement.

– Non, sûrement pas, dit Katzen en s'écartant de la table pour ramasser le pot. Au baccarat aussi, tu paumes toujours.

– Je sais, admit Stoll, mais je me sens toujours mal à l'aise quand je perds au poker. Je ne sais pas pourquoi.

– Perte de virilité », insinua Liz Gordon, sans lever les yeux de son *National Enquirer*.

Coup d'œil de Stoll. « Tu peux préciser ?

– Envisage le contexte, expliqua Liz. Une main forte, un bluff d'enfer, un pot conséquent... toute l'ambiance western, cigare, arrière-salle, nuits chaudes entre mecs. »

Stoll et Katzen la dévisagèrent, les yeux ronds.

« Faites-moi confiance, dit-elle en tournant la page. Je sais de quoi je parle.

– Faire confiance à quelqu'un qui s'informe dans la presse à scandale ? railla Katzen.

– Je ne m'informe pas. Je butine. Les célébrités vivent dans une atmosphère raréfiée qui les rend fascinantes à étudier. Et pour en revenir aux joueurs, j'ai traité naguère des cas chroniques, à Atlantic City. Le poker et le billard sont deux jeux où les hommes détestent perdre. Tu devrais plutôt essayer la pêche miraculeuse ou le ping-pong – ça ravage nettement moins l'ego. »

Ann vint s'asseoir à la table de Liz. « Et les jeux intellos, genre échecs ou Scrabble ?

– Ils sont machos dans un autre sens. Les mecs n'aiment pas non plus y perdre, mais ils admettent bien plus aisément de perdre devant un autre homme que devant une femme. »

Ricanement de Lowell Coffey. « Je n'en attendais pas moins d'une gonzesse. D'ailleurs, vous savez quoi ? Cette nuit, je me suis fait étriller par madame le sénateur Barbara Fox comme jamais je ne l'avais été par aucun mec.

– Peut-être qu'elle a simplement fait son boulot mieux que ne l'a jamais fait aucun mec, observa Liz.

– Non. C'est juste que je ne pouvais pas utiliser avec elle le genre de sténo que j'emploie avec les hommes siégeant à la commission. T'as qu'à demander à Martha. Elle était là. »

Ann intervint : « Le sénateur Fox est devenue une isolationniste farouche depuis que sa fille s'est fait assassiner en France, il y a déjà quelques années.

– Je ne suis pas du tout d'accord, coupa Liz. D'ailleurs, il y a eu quantité d'articles sur la question.

– Il y a également quantité d'articles sur les ovnis,

nota Coffey, et je continue à penser que c'est un ramassis de sornettes. Les individus réagissent en fonction des autres individus, pas du sexe. »

Sourire charmeur de Liz. « Carol Laning, Lowell.

– Pardon ? dit Coffey.

– Je ne suis pas autorisée à en parler, poursuivit Liz, mais toi, tu peux, si tu as des couilles.

– Tu parles du procureur Laning ? L'affaire Fraser contre l'État du Maryland ? C'est dans mon profil psychologique ? »

Pas de réponse de Liz.

Coffey rougit. Il tourna la page de son quotidien, marqua plusieurs fois le pli, contempla sans les voir les articles. « Tu cours le mauvais cheval, Elizabeth. Je suis rentré dans sa voiture par accident, après le procès. C'était ma première affaire, et j'étais distrait. D'avoir perdu devant une femme n'avait strictement rien à y voir.

– Bien sûr que non.

– C'est la vérité ! » À cet instant retentit le récepteur d'appels de Coffey. Il regarda le numéro affiché sur l'écran, lâcha son journal et se leva. « Désolé, les enfants, mais faudra que vous attendiez la prochaine séance pour entendre mes conclusions. J'ai un leader international à rappeler.

– De quel sexe ? » railla Phil.

Coffey fit la grimace et sortit.

Après son départ, Ann remarqua : « Tu ne crois pas que t'as été un peu dure avec lui, Liz ? »

L'intéressée referma son *National Enquirer*, récupéra *Star* et *Globe*, et se leva. Puis elle toisa la petite brune aux joues vermeilles. « Un petit peu, Ann. Mais c'est pour son bien. Sous ses dehors fanfarons, Lowell écoute ce qu'on lui dit et parfois, ça porte. Contrairement à certains autres.

– Merci beaucoup, dit Stoll en rabattant le couvercle de son ordinateur avant de le déconnecter. Avant ton entrée, Ann, Liz et moi, nous "débattions" pour savoir si son incompétence en matière de technique était due à une défaillance physique ou bien la manifestation d'un a priori contre le sexe masculin.

– C'est la première hypothèse qui est la bonne, dit Liz. Ou alors, il faudrait admettre que tes talents en matière de technique font de toi un homme ipso facto.

– Eh bien, je sens que c'est ma fête...

– Seigneur, intervint Ann, je suggère qu'on se calme tous sur la caféine et le sucre dès le matin.

– Là n'est pas le problème, dit Stoll alors que Liz s'en allait. C'est surtout qu'on est un lundi après un week-end de crise internationale. On a tous décidé d'être à cran parce que personne n'a songé à reprogrammer les magnétoscopes pour la semaine qui s'annonce. »

Katzen cala son portatif sous son bras et se leva. « J'ai du matériel à récupérer pour la réunion. Je vous retrouve dans un quart d'heure.

– Et tous les quarts d'heure suivants, ajouta Stoll en lui emboîtant le pas, jusqu'à ce qu'on soit tous vieux et chenus. »

Désormais seule, l'attachée de presse sirota son espresso en songeant au noyau initial de l'Op-Center. Ils formaient une sacrée bande, avec d'un côté Matt Stoll dans le rôle du petit chef et Liz Gordon dans celui de la grande gueule. Mais dans tous les domaines, les meilleurs étaient en général les plus excentriques. Et les convaincre de collaborer dans ces locaux exigus était une tâche ingrate. Le mieux que Paul Hood puisse jamais espérer de ce rassemblement éclectique était une coexistence pacifique, des objectifs partagés, et un minimum de respect professionnel réciproque. Il y parvenait par une gestion exigeante et tatillonne – même si elle en connaissait le prix pour sa vie privée.

En quittant la cafétéria pour se rendre à la réunion, Ann tomba sur Martha Mackall. La presque quinquagénaire, officier politique et experte en linguistique, se hâtait également de rejoindre la salle de conférences même si elle ne donnait jamais l'impression d'être pressée. Fille du défunt chanteur de soul Mack Mackall, elle en avait hérité le large sourire, la voix enrouée et l'élégance recouvrant un noyau dur comme l'acier. Elle paraissait toujours détendue, conséquence d'une jeunesse bohème sur les pas d'un père qui lui avait appris qu'ivrognes, rustres et bigots étaient plus facilement intimidés par l'éclat d'un trait d'esprit que par celui d'une lame de cran d'arrêt. Après la disparition de Mack dans un accident de voiture, Martha était allée vivre chez une tante qui l'avait fait étudier dur et forcée à poursuivre ses études jusqu'à la fac, mais qui avait vécu assez longtemps pour voir sa nièce passer de la route et des tournées paternelles aux couloirs du Département d'État.

Les deux femmes se saluèrent. Ann pressa le pas pour rester à la hauteur de Martha. « J'ai appris que vous n'aviez pas chômé cette nuit.

– Lowell et moi, on a dû leur faire la danse des sept voiles, là-haut sur la colline. Ces parlementaires sont bougrement durs à convaincre. »

Elles terminèrent le chemin en silence. Quelle que soit la langue, Martha n'était pas du genre loquace, sauf avec les grands de ce monde. Ann avait de plus en plus le sentiment que si quelqu'un enviait le poste de Hood, ce n'était certainement pas Mike Rodgers.

Mike Rodgers, Bob Herbert, Matt Stoll, Phil Katzen et Liz Gordon étaient déjà installés autour de l'imposante table de conférence ovale du Bocal quand Ann et Martha firent leur entrée. Ann nota que Bob Herbert avait les traits tirés. Sans doute avait-il passé la nuit avec son vieil ami Rodgers à élaborer en détail la mission de l'équipe d'Attaquants – et à digérer en partie les émotions que l'attentat à la bombe avait fatalement dû faire renaître chez l'officier de renseignements désormais cloué dans une chaise roulante.

Les deux femmes furent suivies par Paul Hood et un Lowell Coffey tout affairé. Avant même que l'avocat ne soit installé, Rodgers avait pressé une touche encastrée dans l'épaisseur de la table pour commander la fermeture de la lourde porte.

La pièce était éclairée par des rampes fluorescentes ; sur le mur qui faisait face à Rodgers, la grande horloge numérique était arrêtée au chiffre zéro. Chaque fois qu'éclatait une crise assortie d'un délai limite, on réglait l'horloge dont l'affichage était répété dans chacun des bureaux : ainsi n'y avait-il aucune confusion possible sur l'enchaînement des instructions.

Les murs, le sol, la porte et le plafond du Bocal étaient intégralement recouverts d'un revêtement absorbant moucheté gris et noir. Derrière les panneaux d'Acoustix, il y avait plusieurs couches de liège, trente centimètres de béton et de nouveaux panneaux d'Acoustix. Enfouie dans le béton sur les six pans de la salle, une résille métallique était parcourue d'ondes acoustiques oscillantes : aucune information électronique ne pouvait entrer ou sortir de la salle sans subir une distorsion immédiate et irrécupérable.

Hood était assis au bout de la table. À sa droite, sur une tablette, un moniteur, un clavier et un poste téléphonique. Une minuscule caméra à fibres optiques posée au sommet du moniteur lui permettait de voir sur son écran tous ceux qui disposaient d'un équipement analogue.

Une fois la porte verrouillée, Paul commença : « Je sais que nous sommes tous écœurés par ce qui s'est passé hier, aussi est-il inutile de s'étendre plus avant là-dessus. Je veux d'abord remercier Mike pour le boulot incroyable qu'il a déjà fourni. Il vous en dira plus. Au cas où vous ne seriez pas encore au courant, l'histoire est plus complexe que ce qu'on en a dit dans les médias. Je descends de l'avion, j'ai juste eu le temps de prendre une douche en vitesse, alors je suis aussi impatient que vous d'apprendre ce qu'il a à nous dire là-dessus. J'aimerais toutefois vous signaler auparavant que tout ce que vous allez entendre est classé secret défense, avec priorité numéro un. Tâchez de ne pas l'oublier, il n'y aura pas de rappel à l'ordre. (Hood se tourna vers Rodgers.) Mike ? »

Mike remercia Hood, puis informa le groupe de ce qui s'était passé au Bureau Ovale. Il leur dit que l'équipe d'Attaquants avait décollé d'Andrews à quatre heures quarante-sept et arriverait à Helsinki à vingt heures cinquante, heure locale.

« Lowell, demanda-t-il, où en sommes-nous avec l'ambassadeur de Finlande ?

– Il m'a donné son accord temporaire, répondit l'avocat. Il a juste besoin d'un coup de tampon de son président.

– Quand l'aurons-nous ?

– Dans la matinée. »

Rodgers consulta sa montre. « Il est déjà quatre heures de l'après-midi, là-bas. C'est bien sûr ?

– Sûr et certain. Ils démarrent tard et travaillent tard là-bas. Personne ne prend de décisions de haut niveau avant l'heure du déjeuner. »

Rodgers regarda tour à tour Coffey et Darrell McCaskey. « À supposer que nous obtenions ce que nous voulons du gouvernement finlandais, y a-t-il moyen qu'Interpol nous file un coup de main, question renseignements du côté de Saint-Pétersbourg ?

– Ça dépend. Vous pensez à l'Ermitage ? »

Rodgers acquiesça.

« Est-ce que je leur parle de l'agent britannique qui s'est fait tuer là-bas, l'autre jour ? »

Coup d'œil de Rodgers vers Hood. « Le DI-6 a perdu un homme qui essayait d'espionner leur studio de télé.

– Est-ce qu'on demande à Interpol d'effectuer en gros le même genre de reconnaissance ? » demanda Hood.

Nouveau signe d'approbation de Rodgers.

« Dans ce cas, parlez-leur de l'Anglais. Je suis sûr qu'ils trouveront quelqu'un pour prendre le relais.

– Qu'est-ce qu'on fait avec la frontière ? s'enquit Rodgers. S'il faut qu'on s'introduise par voie terrestre, les Finlandais ont-ils le moyen de faire passer discrètement nos hommes ?

– Je connais quelqu'un au ministère de la Défense, intervint McCaskey, je vais voir ce que je peux goupiller. Mais il faut comprendre, Mike, qu'ils ont moins de quatre mille hommes pour surveiller leur frontière. Ils n'ont pas précisément envie d'aller titiller les Russes.

– Compris », dit le directeur adjoint, avant de se tourner vers Matt Stoll. Le corpulent expert en informatique pianotait déjà du bout des doigts.

« Matt, dit Rodgers, je veux que vous utilisiez vos contacts dans le milieu de l'informatique pour découvrir si les Russes ont récemment commandé ou stocké quoi que ce soit qui sorte de l'ordinaire. Ou si l'un ou l'autre de leurs techniciens de haut niveau n'aurait pas déménagé à Saint-Pétersbourg depuis un an.

– Ces gars ne sont pas franchement loquaces, dit Stoll. Il faut les comprendre : ils n'ont pas des masses de choix de recyclage dans le privé si jamais le gouvernement cesse de leur accorder sa confiance. Mais enfin, on peut toujours essayer...

– Je ne vous demande pas d'essayer – mais de faire », coupa Rodgers. Presque aussitôt, il baissa les yeux et se mordit les lèvres. « Désolé, dit-il après un silence. La nuit a été longue. Matt, il se peut que je doive infiltrer mon équipe en Russie, et ce ne sera pas une partie de plaisir. Je veux qu'ils apprennent tout ce qu'ils pourront sur leur objectif et sur les rencontres qu'ils risquent de faire une fois là-bas. Ça nous aiderait bigrement d'en savoir un peu plus sur leur équipement électronique.

– Je comprends, fit Stoll, un peu raide. Je vais fureter un peu, naviguer sur le Net, voir un peu ce que ça donne.

– Merci. »

Ann regarda le directeur adjoint se tourner vers Liz Gordon. Elle réagit avec surprise lorsqu'il s'adressa à elle. Contrairement à Hood qui avait une confiance modérée dans les profils psychologiques des dirigeants étrangers, Rodgers se fiait à leur validité.

« Liz, je veux que vous me rentriez dans votre ordinateur Doguine, le ministre de l'Intérieur russe. Tenez compte de son échec à la présidentielle contre Janine, ainsi que de l'influence du général Mikhaïl Kossigan. Bob détient les informations concernant le général si vous en avez besoin.

– Son nom me dit quelque chose... je suis sûre de l'avoir dans mes fiches. »

Rodgers se tourna vers Phil Katzen dont le portatif était déjà ouvert, prêt à servir. « Phil, j'ai besoin d'un topo sur le golfe de Finlande à l'embouchure de la Néva, et sur la Néva devant l'Ermitage. Température, vitesse du courant, vent dominant... »

Hood entendit biper l'ordinateur sur sa droite. Il pressa sur *F6* pour répondre, puis sur la touche *Ctrl* pour mettre l'appel en attente.

Rodgers poursuivit : « Et je veux également tout ce que vous pourrez me trouver sur la composition du sous-sol du musée. Je veux savoir jusqu'à quelle profondeur les Russes peuvent avoir creusé. »

Katzen acquiesça tout en finissant de taper.

Hood pressa de nouveau sur la touche *Ctrl.* Le visage de son assistant, Stephen « Bugs » Benet, apparut à l'écran.

« Monsieur, dit Bugs, j'ai un appel urgent du commandant Hubbard, du DI-6. Comme il est sur l'affaire, j'ai pensé...

– Merci, dit Hood. Passez-le-moi. »

Hood pressa le bouton de l'ampli, puis attendit. Le visage de bouledogue apparut bientôt sur son moniteur.

« Bonjour, commandant. Je suis avec le reste de mon équipe, aussi me suis-je permis de vous mettre sur l'ampli.

– Parfait », dit Hubbard. Sa voix à l'accent anglais prononcé était rauque et profonde. « Je vais faire de même. Monsieur Hood, venons-en au fait. Nous avons ici un agent qui aimerait faire partie de l'équipe que vous venez d'envoyer à Helsinki. »

Grimace de Rodgers. Il hocha la tête.

« Commandant, expliqua Hood, il s'agit d'une unité composée avec soin...

– Jc comprends, mais écoutez-moi jusqu'au bout. J'ai perdu deux hommes et un troisième se planque actuellement. Mon équipe voudrait qu'on envoie notre propre unité Bengale, mais ce serait stupide que nos deux groupes se marchent sur les pieds.

– Votre unité Bengale est-elle en mesure de me mettre en communication téléphonique avec le chef de cette nouvelle base logistique installée à Saint-Pétersbourg ?

– Je vous demande pardon ?

– Ce que je veux dire, expliqua Hood, c'est que vous ne m'offrez rien de plus que ce que je pourrais obtenir de mon côté. Nous vous ferons profiter de nos trouvailles, comme toujours.

– Certes, dit Hubbard. Mais je ne suis pas d'accord. Nous pouvons vous offrir quelque chose... ou quelqu'un : Mlle Peggy James. »

Hood tapa aussitôt *Ctrl/F5* sur son clavier pour ouvrir le fichier des agents. Il cliqua sur DI-6, tapa *James* dans la fenêtre et son dossier apparut.

Rodgers se leva et se posta derrière Hood tandis quc celui-ci parcourait le dossier, qui était rempli de données émanant du DI-6 mais aussi d'informations indépendantes recueillies par l'Op-Center, la CIA et d'autres services américains.

« Elle a de sacrés états de service, admit Hood. Petite-fille de lord, trois ans sur le terrain en Afrique du Sud, deux années en Syrie, sept au quartier général. Entraînement dans les forces spéciales, parle six langues, quatre citations. Répare des motos de collection et court dessus. »

Il s'arrêta quand Mike Rodgers lui signala une référence croisée renvoyant sur une autre fiche.

« Commandant Hubbard, c'est Mike Rodgers qui vous parle. Je vois que Mlle James a également recruté M. Fields-Hutton.

– Oui, général, admit Hubbard. Ils étaient très proches.

– Méfions-nous des rancunes tenaces, grommela Liz en hochant la tête.

– Vous avez entendu, commandant ? demanda Hood. C'était la psychologue de notre équipe.

– Nous avons entendu, rétorqua, cinglante, une voix féminine. Et je puis vous garantir que ce n'est pas un sentiment de vengeance qui m'anime. Je veux simplement m'assurer que le boulot commencé par Keith sera terminé.

– Nul ne met en doute vos capacités, agent James, répondit Liz d'une voix forte, assurée, sans réplique. Mais le détachement émotionnel et l'objectivité sont mères de sûreté et c'est ce que nous recherchons pour notre...

– Mon cul, coupa Peggy. Soit vous me prenez avec vous, soit j'y vais de mon côté. Mais j'y vais de toute façon.

– Ça suffit comme ça », intervint Hubbard, d'une voix ferme.

Coffey se racla la gorge et croisa les mains sur la

table. « Commandant Hubbard, agent James... je suis Lowell Coffey II, avocat de l'Op-Center. (Il regarda Hood.) Paul, vous allez sans doute m'en vouloir à mort, mais je pense que vous devriez examiner cette proposition. »

Hood ne changea pas d'expression, mais les yeux de Rodgers s'emplirent de colère. Coffey évita son regard.

« Martha et moi, nous avons encore quelques petits détails à mettre au point avec la commission parlementaire, dit Coffey, et si je peux leur annoncer qu'il s'agit d'une équipe internationale, je serai en bien meilleure position pour leur grappiller quelques avantages en plus, genre délai supplémentaire, élargissement de la zone d'intervention, vous voyez le topo...

– Vous allez sans doute demander également ma tête, Mike, intervint McCaskey, mais l'intégration à l'équipe de l'agent James m'aiderait, moi aussi. Le ministre finlandais de la Défense est très lié avec l'amiral Marrow, de l'Amirauté britannique. Si jamais nous avons besoin d'autres faveurs pendant le déroulement des opérations, c'est à lui qu'il faudra s'adresser. »

Le général ne dit mot durant de longues secondes, et le silence du côté de Londres se prolongeait, provocateur. Hood finit par regarder Bob Herbert. Le chef du renseignement avait retroussé les lèvres et il s'était mis à pianoter sur les accoudoirs en cuir de son fauteuil roulant.

« Bob, demanda Hood, qu'en dites-vous ? »

D'une voix douce où résonnaient les traces du Mississippi de sa jeunesse, Herbert répondit : « Je dis que nous pouvons très bien faire le boulot tout seuls. Si cette jeune personne désire y aller de son côté, c'est l'affaire du commandant Hubbard. Je ne vois pas pourquoi nous aurions besoin d'une pièce rapportée dans une machine réglée à la perfection. »

Martha Mackall intervint : « Là, je crois qu'on s'aventure en territoire dangereux. L'agent James est une vraie professionnelle. Elle saura s'intégrer dans votre belle machine si bien réglée.

– Merci, dit Peggy, qui que vous soyez.

– Martha Mackall. Officier politique. À votre service. Je sais ce que c'est que d'être tenue à l'écart du club des mecs.

– C'est de la couille, fit Herbert en écartant l'objection d'un revers de main. Ce n'est pas une question de blanc ou de noir, d'homme ou de femme, ou de main charitablement tendue. On a déjà notre débutante pour cette mission : Sondra DeVonne, c'est elle qui a pris la place de Bass Moore. Tout ce que je veux dire, c'est que serait idiot d'en avoir deux.

– Deux femmes, c'est ça ? dit Martha.

– Deux débutantes, rétorqua Herbert. Mon Dieu, depuis quand une décision de commandement est-elle devenue une attaque *ad hominem* ?

– Merci à tous pour vos suggestions, coupa Hood. Commandant, j'espère que vous nous pardonnerez d'avoir parlé de votre agent ouvertement devant elle.

– Aucun problème, dit Peggy. J'ai toujours préféré savoir à quoi m'en tenir.

– J'ai moi aussi des réserves à émettre, reprit Hood, mais Lowell a raison. Un groupe binational a son intérêt, et Peggy me semble avoir les qualifications. »

Herbert agrippa le bord de la table et sifflota les premières mesures de *It's a Small World*. Rodgers regagna sa place. On voyait sa nuque congestionnée sous le col de son uniforme et son front déjà sombre semblait s'être encore assombri.

« Je vais m'assurer qu'on vous transmet bien toutes les coordonnées permettant à votre agent de se connecter avec notre groupe. Je ne vous ferai pas l'affront de vous préciser que le chef du groupe d'Attaquants, le lieutenant-colonel Squires, a toute notre confiance. Je compte sur l'agent James pour obéir à ses ordres.

– Bien entendu, général, dit le commandant Hubbard, et merci encore. »

Hood regarda Rodgers alors que l'image disparaissait de l'écran.

« Mike, il allait l'envoyer de toute manière. Au moins saura-t-on maintenant où elle se trouve.

– C'était votre demande, nota Rodgers. Personnellement, ce n'est pas celle-ci que j'aurais formulée. (Il fixa Hood.) Ce n'est ni le débarquement en Normandie, ni Tempête du désert. Nous n'avions pas besoin de consensus international. Les États-Unis ont été attaqués, et l'armée des États-Unis a réagi, point final.

– *Point-virgule*, corrigea Hood. Le DI-6 a également connu des pertes. Les informations qu'ils nous ont fournies ont renforcé nos soupçons à l'égard de l'objectif. Ils méritent de participer à l'action.

– Comme je vous l'ai dit, nous ne sommes pas d'accord là-dessus. Mlle James doit déjà se faire rappeler à l'ordre par ses supérieurs. Elle ne va sûrement pas vouloir écouter Squires. Mais vous êtes revenu, c'est vous le chef. (Son regard balaya la table.) Pour ma part, j'en ai terminé. Je vous remercie tous de votre attention. »

Hood regarda également l'assistance. « D'autres problèmes ?

– Oui. (C'était Herbert.) Je pense que Mike Rodgers, Lynne Dominick et Karen Wong méritent tous amplement une médaille pour le boulot qu'ils ont abattu la nuit dernière. Pendant que tout le monde se tordait les mains en se lamentant sur l'attentat, ces trois-là ont réussi à découvrir qui en était l'auteur et sans doute quels étaient ses motifs. Or, au lieu de se voir décerner une médaille, Mike vient de se faire botter le cul. J'avoue que ça me dépasse.

– Le fait qu'on ne partage pas son opinion, expliqua Lowell Coffey, ne signifie pas pour autant qu'on sous-estime son travail.

– Vous êtes crevé et surmené, Bob, intervint Liz Gordon. Ce n'était pas Mike qui était en cause. C'était la vie dans le monde d'aujourd'hui. »

Herbert grommela son désaccord avec le monde d'aujourd'hui tout en écartant son fauteuil de la table.

Hood se leva. « Je vous recontacte tous individuellement dans la matinée, pour voir où vous en êtes. » Puis il se tourna vers Mike Rodgers : « Encore une fois, au cas où cela aurait échappé à quelqu'un, personne dans cette pièce n'aurait pu accomplir le boulot abattu par Mike la nuit dernière. »

Rodgers l'approuva d'un léger signe de tête avant de presser le bouton d'ouverture de la porte et de suivre Bob Herbert pour sortir du Bocal.

19.

Lundi, 20 : 00, Saint-Pétersbourg

À l'instant où l'horloge numérique à l'angle de l'écran passa de 7 : 59 : 59 à 8 : 00 : 00, un changement se produisit à l'intérieur du centre. La lueur bleutée projetée par la petite trentaine de moniteurs dans toute la salle fut soudain remplacée par un kaléidoscope bariolé qui se reflétait sur les visages et les vêtements de tous les opérateurs. Le climat changea aussi. Même si personne n'applaudit, le relâchement de tension était palpable, maintenant que le centre s'animait.

L'agent de soutien logistique Fedor Buriba regarda Orlov, depuis son poste isolé sur une table à l'angle avant droit de la salle. Un sourire fendait son visage encadré d'un collier de barbe taillé avec soin. Les yeux noirs du jeune homme scintillaient. « Nous sommes opérationnels à cent pour cent, monsieur », annonça-t-il.

Debout au milieu de la vaste salle au plafond bas, les mains croisées dans le dos, Sergueï Orlov balaya du regard chaque écran. « Merci, monsieur Buriba. Et félicitations à tout le monde : bien joué. À tous les postes : revérifiez toutes vos données avant qu'on prévienne Moscou que le compte à rebours a commencé. »

Orlov se mit à faire lentement les cent pas, en surveillant les postes par-dessus l'épaule de ses hommes. Les vingt-quatre ordinateurs et terminaux étaient disposés en demi-cercle sur un vaste plateau en fer à cheval très refermé. Devant chaque écran se trouvait un opérateur, et Orlov se détendit imperceptiblement à huit heures précises quand le bleu de chacun des écrans fut remplacé par un flot de données, photographies, cartes et graphiques. Dix des moniteurs étaient dédiés à la surveillance satellitaire, quatre étaient reliés à une base de données internationale sur le renseignement, alimentée par des rapports aussi bien officiels que « piratés » dans les divers services de police, ambassades et agences gouvernementales, neuf autres écrans assuraient la liaison avec les radios ou les téléphones cellulaires et recevaient les messages des agents disséminés dans le monde entier ; enfin, une dernière machine était reliée par ligne directe avec les bureaux des ministres au Kremlin – y compris Doguine. Cette dernière liaison était sous la responsabilité du caporal Ivachine, lequel était chapeauté par le colonel Rosski à qui il rendait compte directement. Tous les écrans, sauf ceux affichant des cartes, étaient couverts de phrases codées. Les mots inscrits sur chaque moniteur n'avaient aucun sens pour Orlov, ni pour l'opérateur de l'écran voisin, ni pour personne d'autre au centre. Chaque station avait son code spécifique, afin de minimiser les dégâts éventuels occasionnés par une taupe. Dans l'hypothèse où un opérateur serait malade, un programme de décryptage pouvait être activé par Orlov et Rosski simultanément, chacun ne détenant que la moitié du mot de passe.

Quand les écrans s'illuminèrent après des semaines

de vérification et de déboguage, Orlov éprouva le même sentiment qu'il avait éprouvé chaque fois que les énormes fusées s'allumaient en grondant au-dessous de lui : le soulagement de tout voir démarrer à l'heure prévue. Même si sa vie n'était pas en danger comme au temps où il montait à bord d'une fusée, il devait pourtant s'avouer qu'il n'avait jamais songé à la vie ou à la mort quand il parcourait l'espace. Ce n'était pas la préoccupation essentielle dans son activité de cosmonaute, de pilote de chasse ou même dans son existence quotidienne. Orlov faisait passer sa réputation avant sa vie, et son seul et unique souci avait toujours été de faire de son mieux et de ne jamais se planter.

La paroi du fond était entièrement recouverte par un planisphère. Un vidéoprojecteur encastré au plafond permettait d'y superposer des images de n'importe quel écran. Les murs latéraux étaient tapissés d'étagères chargées de disquettes et de cartouches de sauvegarde, remplies de données ultra-confidentielles, de dossiers et d'archives concernant les gouvernements, les armées et les services de renseignements de toute la planète. Le mur opposé à la carte était percé d'une porte centrale donnant sur le couloir et les autres salles : cryptographie, sécurité, mess, toilettes, sas d'accès. Les portes des bureaux d'Orlov et de Rosski étaient situées respectivement à droite et à gauche.

Ainsi placé au cœur du centre, Orlov avait l'impression de commander quelque vaisseau futuriste – un vaisseau qui, sans aller nulle part, était pourtant capable de scruter la Terre depuis le ciel, de regarder sous les roches, et de savoir quasiment tout sur presque tout le monde, à tout instant. Jamais, même lorsqu'il naviguait dans l'espace et que la planète défilait majestueusement en dessous de lui, il ne s'était senti à ce point omniscient. Et parce que tout gouvernement avait besoin de renseignements précis et actualisés, le financement et la mise en œuvre du centre n'avaient pas souffert du chaos touchant bien des secteurs de l'économie russe. Il comprenait presque les sentiments qu'avait dû éprouver le tsar Nicolas II, isolé dans sa splendide tour d'ivoire jusqu'à la fin. Il était facile de vivre dans un tel lieu et de se sentir coupé des problèmes quotidiens de ses semblables ; c'est pourquoi Orlov prenait soin de lire trois ou quatre journaux tous les jours pour ne pas perdre contact avec la réalité.

Le caporal Ivachine se leva soudain et se tourna vers le général pour le saluer. Il ôta son casque et le lui tendit. « Mon général, les transmissions signalent une communication privée à votre intention.

– Merci. » D'un geste, Orlov refusa les écouteurs. « Je vais la prendre dans mon bureau. » Il se retourna pour se diriger vers la porte à l'extrême droite.

Orlov composa son code personnel sur le clavier à gauche du chambranle, puis entra. Son assistante, Nina Terova, passa la tête au-dessus d'une cloison de séparation, au fond du bureau. Cette forte femme de trente-cinq ans était vêtue d'un strict tailleur bleu marine. Les cheveux châtains coiffés en chignon, de grands yeux, le nez élégant, elle avait le front barré d'une profonde balafre en diagonale, trace d'une balle qui lui avait éraflé le crâne. Ancienne de la police de Saint-Pétersbourg, elle portait également des cicatrices à la poitrine et au bras droit, témoignant de sa résistance lors de l'interpellation de deux braqueurs lors d'une attaque de banque.

« Félicitations, mon général.

– Merci. (Il referma la porte.) Mais nous avons encore quelques centaines de points de contrôle à vérifier...

– Je sais, dit Nina. Et quand ce sera fait, vous ne serez pas heureux avant qu'on ait achevé notre première journée avec succès, puis notre première semaine, puis notre première année...

– Que vaut la vie sans de nouveaux objectifs ? » demanda le général en s'installant à son bureau, un plateau d'acrylique fumé posé sur quatre minces pieds blancs découpés dans la tuyère de l'un des Vostok qui l'avaient emporté dans l'espace. Le reste de la pièce était décoré de photos, maquettes, diplômes et souvenirs de ses années de cosmonaute, y compris une vitrine contenant l'objet auquel il tenait le plus, un panneau d'interrupteurs récupéré de la capsule rudimentaire qui avait transporté Youri Gagarine lors du premier vol habité dans l'espace.

Il s'assit dans le fauteuil-coque en cuir, pivota vers l'ordinateur et tapa son code d'accès. L'écran afficha bientôt la nuque du ministre de l'Intérieur.

« Monsieur le ministre... », dit Orlov dans le micro à condensateur intégré situé à l'angle inférieur gauche du moniteur.

Plusieurs secondes s'écoulèrent avant que Doguine ne daigne se retourner. Orlov ne savait pas trop si c'était parce que le ministre aimait bien faire poireauter ses interlocuteurs, ou parce qu'il ne voulait pas donner l'impression d'attendre les autres. Dans l'un ou l'autre cas, c'était un jeu, un jeu qu'Orlov goûtait peu.

Le ministre sourit. « Le caporal Ivachine m'a dit que tout se passait comme prévu.

– Le caporal n'était pas encore en ligne, et son opinion est pour le moins prématurée, répondit Orlov. Nous n'avons pas encore fini de corréler toutes les données à notre disposition.

– Je suis sûr que tout concordera. Et n'en voulez pas au caporal pour son enthousiasme, général. C'est un grand jour pour toute l'équipe. »

Toute l'équipe. Orlov fit tourner l'expression dans sa tête. Quand il était intégré au programme spatial, une équipe était un groupe de gens dévoués travaillant vers un seul but : développer les capacités de l'homme dans l'espace. Il y avait un programme politique, mais l'importance du travail proprement dit rendait cette préoccupation presque triviale. Ici, Orlov ne sentait pas vraiment d'équipe. Plusieurs de ces hommes tiraient à hue et à dia. Un groupe s'occupait de maintenir le centre connecté, un autre refilait des infos à Doguine, sans parler d'un troisième groupe d'intermédiaires paranoïaques sous l'égide de Glinka, le chef de la Sécurité, dont le premier souci était de décider lequel des groupes précédents il convenait de soutenir. Cela pouvait fort bien lui coûter son commandement, mais Orlov se promit de faire fonctionner cette structure en équipe.

« Le fait est qu'on n'aurait pas pu mieux programmer le compte à rebours, poursuivit Doguine. À l'heure qu'il est, un Gulfstream est en train de traverser le Pacifique Sud en direction du Japon. Après avoir ravitaillé à Tokyo, il doit faire route vers Vladivostok. Je vais demander à mon assistante de vous transmettre leur plan de vol. Je veux que le centre suive la progression de cet appareil. Le pilote a ordre de vous contacter après l'atterrissage à Vladivostok, prévu aux alentours de cinq heures du matin, heure locale. Prévenez-moi alors et je vous donnerai d'autres instructions à lui retransmettre par radio.

– Est-ce un test de notre système ?

– Non, général. La cargaison de ce Gulfstream est d'une importance vitale pour ce service.

– Dans ce cas, monsieur, dit Orlov, jusqu'à ce que tout ici ait été scrupuleusement vérifié, pourquoi ne pas confier la tâche à la défense aérienne ? Leurs services techniques radio-électroniques seraient en mesure de...

– Hors de question et parfaitement inopportun », trancha Doguine. Il sourit. « Je veux que vous me suiviez cet avion, général. Je suis sûr que le centre en est capable. Toutes les communications émanant de cet appareil transiteront par votre salle radio, en code, bien sûr, et vous me signalerez directement, vous ou le colonel Rosski, tout problème ou retard. Avez-vous des questions ?

– Plusieurs, monsieur, admit Orlov, mais je prends note de votre ordre et vais faire ce que vous demandez. » Il entra une commande qui inscrivit automatiquement la date et l'heure, puis ouvrit une fenêtre au bas de son écran. Il tapa : *Ministre Doguine ordonne surveillance vol Gulfstream pour Vladivostok.* Il sauvegarda le message. Un bip lui confirma l'enregistrement.

« Merci, général, dit Doguine. Toutes vos questions recevront une réponse en temps voulu. Et maintenant, bonne chance avec votre compte à rebours : j'ai hâte d'apprendre d'ici trois heures que le joyau de la couronne de notre renseignement est parfaitement opérationnel.

– Oui, monsieur, dit Orlov. Quoique je m'interroge. Qui porte cette couronne ? »

Doguine souriait toujours. « Vous me décevez, général. L'impertinence ne vous va pas.

– Veuillez m'excuser, dit Orlov. Moi-même, ça me gêne. Mais jamais on ne m'a demandé de lancer une mission avec des données incomplètes ou un équipement non testé, et jamais non plus je ne me suis retrouvé dans une situation où des subordonnés se croient permis d'interrompre la chaîne de commandement.

– Nous devons tous nous adapter au changement, dit Doguine. Permettez-moi de vous rappeler ce que Staline disait dans son adresse au peuple russe, en juillet 1941 : "Il ne doit pas y avoir de place dans nos rangs pour les geignards et les couards, pour les semeurs de panique et les déserteurs ; notre peuple ne doit pas connaître la peur." Vous êtes un homme courageux et raisonnable, général. Faites-moi confiance et je vous assure que votre confiance sera récompensée. »

Doguine pressa une touche et son image disparut. Orlov fixa l'écran noir. La réprimande ne l'étonnait pas – même si la réponse de Doguine n'était pas faite pour le rassurer. Au contraire, elle l'amenait à se demander s'il n'aurait pas déjà trop fait confiance au ministre. Il se surprit à repenser à la guerre mondiale qui avait suscité le discours de Staline, et à se demander, avec une inquiétude qu'il eut du mal à maîtriser, si le ministre Doguine n'était pas plus ou moins en train d'imaginer la Russie en guerre... et dans ce cas, contre qui.

20.

Mardi, 3 : 05, Tokyo

Simon « Jais » Lee était né et avait grandi à Honolulu, et c'est le 24 août 1967 qu'il avait décidé de consacrer sa vie au travail de policier. Ce jour-là – il avait sept ans –, il avait vu son père, figurant de cinéma à la silhouette imposante, jouer une scène avec Jack Lord et James MacArthur dans leur série télévisée *Hawaï Police d'État.* Il n'aurait su dire si c'était le jeu de l'acteur principal ou le fait qu'il ait été capable de malmener son père qui lui avait donné le virus policier – même si c'était la manie de se teindre les cheveux en noir de jais, comme ceux de Lord, qui lui avait valu son surnom.

Quoi qu'il en soit, Lee était entré au FBI en 1993, était sorti troisième de sa promotion, pour revenir à Honolulu avec le grade d'agent fédéral. Par deux fois, il avait refusé de l'avancement pour pouvoir rester sur le terrain et continuer de faire ce qu'il adorait : traquer les méchants et contribuer à faire le ménage en ce bas monde.

Raison pour laquelle il se trouvait à Tokyo, déguisé en mécanicien d'aviation, avec la bénédiction des forces d'autodéfense japonaises. De la drogue non raffinée venait d'Amérique du Sud et transitait par Hawaï pour gagner le Japon et, avec son collègue à Honolulu, Lee surveillait les allées et venues des avions d'affaires, à la recherche de probables suspects.

Le Gulfstream III était un suspect plus que probable. Le partenaire de Lee à Hawaï avait repéré le jet d'affaires en Colombie, où il était immatriculé dans une compagnie appartenant à un distributeur d'aliments lyophilisés installé à New York. En apparence, l'appareil transportait des ingrédients entrant dans la composition de la spécialité du distributeur, les beignets exotiques.

Réveillé dans sa chambre de motel située à cinq minutes en voiture de l'aéroport, Lee avait aussitôt appelé son partenaire, le sergent Ken Sawara, de la police de l'air nippone, avant de rejoindre en hâte la zone d'entretien.

Lee espionnait au casque les dialogues de la tour tout en faisant mine de travailler sur un turbopropulseur JT3D-7, dans un coin du hangar de l'aérodrome. Après quinze jours passés à bricoler sur le même moteur, il avait l'impression de mieux le connaître que n'importe qui chez Pratt & Whitney. Le Gulfstream atterrit. Il devait ravitailler rapidement avant de reprendre l'air pour Vladivostok.

Cela le rendait d'autant plus suspect, estima Lee, car on soupçonnait l'importateur d'aliments lyophilisés d'être lié à la mafia russe.

Toujours un peu engoncé dans le gilet pare-balles qu'il portait sous sa combinaison blanche, Lee reposa sa clé à molette et se dirigea vers le téléphone mural. Il sentait la masse du Smith & Wesson peser contre son épaule gauche tandis qu'il composait le numéro du téléphone mobile de Ken.

« Ken, le Gulfstream vient de se poser et roule vers le hangar numéro deux. Retrouvez-moi là-bas.
– Laissez-moi aller les contrôler...
– Non !
– Mais votre japonais est épouvantable, Jais, et...
– Votre espagnol est pire. On se retrouve là-bas. »

L'aube était encore loin, et même si l'aéroport n'était pas aussi animé que celui d'Honolulu six heures auparavant, à quatorze heures trente-cinq, heure locale, il connaissait déjà toutefois un trafic notable, avec des vols qui convergeaient de l'ouest et de l'est. Lee savait que bon nombre de truands, des hommes comme Aram Vonyev et Dimitri Chovitch, préféraient voir leurs avions se poser sur les grands aéroports internationaux plutôt que sur les petites pistes plus faciles à surveiller par les forces de police. Ces deux criminels tenaient tout particulièrement à ce que leurs appareils circulent dans la journée, à découvert, et dans les endroits où les représentants de la loi et leurs rivaux du milieu s'attendaient le moins à les voir. À Honolulu, comme à Mexico et à Bogota auparavant, cet avion avait atterri et décollé en plein jour.

Le Gulfstream roula rapidement vers le camion-citerne Yaswee qui attendait près du hangar le plus proche de la piste. Comme sur les autres terrains, l'avion avait ses propres camions-citernes en attente. Même si les truands avaient de bonnes raisons d'effectuer leurs transports de fret plus ou moins au vu et au su de tous, aucun n'avait la témérité de vouloir traîner au sol plus que nécessaire.

Si l'avion suivait son plan de vol, dans moins de cinquante minutes il aurait redécollé, propulsé par ses deux turboréacteurs Rolls Royce, et mis le cap au nord-ouest sous un ciel noir et menaçant pour survoler la mer du Japon et rejoindre la côte russe.

Écartant de son front une longue mèche de cheveux bruns, Lee sortit de sa poche un bon de commande qu'il fit semblant de lire, puis il s'avança sur le tarmac en sifflotant. Il vit bientôt les feux clignotants du petit avion d'affaires qui roulait vers le hangar pour ravitailler – ses réservoirs devaient être presque vides après un vol de quatre mille cinq cents milles nautiques. Lee regarda l'équipe au sol dérouler le tuyau depuis la citerne et il eut alors confirmation que l'appareil transportait des marchandises de contrebande : les hommes travaillaient plus vite et plus efficacement qu'à l'ordinaire. On les avait soudoyés.

Du coin de l'œil, il avisa des phares de voiture. Sans doute Sawara. Comme convenu, il devait se garer à l'écart et attendre – au cas où Lee aurait besoin d'aide. L'agent du FBI avait l'intention de se diriger vers l'avion et d'avertir le chef d'équipe au sol qu'on lui avait demandé de vérifier une commande de vanne d'alimentation défectueuse ; il profiterait alors de la discussion entre le mécano et le pilote pour monter à bord et jeter un œil sur la cargaison.

La Toyota s'approcha de Lee et resta à sa hauteur. Lee s'arrêta, perplexe, et regarda derrière la vitre du conducteur. La vitre descendit, révélant les traits impassibles de Sawara.

« Puis-je vous être utile ? » demanda l'agent américain, en japonais, même si les yeux agrandis et les sourcils froncés exprimaient éloquemment cet autre message : *Bon Dieu, mais qu'est-ce que tu viens foutre ici ?*

Pour toute réponse, Sawara leva son P38 spécial modèle 60 et le pointa sur Lee. Instinctivement, avec une promptitude peu commune, l'agent se laissa choir sur le dos, une fraction de seconde avant la détonation.

Dégainant son propre P38, Lee roula sur le ventre et tira sur le pneu avant gauche, puis il boula sur la droite tandis que Sawara tentait de reculer pour réajuster son tir. La jante mise à nu crissa en jetant des étincelles lorsque le Japonais enclencha brutalement la marche arrière, une main sur le volant, l'autre tenant toujours le pistolet par la vitre ouverte. Le second projectile atteignit Lee à la cuisse droite.

Salopard de traître ! songea Lee en logeant trois balles dans la portière. Chacune traversa la tôle avec un *clang !* assourdi, et les troisième et quatrième coups de Sawara partirent au jugé. Lee avait fait mouche. Avec un gémissement, le soldat japonais s'inclina à droite vers la portière, puis son front vint retomber contre le volant. La voiture accéléra, zigzaguant follement, tandis que l'homme, à demi inconscient, écrasait la pédale d'accélérateur. Soulagé, Lee la vit s'éloigner de lui pour aller percuter un chariot à bagages. La Toyota enfourcha le chariot, l'aplatit et s'immobilisa, les roues tournant dans le vide.

Sa blessure lui faisait l'impression d'une crampe horriblement douloureuse, qui le brûlait jusqu'à l'os et lui tétanisait brutalement la jambe entre cuisse et genou. Il ne pouvait pas la bouger sans que des élancements le traversent du talon jusqu'à la nuque. En se dévissant la tête, il pouvait apercevoir l'avion, à deux cents mètres de là. Les feux de position illuminaient par intervalles le dessous du fuselage tandis que l'équipe au sol continuait tranquillement son travail ; deux hommes venaient toutefois d'apparaître à l'écoutille ouverte. L'un et l'autre portaient chandail et salopette et aucun n'était armé. Soit ils n'étaient pas idiots, songea Lee... soit ils l'étaient.

Les deux hommes disparurent à nouveau dans la carlingue, en s'engueulant.

Lee savait qu'ils réapparaîtraient bientôt et, bandant toute sa volonté, il se laissa rouler sur le ventre, prit appui sur le genou gauche et se releva tant bien que mal. Il grimaça de douleur dès qu'il se mit à sautiller pour avancer, car il était incapable de faire porter son poids sur sa jambe gauche sans qu'un éclair d'un blanc éblouissant jaillisse derrière ses paupières. Approchant toujours, il ne quittait pas des yeux les mécanos qui le regardaient. Ils travaillaient vite, sans vouloir donner l'impression de se dépêcher, comme pour dire qu'ils avaient empoché l'argent et qu'ils allaient faire leur boulot, mais que ce n'était pas leur problème.

C'était celui de Lee, en revanche. Le genre de problème pour lequel il avait été formé, et devant lequel il ne se défilerait pas. Sûrement pas quand sa proie était coincée dans un avion en train de faire le plein de kérosène, incapable de décoller.

Quand il fut tout près du nez du biréacteur, un des deux hommes réapparut à la porte de la cabine. Il tenait un pistolet mitrailleur Walther MP-K, et il n'attendit pas pour lui balancer une rafale. Lee s'y était attendu, et d'une poussée de sa jambe valide il avait plongé de l'autre côté du fuselage, interposant le nez de l'appareil entre le tireur et lui. Il se demanda où était la police de l'aéroport : ils devaient avoir entendu la fusillade, et il ne voulait pas croire qu'ils étaient tous de mèche, comme les mécanos et ce fils de pute de Sawara.

Les projectiles gravèrent un pointillé sur le tarmac à sa droite, mais à plusieurs dizaines de centimètres de lui. Lee rampa en s'appuyant sur les coudes, et tendit le bras pour viser la roulette avant : cela clouerait l'appareil au sol suffisamment longtemps pour que quelqu'un se décide à venir voir de quoi il retournait. À moins bien sûr que tout le monde à l'aérodrome, y compris les forces de sécurité, ait été acheté.

Un instant avant qu'il ne tire, une explosion se produisit derrière lui, l'atteignant à l'aisselle et à l'épaule.

Il ne s'y était pas attendu. Son bras partit en l'air, lui faisant rater sa cible : quatre balles allèrent se loger dans l'aile et le fuselage. Puis une seconde rafale l'atteignit à la cuisse droite.

Il se retourna et découvrit la silhouette ensanglantée de Ken Sawara, dressée au-dessus de lui.

« Tu pouvais pas... juste laisser tomber, haleta le policier japonais en tombant à genoux. Tu pouvais pas me laisser faire ! »

Mettant toute son énergie à mouvoir son bras, Lee braqua le P38 vers Sawara. « Tu veux y aller ? dit-il en lui logeant une balle en plein front. Eh bien, vas-y ! »

Tandis que l'autre s'effondrait sur le côté, Lee reporta son attention vers l'avion. Cherchant son souffle, il regarda les hommes poursuivre les opérations de ravitaillement. *C'est pas possible*, se dit-il. Le défenseur de l'ordre était trahi par son partenaire et mourait sur le tarmac maculé d'huile ? Une piste déserte, aucune sirène dans le lointain, personne pour alpaguer le criminel ou lui tendre une main secourable... pas même un mécano touché par un remords de conscience ?

Simon Lee mourut avec le sentiment d'avoir échoué – lamentablement.

Une demi-heure plus tard, l'avion redécollait pour la Russie. À cause de l'obscurité, personne au sol ou à bord ne remarqua le mince filet de fumée noire qui s'échappait en tourbillonnant du réacteur gauche tandis que le Gulfstream s'élevait dans le ciel.

21.

Lundi, 12 : 30, Washington, DC

Tout en mangeant un en-cas commandé à l'office, Lowell Coffey, Martha Mackall et leurs assistants, installés dans le bureau à boiseries de l'avocat, débroussaillaient le véritable champ de mines juridique que constituait toute mission du groupe d'Attaquants.

Le président finlandais avait accepté qu'une équipe multinationale atterrisse pour examiner les relevés de radiations dans le golfe, et l'adjointe de Coffey, Andrea Stempel, était en ce moment même au téléphone avec le bureau d'Interpol à Helsinki, pour essayer d'obtenir un véhicule et de vrais-faux visas pour les membres de l'équipe devant pénétrer en Russie. Près d'elle, sur un canapé, son assistant, l'avoué Jeffrey Dryfoos, parcourait les ultimes volontés des membres du commando. Si jamais les papiers n'étaient pas en règle et ne faisaient pas apparaître les derniers changements de situation maritale, familiale et patrimoniale, il leur faxerait les documents pour qu'ils puissent signer les avenants depuis l'avion.

De leur côté, les yeux fixés sur un moniteur posé sur le bureau, Coffey et Mackall mettaient la dernière main à l'interminable rapport préliminaire que Coffey devrait présenter devant la commission parlementaire de huit députés et sénateurs avant l'atterrissage du commando. Ils avaient déjà négocié les types d'armes qu'ils seraient en droit d'utiliser, précisé en détail le type d'opération à mener, sa durée, et autres contraintes. Coffey avait déjà participé à la rédaction de certains rapports préliminaires qui allaient jusqu'à stipuler les fréquences radio à employer et l'heure exacte, à la minute près, à laquelle le commando devait pénétrer et ressortir. Une fois terminés paperasse et parlotes, le feu vert de la commission ne leur donnait pas pour autant le droit, au regard des lois internationales, d'entrer en Russie. Mais sans cette approbation, s'ils étaient capturés, ils seraient officiellement désavoués et abandonnés à leur triste sort. Avec elle en revanche, les États-Unis useraient discrètement de toutes les voies diplomatiques pour négocier leur libération.

Au bout du couloir, après les bureaux de Mike Rodgers et d'Ann Farris, se trouvait le poste de commandement de Bob Herbert. La longue pièce rectangulaire, impeccablement rangée, était occupée par plusieurs rangées d'ordinateurs disposés sur une tablette étroite, tandis que des cartes du monde couvraient trois des murs et une douzaine de moniteurs de contrôle, celui du fond. La plupart du temps, ces écrans étaient éteints. Mais en ce moment, cinq affichaient des images satellitaires de la Russie, de l'Ukraine et de la Pologne. Les images étaient rafraîchies tous les quatre-vingt-neuf centièmes de seconde.

Dans les milieux du renseignement, on débattait depuis longtemps de la valeur de l'espionnage électronique effectué depuis l'espace par rapport aux données recueillies par les méthodes classiques grâce au personnel sur le terrain. Dans l'hypothèse idéale, les services auraient voulu les deux. Ils voulaient disposer de la capacité d'un satellite à lire le compteur kilométrique d'une jeep de son orbite à cent cinquante kilomètres dans l'espace, et des oreilles au sol pour saisir la teneur des entretiens secrets derrière des portes closes. L'espionnage par satellite était propre. Aucun risque de capture ou d'interrogatoire, aucun danger de voir un agent double pratiquer l'intoxication. Mais le satellite n'avait pas non plus la capacité d'un espion à distinguer sur le terrain les vraies cibles des fausses.

La surveillance satellitaire pour le Pentagone, la CIA, le FBI et l'Op-Center était sous la houlette du NRO, le National Reconnaissance Office, ou Service national de reconnaissance, un département ultra-confidentiel du Pentagone, dirigé par un homme méticuleux, Stephen Viens, ancien copain de lycée de Matt Stoll. Le cœur du NRO consistait en plusieurs batteries de moniteurs disposés par rangées de dix. Tous surveillaient divers secteurs de la planète, et chacun générait une nouvelle image en direct tous les quatre-vingt-dix-neuf centièmes de seconde, soit un total de soixante-sept images noir et blanc chaque minute, à divers niveaux de grossissement. Le NRO était également responsable des essais opérationnels du nouveau satellite AIM, le premier d'une série d'engins de surveillance par imagerie sonar, conçus pour fournir des images détaillées de l'intérieur des submersibles ou des avions grâce à l'analyse des sons et des échos produits par les individus et les instruments qu'ils transportaient.

Trois des satellites du NRO surveillaient des mouvements de troupes à la frontière russo-ukrainienne, tandis que deux autres gardaient à l'œil les forces opérant en Pologne. Bob Herbert avait appris, d'une source autorisée aux Nations unies, que ces manœuvres russes rendaient passablement nerveux les Polonais. Même si Varsovie n'avait pas encore décrété la mobilisation générale, les permissions avaient été levées et les activités des Ukrainiens résidant et travaillant en Pologne, à proximité de la frontière, étaient contrôlées par les autorités. Viens était d'accord avec Herbert sur le fait que la Pologne méritait une surveillance étroite, et il avait fait parvenir les photos directement à son bureau, où les analystes de l'Op-Center les épluchaient au fur et à mesure de leur arrivée.

L'état imprimé de l'activité des soldats à Belgorod pour ce jour ne révélait rien d'inhabituel à Bob Herbert et son équipe d'analystes. Depuis bientôt quarante-huit heures, la routine restait la même :

Heure	*Activité*
0550	Réveil
0600	Appel
0610-0710	Gymnastique
0710-0715	Lits
0715-0720	Inspection
0720-0740	Répartition des tâches
0740-0745	Toilette
0745-0815	Petit déjeuner
0815-0830	Corvée de chambrée
0830-0900	Préparation des tâches
0900-1450	Exercice
1450-1500	Préparation du repas
1500-1530	Repas
1530-1540	Thé

1540-1610	Temps libre
1610-1650	Entretien et nettoyage des armes et de l'équipement
1650-1840	Nettoyage du camp et inspection sanitaire
1840-1920	Surveillance du périmètre
1920-1930	Lavabos
1930-2000	Dîner
2000-2030	Journal télévisé
2030-2130	Temps libre
2130-2145	Cours du soir
2145-2155	Inspection de soirée
2200	Extinction des feux

Sans perdre de vue un instant l'évolution de la situation militaire, Herbert et ses hommes essayaient également de recueillir des informations pour Charlie Squires et son équipe d'Attaquants sur ce qui se passait à l'Ermitage. Les satellites de reconnaissance ne détectaient aucun trafic inhabituel, et Matt Stoll et ses techniciens n'étaient toujours pas arrivés à peaufiner un programme pour permettre au satellite AIM de filtrer les bruits en provenance du musée proprement dit. Le manque de personnel au sol ne faisait qu'ajouter à leur frustration. L'Égypte, le Japon et la Colombie avaient des agents à Moscou, mais pas un seul à Saint-Pétersbourg – et de toute façon, Herbert n'avait pas envie de leur révéler que quelque chose se tramait à l'Ermitage, de peur qu'ils ne prennent fait et cause pour la Russie. Les vieilles amitiés ne changeaient pas obligatoirement dans le monde de l'après-guerre froide, tandis que de nouvelles se forgeaient sans cesse. Herbert n'avait pas l'intention d'y contribuer, même si cela exigeait d'accorder un délai supplémentaire au commando pour qu'il puisse étudier le site de visu avant de définir sa mission.

Puis, dix minutes après midi – il était vingt heures à Moscou –, la situation changea.

Bob Herbert fut appelé à la salle de transmissions située dans l'angle nord-ouest du sous-sol. Il fonça dans son fauteuil vers John Quirk, le directeur de la reconnaissance radio, géant taciturne au visage angélique, à la voix douce, et d'une patience de bénédictin. Quirk était assis devant un combiné radio/ordinateur baptisé UTHER – acronyme pour Universal Translation and Heuristic Enharmonic Reporter – qui, comme l'indiquait son nom de « Traducteur universel et corrélateur heuristique », était capable de produire une traduction écrite, quasiment simultanée, de tout ce que pouvaient énoncer cinq cents types vocaux différents, dans plus de deux cents langues et dialectes.

Quirk ôta ses écouteurs dès l'arrivée d'Herbert. Les trois autres techniciens présents dans la pièce continuèrent de travailler devant leurs moniteurs qui surveillaient Moscou et Saint-Pétersbourg.

« Bob, commença Quirk, nous avons intercepté des transmissions indiquant que dans toutes les bases aériennes de Riazan à Vladivostok, on rassemble du matériel pour l'expédier à Belgorod.

– Belgorod ? C'est là que les Russes font leurs manœuvres. Quel genre de matériel expédient-ils ? »

Quirk tourna ses yeux bleus vers l'écran. « Faites votre choix : des camions de transmissions, des relais radio sur plates-formes mobiles, une station réémettrice embarquée sur hélicoptère, des camions-citernes et des semi-remorques d'essence, de gasoil et de lubrifiants, plus les cars pour le personnel d'entretien et des cuisines de campagne.

– Ils sont en train d'installer une voie de ravitaillement et de transmissions, commenta Herbert. Ce pourrait être encore des manœuvres.

– Je n'ai jamais vu de manœuvres organisées aussi soudainement.

– Comment cela ?

– Ma foi, tout ceci ressemble clairement à des préparatifs d'engagement militaire, mais avant de s'engager, les Russes échangent toujours quantité de messages sur le moment prévu pour l'affrontement et la taille des forces ennemies. Nous devrions intercepter leurs calculs d'amplitude de vitesse des mouvements, et il devrait également y avoir des conversations entre le front et le QG sur la tactique à adopter – mouvement enveloppant ou tournant, leur combinaison éventuelle, ce genre de chose...

– Or, vous ne captez rien de tout ça ?

– Zéro, confirma Quirk. Jamais vu une telle rapidité.

– Pourtant, quand tout sera en place, ils seront prêts pour une opération de grande envergure... l'invasion de l'Ukraine, par exemple.

– Exact.

– Et pourtant, poursuivit Herbert, les Ukrainiens ne bougent pas.

– Ils ignorent peut-être ce qui se trame.

– Ou ils ne prennent pas ça au sérieux. Les photos du NRO montrent qu'ils ont du personnel d'observation près de la frontière – mais pas de compagnies de reconnaissance en profondeur. À l'évidence, ils n'envisagent pas d'avoir à opérer depuis l'arrière des lignes ennemies. » Herbert tambourina sur ses accoudoirs en cuir. « D'ici combien de temps les Russes devraient-ils être prêts à faire mouvement ?

– Ils seront en position dès ce soir. Par avion, ce n'est qu'à un saut de puce de Belgorod.

– Et il n'y a aucune chance que tout cela soit bidonné ? »

Quirk hocha négativement la tête. « Ces communications sont tout ce qu'il y a d'authentique. Les Russes utilisent une combinaison de caractères latins et cyrilliques chaque fois qu'ils veulent nous embrouiller. Les lettres communes aux deux alphabets sont censées nous gêner parce qu'il n'est pas évident de savoir lequel est le bon. (Il tapota sur l'ordinateur.) Mais UTHER a le flair pour déjouer leurs pièges. »

Herbert serra l'épaule de Quirk. « Bon travail. Prévenez-moi si vous détectez autre chose. »

22.

Lundi, 21 : 30, Saint-Pétersbourg

« Mon général, dit Youri Marev, les transmissions disent avoir intercepté une communication envoyée au QG de la flotte du Pacifique, à Vladivostok. Elle émanait de l'appareil que vous m'aviez demandé de suivre avec le satellite Hawk. »

Le général Orlov arrêta de faire les cent pas derrière les ordinateurs pour s'approcher du jeune homme aux joues rouges, assis tout à gauche de la rangée.

« Vous êtes certain ?

– Aucun doute, mon général. C'est bien le Gulfstream. »

Orlov jeta un œil à l'horloge au coin de l'écran. L'avion ne devait se poser que d'ici une demi-heure et il connaissait bien cette région : avec un peu de chance, en cette période de l'année, ils seraient retardés par des vents contraires.

« Dites à Zilach que j'arrive », dit Orlov, qui ressortit aussitôt dans le corridor. Il composa le code d'accès sur le clavier d'une porte en face et pénétra dans la salle radio exiguë, emplie de fumée, qui jouxtait le PC sécurité de Glinka.

Arkadi Zilach et ses deux assistants étaient assis dans

cette salle minuscule encombrée du sol au plafond d'équipement radio. Orlov ne put même pas ouvrir entièrement la porte, car l'un des assistants était en train d'utiliser un appareil coincé juste derrière. Tous les hommes étaient coiffés d'écouteurs et Zilach ne remarqua pas l'arrivée d'Orlov jusqu'à ce que le général vienne tapoter contre l'oreillette gauche de son casque.

Surpris, le chef radio ôta aussitôt ses écouteurs et écrasa sa cigarette dans un cendrier.

« Désolé, mon général », dit Zilach, d'une voix basse et rauque.

Comme s'il s'était soudain rendu compte qu'il devait saluer au garde-à-vous, il commença de déplier sa maigre carcasse. D'un geste des doigts, Orlov lui fit signe de se rasseoir. Sans le vouloir, Zilach avait toujours réussi à tester les limites du protocole militaire. Mais c'était un sorcier des ondes et, plus important encore, un collaborateur de confiance, depuis l'époque où Orlov fréquentait le cosmodrome. Le général aurait bien aimé en avoir d'autres comme Zilach dans son équipe.

« Pas de problème, dit-il.

– Merci, mon général.

– Qu'est-ce que le Gulfstream avait à raconter ? »

Zilach mit en route un magnétophone DAT. « J'ai partiellement décrypté et nettoyé la transmission. Il y avait quantité de parasites – la météo est exécrable sur la mer en ce moment. »

La voix sur la bande numérique était faible mais claire. « Vladivostok : nous avons perdu de la puissance sur le réacteur gauche. Nous ignorons l'étendue des dégâts mais une partie des systèmes électriques sont

H-S. Nous comptons atterrir avec une demi-heure de retard, mais nous ne pourrons pas poursuivre notre route. Attendons instructions. »

Les gros yeux de bouledogue de Zilach se levèrent pour scruter Orlov, derrière le rideau de fumée. « On répond, mon général ? »

Orlov réfléchit quelques instants. « Pas tout de suite. Passez-moi d'abord le contre-amiral Pasenko, au QG de la flotte du Pacifique. »

Coup d'œil de Zilach à l'horloge de son ordinateur. « Il est quatre heures du matin, là-bas, mon général...

– Je sais, fit Orlov, patient. Faites, c'est tout.

– Oui, mon général. » Zilach tapa le nom au clavier, introduisit le code de brouillage, puis transmit le message radio à la base. Dès que le contre-amiral fut en ligne, Zilach tendit le casque à Orlov.

« Sergueï Orlov ? fit Pasenko. Le cosmonaute, le pilote de chasse et l'indécrottable casanier ? L'un des rares hommes qui puisse me tirer du lit pour tailler le bout de gras...

– Désolé pour l'heure, Ilya, dit Orlov. Qu'est-ce que tu deviens ?

– J'ai survécu ! répondit Pasenko. Et toi, où étais-tu caché depuis ces deux ans ? Je ne t'ai pas revu depuis cette retraite des officiers supérieurs de toutes les armes, à Odessa.

– Je n'ai pas eu à me plaindre.

– Évidemment. Vous autres cosmonautes avez toujours été favorisés. Et Macha ? Comment va ton pauvre souffre-douleur de femme.

– Très bien également. Mais peut-être qu'on pourra en reparler plus tard... J'ai un service à te demander, Ilya...

– Tout ce que tu voudras, dit Pasenko. L'homme qui a fait patienter Brejnev pour qu'il signe le carnet d'autographes de ma fille a droit à mon indéfectible amitié.

– Merci », dit Orlov, en se remémorant l'ire de l'ancien dirigeant de l'Union soviétique. Mais les enfants sont l'avenir, les rêveurs de demain et, pour lui, il n'y avait jamais eu d'hésitation. « Ilya, il y a un appareil désemparé qui doit se poser à l'aéroport de Vladivostok...

– Le Gulfstream ? Je l'ai ici sur mon ordinateur...

– C'est lui, oui. Je dois faire transférer sa cargaison à Moscou. Tu peux me procurer un avion ?

– J'ai peut-être parlé trop vite... Tous les appareils disponibles sont déjà mobilisés pour transporter du matériel à l'ouest. »

Orlov fut pris de court. *Que peut-il bien se passer à l'ouest ?*

« Je serais ravi d'embarquer ton matos avec moi dans l'avion, si j'ai la place, mais je ne peux pas te promettre quand. Notre précipitation tient en partie à ce qu'on prévoit une sérieuse dégradation de la météo sur la mer de Béring. Les appareils qui n'auront pas décollé ce soir risquent de rester cloués au sol durant au bas mot quatre jours entiers.

– Donc, on n'a même pas le temps de vous envoyer un cargo depuis Moscou, observa Orlov.

– Sans doute pas. Qu'y a-t-il de si urgent ?

– Je n'en sais rien moi-même. Ça regarde le Kremlin.

– Je comprends. Tu sais, au lieu de voir votre cargaison moisir ici, Sergueï, je pourrais m'arranger pour affréter un train. Vous pourriez l'évacuer vers le nord et la récupérer à une gare quelconque du Transsibérien dès que le temps s'éclaircira.

– Mais bien sûr... Combien de wagons pourrais-tu me fournir ?

– Largement assez pour le contenu des soutes de ton petit jet. Le seul problème, c'est que je ne peux pas te donner la main-d'œuvre nécessaire. Il faudrait que j'aie l'approbation de l'amiral Vartchouk, or il est à la réunion du Kremlin avec le nouveau président. Sauf affaire de sécurité nationale, il n'aime pas trop qu'on le dérange...

– Pas grave, dit Orlov. Si tu peux me fournir le train, je trouverai bien des cheminots pour le conduire. Tu pourrais me confirmer ça au plus vite ?

– Ne bouge pas, répondit Pasenko. Je te rappelle par radio d'ici une demi-heure. »

Orlov coupa et rendit le casque à Zilach. « Appelez la base militaire de l'île Sakhaline. Dites à l'opérateur que j'aimerais parler à un membre du Spetnats – je reste en ligne.

– Bien mon général. Quel membre, mon général ?

– Le sous-lieutenant Nikita Orlov. Mon fils. »

23.

Lundi, 13 : 45, Washington, DC

Installé à son bureau, Paul Hood étudiait en compagnie de Mike Rodgers les profils psychologiques que Liz Gordon venait de leur fournir.

S'il y avait la moindre tension entre les deux hommes après ce qui s'était passé au Bocal, ils l'avaient mise de côté. Rodgers avait un esprit très indépendant, mais il avait également vingt ans d'ancienneté. Il savait composer avec les ordres, surtout ceux qu'il n'appréciait pas. Pour sa part, Hood décidait rarement contre son adjoint, et en tout cas presque jamais concernant les questions militaires. S'il le faisait, c'était avec l'appui de ses supérieurs.

La réaction de Peggy James avait été sèche mais le problème était tout simple : la communauté des espions était réduite, bien trop réduite pour s'accommoder de rancunes. Le risque d'envoyer un agent expérimenté au sein de l'équipe d'Attaquants était acceptable, comparé à celui de se mettre à dos tout le service britannique et le commandant Hubbard.

Hood prit soin toutefois de ne pas manifester trop de sollicitude envers Rodgers après leur petite algarade. Le général l'aurait mal pris. Mais il se montra plus ouvert aux idées de Rodgers, en particulier à son intérêt pour les profils psychologiques de Liz Gordon. Pour sa part, le directeur de l'Op-Center croyait autant à la validité de la psychanalyse qu'à celle de l'astrologie ou de la phrénologie. Ses rêves d'enfance sur sa mère lui étaient aussi utiles pour comprendre son esprit d'adulte que l'orbite de Saturne et les bosses du crâne pour prédire l'avenir.

Mais Mike Rodgers y croyait, et faute de mieux, c'était un bon moyen de récapituler la biographie de leurs adversaires potentiels.

Celle, concise, du nouveau président russe était actuellement affichée à l'écran, en même temps que des liens avec des photos d'archives, des extraits de presse et des séquences vidéo. Hood en parcourut les détails, de la naissance de Janine, à Makhachkala, sur la mer Caspienne, jusqu'à ses études à Moscou, puis son ascension du Politburo au poste d'attaché d'ambassade à Londres, et enfin sa fonction d'ambassadeur adjoint à Washington.

Hood interrompit le défilement du fichier en arrivant au profil défini par Liz, qu'il se mit à lire à haute voix : « "Il se voit comme une sorte de Pierre le Grand des temps modernes, favorable à l'ouverture commerciale avec l'Occident et à l'influence culturelle des États-Unis pour garantir que son peuple continuera de désirer ce que nous avons à leur vendre."

– Ça se tient, observa Rodgers. S'ils veulent voir des films américains, il faudra qu'ils achètent des magnétoscopes russes. S'ils veulent suffisamment de blousons des Chicago Bulls ou de T-shirts Janet Jackson, les firmes textiles se mettront à ouvrir des usines en Russie.

– Mais Liz remarque, je cite, qu'il "n'a pas le même sens esthétique que Pierre le Grand".

– Certes, admit Rodgers. Le tsar s'intéressait réellement à la culture occidentale. Janine ne cherche qu'à reconstruire l'économie et à rester au pouvoir. La question essentielle, dont nous avons déjà discuté avec le président hier soir, concerne sa volonté réelle de pratiquer une telle politique par opposition au militarisme.

– Il n'a pas la moindre formation militaire, observa Hood en consultant de nouveau sa biographie.

– Exact. Et d'un point de vue historique, ce genre de dirigeant a vite tendance à vouloir user de la force pour faire passer ses idées. Quiconque s'est retrouvé au combat sait le prix d'une telle politique. En règle générale, ce sont les plus réticents à recourir à la force. »

Hood poursuivait sa lecture. « Compte tenu de l'avertissement militaire que le général Rodgers a entendu énoncer lors de la réunion à la Maison Blanche, hier soir, écrit Liz, je ne pense pas que Janine se risque à engager un conflit pour faire ses preuves ou pour apaiser les militaires. Il table beaucoup plus sur sa rhétorique et ses idées que sur la force ou le recours aux armes. Dans les premiers mois de son mandat, son souci premier va être de ne pas s'aliéner l'Occident. »

Hood se rassit, ferma les yeux, se pinça l'arête du nez.

Tout en continuant à parcourir le rapport, Rodgers lui demanda s'il voulait un café.

« Non, merci. Je n'ai pas arrêté d'en boire pendant le vol de retour.

– Pourquoi n'avoir pas essayé de dormir ? »

Cela fit rigoler Hood. « Parce que j'ai eu la dernière place disponible, coincé entre les deux pires ronfleurs qui soient. Ils ont ôté leurs godasses et salut la compagnie ! Comme je ne supporte pas de regarder des films raccourcis et remontés, j'ai tué le temps en rédigeant une lettre d'excuses de trente pages à ma famille.

– Sharon était furieuse ou déçue ?

– Les deux, et plus encore. (Il se redressa sur son siège.) Oh, et puis merde, retournons à nos Russes. Je crois que j'aurai plus de chances de les comprendre, eux. »

Rodgers le gratifia d'une petite tape dans le dos tandis qu'ils reportaient leur attention sur l'écran.

« Liz indique ici que Janine est un impulsif : "Il s'en tient toujours à ses plans, guidé par ce qu'il estime être la morale ou le droit, que cela soit en accord ou non avec la sagesse populaire. Voir extraits Z-17A et Z-27C de la *Pravda*." »

Hood afficha les extraits de presse cités et vit comment, en 1986, Janine avait ardemment soutenu le plan du vice-ministre de l'Intérieur Abalaïa pour sévir contre les bandes armées qui enlevaient les hommes d'affaires en Géorgie, même après l'assassinat d'Abalaïa, et comment il s'était mis à dos les durs en refusant de soutenir une loi de 1987 qui aurait interdit la présentation à la télévision de sosies de Lénine pour ce qu'on appelait alors des « soirées de parodies ».

« "Un homme intègre, lut Hood en conclusion du rapport de Liz, qui a parfois montré une tendance à préférer la prise de risque à la prudence."

– Je me demande si cette prise de risque ne pourrait pas inclure une aventure militaire.

– Je me pose également la question, admit Hood. Il n'a pas hésité à recommander de faire appel à la milice contre les gangsters géorgiens.

– Certes, dit Rodgers, même si vous devez admettre que ce n'est pas la même chose.

– Comment cela ?

– Recourir à la force pour maintenir la paix, ce n'est pas comme l'utiliser pour asseoir son ambition personnelle. Il y a là un aspect légal qui, du point de vue psychologique, pourrait faire une grosse différence chez un homme comme Janine.

– Ma foi, dit Hood, cela recoupe assez bien les décisions que vous avez prises au Bureau Ovale, la nuit dernière. Le problème ne vient pas de Janine. Voyons donc de qui d'autre... »

Hood passa à la section suivante du rapport de Liz. Elle l'avait plaisamment intitulé « Les va-t'en-guerre ». Il fit défiler les noms.

« Le général Viktor Mavik, lut-il, commandant d'artillerie dans l'armée de terre.

– C'était l'un des officiers qui a organisé l'attaque contre le centre de télévision d'Ostankino en 1993, précisa Rodgers. Il a défié Eltsine mais a survécu malgré tout. Il a toujours des amis influents au sein du gouvernement comme en dehors.

– Mais il n'aime pas agir seul, continua de lire Hood. Et voilà qu'intervient notre ami le général Mikhaïl Kossigan, qu'elle décrit ici de manière assez colorée comme “un vrai frappadingue”. Il était commandant en chef de l'artillerie et a ouvertement défendu deux officiers démis par Gorbatchev pour avoir ordonné des missions suicides en Afghanistan.

– “Gorbatchev lui a infligé la punition la plus grave

avant la cour martiale, lut Rodgers : le limogeage, à la suite de quoi il fut envoyé en Afghanistan pour commander lui-même le même genre de missions. Mais là, en revanche, les choses devaient se passer autrement. Il a lancé ses hommes et ses forces contre la planque des rebelles jusqu'à ce qu'elle tombe."

– M'a tout à fait l'air d'un type à surveiller », nota Hood, en continuant de faire défiler le texte.

Le nom suivant à apparaître était le dernier ajouté à la liste.

« Le ministre de l'Intérieur, Nikolaï Doguine... » Puis Hood continua de lire la fiche : « "Cet homme n'a jamais rencontré de capitaliste qu'il ne méprise pas. Si l'on examine l'image Z/D-1, on verra que la CIA l'a photographié à son insu lors d'une visite à Beijing quand Gorbatchev accédait au pouvoir. Doguine était maire de Moscou, à l'époque, et il essayait en secret de se gagner le soutien du mouvement communiste international contre le nouveau président."

– Voilà bien un trait qui m'inquiète toujours, chez vous autres, anciens maires », dit Rodgers, alors que Hood affichait la photo.

Sa remarque pince-sans-rire lui valut un sourire de l'ancien premier magistrat de Los Angeles.

Les deux hommes s'approchèrent du moniteur et virent la légende marquée « Ultra-confidentiel » au bas du cliché. Elle précisait que la photo avait été remise à Gorbatchev par l'ambassadeur des États-Unis.

Rodgers se cala contre le dossier. « Doguine doit avoir eu de sacrés appuis pour rester au pouvoir après que Gorby eut découvert tout ça...

– C'est certain. Le genre d'appuis qu'on entretient au fil des ans jusqu'à constituer un réseau. Le genre de soutien qui vous permet de laisser le gouvernement filer entre les doigts d'un président légalement élu. »

L'interphone de la porte extérieure se manifesta : « Chef, c'est Bob Herbert... »

Hood pressa un bouton à l'angle de son bureau et la gâche électrique cliqueta. La porte s'ouvrit vers l'intérieur, livrant passage à un Bob Herbert fort agité sur son fauteuil roulant. Il laissa tomber une disquette sur le plan de travail. Chaque fois qu'Herbert était contrarié ou intrigué, son accent du Mississippi revenait en force.

« Il s'est passé un truc aux alentours de vingt heures, heure locale, annonça-t-il. Un sacré putain de gros truc. »

Coup d'œil de Hood à la disquette. « Quoi donc ?

– Sans crier gare, y a des Russes qui se mettent à grouiller de partout. » Il indiqua le petit boîtier de plastique. « Lisez ça, allez-y. »

Hood chargea les données et vit qu'Herbert n'exagérait pas. Des pilotes et des avions d'Orenbourg étaient en cours de transfert vers la frontière ukrainienne. La flotte de la Baltique était en état d'alerte numéro un, visiblement à titre d'exercice. Et la batterie de quatre satellites Hawk normalement utilisés pour surveiller l'Occident avaient été détournés vers d'éventuelles cibles russes en Pologne.

« Moscou est en train de prêter une attention toute particulière à Kiev et à la Pologne, observa Rodgers en étudiant les coordonnées satellitaires.

– Ce qu'il y a d'intéressant, remarqua Herbert, c'est que la station de réception de Baïkonour s'est tue à vingt heures précises, heure locale.

– Juste la station ? demanda Rodgers. Pas les paraboles satellite ?

– Pas les paraboles satellite, confirma Herbert.

– Dans ce cas, où vont les données ? demanda Hood.

– Nous ne sommes pas sûrs... même si c'est là que ça devient vraiment curieux. Nous avons détecté un accroissement de la consommation électrique à Saint-Pétersbourg, toujours à vingt heures, heure locale. Cela dit, il se trouve que ça correspond au moment où la station de télévision de l'Ermitage a commencé d'émettre, ce pourrait n'être donc qu'une coïncidence.

– Mais vous n'y mettriez pas votre main à couper... »

Herbert confirma d'un signe de tête.

« C'est ce qu'Eival Ekdol nous avait promis », nota Rodgers, tout en continuant d'observer le déploiement. « Une action militaire. Et ils font ça avec une grande habileté. Si vous prenez chacun de ces événements en particulier, aucun ne dévie réellement de la routine, si l'on excepte le changement des cibles visées par les Hawk. Du matériel transite régulièrement depuis le port de Vladivostok. Des exercices ont lieu deux fois par an sur la frontière ukrainienne, et la période correspond. La flotte de la Baltique effectue souvent des manœuvres à proximité de la côte, donc il n'y a là rien d'inattendu.

– Ce que vous êtes en train de dire, c'est qu'à moins d'avoir une vue d'ensemble de ces éléments, rien ne paraîtrait anormal.

– Tout à fait.

– Mais il y a une chose que je ne comprends pas, poursuivit Hood : si Janine n'est pas derrière tout ça, comment peut-on lui dissimuler une opération d'une telle ampleur ? Il devrait être au courant de quelque chose.

– Vous êtes bien placé pour savoir qu'un chef ne vaut que par la qualité de son espionnage, répondit Rodgers.

– Je sais aussi que si vous confiez quoi que ce soit à deux personnes à Washington, ce n'est plus un secret, rétorqua Hood. Ce doit être également vrai au Kremlin.

– Vous oubliez un détail. Chovitch. Un homme de son acabit peut recourir aux menaces et à l'argent pour couper le robinet d'informations avec une redoutable efficacité. Du reste, même s'il n'est peut-être pas entièrement dans la confidence, Janine doit quand même être plus ou moins au fait de ce qui se passe. Doguine ou Kossigan peuvent être allés le voir juste après son élection pour le convaincre d'autoriser un certain nombre de manœuvres et de transferts de troupes, histoire de faire plaisir aux militaires et de les occuper.

– Doguine en profiterait également, souligna Herbert. Si à un moment donné cela devait tourner au vinaigre, Janine a laissé son autographe sur un certain nombre d'instructions. Tout le monde serait éclaboussé. »

Hood acquiesça, puis vida l'écran. « Donc, Doguine est sans doute l'instigateur de toute cette histoire et Saint-Pétersbourg serait en quelque sorte son bac à sable.

– Oui, dit Herbert. Et notre équipe compte bien jouer avec lui. »

Hood continuait de fixer l'écran vide. « Le rapport d'Interpol doit arriver à quinze heures. C'est à ce moment que vous aurez à votre disposition les derniers plans de l'Ermitage et que vous pourrez envisager comment y pénétrer.

– D'accord, dit Rodgers.

– J'ai demandé au PC Tactique/Stratégique d'envisager tous les moyens pour faire franchir la Néva à notre équipe : parachutage, radeau ou sous-marin de poche. Dom Limbos s'en occupe. Les traversées de cours d'eau, ça le connaît. Et Georgia Mosley, aux approvisionnements, sait le genre de matos qu'elle aura peut-être à dénicher à Helsinki.

– Donc, on élimine l'idée que l'équipe d'Attaquants entre en jouant les touristes ? demanda Hood.

– Tout à fait. Les Russes continuent de surveiller les groupes de touristes et de photographier tous les individus suspects dans les hôtels, les cars, les musées et autres sites. Même si nos gars n'ont plus à y retourner, on n'a pas envie que leur bobine se retrouve dans leurs archives. »

Rodgers jeta un œil à sa montre. « Paul, je ne vais pas pouvoir esquiver la réunion du T/S. J'ai dit à Squires qu'il pouvait compter sur un plan d'action avant son atterrissage, aux alentours de seize heures, heure de chez nous. »

Hood acquiesça. « Merci pour tout, Mike.

– Pas de quoi. » En se levant, Rodgers avisa un antique presse-papiers en forme de globe posé sur le bureau. « Ils ne changent jamais...

– Qui ça ?

– Les tyrans. La Russie était peut-être une énigme drapée de mystère aux yeux de Winston Churchill, mais ce que je vois ici est vieux comme Hérode : une clique d'individus assoiffés de pouvoir qui croient savoir mieux que leurs électeurs ce qui est bon pour eux.

– C'est la raison de notre présence ici : nous sommes pour leur dire qu'ils ne pourront pas le faire sans se battre. »

Rodgers toisa Hood en souriant : « Monsieur le directeur, votre style me plaît bien... »

Rodgers sortit avec Bob Herbert, laissant un Hood perplexe, imprégné du pressentiment que son destin était désormais lié à celui de son général... pourtant, même si sa vie en dépendait, il ne voyait pas trop comment ni pourquoi.

24.

Mardi, 5 : 51, île Sakhaline

L'île Sakhaline, dans la mer d'Okhotsk, est une langue de terre désolée, longue de mille kilomètres, aux côtes bordées de villages de pêcheurs ; à l'intérieur, on y trouve des forêts de pins majestueux, des mines de charbon, des chemins défoncés et quelques routes modernes, les ruines de camps de prisonniers datant des Romanov et des tombes abandonnées sur lesquelles l'inscription la plus fréquente est *Niepomnyachtchy* – « nom oublié ». Située à un fuseau horaire à l'ouest de la ligne de changement de date, elle est plus proche de la baie de San Francisco que du Kremlin. Quand il est midi à Moscou, il est déjà huit heures du soir à Sakhaline. De tout temps, l'île a servi de retraite aux dirigeants politiques – beaucoup y ont eu une datcha ou une villa confortable dans les collines – mais aussi aux ermites qui allaient se perdre dans ses landes vierges pour y rechercher Dieu et la paix.

Les Russes ont longtemps maintenu une présence militaire à Korsakov, à l'extrémité sud-est de l'île, près des Kouriles – l'archipel qui s'étire sur près de douze cents kilomètres entre le nord d'Hokkaido et le sud du Kamtchatka. Les îles ont été occupées par l'Union soviétique en 1945, quoique le Japon continue de les revendiquer et que les deux pays n'aient cessé de se les disputer depuis lors.

La base russe de Korsakov est spartiate : une piste d'aviation, un port modeste, quatre baraquements. Cinq cents marins, deux régiments d'infanterie de marine et de plongeurs des Services spéciaux y sont stationnés. Chaque jour, ces hommes effectuent des patrouilles maritimes et aériennes pour surveiller, de visu comme au radar, les activités des pêcheurs de saumon japonais.

Le sous-lieutenant Nikita Orlov, vingt-trois ans, était assis à son bureau au poste de commandement, perché sur une falaise dominant la mer et la base. Cheveux bruns taillés ras, à l'exception des longues mèches ondulées qui lui retombaient sur le front, lèvres pulpeuses crispées dans un rictus décidé, ses yeux noisette flamboyaient tandis qu'il déchiffrait les rapports des services locaux de renseignements et les bulletins d'information faxés de la veille – tout en jetant de fréquents regards à la dérobée vers la fenêtre ouverte.

Le jeune officier adorait se lever avant l'aube pour apprendre ce qui s'était passé durant son sommeil, puis guetter l'apparition du soleil sur la mer à l'horizon. Il aimait cet éveil du monde, même si dorénavant chaque nouveau jour n'était plus aussi riche de promesses qu'au temps de son enfance, puis de sa vie d'élève officier : celle, entre autres, que l'Union soviétique resterait à jamais l'empire le plus durable de toute l'histoire de l'humanité.

Si vive qu'ait été sa déception, son patriotisme restait toujours aussi ardent mais surtout, il aimait Sakhaline. On l'y avait envoyé dès sa sortie de l'académie militaire du Spetnats, principalement pour l'éloigner de Moscou après l'incident avec l'Église orthodoxe russe mais aussi, du moins l'avait-il toujours perçu ainsi, pour l'empêcher de ternir la renommée de son père. Sergueï Orlov était un héros, instructeur hors pair, surtout pour les jeunes pilotes impressionnables, et instrument de propagande indispensable aux congrès et symposiums. Nikita Orlov était un extrémiste, un réactionnaire nostalgique du temps où l'Afghanistan sapait le moral de la plus grande puissance militaire de la planète, avant que Tchernobyl ne vienne ruiner l'orgueil de la nation, avant que la glasnost et la perestroïka ne provoquent l'effondrement, d'abord de l'économie, puis de l'Union.

Mais c'était du passé. Et ici, tout du moins, on se sentait encore investi d'une mission, on avait encore un ennemi. Le capitaine Lechev – souffrant peut-être d'un reste de fièvre après trois années passées à commander ses troupes d'élite à Sakhaline – consacrait l'essentiel de son temps à organiser des concours de tir, sa passion. Cela laissait à Orlov la responsabilité de l'essentiel des tâches militaires, et il avait le pressentiment qu'un jour prochain, la Russie aurait de nouveau à croiser le fer avec le Japon, que celui-ci chercherait à établir une tête de pont sur l'île et qu'il aurait peut-être l'honneur, lui, Nikita Orlov, de mener ses troupes d'assaut contre l'envahisseur nippon.

Il avait également le sentiment bien ancré que la Russie n'avait pas fini d'en découdre avec les États-Unis. Les Soviétiques avaient battu les Japonais dans une guerre et la souveraineté sur les îles en avait été le prix. Mais quelque part, on sentait confusément que la Russie avait également perdu une guerre avec les États-Unis et l'esprit russe – en tout cas, celui d'Orlov – se rebellait à cette idée. L'entraînement commando avait affermi sa conviction qu'on devrait détruire l'ennemi, pas pactiser avec lui, et que lui et ses soldats ne devaient pas se laisser encombrer par des considérations morales, éthiques ou diplomatiques. Il était persuadé que les efforts de Janine pour transformer la Russie en nation de consommateurs échoueraient comme ceux de Gorbatchev et que tout cela se solderait un jour par un règlement de comptes avec les banquiers et leurs marionnettes de Washington, Londres ou Berlin.

Il y avait eu un arrivage de tabac frais la veille et Orlov se roula une cigarette alors que l'orbe du soleil s'élevait au-dessus de la mer obscure. Il se sentait tellement proche de cette terre, proche de chacun de ces levers de soleil, qu'il avait l'impression de n'avoir qu'à en approcher sa cigarette pour l'embraser. Mais il préféra utiliser le briquet que son père lui avait donné pour son entrée à l'académie militaire ; la lueur orangée de la flamme illumina l'inscription gravée sur le côté : *À Nikki, avec affection et amitié – ton père.* Nikita tira une bouffée, puis remit le briquet dans la poche de gousset de sa chemise impeccablement amidonnée.

Avec affection et amitié. Quelle aurait été la teneur de l'inscription après son limogeage ? *Avec honte et embarras* ? Ou après qu'il eut demandé cet avant-poste, à la sortie de l'école, loin de son père et plus près d'un véritable ennemi de Moscou : *Avec déception et perplexité* ?

Le téléphone sonna – la communication avait été

basculée depuis le baraquement des transmissions, au pied de la colline. Comme son ordonnance n'était pas encore arrivé, il décrocha lui-même.

« Sakhaline, poste un, Orlov à l'appareil.

– Bonjour. »

Nikita resta quelques instants silencieux. « Papa ?

– Oui, Nikki, dit le général. Comment vas-tu ?

– Bien, quoique surpris. » Il était soudain inquiet. « Est-ce que maman...?

– Elle va très bien, coupa le général. Nous allons très bien tous les deux.

– J'en suis heureux, dit Nikita, sur un ton monocorde. Avoir de tes nouvelles au bout de plusieurs mois... tu comprendras mon inquiétude. »

Nouveau silence bref. C'est sans joie que ses yeux contemplaient maintenant le lever du soleil. Son regard était dur, plein d'amertume, tandis qu'il tirait une longue bouffée de sa cigarette et resongeait à cette conversation de plus en plus tendue avec son père, avant de revenir quatre ans en arrière au moment de son arrestation. Il se souvint de la honte et de la colère du général devant le comportement de son fils à l'église, l'embarras de ce fier cosmonaute qui ne pouvait plus se montrer nulle part. Il se souvint également comment, le soir où le colonel Rosski (et pas son père, pourtant si influent) avait aplani les choses avec l'académie militaire, et réussi à le faire réintégrer, avec juste une semaine d'arrêts de rigueur, son père avait débarqué à la caserne pour lui assener un discours sur la haine qui avait détruit tant de grands hommes et de grandes nations. Les autres élèves étaient restés silencieux, et sitôt le grand homme reparti, quelqu'un avait inventé le jeu « Nikita-et-Sergueï », auquel ces futurs soldats s'étaient livrés ensuite des jours durant: « Sergueï » devait deviner où dans Moscou son fils barbouillait des slogans haineux, tandis que « Nikita » lui indiquait s'il brûlait ou non.

Nikita pouvait encore entendre leurs voix, leurs rires.

« L'ambassade des États-Unis?

– Froid...

– Le terminal JAL à l'aéroport de Cheremetievo?

– Tu gèles...

– Les loges des danseurs au Kirov?

– Ça se réchauffe ! »

« Nikki, dit Orlov père, je voulais t'appeler, mais on dirait que je ne réussis qu'à t'irriter. J'avais espéré que le temps aurait en partie lavé ton amertume...

– T'a-t-il lavé de ton arrogance? De cette idiotie céleste qui voudrait que tout ce que nous autres, misérables fourmis, faisons sur cette boule de glaise perdue ne soit qu'insignifiant, sale ou mauvais?

– Ce ne sont pas les voyages dans l'espace qui m'ont enseigné qu'une nation pouvait être détruite du dedans aussi bien que du dehors, rétorqua Orlov. C'est l'ambition de certains hommes.

– Toujours aussi débordant de piété et de naïveté, à ce que je vois.

– Et toi, toujours aussi effronté et irrévérencieux, répondit le général, d'un ton égal.

– Bien, tu m'as donc appelé, dit Nikita, et nous avons pu constater que rien n'avait changé entre nous.

– Je ne t'ai pas appelé pour qu'on se dispute.

– Ah bon? Pour quoi, alors? T'essaies de vérifier la portée de ton nouvel émetteur de télévision?

– Pas pour ça non plus, Nikki. Je t'appelle parce que

j'ai besoin d'un officier de valeur pour commander son unité en mission. »

Nikita se raidit sur sa chaise.

« Est-ce que ça t'intéresse ? poursuivit le général.

– Si c'est pour la Russie et pas pour ta conscience, je suis partant.

– J'ai appelé parce que tu as exactement le profil correspondant à la tâche. C'est tout.

– Alors, ça m'intéresse.

– Tes ordres te parviendront dans l'heure par le truchement du capitaine Lechev. Tu seras sous mes ordres pendant un délai de trois jours. Toi et ton unité, vous devrez être à Vladivostok avant onze heures pile.

– On y sera, dit le jeune homme en se levant. Est-ce que ça veut dire que tu as repris du service actif ?

– Tu sais tout ce que tu as besoin de savoir pour l'instant, répondit le général.

– À la bonne heure, dit Nikita en tirant rapidement sur sa cigarette.

– Et, Nikki... fais attention. Quand tout sera terminé, peut-être que tu viendras à Moscou et qu'on pourra tout recommencer...

– C'est une idée. Et peut-être que je pourrai inviter mes anciens camarades de l'académie militaire. Te revoir sans eux, ça ne serait pas ça...

– Nikki... tu n'aurais jamais voulu m'écouter jusqu'au bout en privé.

– Et tu n'aurais jamais pu disculper le nom d'Orlov, sauf en public.

– Je l'ai fait, pour éviter à d'autres de commettre des erreurs analogues, rétorqua le général.

– À mes dépens. Merci, papa. (Nikita écrasa sa cigarette.) Tu m'excuseras, mais il faut que je me prépare si je veux être sur le continent à onze heures. Transmets mes amitiés à maman et au colonel Rosski.

– Je n'y manquerai pas, dit le général. Au revoir. »

Nikita raccrocha, puis prit le temps de contempler le soleil à moitié levé. Ça l'ennuyait que tant d'autres comprennent ce que son père se refusait toujours à comprendre : que la grandeur de la Russie était dans son unité, pas dans sa diversité ; que, comme le lui avait enseigné le colonel Rosski, le chirurgien qui tranchait dans les tissus malades le faisait pour guérir le corps, pas pour nuire au patient. Son père avait été choisi comme cosmonaute parce que, entre autres qualités, il était d'humeur égale, courageux, charitable, qu'il était le personnage idéal à présenter aux écoliers, à la presse internationale et aux jeunes aviateurs qui voulaient être des héros. Mais c'était aux combattants des tranchées comme lui que revenait le vrai travail pour la nouvelle Russie, celui de reconstruction, de purge, et de rectification des erreurs de la décennie écoulée.

Après avoir informé l'officier de quart qu'il partait, Nikita récupéra sa toque et quitta l'avant-poste ; il se sentait triste pour son père... mais curieux de savoir ce que le général avait prévu pour son fils.

25.

Lundi, 14 : 53, au-dessus de l'Atlantique, au nord-ouest de Madère

Une cabine de C-141B StarLifter n'était pas conçue pour le confort de ses passagers. Mais pour un maximum de légèreté afin d'accroître au maximum le rayon d'action de l'appareil. Les parois tendues de toile ne masquaient guère le vrombissement des réacteurs, et les membrures apparentes du fuselage ressortaient en noir sous les ampoules nues. Les soldats étaient installés sur des banquettes en bois recouvertes de coussins capitonnés. Dans les turbulences, et malgré les harnais destinés à maintenir les passagers en place, il arrivait souvent que les coussins leur glissent de sous les fesses.

Même si les banquettes ne pouvaient accueillir que quatre-vingt-dix hommes dans un confort relatif, le StarLifter était capable d'en embarquer trois cents. Avec seulement huit passagers et un équipage de trois hommes – pilote, copilote et navigateur –, le lieutenant-colonel Squires avait l'impression de voler en première. Il avait pu étirer ses longues jambes, caler deux des minces coussins entre son dos et la paroi métallique, mais surtout, pour une fois, l'atmosphère de la cabine était respirable. Lorsque les Attaquants voyageaient en compagnie de renforts des autres services, sans parler des cinq bergers allemands du Corps K-9, la cabine était rapidement envahie par la chaleur moite de tous ces guerriers entassés et suants.

Après plusieurs heures de vol, Squires appréciait le confort. Il avait passé la première avec le sergent Chick Grey et le soldat David George à faire l'inventaire du matériel dont ils pourraient avoir besoin pour Helsinki, les deux suivantes avec le soldat Sondra DeVonne à étudier sur son portable les plans d'Helsinki et de Saint-Pétersbourg, puis il s'était accordé quatre heures de sommeil.

Quand Squires se réveilla, George lui tendit un plat réchauffé au micro-ondes et une tasse de café noir. Le reste de l'équipe avait déjà mangé.

« Faudra absolument que je parle de la bouffe au général Rodgers », râla Squires après avoir soulevé le couvercle en plastique du plateau et découvert le rôti de dindonneau, la purée, les fayots et la crêpe au maïs. « On a des missiles capables de zigzaguer entre les arbres, raser les montagnes et s'insinuer par les conduits de cheminée, mais ils continuent de nous servir le genre de ragougnasse qu'on trouve sur les vols commerciaux.

– Si j'en crois mon père, c'est toujours mieux que les rations qu'ils avaient au Viêt-nam, mon colonel, observa George.

– Ouais, peut-être... Mais ça ne les tuerait pas de nous fourguer une machine à café décente. Merde, je suis prêt à la payer de ma poche. C'est pas ça qui prend de la place, et un idiot saurait s'en servir. Elle résisterait même à un fantassin.

– Vous n'avez jamais goûté mon café, mon colonel,

intervint Sondra, sans lever les yeux de son exemplaire des *Hauts de Hurlevent.* Quand je suis à la maison, mes parents mettent le percolateur sous clé. »

Squires coupa un morceau de dinde. « Quelle variété de café utilisez-vous ? »

Sondra leva ses grands yeux noisette encadrés par un visage rond. Il y avait encore dans sa voix des traces de l'accent chantant de son Algérie natale. « Variété, mon colonel ? Je n'en sais rien. Ce que je trouve en rayon.

– Ça, c'est votre problème. Ma femme l'achète en grains. On le conserve au congélateur, on le moud au dernier moment. On le prépare dans une cafetière filtre – à l'eau frémissante, jamais bouillante, et on le garde au chaud dans un pot sitôt qu'il est passé. À boire sans lait ni sucre. Voilà les deux grands égaliseurs : ils donnent à tous les cafés le même goût.

– Ça m'a quand même l'air d'un sacré boulot avant l'appel matinal, mon colonel. »

De la pointe du couteau, Squires indiqua le bouquin qu'elle lisait. « Vous lisez du Brontë. Pourquoi pas des romans de gare ?

– Ça, c'est de la littérature. Le reste, c'est de la soupe.

– Eh bien, idem pour ce café, dit Squires en se remettant à poinçonner le dindonneau avec sa fourchette en plastique. Si c'est pas de l'authentique, autant s'en passer.

– Ma réponse tient en un seul mot : caféine. Quand on se tape du Thomas Mann ou du James Joyce jusqu'à des quatre heures du matin, on a besoin de quelque chose pour être en forme à neuf heures. »

Squires hocha la tête. « J'ai un meilleur moyen.

– Lequel ?

– Les pompes. Une centaine, au saut du lit, ça vous réveille plus vite que la caféine. Sans compter que, si on peut s'astreindre à commencer la journée sur ce rythme, le reste, ça paraît du gâteau. »

À cet instant, l'opérateur radio Ishi Honda se dirigea vers l'arrière du fuselage. Mère hawaïenne, père japonais, ceinture noire de judo, tout menu, l'air juvénile, c'était un ancien dans l'équipe. Il était responsable des transmissions lors de la récupération du soldat Johnny Puckett, blessé en Corée du Nord.

Honda salua et tendit à Squires le combiné du radiotéléphone sécurisé par satellite qu'il transportait toujours dans son paquetage. « Mon colonel, un appel du général Rodgers.

– Merci. » Squires avala rapidement sa bouchée de dinde et prit l'appel. « Colonel Squires à l'appareil, mon général.

– Lieutenant-colonel, il semblerait que votre équipe doive se rendre sur l'objectif, et pas pour faire du tourisme...

– Bien compris.

– Vous aurez les détails avant l'atterrissage – point de départ, modalités de transport, débarquement, chronologie –, quoique nous ne puissions toujours pas vous dire au juste ce que vous devez chercher. Tout ce que nous savons sera dans le rapport, y compris l'endroit où s'est fait assassiner l'agent britannique qui avait enquêté. Les Russes ont également eu l'un de ses informateurs et un autre est en fuite.

– Pas de prisonniers...

– Tout juste. Cela dit, même si c'est loin de me satisfaire, vous allez avoir également un nouvel équipier – un agent britannique sérieusement remonté.

– Est-ce que je le connais ?

– *La.* C'est une gonzesse. Et non, vous ne la connaissez pas, mais elle a des références. Je vais demander à Bob Herbert de vous repasser son dossier avec les données T/S. Dans l'intervalle, demandez à McCaskey un inventaire du matériel de plongée que vous avez à bord. Si vous avez besoin de quoi que ce soit d'autre, le matos l'attendra à Helsinki. Et... Charlie ?

– Oui, mon général ?

– Dites à tout le monde bonne chance et bon vent.

– Roger », commença Squires, puis il coupa la communication.

26.

Lundi, 23 : 00, Saint-Pétersbourg

« Trois... deux... un... *Top !* »

Il n'y eut aucun applaudissement pour accompagner les paroles de Youri Marev, aucun sourire quand le général Orlov, longeant d'un pas lent les rangées d'ordinateurs, salua d'un hochement de tête la mise en route effective du centre opérationnel russe. Le compte à rebours s'était déroulé sans anicroche et, alors que la longue journée s'achevait enfin pour la majorité des techniciens, Orlov avait l'impression que la sienne débutait juste. Il avait demandé à visionner toutes les données qui parviendraient dans l'heure suivante, afin de pouvoir les examiner avec les divers chefs de service : surveillance satellite, météo, communications, opérations sur site, chiffre, analyse informatique, imagerie, interception... Y compris les responsables des équipes seize heures/minuit pour chaque service – la période de pointe, qui couvrait les flux de données les plus denses, correspondant à la tranche huit heures du matin/quatre heures de l'après-midi à Washington. Plus, enfin, les directeurs adjoints, responsables des deux autres tranches : minuit/huit heures, huit heures/seize heures. Rosski serait également là, non seulement au titre de second d'Orlov mais aussi d'officier de liaison avec l'état-major. Rosski n'était pas seulement chargé d'analyser les renseignements partagés avec les militaires avant de les répercuter aux autres branches des forces armées et du gouvernement, mais également de prendre la tête du commando Spetnats affecté au centre pour les missions spéciales.

Orlov jeta un coup d'œil à Rosski qui se tenait en retrait derrière le caporal Ivachine. Le colonel avait les mains croisées dans le dos. À l'évidence, il se délectait de toute cette activité silencieuse. Il lui rappelait Nikita, la première fois qu'il l'avait emmené voir les lanceurs et le vaisseau spatial à la Cité des étoiles : le garçon était tellement excité qu'il ne savait trop où porter son regard. Mais Orlov savait que cela ne tarderait pas à changer.

Sitôt que le centre fut déclaré opérationnel, Orlov s'approcha de Rosski. Le colonel prit son temps pour se retourner et le saluer avec lenteur.

« Colonel Rosski, j'aimerais que vous me disiez précisément où se trouve mon fils. Le tout en code, inutile d'archiver cet ordre. »

Rosski hésita quelques secondes – ayant apparemment cherché en vain à discerner les motivations de l'officier. « À vos ordres, mon général. »

Rosski demanda à Ivachine que les transmissions contactent par radio la base de l'île Sakhaline pour s'informer auprès du sergent Nogovine. Toutes les communications étaient établies au code crayon deux/cinq/trois : chaque lettre devait être effacée avant de pouvoir être décodée. Dans ce cas précis, une lettre sur deux de chaque mot du code était fausse, de même qu'un mot sur cinq – sauf la troisième lettre de chaque mot erroné, qui était en fait la première lettre du mot suivant.

En moins de deux minutes, Ivachine avait la réponse que son ordinateur lui décodait aussitôt.

Les mains toujours croisées dans le dos, Rosski se pencha au-dessus de l'écran et lut : « Le sous-lieutenant Orlov et son unité de neuf Spetnats sont arrivés à Vladivostok et attendent de nouvelles instructions. » Il jeta un coup d'œil rageur à Orlov et lança, d'une voix tendue : « Mon général, c'est un exercice, ou quoi ?

– Non, colonel, ce n'est pas un exercice. »

La mâchoire de Rosski se crispa et se décrispa à plusieurs reprises. Orlov attendit plusieurs longues secondes pour s'assurer que son officier avait assez de jugeote pour ne pas manifester d'insubordination, ne pas se plaindre d'avoir été tenu à l'écart d'une manœuvre militaire. Rosski devait se sentir humilié devant tout le personnel, mais il garda le silence.

« Passez dans mon bureau, colonel, dit Orlov sans se retourner, que je vous mette au courant des dispositions concernant l'unité de Spetnats de Sakhaline. »

Le général entendit les talons de Rosski claquer sèchement sur ses pas. Une fois la porte refermée sur eux, Orlov s'assit à son bureau et regarda Rosski, debout devant lui.

« Vous êtes au courant du transport de matériel pour le ministre Doguine à bord d'un avion privé ?

– Oui, mon général.

– Il y a un problème... Un pépin mécanique. Impossible de poursuivre le vol. Compte tenu des difficultés météo et de la pénurie d'appareils, j'ai ordonné le transbordement de la cargaison à bord d'un train mis à notre disposition, le contre-amiral Pasenko me l'a confirmé.

– En train depuis Vladivostok, cela va prendre cinq jours pour rallier Moscou, objecta Rosski.

– Mais ce n'est pas sa destination. Mon plan est simplement de sortir le chargement de Vladivostok et de le conduire à un endroit où un avion pourra venir le récupérer. Je pensais qu'on pourrait faire décoller un hélico de la base de Bada pour qu'il retrouve le train à Bira. Ce n'est qu'à neuf cent cinquante kilomètres de Vladivostok, et apparemment assez loin pour être hors de portée de la tempête.

– Vous avez déjà abattu pas mal de boulot, aujourd'hui, mon général. Puis-je faire quelque chose pour vous ?

– À vrai dire, oui. Mais avant tout, colonel, j'aimerais d'abord savoir comment vous avez été informé de cette expédition.

– Par le ministre, répondit Rosski, sans se démonter.

– Il vous a contacté directement ?

– Affirmatif, mon général. Je crois que vous étiez chez vous en train de dîner, à ce moment-là. »

Le général pivota vers son clavier et ouvrit le journal des communications. « Je vois. Mais vous avez quand même entré une fiche que je puisse consulter ultérieurement...

– Négatif, mon général.

– Et pour quelle raison, colonel ? Vous étiez trop occupé ?

– Mon général, le ministre préfère que cela n'apparaisse pas dans les archives du centre.

– Le *ministre* préfère..., aboya Orlov. N'avez-vous pas

l'ordre strict de consigner toute activité demandée par un supérieur ?

– Affirmatif, mon général.

– Et avez-vous pour habitude de faire passer les ordres des civils avant ceux des militaires ?

– Négatif, mon général.

– Moi, je peux parler au nom du centre, poursuivit Orlov. Nous formons une cellule autonome, au service de toutes les branches du pouvoir civil et militaire. Mais vous, colonel ? Avez-vous une allégeance particulière au ministre de l'Intérieur ? »

Rosski prit un peu trop de temps pour répondre. « Négatif, mon général. Aucune allégeance particulière.

– À la bonne heure. Parce qu'au prochain incident similaire, je vous fais muter. Est-ce bien compris ? »

Rosski hocha lentement la tête avec raideur. « Tout à fait, mon général. »

Orlov inspira un grand coup puis continua son examen du journal des entrées. Il n'avait jamais cru que Rosski se rebellerait ouvertement et sa retenue était prévisible. Mais il avait acculé le colonel et il comptait bien le pousser encore un peu plus. Pour le contraindre à réagir.

« Le ministre vous a-t-il donné d'autres détails, colonel, la teneur de la cargaison, par exemple ?

– Négatif, mon général.

– Me cacheriez-vous une telle information, si le ministre Doguine vous avait donné l'ordre de le faire ? »

Regard noir de Rosski. « Pas si cette information concerne le centre, mon général. »

Orlov se tut. Il n'avait pas réussi à trouver trace de

sa propre conversation avec Doguine. Il remonta à 8 : 11, heure à laquelle il se souvenait d'avoir consigné l'appel. La case était vide.

« Un problème, mon général ? » demanda Rosski.

Orlov fit une recherche par mot clé sur l'ensemble du fichier, au cas où il n'aurait pas archivé la donnée au bon endroit. Sous des dehors impavides, il était extrêmement troublé par cette disparition du Gulfstream. Il se retourna pour considérer Rosski. Le colonel était tout à fait détendu, ce qui en soi était révélateur : c'était lui qui avait effacé l'ordre.

« Non, dit Orlov, aucun problème. C'est moi qui ai fait une erreur de manipulation. Je rentrerai la donnée quand nous aurons fini. » Il se recala contre le dossier de son siège, avisa le rictus de satisfaction au coin de la bouche du colonel. « J'ai passé assez de temps là-dessus, et j'espère que mes souhaits sont explicites.

– Tout à fait, mon général.

– Je veux que vous informiez de mes intentions le ministre Doguine, et que vous vous chargiez en personne de l'opération. Mon fils vous respecte et je suis certain que vous collaborerez aussi bien que vous l'avez fait par le passé.

– Tout à fait, mon général, dit Rosski. C'est un bon officier. »

Le téléphone bipa et Orlov congédia le colonel avant de décrocher le combiné. Rosski referma la porte sans un regard en arrière.

« Oui ?

– C'est Zilach, mon général. Voulez-vous venir en salle de transmissions ?

– Qu'est-ce qui cloche ?

– La parabole capte un paquet de communications

codées. On les a envoyées au chiffre, mais on a commencé à se demander s'il n'allait pas se passer quelque chose avant qu'on soit en mesure de décrypter les messages.

– J'arrive. »

Orlov sortit sans se fatiguer à archiver de nouveau l'entrée correspondant au Gulfstream, certain qu'elle serait de nouveau effacée... et furieux qu'un entretien avec Rosski, destiné à le remettre à sa place, n'ait fait que souligner son inquiétude croissante de devenir une simple potiche, Doguine et le Spetnats dirigeant le centre en sous-main.

Les paroles du colonel lui trottaient dans la tête : *Pas si cette information concerne le centre, mon général.* Dans l'intervalle de quelques heures, on lui avait dissimulé la mort d'un agent ennemi et les informations concernant le Gulfstream. Le centre était l'une des bases de reconnaissance les plus puissantes de la planète : Orlov ne laisserait jamais Rosski et Doguine se l'approprier, même s'il n'avait pas l'intention de bouger pour l'instant. Ses séjours dans l'espace lui avaient enseigné qu'il était essentiel de garder la tête froide quand on avait le cul chauffé à deux mille sept cents degrés Celsius – et ces deux-là n'avaient pas encore réussi à faire monter à ce point la température.

Quoi qu'il en soit, il avait toujours un établissement à gérer, et ni le colonel ni ce mégalomane ne l'empêcheraient de faire son boulot.

Orlov se glissa dans le PC radio encombré, et toujours plus envahi de fumée de cigarettes. Casque aux oreilles, son visage étroit tourné vers le haut, le regard dans le vide, Zilach écoutait attentivement. Il ôta ses écouteurs au bout de quelques instants et considéra Orlov.

« Mon général, commença-t-il, cigarette au bec, nous suivons depuis un certain temps deux séries de communications codées et nous présumons qu'elles sont en rapport. La première est un dialogue entre Washington et un appareil survolant l'Atlantique, la seconde est adressée à Helsinki. » Il tira deux rapides bouffées coup sur coup, puis écrasa le mégot dans un cendrier. « Nous avons demandé à l'équipe satellite de jeter un œil à l'avion : aucune immatriculation, mais ils ont reconnu un C-141B StarLifter.

– Un gros transport de troupes, observa Orlov, pensif. Une version modifiée du C-141B. Je connais bien cette machine.

– Je n'en doutais pas. (Zilach sourit, prit une autre cigarette.) Le StarLifter se dirige vers Helsinki. Nous avons intercepté les dialogues entre le pilote et la tour : ils doivent arriver aux alentours de vingt-trois heures, heure locale. »

Orlov consulta sa montre. « C'est dans moins d'une heure. Une idée de qui est à bord ? »

Zilach fit un signe de dénégation. « On a bien tenté d'écouter les conversations en cabine à partir du *Svetlana* qui est dans l'Atlantique Nord, mais le capitaine dit que l'avion est protégé par un champ électronique.

– C'est donc une mission de renseignement, aucun doute. » Mais Orlov n'était pas surpris. Il repensa à l'agent britannique surpris à espionner l'Ermitage et maudit en silence Rosski pour la façon dont il avait géré cette affaire. L'homme aurait dû être surveillé, pas poussé au suicide – si du moins il s'était réellement donné la mort. « Prévenez le ministre de la Sécurité à Moscou, dit Orlov. Dites-lui que j'ai besoin de quelqu'un à Helsinki pour réceptionner l'avion et nous dire si les Américains envisagent de faire la traversée.

– Bien, mon général. »

Orlov le remercia, puis regagna son bureau et convoqua Rosski et Glinka, le responsable de la Sécurité, pour envisager le plan à mettre en œuvre au cas où ils auraient des visiteurs.

27.

Mardi, 6 : 08, Vladivostok

Lénine a dit un jour de Vladivostok : « C'est peut-être loin. Mais c'est à nous. »

Au cours des deux guerres mondiales, le port situé sur la péninsule de Muraviev, en mer du Japon, avait été un point d'entrée essentiel pour les approvisionnements et le matériel venu des États-Unis ou d'ailleurs. Pendant les années de guerre froide, l'armée avait coupé la ville du reste du monde, sans pour autant empêcher Vladivostok de prospérer au même rythme que le port et la flotte du Pacifique : les chantiers navals civils et militaires avaient apporté argent et travail à la cité. Puis, en 1986, Mikhaïl Gorbatchev avait lancé l'« initiative Vladivostok » en rouvrant la ville pour en faire, selon ses propres termes, « une fenêtre largement ouverte sur l'Orient ».

Les dirigeants russes successifs avaient déployé des efforts considérables pour intégrer la ville au réseau commercial de la ceinture du Pacifique, mais avec cette ouverture nouvelle avait débarqué la pègre de Russie et du reste de la planète, attirée par les devises fortes et les produits qui entraient dans le port, par des voies légales ou non.

L'aéroport de Vladivostok est situé à plus de trente kilomètres au nord. En train, il faut compter une heure de trajet jusqu'à la gare terminus du Transsibérien située en plein cœur de la cité, juste à l'est de l'artère la plus fréquentée, Ulitsa Oktyabra.

Sitôt arrivé à l'aéroport avec ses hommes, le lieutenant Orlov fut accueilli par une estafette envoyée par le bureau du contre-amiral. Le jeune messager était porteur d'une enveloppe scellée contenant des instructions : Orlov devait immédiatement appeler le colonel Rosski pour se placer sous ses ordres. Alors que la neige commençait à tomber d'un ciel gris plombé, Nikita se précipita vers son unité, alignée devant le MI-6, le plus gros hélicoptère du monde, capable d'emporter soixante-dix hommes avec une autonomie de près de onze cents kilomètres. Les soldats étaient en tenue camouflée hivernale, capuchon rabattu, le paquetage au pied. Chaque homme emportait l'équipement classique des unités-commandos : une mitraillette avec quatre cents balles, un couteau, six grenades à main et un pistolet P-6 avec silencieux. Nikita disposait quant à lui d'un AKR, le pistolet mitrailleur à canon court fourni aux officiers.

Nikita ordonna à son opérateur radio de déployer l'antenne parabolique. Moins d'une minute plus tard, il avait une liaison montante sécurisée avec le colonel Rosski.

« Lieutenant Orlov, à vos ordres, mon colonel.

– Lieutenant, dit Rosski, ça fait plaisir d'avoir de vos nouvelles après toutes ces années. Je me réjouis à l'avance de collaborer avec vous.

– Merci, mon colonel. Le sentiment est partagé.

– Excellent. Que savez-vous de votre mission, Orlov ?

– Rien, mon colonel.

– Parfait. Est-ce que vous voyez le Gulfstream sur la piste ? »

Nikita se retourna vers l'ouest, et aperçut entre les flocons le jet garé sur le tarmac. « Oui, mon colonel.

– Immatriculation ?

– N2692A.

– Correct. J'ai demandé au contre-amiral Pasenko d'envoyer un convoi. Est-il arrivé ?

– J'ai vu quatre camions garés derrière l'appareil.

– Excellent, dit Rosski. Vous devez décharger la cargaison de l'avion, la transférer sur les camions, et retrouver le train qui attend à la gare terminus. Seul l'ingénieur doit rester à bord : une fois le chargement transféré, vous partirez en train vers le nord. Votre destination provisoire est Bira, mais la confirmation vous parviendra en cours de route. Vous avez la responsabilité de ce convoi, et vous devrez prendre toutes les mesures que vous jugerez utiles pour veiller à ce que le fret arrive à destination.

– Bien compris, mon colonel, et merci. » Nikita s'abstint de demander quelle était la nature du chargement. Peu importait d'ailleurs. Il comptait le traiter avec autant de soin que s'il s'agissait de têtes nucléaires, ce qui pouvait fort bien être le cas. Il avait entendu dire que la région environnante de Primorsky nourrissait des velléités d'indépendance économique et politique vis-à-vis de la Russie. Il pouvait donc s'agir d'une action préventive du nouveau président russe pour désarmer le secteur avant que cela se produise.

« Vous me recontacterez au passage de chaque gare sur la ligne du Transsibérien, poursuivit Rosski, mais je vous le répète, lieutenant : vous devrez prendre toutes mesures nécessaires pour protéger votre cargaison.

– Oui, mon colonel. »

Le lieutenant restitua le téléphone à l'opérateur et ordonna à ses hommes de se mettre en route. Saisissant leur paquetage, ils se dirigèrent au pas de course vers le Gulfstream, de moins en moins visible derrière l'épais rideau de neige.

28.

Mardi, 23 : 09, Moscou

Jamais Andreï Volko ne s'était senti aussi seul et terrifié. En Afghanistan, même au plus fort des combats, on avait des compagnons d'armes auprès de qui se plaindre. La toute première fois qu'il avait été contacté par « P » pour travailler pour le DI-6, il avait eu l'estomac retourné à l'idée de trahir son pays. Mais il se consolait en se disant que son pays l'avait abandonné après la guerre et qu'il avait désormais de nouveaux amis en Angleterre comme ici, en Russie – même s'il ignorait leur identité. Personne n'y gagnerait, il le savait, s'il était capturé et se mettait à balancer les noms d'autres espions. Il lui suffisait d'avoir la conviction d'appartenir à un groupe. C'est ce qui lui avait permis de traverser les années de calvaire où il avait dû endurer les séquelles d'un dos fracturé à la suite d'un mauvais plongeon dans une tranchée.

Mais le grand jeune homme à la taille enveloppée n'avait plus aucun de ces réconforts alors qu'il approchait de l'aérogare. Il avait sursauté en plein dîner en entendant sonner le téléphone que lui avait confié Fields-Hutton. L'appareil était dissimulé dans un walkman, un gadget si convoité en Russie qu'il avait une bonne excuse pour toujours le garder sur lui. Son contact anonyme l'avait informé de la mort de Fields-Hutton et d'un autre agent, puis lui avait demandé de se débrouiller pour rallier Saint-Pétersbourg dans les vingt-quatre heures. Une fois là-bas, il attendrait de nouvelles instructions. Alors qu'il s'habillait en hâte, avec pour tout bagage ce qu'il portait sur le dos, son baladeur, et les devises allemandes et américaines données par Fields-Hutton pour un cas d'urgence tel que celui-ci, Volko n'avait plus du tout l'impression d'avoir l'Angleterre derrière lui. Rallier Saint-Pétersbourg allait s'avérer une épreuve délicate pour un homme seul et il n'était pas du tout certain de parvenir au but. Il n'avait pas de voiture, et même décoller depuis l'un des aéroports secondaires comme Baïkovo était risqué. Son nom devait déjà être sur tous les comptoirs, et des agents pouvaient exiger de lui deux pièces d'identité au lieu de l'unique vrai-faux passeport qu'on lui avait procuré. Sa seule chance était de partir en train.

Fields-Hutton lui avait dit un jour que si jamais il devait quitter la capitale, qu'il évite de se ruer vers les aéroports ou les gares. Inutile d'être aussi rapide qu'un fax. Le zèle des employés tendait à se relâcher à l'approche du déjeuner ou de la fin du service. C'est pourquoi, jusqu'à maintenant, il avait marché dans les rues comme s'il avait un but précis, ce qui n'était pas le cas, se mêlant à la foule de moins en moins dense des passants revenant du travail ou des queues devant les magasins d'alimentation, et rejoignant la station de métro proche de son appartement sur la perspective Vernadskovo après un détour compliqué par ces ruelles où l'on vendait au marché noir tout un bric-à-brac à même le coffre ouvert des voitures. Il était remonté au nord-est de la ville, à la station Komsomolskaïa à l'architecture si typique avec son portique à six colonnes, son dôme nervuré et son campanile majestueux. Il avait tourné autour durant près d'une heure avant de porter ses pas, l'air dégagé, vers la gare de Saint-Pétersbourg qui desservait également Tallinn et toutes les villes de Russie du Nord.

Les six cents kilomètres de ligne ferroviaire reliant Moscou et Saint-Pétersbourg avaient été tracés par l'ingénieur militaire américain George Washington Whistler, le père du célèbre peintre James McNeill Whistler, et construits par des paysans et des prisonniers menés au knout par l'encadrement et forcés de travailler de longues heures dans des conditions souvent insupportables. Peu après, en 1851, on avait édifié la gare Nikolaïevski. Aujourd'hui rebaptisée gare de Saint-Pétersbourg, c'était la plus vaste gare terminus de Moscou, l'une des trois situées à l'écart de la place Komsomolskaïa. À gauche de la place se dressait le bâtiment modern style de la gare de Iaroslavl, réalisée en 1904, qui servait de terminus au Transsibérien. Enfin, sur la droite, c'était la gare de Kazan, assemblage baroque d'édifices achevé en 1926, d'où partaient les trains pour l'Oural, la Sibérie occidentale et l'Asie centrale.

La gare de Saint-Pétersbourg se dressait près du pavillon Komsomolskaïa, juste au nord-ouest de la gare de Iaroslavl. En arrivant devant, Volko leva le bras pour éponger son front en sueur d'un revers de manche et écarter les longues mèches de cheveux blondasses qui lui retombaient dans les yeux. *Du calme,* se dit-il, *il faut que tu agisses avec calme.* Il se força à arborer un large sourire amical, style rendez-vous galant –

tout en étant conscient que ses yeux étaient nettement moins rieurs. Il fallait seulement espérer que personne ne le regarderait de trop près pour s'en apercevoir.

Volko tourna ses grands yeux tristes vers l'horloge éclairée du campanile. Il était juste onze heures passées. Les trains partaient quatre fois par jour, entre huit heures du matin et minuit, et son plan était d'acheter un billet pour le dernier train afin de vérifier entre-temps si les voyageurs étaient contrôlés par la police. Si oui, il avait une alternative : lier conversation avec un autre voyageur au moment de monter en voiture, puisque la police rechercherait un individu voyageant seul, ou bien se diriger crânement vers un des policiers pour lui demander des renseignements. Fields-Hutton lui avait expliqué que les agents qui cherchaient à se dissimuler dans la foule ne faisaient qu'attirer l'attention sur eux, et qu'il était dans la nature humaine d'ignorer les individus qui semblaient au contraire n'avoir rien à cacher.

Malgré l'heure tardive, il y avait de longues queues aux guichets, et Volko choisit une file d'attente au milieu. Il avait acheté un journal qu'il contemplait sans vraiment le lire. La queue s'éternisait mais Volko, pourtant d'un naturel impatient, n'en avait cure. Chaque minute gagnée lui redonnait de l'assurance, et signifiait en même temps qu'il aurait moins de temps à rester prisonnier du train avant le départ.

Il acheta son billet sans incident, et si la police surveillait effectivement les allées et venues, interrogeant même quelques personnes voyageant seules, personne ne vint l'importuner.

Tu vas réussir, se dit-il. Il passa sous le porche ouvragé donnant accès au quai où l'attendait son express, la Flèche Rouge. Les dix voitures de la rame dataient d'avant la Première Guerre mondiale ; trois avaient été fraîchement repeintes en rouge vif, une quatrième en vert, mais sans que cela n'ôte rien à leur charme désuet. Un groupe de touristes attendait devant l'avant-dernière voiture. Des porteurs avaient entassé leurs bagages en désordre et des miliciens épluchaient leurs passeports.

C'est moi qu'ils cherchent, pas de doute, se dit Volko en leur passant sous le nez. Il monta dans la voiture juste devant celle des touristes et s'installa sur la banquette au coussin peu épais. Il réalisa soudain qu'il aurait dû prendre une valise. Un voyageur se rendant dans une ville lointaine sans un minimum de linge de rechange, cela risquait d'attirer les soupçons. Il regarda autour de lui tandis que la voiture se remplissait et avisa une personne entassant plusieurs sacs dans le filet à bagages. Il vint s'asseoir en dessous, près de la fenêtre.

Une fois installé, le journal ouvert sur les genoux, le walkman glissé dans la poche de chemise, Volko se laissa enfin aller. C'est à cet instant que le silence se fit dans le compartiment derrière lui et qu'il sentit la bouche froide d'un pistolet Makarov plaquée contre sa nuque.

29.

Lundi, 15 : 10, Washington, DC

Bob Herbert adorait être occupé. Mais pas au point d'avoir envie de quitter l'Op-Center de toute la vitesse de son fauteuil roulant pour ne s'arrêter qu'après avoir retrouvé sa ville natale, Philadelphie – « Non, pas celle-ci, *l'autre* » –, dans le comté de Neshoba, tout près de la frontière de l'Alabama. Le patelin n'avait guère changé depuis son enfance. Il aimait bien y revenir et se remémorer des temps meilleurs. Qui n'étaient pas forcément plus innocents car il se souvenait fort bien du chaos que tout le monde, des communistes à Elvis Presley, aimait à provoquer quand il était môme. Mais pour lui, tous ces problèmes s'évanouissaient dès qu'il allait se planquer derrière une bande dessinée, une carabine à plombs ou une canne à pêche au bord de l'étang.

Pour l'heure, son bipeur venait de lui annoncer que Stephen Viens, du NRO, le Service national de reconnaissance, avait quelque chose à lui montrer ; après avoir abrégé une séance de briefing pour Ann Farris, il fit pivoter son fauteuil roulant, regagna son bureau, referma la porte et appela le NRO.

« Me dites pas que vous avez des photos de cette

plage de nudistes du côté de Renova, dit-il dans le combiné.

– Je suis sûr que la verdure la masque encore, répondit Viens. Non, ce que j'ai, c'est un avion dont nous suivions la signature thermique pour la DEA. Parti de Colombie, via Mexico et Honolulu, il a rallié le Japon, puis Vladivostok.

– Le cartel de la drogue a des accointances en Russie, observa Herbert. Ce n'est pas nouveau.

– Certes, admit Viens, mais quand il s'est posé à Vladivostok, nous avions un satellite en position pour le reluquer. Or, c'est bien la première fois que je vois un avion de trafiquants déchargé par une unité des commandos russes. »

Herbert se raidit dans son fauteuil. « Combien étaient-ils ?

– Moins d'une douzaine. Tous en tenue polaire camouflée. Qui plus est, les caisses ont été chargées, vite fait bien fait, sur des camions appartenant à la flotte du Pacifique. Ce n'est plus un réseau de drogue, c'est de la grande distribution... »

Herbert se remémora la rencontre entre Chovitch, le général Kossigan et le ministre Doguine. « Il doit y avoir autre chose là-dessous qu'une collusion entre les militaires et la pègre. Les camions sont toujours sur place ?

– Affirmatif, dit Viens. Ils continuent à transbahuter les caisses par douzaines. L'un des bahuts est déjà presque entièrement rempli.

– Le chargement des caisses semble-t-il également réparti ?

– Tout à fait, confirma Viens. Elles sont oblongues, mais apparemment il n'y a pas un côté plus lourd que l'autre.

– Tâchez de m'écouter ça avec l'AIM, demanda Herbert. Et prévenez-moi si vous détectez quoi que ce soit qui se baladerait à l'intérieur.

– Sans problème.

– Et, Steve, dites-moi où vont ces camions », conclut Herbert avant de couper et d'appeler Mike Rodgers.

Rodgers était sorti mais il passa dès qu'il eut reçu le signal d'appel.

Quand Herbert eut fini de le mettre au courant, Rodgers remarqua : « Donc, les Russes fricotent à découvert avec les barons de la drogue... Ma foi, il faut bien qu'ils trouvent des devises fortes. Cela dit, je me demandais...

– Excusez-moi », dit Herbert, comme sonnait son téléphone. Il pressa la touche *ampli* encastrée dans l'accoudoir de son fauteuil. « Oui ?

– Bob, c'est Darrell. Les gars du FBI ont perdu leur homme à Tokyo.

– Que s'est-il passé ?

– Abattu par l'équipage du Gulfstream. Les Japonais ont également perdu leur gars des forces d'autodéfense au cours de la fusillade.

– Darrell, c'est Mike, intervint Rodgers. Des blessés à bord de l'avion ?

– Pas que je sache, même si les mécanos n'ont pas dit grand-chose. Ils sont terrorisés.

– Ou achetés, nota Herbert. Désolé d'apprendre ça, Dar. Est-ce qu'il avait de la famille ?

– Son père, dit McCaskey. Je vais voir si on peut faire quelque chose pour lui.

– Parfait.

– J'imagine que tout cela renforce le lien entre l'avion et les trafiquants russes, dit McCaskey. Même des Colombiens ne seraient pas cinglés au point de déclencher une fusillade sur un aéroport international.

– Non, effectivement. Ils descendent les types qu'ils soupçonnent de ce genre de velléités. Ces mecs sont de vrais salauds et je serais ravi de leur lâcher aux basques notre équipe d'Attaquants. »

Herbert raccrocha et attendit une seconde, pour se ressaisir. Ce genre d'histoire met toujours mal à l'aise un agent de renseignements, surtout dès que la famille intervient.

Il considéra Rodgers. « Que vous demandiez-vous il y a une minute, général ? »

Rodgers était encore plus sombre qu'auparavant. « Si tout cela pouvait avoir un rapport avec les découvertes de Matt. Notre petit génie vient de passer nous voir, Paul et moi, expliqua Rodgers. Il a piraté la liste des employés du Kremlin, via la banque de Riyad qui détient pour près de dix milliards de dollars en reconnaissances de dettes. Or, il a découvert qu'ils emploient un certain nombre de cadres fort coûteux à leur nouveau studio de télévision de l'Ermitage, ainsi qu'au ministère de l'Intérieur – des types jusqu'ici inconnus au bataillon.

– Ce qui veut dire qu'ils pourraient avoir inventé des identités fictives pour des raisons comptables ; en réalité, pour salarier des individus qui travaillent en secret à Saint-Pétersbourg.

– Tout juste. Ainsi que pour payer tout un tas de matériels de haute technologie achetés au Japon, en Allemagne et aux États-Unis... des composants expédiés au ministère de l'Intérieur. Je commence vraiment à croire que Doguine nous a monté une opération de renseignements de grande envergure. Peut-être qu'Orlov est venu lui filer un coup de main avec son équipement en orbite. »

Herbert se tapota le front. « Donc, en supposant que Doguine est bien le patron et qu'il est en cheville avec la mafia russe, il y a de fortes chances qu'il prépare un coup d'État. Il n'a pas besoin d'armes. Kossigan s'en charge.

– Non, dit Rodgers. C'est ce que j'expliquais à Paul un peu plus tôt. Ce qu'il lui faut, c'est de l'argent pour acheter des hommes politiques, des journalistes, un soutien à l'étranger. Et cet argent pourrait fort bien venir de Chovitch, en échange de services ultérieurs.

– Ça se pourrait... à moins que Doguine n'envisage de se financer en revendant la drogue fournie par Chovitch. Il ne serait pas le premier dirigeant international à le faire. Juste le plus grand. Il pourrait diffuser sa came dans le monde entier par la valise diplomatique, avec la complicité de fonctionnaires d'ambassade acquis à sa cause.

– Ça se tient, admit Rodgers. Les diplomates font sortir la drogue et rentrent avec des devises.

– Donc ces caisses, là-bas à Vladivostok, font sans doute partie du plan. Elles contiennent soit de la drogue, soit de l'argent – soit les deux.

– Vous savez ce qui est le plus rageant, dans tout ça ? Même si Janine découvrait le pot aux roses, il aurait les mains liées. Qu'il agisse, et il n'aura que cette alternative :

« Un, il défait Doguine mais la purge qui s'ensuivra est d'une telle ampleur qu'elle effraie les investisseurs étrangers dont il a obligatoirement besoin pour rebâtir le pays. Résultat : une situation en Russie encore pire qu'avant.

« Deux, Janine contraint son ennemi à l'attaquer avant qu'il soit prêt, entraînant une révolte longue et sanglante, avec des armes nucléaires dans Dieu sait quelles mains. Or, notre préoccupation essentielle doit être la même qu'avec Panama du temps de Noriega ou l'Iran du temps du shah : la stabilité, pas la légalité.

– Un point pour vous, admit Herbert. Alors, que va faire le président, à votre avis ?

– La même chose que la nuit dernière : rien. Il ne peut pas informer Janine par crainte des fuites. Et il ne peut pas lui proposer d'aide militaire. Nous avons éliminé cette option. Quelle que soit l'attitude adoptée, il existe un danger de frappe préventive. Pas question de forcer Doguine et ses sbires à passer dans la clandestinité – ça ne les rendrait que plus dangereux.

– Et comment le président va-t-il expliquer à l'OTAN qu'il reste les bras croisés ? rétorqua Herbert. C'est un ramassis de poules mouillées, mais ils voudront brandir le sabre.

– Il pourra toujours le brandir avec eux. Mais, connaissant Lawrence, je crois plutôt qu'il se drapera dans un néo-isolationnisme et dira à l'OTAN d'aller se faire voir. Ça collerait bien avec la tendance de l'opinion américaine. Surtout après l'attentat du tunnel. »

Alors que Herbert réfléchissait en tapotant l'accoudoir de son fauteuil, le téléphone se mit à sonner. Il jeta un œil au numéro affiché sur l'écran de la base : c'était le NRO. Il mit l'ampli pour que Rodgers puisse entendre.

« Bob, dit Stephens Viens, on n'a pas encore votre scanner, mais on a pu observer le premier camion au moment où il quittait l'aéroport. Il a filé droit vers la gare de Vladivostok.

– Comment est la météo sur le site ?

– Infecte. Ce qui est sans doute la raison de leur manœuvre. Un vrai blizzard. Toute la région est prise dedans, en fait, et la tempête est censée durer au moins quarante-huit heures encore.

– Donc, Doguine ou Kossigan a décidé de transférer la marchandise d'un avion cloué au sol à la voie ferrée. Est-ce que vous voyez quelque chose du côté de la gare ?

– Non. Le train est sous la marquise. Mais on a les horaires et on surveillera tout convoi qui ne partirait pas à l'heure prévue.

– Merci. Tenez-moi au courant. »

Quand Viens eut raccroché, l'agent de renseignements envisagea de faire classer la cargaison en cible ITS – *identifiable, trackable, strikable* : identifiable, repérable, frappable.

« Et inestimable, ajouta-t-il dans sa barbe.

– Plaît-il ? fit Rodgers.

– Je disais : manifestement, cette cargaison est inestimable. Sinon ils auraient attendu l'accalmie.

– Je suis d'accord. Et non seulement, elle est inestimable pour eux, mais elle se balade en pleine nature. »

Il fallut un moment avant que Herbert ne saisisse vraiment la signification de la remarque de Rodgers. « Non, Mike. Pas en pleine nature. Elle se dirige vers le cœur de la Russie, à des milliers de kilomètres d'une frontière amie. Pas question de faire un saut de puce, et hop, on se retrouve en Finlande.

– Vous avez raison. Mais c'est également le moyen le plus rapide de paralyser Doguine. Sans lézard, sans bavure...

– Bon Dieu, Mike, réfléchissez un peu. Paul croit en

la diplomatie, pas en la politique de la canonnière. Il n'acceptera jamais de...

– Attendez un instant... », dit Rodgers.

Herbert se tut tandis que Rodgers décrochait le téléphone du bureau pour prévenir l'assistant de Hood.

« Bugs ? Paul assiste-t-il toujours à la réunion du T/S ?

– J'en ai peur, oui, répondit Bugs Benet.

– Demandez-lui s'il peut passer au bureau de Bob Herbert. Il y a du nouveau.

– Pas de problème. »

Dès que Benet eut raccroché, Rodgers reprit : « On va tout de suite savoir s'il est d'accord.

– Même si vous parvenez à le convaincre, remarqua Herbert, la commission parlementaire n'acceptera jamais, au grand jamais, de le suivre.

– Ils ont déjà donné le feu vert à une incursion d'Attaquants en Russie. Darrell et Martha n'auront qu'à les amener à en approuver une autre.

– Et s'ils n'y arrivent pas ?

– Que feriez-vous, Bob ? »

Herbert demeura un long moment silencieux. « Nom de Dieu, Mike, vous savez très bien ce que je ferais.

– Vous les enverriez malgré tout parce que c'est la meilleure chose à faire et que c'est la meilleure équipe, et que vous le savez très bien. Écoutez, on a l'un et l'autre versé de la terre sur le cercueil de Bass Moore après l'incursion en Corée du Nord – j'étais sur le coup. J'ai participé à d'autres missions qui se sont soldées par des pertes. Mais cela ne peut pas nous immobiliser. C'est même pour cela qu'on a créé le groupe d'Attaquants. »

La sonnerie de la porte retentit et Herbert laissa Hood entrer.

Les yeux las du directeur trahissaient son inquiétude. « Vous n'avez pas l'air ravi, Bob. Que se passe-t-il ? »

Rodgers lui expliqua. Hood s'assit à l'angle du bureau pour écouter, sans commentaire, le général l'informer de la situation en Russie et de son opinion sur les Attaquants.

« À votre avis, comment réagiraient nos terroristes ? demanda-t-il aussitôt que Rodgers eut terminé. Est-ce qu'ils pourraient y voir une rupture de notre accord avec eux ?

– Non. Ils nous ont bien stipulé de ne pas intervenir en Europe orientale ; ils n'ont pas parlé de la Russie centrale. De toute façon, on y serait avant qu'ils puissent se retourner.

– Pas faux. Bien, alors passons à la question principale. Vous connaissez mon opinion sur le recours à la force de préférence à la négociation...

– Et je la partage, dit Rodgers. Mieux vaut encore balancer des vannes que des pruneaux. Mais ce n'est pas avec des parlotes qu'on ramènera ce train à Vladivostok.

– Sans doute pas, admit Hood, ce qui soulève un tout autre problème. Supposons que vous obteniez le feu vert pour envoyer notre commando en reconnaissance et qu'on découvre ce qui est à bord du train. Disons, de l'héroïne. Et ensuite ? On la saisit ? On la détruit ? On demande à Janine d'envoyer des troupes russes se battre contre d'autres troupes russes ?

– Quand on a le renard en ligne de mire, on ne lâche pas son fusil pour appeler les chiens. C'est avec ces méthodes qu'on se retrouve avec des nazis en Pologne, Castro à Cuba et un Viêt-nam communiste... »

Hood secoua la tête. « Vous êtes en train d'envisager une attaque contre la Russie.

– Absolument, dit Rodgers. Parce qu'ils ne nous ont pas attaqués, eux ?

– C'était différent.

– Allez raconter ça aux familles des victimes. (Rodgers se dirigea vers Hood.) Paul, nous ne sommes pas une de ces grosses agences gouvernementales pompes à fric. L'Op-Center a reçu pour mission de faire un boulot, celui que la CIA, les Affaires étrangères et les militaires ne sont pas fichus d'accomplir. Voilà que l'occasion se présente. Charlie Squires a rassemblé son équipe d'Attaquants en étant pleinement conscient qu'on leur demanderait un jour ou l'autre de jouer avec le feu, au même titre que n'importe quel autre corps d'élite, du Spetnats à la Garde royale d'Oman en passant par la Garde civile de Guinée-Équatoriale. Ce qu'on doit avoir à l'esprit, c'est que si on fait correctement le boulot et qu'on garde la tête froide, cette histoire pourra se régler sans trop de vagues. »

Hood dévisagea Herbert. « Vous pensez à quoi ? »

Herbert ferma les yeux et se massa les paupières. « Plus je vieillis, plus l'idée de voir des gamins mourir pour des magouilles politiques me flanque la nausée. Mais le trio Doguine-Kossigan-Chovitch est un vrai cauchemar, et qu'on le veuille ou non, l'Op-Center se retrouve en première ligne.

– Qu'est-ce qu'on fait avec Saint-Pétersbourg ? demanda Hood. On avait décidé que séparer le cerveau du reste du corps devrait suffire...

– Ce dragon s'avère plus gros que prévu, observa Rodgers. On aura beau couper la tête, il se pourrait bien que le corps reste en vie assez longtemps pour occasionner de sérieux dégâts. C'est le risque qu'on court avec la cargaison de ce train, que ce soit de la drogue, du fric ou n'importe quoi... »

Herbert fit rouler son fauteuil vers le directeur et lui donna une tape sur le genou. « Vous avez l'air aussi embêté que moi, chef...

– Et maintenant, je sais pourquoi », dit Hood. Il se tourna vers Rodgers. « Je sais que vous ne risqueriez pas vos hommes à moins d'être sûr que ça en vaille la peine. Si Darrell peut arranger ça avec la commission parlementaire, faites ce que vous jugerez nécessaire. »

Rodgers se tourna vers Bob Herbert. « Filez au centre tactique. Demandez-leur d'élaborer un plan laissant un contingent minimum en réserve à Helsinki, puis de trouver le moyen le plus propre et le plus rapide pour faire intervenir le commando contre le train. Balancez les instructions à Charlie, pas à pas, et assurez-vous que tout baigne pour lui.

– Oh, vous connaissez notre Charlie, lança Herbert tout en faisant pivoter son fauteuil vers la porte. Si ça lui garantit d'y mettre son grain de sel, il sera toujours partant.

– Je sais, je sais, dit Rodgers. C'est le meilleur d'entre nous.

– Mike, intervint Hood. Je tiens à prévenir quand même le président. Juste pour que vous sachiez que je ne suis pas derrière cette idée à cent pour cent. Mais je reste derrière vous.

– Merci, dit Rodgers. Je n'en voulais – et je n'en attendais – pas plus. »

Les hommes sortirent derrière Herbert.

Alors qu'il roulait vers le PC Tactique/Stratégique, l'agent de renseignements se surprit à se demander pourquoi rien dans les affaires humaines – que ce soit conquérir un pays, convaincre un seul individu ou gagner le cœur de l'être aimé – ne pouvait s'accomplir sans lutte.

On disait que les épreuves étaient ce qui rendait la victoire si douce, mais Herbert n'avait jamais cru à ce bobard. Cloué qu'il était dans son fauteuil roulant, il aurait préféré que les victoires se fassent un peu plus abordables, de temps en temps...

30.

Mardi, 23 : 20, Moscou

La pièce était exiguë, sombre, avec des murs en béton et une rampe fluorescente au plafond. Une table en bois, un tabouret, une porte métallique. Pas de fenêtre. Le carrelage noir était terne et tout rayé.

Andreï Volko était assis sous le tube crachotant dans ce réduit sans fenêtre. Il savait pourquoi il était là, et il se doutait plus ou moins de ce qui l'attendait. Sans dire un mot, le milicien au pistolet l'avait fait redescendre sur le quai où l'attendaient deux gardes armés, et ils étaient montés tous les quatre dans une voiture de police pour se rendre au poste de la rue Dzerjinski, non loin de l'ancien siège du KGB. Au commissariat, on lui avait passé les menottes. Assis sur son tabouret, impuissant, il se demandait ce qu'on avait pu trouver contre lui. Sans doute un indice laissé par Fields-Hutton. Peu importait, d'ailleurs... Il essaya de ne pas penser à la durée et la violence des sévices qu'il allait subir avant que ses ravisseurs finissent par être convaincus qu'il ne savait absolument rien des autres agents en dehors de ceux déjà capturés. Plus important, il se demandait combien de jours s'écouleraient avant qu'il ne soit jugé, emprisonné, et enfin réveillé un matin et tué d'une balle dans la tête. L'avenir lui semblait surréaliste.

Il entendait juste le bruit assourdissant de son cœur qui lui tambourinait aux oreilles. À intervalles réguliers, une onde de terreur l'envahissait, mélange de peur et de désespoir qui l'amenait à se demander comment il avait pu en arriver là. Lui, un soldat bardé de décorations, un bon fils, un homme qui n'avait jamais désiré plus que son dû...

Une clé tourna et la porte s'ouvrit brusquement. Trois gardes entrèrent. Deux hommes en uniforme portant des matraques. Le troisième, jeune, râblé, était vêtu d'un pantalon marron au pli impeccable et d'une chemise blanche sans cravate. Il avait un visage rond, des yeux doux et fumait une cigarette brune. Les deux gardes se postèrent de part et d'autre de la porte ouverte, bien campés sur leurs jambes, bloquant le passage.

« Je m'appelle Pogodine, dit le jeune homme d'une voix ferme, en s'approchant, et tu es dans une sacrée panade. Nous avons trouvé le téléphone planqué dans ton lecteur de cassettes. Ton complice à Saint-Pétersbourg avait un équipement analogue. Mais, contrairement à toi, il a eu la malchance de tomber aux mains d'un officier du Spetnats qui l'a traité... disons, sans ménagements. Nous détenons également les étiquettes des sachets de thé anglais que tu as servis à l'espion britannique. Très habile. J'imagine que tu passais les documents à l'intérieur, avant de débarrasser la table pour éviter qu'on ne relève la disparition des étiquettes. On a retrouvé quelques fibres d'une de ces étiquettes au fond de son portefeuille. Sinon, jamais on ne t'aurait coincé. Est-ce que tu nies les faits ? »

Volko ne dit rien. Il ne se sentait pas particulièrement courageux, mais il lui restait au moins sa fierté. Il tenait à la garder.

Pogodine était tout près de Volko et le toisait. « Remarquable. Dans ta situation, la plupart des gens se mettent à piailler comme des oisillons. Peut-être ignores-tu notre réputation pour ce qui est d'extorquer des informations ?

– Je la connais. »

Pogodine le considéra durant quelques instants. On aurait cru qu'il cherchait à évaluer si Volko était courageux ou stupide. « Une cigarette, ça te dit ? »

Signe de dénégation.

« Et ça te dirait de sauver ta peau en remboursant une partie de ta dette envers ton pays ? »

Volko leva les yeux vers son jeune ravisseur.

« Je vois bien que oui », dit Pogodine. Il brandit sa cigarette pour indiquer les hommes derrière lui. « Puis-je les congédier, qu'on puisse discuter ? »

Volko réfléchit un instant, puis acquiesça.

Pogodine leur dit alors de sortir et ils obéirent en refermant la porte sur eux. Le jeune homme contourna Volko pour venir s'asseoir au coin de la table.

« Tu t'attendais à un traitement quelque peu différent, n'est-ce pas ?

– Quand ça ? Aujourd'hui, ou quand je suis revenu d'Afghanistan avec le dos brisé et une pension ne permettant pas de nourrir un chien ?

– Ah, l'amertume ! Tellement plus motivante que la colère, parce qu'elle ne passe pas. Alors comme ça, tu as trahi la Russie parce que ta pension était trop faible ?

– Non. Parce que c'est *moi* qui me sentais trahi. Je

souffrais à chaque instant dans mon travail, à chaque instant où j'étais debout. »

Pogodine tourna son pouce vers sa poitrine. « Et moi, je souffre chaque fois que je repense à mon grand-père écrasé par un tank à Stalingrad, ou à mes deux frères aînés, abattus par des tireurs embusqués en Afghanistan – et aux types comme toi qui trahissent ce pour quoi ces héros sont morts, sous prétexte d'un vague mal de vivre. Est-ce donc là toute l'affection dont tu es capable envers la Russie ? »

Volko le fixa droit dans les yeux. « Tout homme doit manger, et pour manger, il faut qu'il travaille. J'aurais été viré de l'hôtel si l'Anglais n'avait pas insisté pour qu'ils me gardent. Même que ça lui a coûté pas mal d'argent. »

Pogodine hocha la tête. « Il va donc falloir que je rapporte à mes supérieurs au ministère de la Sécurité que tu n'as aucun remords et que tu serais prêt de nouveau à trahir ton pays pour de l'argent.

– Je n'ai jamais voulu ça. Pas plus hier que aujourd'hui.

– Non, dit Pogodine en tirant sur sa cigarette, parce que aujourd'hui, tous tes amis ont disparu et que tu es désormais confronté à la mort. (Il se pencha vers le garçon de restaurant, rejeta la fumée par le nez.) Voyons comment on pourrait envisager les choses autrement, Andreï Volko. Pourquoi te rendais-tu à Saint-Pétersbourg ?

– Pour y rencontrer quelqu'un. J'ignorais qu'il était déjà mort. »

Pogodine lui donna une claque violente. « Tu n'y allais pas pour rencontrer l'Anglais ou le Russe. On ne t'aurait pas fourni l'identité de ce dernier et par ailleurs, ils étaient déjà morts et le DI-6 le savait. Quand l'agent du Spetnats a voulu utiliser leur téléphone camouflé, la ligne est restée inactive. Excès d'impatience.... Il faut d'abord entrer un code personnel, n'est-ce pas ? »

Silence de Volko.

« Bien sûr, reprit Pogodine. Donc, tu te rendais à Saint-Pétersbourg pour rencontrer quelqu'un d'autre. Qui ? »

Volko continua de regarder droit devant lui ; sa terreur avait laissé place à la honte. Il savait ce qui se préparait, ce que Pogodine avait derrière la tête, et il était conscient que le choix serait draconien.

« Je n'en sais rien. Je devais...

– Continue. »

Tout tremblant, Volko inspira avec lenteur. « Je devais aller là-bas, contacter Londres et attendre de nouvelles instructions.

– Est-ce qu'ils allaient essayer de te faire passer en Finlande ?

– C'était... ça a été mon impression », avoua Volko.

Pogodine réfléchit en tirant sur sa cigarette, puis il se leva et toisa le garçon. « Je vais être franc, Andreï. Ta seule façon de t'en sortir est de nous aider à en savoir plus sur l'opération des Britanniques. Es-tu disposé à te rendre à Saint-Pétersbourg comme convenu et à travailler avec nous plutôt qu'avec l'ennemi ?

– Disposé ? Dans une relation qui s'est instaurée avec un pistolet sur ma nuque ?

– Et qui se terminera de même si tu n'es pas coopératif », observa Pogodine, glacial.

Volko contempla la nappe de fumée stagnant sous le néon. Il voulait se convaincre qu'il allait agir par patriotisme, mais il savait que ce n'était pas le cas. Il avait simplement la trouille.

« Oui, dit-il, maussade. J'irai à Saint-Pétersbourg. (Il fixa l'autre droit dans les yeux.) De mon plein gré. »

Pogodine consulta sa montre. « Nous avons un compartiment réservé. Il ne sera même pas nécessaire de retarder le train. (Il regarda Volko et sourit.) Je t'accompagne, bien entendu. Et même si je ne suis pas armé, je compte sur toi pour rester coopératif. »

On sentait une menace dans sa voix, et Volko était encore trop ébranlé pour répondre. Il n'avait pas envie de voir d'autres hommes mourir par sa faute, mais il savait aussi que quiconque jouait ce genre de jeu en connaissait les risques – lui compris.

Alors que son ravisseur le ramenait de la salle d'interrogatoire à la voiture, il se dit qu'il avait le choix entre deux solutions : la première était d'accepter les termes de Pogodine et de connaître une mort rapide. L'autre était de se rebeller et d'essayer de retrouver l'honneur que, quelque part, il avait perdu...

31.

Lundi, 22 : 05, Berlin

L'Iliouchine IL-76T était un gros porteur russe de près de quarante-sept mètres de long pour cinquante mètres cinquante d'envergure. Ce quadriréacteur de transport stratégique, dont le premier vol remontait à mars 1971 et qui était entré en service en 1976, pouvait décoller de pistes courtes sommairement aménagées, ce qui en faisait l'appareil idéal pour des régions comme la Sibérie. En 1987, on avait introduit la version IL-78, modifiée pour le ravitaillement en vol des chasseurs-bombardiers stratégiques supersoniques. L'IL-76 avait été également vendu à l'Inde, l'Irak, la Tchécoslovaquie, l'Algérie, la Libye, la Syrie et la Pologne. Propulsé par ses quatre turboréacteurs Aviadvigatel D-30KP, sa vitesse de croisière était de quatre cent trente-deux nœuds (huit cents kilomètres-heure) et son autonomie maximale de six mille sept cents kilomètres. L'IL-76T avait une capacité d'emport de quarante tonnes. Lorsque ses soutes n'étaient pas chargées, on pouvait y installer des réservoirs supplémentaires en caoutchouc souple, ce qui permettait d'accroître son autonomie de plus de soixante-dix pour cent.

Après avoir contacté le Pentagone pour expliquer que les Attaquants devaient s'introduire en Russie, Bob Herbert fut mis en contact avec le général David Perel, à Berlin, pour lui demander de sortir le gros porteur de la base américaine où il était discrètement garé depuis 1976. C'était cette année-là que le shah d'Iran l'avait acheté pour le revendre ensuite en secret aux États-Unis. L'Air Force l'avait alors étudié, puis déshabillé pour le transformer en avion-espion. Depuis, l'IL-76T n'avait servi que pour une poignée de missions : mesurer avec précision la distance entre des balises terrestres pour calibrer les satellites de surveillance, analyser les réflexions radar et les signaux infrarouges d'installations souterraines en vue d'en établir le plan. Chaque fois, il avait réussi à tromper la vigilance des Russes en suivant un plan de vol fourni par une taupe infiltrée. Pour ce vol-ci, on lui demanda par radio de faire de même.

C'était la première fois que l'IL-76T allait servir au transport de soldats américains, et la première fois surtout qu'il resterait aussi longtemps dans l'espace aérien russe – huit heures en tout, du décollage d'Helsinki, au point de largage puis à l'atterrissage au Japon. Par le passé, il n'était jamais resté assez longtemps en vol pour se faire repérer, identifier et démasquer.

Herbert et Perel étaient parfaitement conscients du danger couru par l'équipage et le groupe d'Attaquants, et tous deux exprimèrent à Mike Rodgers de sérieuses réserves lors d'une conférence à trois.

Rodgers partageait leurs inquiétudes et leur demanda des solutions de rechange. Perel reconnut avec Herbert que si l'opération était sous la responsabilité de l'Op-Center, l'aspect politique relevait des

Affaires étrangères et que c'était donc à la Maison Blanche d'en décider. Rodgers rappela à ses deux interlocuteurs que jusqu'à ce qu'ils aient identifié avec certitude le chargement du train, il ne s'agissait strictement que d'une mission de reconnaissance. Jusqu'à plus ample informé, il n'avait d'autre choix que de la mener à son terme – en dépit du danger. La collecte de renseignements sur site n'était jamais dépourvue de risque... et il y avait des moments, comme aujourd'hui, où elle s'avérait indispensable.

L'Iliouchine fut donc préparé et chargé de parachutes et d'équipements de survie en zone polaire, puis il décolla pour Helsinki avec une autorisation spéciale du ministre de la Défense finlandais, Kalle Niskanen. On s'était toutefois contenté de lui dire qu'il s'agissait d'un simple vol de reconnaissance sans préciser que les hommes allaient presque à coup sûr être largués au-dessus de la Russie. C'était là un problème que Lowell Coffey devrait aplanir une fois l'appareil en vol, quoique ce ministre farouchement antirusse n'y verrait sans doute guère d'objection. Dans l'intervalle, Herbert contacta le PC radio de l'Op-Center en leur demandant de lui passer le lieutenant-colonel Squires.

32.

Mardi, 23 : 27, au sud de la Finlande

« Ce n'est pas de l'hypocrisie », dit Squires à Sondra alors que le StarLifter entamait son approche sur l'aéroport d'Helsinki. Les Attaquants s'étaient habillés en civil et ressemblaient à de banals touristes. « D'accord, le café est un stimulant, et il peut irriter l'estomac quand on en consomme à l'excès. Mais le vin n'est pas bon non plus pour le foie et les neurones...

– Pas si on en boit avec modération, objecta Sondra tout en inspectant une dernière fois son barda. Et les taste-vin font bien eux aussi tout un cinéma sur le terroir, le corps et le bouquet d'un bon cru, au même titre que les amateurs de café.

– Je ne fais pas du tout de cinéma. Je ne m'amuse pas à faire tourner mon caoua dans ma chope aux couleurs des Redskins pour mieux en exprimer l'arôme. Je me le bois, point final. Mais je ne prétends pas non plus que se pinter à petites gorgées dans un décor raffiné soit le comble de l'élégance. (Il abattit le tranchant de la main.) Fin de la discussion. »

Sondra bougonna en zippant le sac informe qui contenait un compas, un couteau de chasse à lame de vingt centimètres, un pistolet M9 calibre 45, mille dollars en liquide et des cartes de la région imprimées par l'ordinateur de Squires pendant le vol. Elle trouvait injuste qu'il fasse ainsi valoir ses galons, puis elle se remémora que personne n'avait dit que l'armée était juste, que les galons avaient leurs privilèges et autres clichés inculqués par ses parents quand elle leur avait annoncé qu'elle voulait s'engager, dès sa sortie de l'université de Columbia.

« Si t'as envie de voyager, voyage ! lui avait dit son père. On peut te payer ça. Prends-toi une année... »

Mais ce n'était pas ça. Parti de rien, Carl DeVonne avait fait fortune dans la crème glacée en Nouvelle-Angleterre et il ne comprenait pas pourquoi sa fille unique, qui avait tout ce qu'elle voulait, pouvait avoir envie de passer une maîtrise de littérature, puis de s'engager dans la marine. Et pas seulement la marine, mais les SEAL, les plongeurs-commandos... Peut-être que c'était justement parce qu'elle avait été gâtée quand elle était petite et qu'elle cherchait à se mettre à l'épreuve. Ou peut-être pour dépasser un père qui avait toujours voulu trop bien faire. Alors, les SEAL et aujourd'hui les Attaquants, c'était assurément un test.

Alors qu'elle se demandait comment un type intelligent comme Squires pouvait être têtu à ce point, un appel arriva de l'Op-Center. Il le prit, écouta – avec attention, comme toujours, presque sans un mot – puis rendit le téléphone à Ishi Honda.

« Parfait, madame, messieurs, regroupement ! lança-t-il à ses troupes, comme un trois-quarts dans une mêlée ouverte. Voici les dernières nouvelles. Soldat George, vous allez rester à Helsinki après l'atterrissage. Darrell McCaskey a pris des dispositions pour que vous entriez en contact avec un certain commandant Aho, au ministère finlandais de la Défense. Le commandant vous présentera à votre partenaire, l'agent Peggy James, du DI-6. Ensuite, vous devrez tous les deux rejoindre l'Ermitage de votre côté. Désolé, mais le reste de l'équipe a du boulot ailleurs. Vous traverserez le golfe de Finlande en sous-marin de poche et remonterez la Néva. Les Finlandais ont un ministre de la Défense énergique qui a l'habitude d'organiser des expéditions de reconnaissance jusque dans l'embouchure du fleuve. Les Russes ont cessé de les surveiller avec attention par manque d'effectifs et surtout parce que Moscou ne craint pas franchement une attaque finlandaise.

– Négligence coupable, observa Sondra.

– Vous et James pénétrerez à Saint-Pétersbourg de jour, poursuivit Squires. Le général Rodgers aurait préféré que vous attendiez la tombée de la nuit, mais c'est l'heure habituelle où ils font leurs virées de surveillance, donc vous devrez faire avec. Par chance, la marine russe possède une base de sous-marins de poche dans la baie toute proche de Koposkiy Jaliv. À Helsinki, on vous procurera des uniformes de la marine russe. Si vous êtes interceptés pour une raison quelconque, Mlle James parle couramment le russe et vous aurez sur vous les documents appropriés. Les services de sécurité finlandais sont en train de vous les préparer. Le commandant Aho vous fournira une couverture en même temps que des papiers et visas qui vous permettront de ressortir du pays sous l'identité de soldats russes en permission. Une fois à l'Ermitage, tâchez de recueillir le maximum de renseignements sur le centre de communications qu'ils semblent avoir installé sous le musée. Si vous pouvez le paralyser sans avoir à neutraliser personne, faites-le. Des questions ?

– Oui, mon colonel. Je suppose que le commandant Aho est responsable de la mission tant que nous sommes en territoire finlandais. Qui la dirige en Russie ? »

Rictus de Squires. « J'allais y venir. L'Op-Center nous en sort une nouvelle. James devait être à nos ordres tant qu'un officier supérieur était présent. Comme ce ne sera pas le cas, puisque je ne serai pas avec vous... elle a le statut d'observatrice. En d'autres termes, elle n'est pas obligée d'obéir à vos instructions.

– Pardon, mon colonel ?

– Je sais que ça fait bizarre, soldat. Tout ce que je peux vous dire, c'est de faire votre boulot. Si elle a des idées, écoutez-les. Si elle n'aime pas les vôtres, négociez. Ce n'est pas une débutante, donc tout devrait bien se passer. D'autres questions ? »

George salua. « Non, mon colonel. » S'il était préoccupé ou excité, ses traits juvéniles n'en laissaient rien paraître.

« Parfait. (Squires regarda autour de lui.) Quant à nous, nous allons faire un petit voyage. Nous allons embarquer sur un avion-cargo russe que l'on gardait au frais, destination inconnue. Le reste de notre mission nous sera communiqué en route.

– Une idée quelconque, mon colonel ? » demanda Sondra.

Squires braqua sur elle son regard d'acier. « Si j'en avais une, je vous l'aurais dite. À l'instant précis où je saurai quoi que ce soit, vous en serez informée. »

Sondra réussit à soutenir son regard, même si elle

sentit son exubérance se dissoudre comme le sucre qu'elle osait, suprême sacrilège, mettre dans son café. Leur conversation précédente, puis maintenant cette rebuffade lui avaient révélé un aspect de Squires qu'elle n'avait pas découvert durant son premier mois au sein des Attaquants : pas le côté « encore un effort, maniez-vous le cul, pouvez pas viser mieux ? » de l'instructeur bougon, mais son côté dictateur. Ce passage de l'*instructeur* au *chef* était subtil, mais éprouvant. Il était également, elle devait bien l'admettre, spectaculaire.

Squires fit rompre les rangs et Sondra se rassit, ferma les yeux et fit ce qu'on lui avait appris à l'entraînement du SEAL : s'entraîner à remobiliser son ardeur, se rappeler qu'elle n'était pas là pour Squires, mais pour elle-même et pour son pays.

« Soldat ! »

Sondra ouvrit les yeux. Le lieutenant-colonel était penché sur elle pour se faire entendre malgré le bruit des réacteurs ; et son expression était moins sinistre qu'auparavant.

« Mon colonel ?

– Un conseil... Quand on était à la base, vous aviez une attitude à la rentre-dedans comme j'en ai rarement vu. Je ne sais pas contre qui ou quoi vous en aviez, ou qui vous cherchiez à impressionner... (Il se frappa la tempe.) Sûr que vous m'avez impressionné, en tout cas. Vous êtes également douée et capable, ou vous ne seriez pas ici. Mais ce que sait le reste de mon équipe, soldat DeVonne, c'est qu'en mission, les vertus cardinales sont toujours les mêmes : prudence, tempérance, force morale, justice. Compris ?

– Je crois, mon colonel.

– Je vais dire ça autrement, poursuivit Squires en s'asseyant et en bouclant sa ceinture. Gardez tout ouvert sauf la bouche, et vous serez parfaite. »

Sondra se glissa à son tour dans son harnais avant de se caler contre le dossier. Elle était toujours un peu déprimée et plus ou moins contrariée que le lieutenant-colonel ait choisi ce moment et cette manière pour lui exposer sa philosophie, mais elle était plus que jamais certaine désormais que c'était un homme qu'elle pourrait suivre au combat...

33.

Lundi, 16 : 30, Washington, DC

Alors que Rodgers examinait à son bureau les derniers plans concoctés par le PC tactique pour le groupe d'Attaquants, Stephen Viens lui transmit par courrier électronique le rapport d'observation des satellites AIM sur les conteneurs mystérieux :

LE CONTENU DE CHAQUE CAISSE SEMBLE ÊTRE UNE MASSE COMPACTE. SANS DOUTE PAS DES MACHINES. FACILE À MANUTENTIONNER PAR DEUX HOMMES. CLICHÉS RECON. TRANSMIS À MATT STOLL POUR ANALYSE.

Rodgers grommela : « Des briques de cocaïne ou des paquets d'héroïne répondraient au cahier des charges. Et je serais ravi de les donner personnellement à bouffer à ces salauds. »

On frappa à la porte. Rodgers fit entrer Lowell Coffey.

« Vous vouliez me voir ? »

Rodgers lui indiqua un siège. Coffey ôta sa gabardine noire et s'installa dans le fauteuil en cuir. L'avocat avait des valises sous les yeux, les cheveux en bataille. Il avait eu une rude journée.

« Alors, comment ça s'est passé avec la commission parlementaire ? »

Coffey rajusta ses boutons de manchette. « J'ai présenté la version révisée de notre plan aux sénateurs Fox et Karlin qui m'ont répondu que nous étions cinglés. Le sénateur Fox l'a répété deux fois. Leur réponse : pas de changement au mandat originel de notre force d'intervention. Je crois qu'ils ont du mal à envisager un éventuel affrontement avec l'armée russe, Mike.

– Je n'ai pas le temps de me soucier de leurs problèmes. J'ai besoin de mon équipe là-bas. Retournez leur dire qu'il n'a jamais été question d'affrontement, Lowell. Il ne s'agit que de reconnaissance.

– Que de reconnaissance..., répéta Coffey, dubitatif. Jamais ils ne goberont ça. Moi-même, j'ai du mal. Je veux dire, reconnaissance de quoi, dans quel but ?

– De la destination précise des soldats et du chargement qu'ils ont ordre de protéger.

– Pour ça, il faudra monter à bord du train. C'est ce que j'appelle de la reconnaissance rapprochée. Et si les Attaquants sont découverts ? Qu'est-ce que je raconte à mes sénateurs, moi ? On se rend ou on se bat ?

– Les Attaquants ne se rendent jamais, rétorqua sèchement Rodgers.

– Dans ce cas, ce n'est même pas la peine que j'y retourne.

– Très bien, admit le général. Dites-leur qu'on ne se battra pas. Dites-leur qu'on n'utilisera rien de plus méchant que des grenades d'exercice et des gaz lacrymogènes. Qu'on endormira tout le monde, qu'il n'y aura pas de blessés.

– Je ne marche toujours pas. Je ne peux pas aller raconter ça à la commission.

– Alors, qu'ils aillent se faire foutre. Merde, on enfreint quand même la loi internationale, même si on arrive à décrocher leur bénédiction.

– Exact. Mais dans ce cas, si on se fait prendre, ce sera au Congrès d'être sur la sellette, et on ne se fera pas allumer. Avez-vous idée du nombre de lois et traités nationaux et internationaux que vous êtes en passe de bafouer, rien qu'avec l'action que vous envisagez ? Le seul point positif, c'est que vous n'irez jamais en taule... vous passerez les quarante prochaines années devant un tribunal à défendre point par point chacun des chefs d'accusation. »

Rodgers réfléchit quelques instants. « Et si vous disiez à la commission que ce n'est pas après le gouvernement russe que nous en avons ?

– En allant en Russie ? Et contre qui irait-on se battre ?

– Nous pensons à un politicien corrompu, très haut placé, en cheville avec les barons de la drogue.

– Alors, pourquoi ne pas avoir prévenu leur président ? Si c'était lui qui nous conviait à...

– Impossible. Le scrutin ne lui a pas donné une assise suffisante pour traiter avec la faction rebelle. »

Coffey rumina cette information nouvelle. « Des politiciens factieux... des élus ?

– Désignés par l'ancien président et qui ne feront pas long feu sitôt que Janine aura trouvé le moyen de s'en débarrasser. »

Coffey se mordilla l'intérieur de la joue. « Ça, plus l'aspect trafic de drogue, ça pourrait marcher. Le Congrès aime bien aller chatouiller le genre de méchants que détestent les électeurs. Mais le président ? Est-ce qu'il nous soutient dans cette affaire ou est-ce qu'on fait cavalier seul ?

– Paul l'a informé de notre projet. Il n'aime pas trop le côté négatif du plan, mais ça le démange d'exercer des représailles pour ce qui s'est passé à New York.

– Et Paul vous soutient, je suppose ?

– Tout à fait. Pourvu que vous me décrochiez l'accord de la commission. »

Coffey croisa les jambes. Son pied était agité d'un tic nerveux. « J'imagine que vous allez recourir à un autre appareil que le StarLifter pour infiltrer les Attaquants ?

– On a sorti de sa housse un IL-76T garé à Berlin et on l'a expédié à Helsinki...

– Une minute... Notre ambassadeur a réussi à convaincre leur gouvernement de donner sa bénédiction à une incursion en Russie ?

– Non, admit Rodgers. Bob s'est adressé directement au ministère de la Défense.

– Niskanen ? s'écria Coffey. Je vous ai dit ce matin que c'est un cinglé ! C'est pour cela qu'ils le gardent en fonction. Ce mec fout la trouille même aux Russes. Mais il ne peut pas à lui seul donner le feu vert pour une opération de cette envergure. Il faut l'accord à la fois du président Jarva et du Premier ministre Lumirae.

– Tout ce qu'il me fallait de Niskanen, c'était l'autorisation de faire entrer l'avion sur son territoire. Une fois que mon équipe sera en vol, vous, lui ou l'ambassadeur, vous pourrez vous arranger avec le président et le Premier ministre. »

Coffey hocha la tête. « Mike, ce coup-ci, vous vous aventurez en terrain miné... »

On frappa à la porte et Darrell McCaskey fit son entrée. « Je dérange ?

– Oui, dit Coffey, mais c'est pas grave.

– J'ai appris la nouvelle, pour l'agent à Tokyo. Désolé. »

L'expert en gestion de crise chargé de la coordination avec le FBI gratta ses cheveux prématurément gris et tendit des papiers à Rodgers. « Il est mort la tête haute, dit McCaskey. Je suppose que c'est déjà ça... »

Coffey ferma les yeux, tandis que Rodgers reportait son attention sur les documents.

« Interpol vient de nous les faxer, précisa McCaskey. Des plans du sous-sol de l'Ermitage, dessinés juste après la chute de la Pologne. Les Russes se doutaient que la guerre était imminente. Alors, ils ont éventré les caves, renforcé les murs et préparé le déménagement dans ces bunkers du gouvernement local et du commandement militaire dans l'éventualité d'une attaque. Des murs et des plafonds en parpaings épais de quarante-cinq centimètres, la plomberie, la ventilation... il n'y aurait pas grand-chose à rajouter pour y installer la base opérationnelle d'un service de renseignements. »

Rodgers examina les plans. « C'est ce que j'aurais fait à leur place. Je me demande pourquoi ils ont attendu tout ce temps.

– D'après Interpol, le sous-sol a servi épisodiquement à abriter un service de surveillance radio international. Mais vous connaissez les Russes. Chaque fois que c'est possible, ils préfèrent le renseignement sur place à la surveillance électronique.

– Toujours la mentalité paysanne, commenta Rodgers. Mieux vaut une patate dans la main qu'une douzaine à l'horizon radieux d'un plan quinquennal...

– En gros, c'est ça. Mais avec leurs taupes qui se font déterrer et l'effondrement du KGB, cela pourrait changer.

– Merci, McCaskey. Portez ça à Squires, qu'il puisse collationner ces plans avec le gars qui doit s'infiltrer à Saint-Pétersbourg. Il regarda Coffey. Pour des gars qui opèrent en terrain miné, on fait pas du si mauvais boulot, non ? Alors, si vous retourniez essayer de nous décrocher ces autorisations sitôt que le groupe d'Attaquants aura repris l'air, ce qui devrait se produire (il jeta un coup d'œil à l'horloge de son ordinateur) d'ici une heure environ. »

Coffey semblait abasourdi. Il acquiesça, se leva, puis tripota de nouveau ses boutons de manchette tout en lorgnant Rodgers. « Encore un point, Mike. En tant qu'avocat et ami, je me dois de vous signaler qu'aux termes de notre charte, section sept, "Responsabilité du personnel militaire à l'égard du commandement civil", sous-section b, paragraphe deux, le groupe d'Attaquants dépend directement de l'officier le plus haut gradé. À savoir vous. Le directeur ne peut décommander un ordre que vous aurez donné.

– Je connais la charte presque aussi bien que les *Commentaires de la guerre des Gaules* de César. Où voulez-vous en venir, Lowell ?

– Si je n'arrive pas à obtenir le feu vert du Congrès et si Paul prend au sérieux leur refus, le seul moyen de rappeler l'équipe d'Attaquants est de vous démissionner et de nommer un autre directeur adjoint à votre place. S'il devait agir dans l'urgence, il pourrait s'adresser aux officiers de service.

– Je ne le mettrais pas dans une telle situation,

objecta Rodgers. Je rappellerais le groupe s'il me le demandait. Mais en mon for intérieur, je ne crois pas que Paul fera une chose pareille. Nous sommes une cellule de crise, et aussi longtemps que nous faisons le maximum pour garantir la sécurité de notre groupe d'Attaquants, cette crise, nous allons la gérer.

– Vos gars risquent de se retrouver là-bas livrés à eux-mêmes, avertit Coffey.

– Seulement si ça ne marche pas, observa Darrell McCaskey. On était censés se tenir à carreau lors de l'épisode en Corée du Nord, mais on a remporté la partie et personne n'est venu se plaindre. »

Rodgers tapota le bras de Coffey et repassa derrière le bureau de Hood. « Ne vous mettez pas déjà à rédiger des épitaphes, Lowell. J'ai relu Churchill, récemment, et ce qu'il a dit au Parlement canadien, en décembre 1941, me paraît tout à fait approprié : "Quand je les ai prévenus que les Britanniques se battraient seuls, quoi qu'il advienne, leurs généraux sont allés dire à leur Premier ministre et à son cabinet : d'ici trois semaines, l'Angleterre se retrouvera avec le cou tordu comme un vulgaire poulet." (Rodgers sourit.) La réponse de Churchill, messieurs, pourrait bien devenir la nouvelle devise de l'Op-Center : "Sacré cou ! Sacré poulet !" »

34.

Lundi, 23 : 44, Helsinki

Le StarLifter se posa sur une piste à l'écart. Le commandant Aho était là pour l'accueillir. Cet imposant haltérophile se présenta au lieutenant-colonel Squires dans un anglais impeccable. Parlant au nom du ministre de la Défense Niskanen, il lui indiqua qu'il avait reçu l'ordre formel de procurer aux Américains tout ce qu'ils demanderaient.

Comme ils étaient devant la porte ouverte de l'avion, battue par le vent glacial de la nuit, Squires lui dit que la seule chose qu'il désirait pour l'instant, c'était qu'il ferme la porte et attende l'arrivée de l'IL-76T.

« Je comprends », dit Aho d'une voix tonnante d'où émanait, comme de son port, une grande dignité.

Laissant à un assistant la charge d'établir une liaison avec l'équipe au sol, Aho patienta tandis que le soldat George saluait ses camarades et recevait leurs encouragements, puis il l'accompagna jusqu'à la voiture qui attendait au pied de la passerelle. Les deux hommes montèrent derrière.

« Êtes-vous déjà venu en Finlande, soldat George ? demanda Aho.

– Mon commandant, jusqu'à ce que je m'engage, je n'avais jamais quitté Lubbock au Texas. Depuis que je suis dans l'armée, je n'étais encore jamais sorti de Virginie. Je n'étais pas encore là au moment de la première mission. Pour la deuxième, à Philadelphie, j'étais malade. Pour la troisième, en Corée, je me suis fait doubler par un général.

– Dans la vie, c'est comme aux échecs, observa le commandant Aho, en souriant. Le roi bat le pion. Enfin, voilà l'occasion de vous rattraper. Vous allez visiter deux pays. »

George lui rendit son sourire. Il y avait dans l'expression du commandant une onction sacerdotale et dans ses yeux clairs une douceur qu'il n'avait encore jamais connues chez un officier. Mais sous l'uniforme brun qui l'engonçait, George devinait également des masses musculaires comme il n'en avait jamais vu, hormis lors des concours de culturisme sur les chaînes câblées.

« Mais vous avez de la chance, poursuivait l'officier finlandais. Les Vikings croyaient qu'un guerrier étranger qui venait en Finlande avec des intentions pacifiques était invincible au combat.

– Était-ce seulement valable pour les hommes, mon commandant ? »

Aho soupira. « C'était un monde différent, soldat. Et... vous n'avez pas encore rencontré votre partenaire, si je ne me trompe ?

– Non, mon commandant, vous ne vous trompez pas. Mais je brûle d'impatience », répondit George, diplomate. En fait, cette fille l'inquiétait. Il avait lu le dossier qu'on leur avait faxé et n'était pas du tout certain d'être prêt à supporter un numéro dans son genre.

« Je m'abstiendrais de lui dire ce que je vais vous confier, dit Aho en se penchant avec des mines de conspirateur, mais la société viking s'attachait exclusivement au guerrier mâle. Chaque homme portait en permanence sur lui une hache, une dague et une épée, il était vêtu d'habits en peau de renard, de castor, voire d'écureuil, qui dégageaient le bras droit, celui avec lequel on se bat. La femme portait sur chaque sein un pectoral de fer, de cuivre, d'argent ou d'or, selon la fortune de son époux. Elle portait également un collier pour indiquer sa soumission. Nous avons connu des débats houleux à l'Éducation nationale, il y a quelques années, pour savoir quelle était la meilleure méthode pour enseigner l'histoire de ce peuple. » Il se carra dans la banquette. « Il n'était pas question de choquer les femmes, pas question de choquer les Anglais qui avaient été les victimes des Vikings, pas question de choquer les chrétiens qui s'étaient fait tuer par ces barbares – des barbares qui, soit dit en passant, refusaient de voir leur culture détruite comme l'avaient été celles des Wisigoths, des Ostrogoths, des Burgondes, des Lombards ou des Alamans. Par chance, l'exactitude historique a fini par l'emporter sur l'opportunisme politique. Est-ce que vous imaginez qu'on puisse avoir honte d'une histoire comme la nôtre ?

– Non, mon commandant. » George se tourna pour contempler le ciel étoilé. C'était ce même ciel que les Vikings avaient contemplé jadis – *avec une crainte respectueuse?* Il se le demandait. Il ne pouvait imaginer que les Vikings pussent redouter autre chose que le déshonneur. Son propre entraînement, comme celui des plongeurs-commandos de la marine, celui de l'unité Delta de l'armée de terre ou des Spetnats russes, mettait sur le même pied attitude mentale et qualités physiques : d'un côté les marches forcées de vingt-quatre heures avec trente kilos de barda pour entretenir la forme, mais de l'autre, se persuader que si la mort était prompte, un échec vous accompagnait la vie entière. Et cela, George en était intimement convaincu.

Il ne pouvait pourtant nier qu'il se sentait beaucoup mieux lorsqu'il était « suréquipé » : ceinturon garni de grenades aveuglantes, gilet pare-balles en Kevlar et couteaux pour le combat à main nue, masque à gaz Leyland & Birmingham, plus quelques chargeurs de 9 mm supplémentaires. Mais cette fois-ci, son sac à dos contenait des lunettes amplificatrices AN/PVS-7A pour la vision nocturne, un viseur infrarouge AN/PAS-7 pour voir les objets cachés grâce à la chaleur qu'ils émettaient, et son MP5SD3 Heckler & Koch à crosse rétractable et silencieux intégral – même le bruit du percuteur était absorbé par des tampons en caoutchouc : utilisé avec des munitions subsoniques, il était inaudible même à cinq mètres. Et enfin, son passeport. Eh oui. C'était la stratégie de sortie que Darrell McCaskey leur avait pondue.

« Je ne crois pas que vos ancêtres aient fait quoi que ce soit de comparable à ce que nous sommes en train de faire, mon commandant », dit George, en tâchant de ne pas se laisser distraire par les détails. Ses yeux se détournèrent de la beauté tentaculaire de la Voie lactée au moment où la voiture pénétrait dans la capitale finlandaise et tournait dans l'artère principale, la *Pohjoesplanadi*, l'Esplanade du Nord, qui traverse d'est en ouest le centre-ville. « Je veux dire, ça n'aurait pas été une mince affaire pour un Viking de s'introduire discrètement dans un pays étranger avec tout son barda et son casque à cornes.

– Exact, mais la discrétion n'était pas non plus leur but premier. Ils croyaient en la vertu de la panique qui se répandait dans les campagnes à leur approche et confrontait les autorités locales à des émeutes en plus des envahisseurs.

– Oui, mais nous, mon commandant, nous débarquons en sous-marin de poche, observa George.

– On les surnomme des mini-maraudeurs. Ça fait un peu moins sordide, vous ne trouvez pas ?

– Affirmatif, mon commandant. » Ils venaient de s'arrêter devant le majestueux palais présidentiel bâti pour les tsars de Russie qui avaient gouverné à partir de 1812, après que des incendies eurent détruit les bâtiments de bois édifiés par la reine Christine de Suède deux siècles auparavant. Aho fit entrer le soldat américain par une porte dérobée.

Le palais était calme à cette heure tardive. Après avoir présenté ses papiers à un planton, Aho salua plusieurs membres de la toute symbolique garde de nuit, puis conduisit George dans un petit bureau situé au bout d'un corridor étroit et mal éclairé. À côté de la porte en bois à caissons, une plaque en bronze indiquait : *Ministère de la Défense.* Aho utilisa deux clés pour déverrouiller la porte.

« Le ministre Niskanen dispose de plusieurs bureaux en ville, expliqua Aho. Il se sert de celui-ci quand il est en bons termes avec le président. Il ne l'utilise pas en ce moment... » L'officier sourit avant d'ajouter d'une voix posée : « Il y a une autre chose qui a changé. Au temps des généraux comme Halfdan ou Olaf Tryggvason, ou de monarques comme Knut ou

Svein Forkbeard, les dirigeants ne portaient pas les désaccords devant le Parlement, le Sénat ou la presse. Ils attachaient au mur une jeune esclave, lui balançaient leur hache, et celui qui la touchait avait perdu. Ensuite, tout le monde se retrouvait pour boire et la dispute était oubliée.

– Je crois deviner où ça risquerait de ne pas marcher aujourd'hui, mon commandant, observa George.

– Oh, mais ça marcherait, détrompez-vous, rétorqua Aho. Simplement, ça ne serait pas très populaire.

Une lampe était allumée et George avisa une femme debout derrière le bureau. Elle examinait une carte, appuyée sur ses deux bras tendus. Elle était mince, avec de grands yeux bleus encadrés par un casque de cheveux blonds taillés court. La bouche petite, les lèvres naturellement colorées ; le nez fort, légèrement retroussé, le teint extrêmement pâle, avec un soupçon de taches de rousseur sur les joues. Elle portait un survêtement noir.

« Mlle James, dit Aho en refermant la porte et en ôtant sa casquette, le soldat George.

– Enchanté, m'dame », dit George, et il lui sourit tout en déposant son sac à dos.

Peggy leva brièvement les yeux puis se concentra à nouveau sur sa carte. « Bonsoir, soldat, dit-elle. On ne vous donnerait pas plus de quinze ans. »

Le ton sec, les manières brusques lui faisaient penser à Bette Davis jeune. « Quinze et demi, répondit-il en s'approchant du bureau. En tout cas, c'est mon tour de cou. »

Elle leva les yeux. « Et de la repartie, en plus.

– J'ai de nombreux talents, m'dame. » Sans cesser de sourire, George bondit sur le bureau, enjambant la carte ; dans le même élan, il avait saisi un coupe-papier et plaqué la lame contre la gorge de Peggy. « J'ai également été entraîné à agir vite et en silence. »

Leurs regards se croisèrent et presque aussitôt, George comprit qu'il n'aurait pas dû. Elle l'avait fait pour le distraire tandis qu'elle raidissait les avant-bras, de chaque côté de son poignet. Le coupe-papier retomba sur le bureau et une seconde après, elle projetait la jambe droite au-dessus de la carte, le déséquilibrant. Au moment où il basculait, elle agrippa le devant de sa chemise pour le jeter à terre, le clouant au sol et l'immobilisant d'un pied plaqué contre son cou.

« Histoire de vous montrer que si vous comptez tuer quelqu'un, mieux vaut le faire en lui épargnant les discours, vu ?

– Vu. » En même temps, il avait jeté en l'air les deux pieds, si bien que durant un bref instant, il n'était plus en appui que sur les omoplates. Nouant les chevilles autour du cou de Peggy, il l'attira vers elle et la fit rouler sur le dos. « Mais je veux bien faire une exception pour cette fois. »

George maintint son étranglement durant plusieurs secondes pour mieux faire porter la leçon, avant de lâcher l'agent britannique. Tandis qu'elle reprenait sa respiration, il l'aida à se relever.

« Impressionnant, admit-elle dans un souffle tout en se massant la gorge de la main gauche. Mais vous avez omis un détail.

– Lequel, m'dame ? »

Elle lui montra le coupe-papier dans sa main droite. « Je l'ai récupéré pendant que vous me jetiez à terre. Avec votre façon de me tenir, j'aurais pu vous poignarder comme je voulais. »

Sans cesser de se masser la gorge, Peggy revint à sa carte tandis que le soldat George contemplait le coupe-papier en se maudissant intérieurement. Peu lui importait de s'être fait dominer par une femme. À l'entraînement, avec Sondra, ils s'étaient déjà flanqué des peignées mémorables. Mais en mission, oublier un détail comme le coupe-papier, cela faisait toute la différence entre vivre et mourir.

Toujours posté devant la porte fermée, Aho remarqua : « Eh bien, maintenant que les présentations sont faites, peut-être que vous voudrez bien vous mettre au travail ? »

Peggy acquiesça.

« Quand vous arriverez au bateau, dit Aho, votre mot de passe pour embarquer sera "superbe figure de proue". La réponse est "belle tête de dragon". Soldat George, j'ai déjà expliqué à Mlle James la procédure d'accès au sous-marin de poche. Je lui ai également fourni de l'argent et des uniformes russes. (Il sourit.) Nous avons ici plus d'uniformes russes, et mieux taillés encore, qu'ils n'en ont à leur disposition. » Il sortit de sa poche intérieure de vareuse une enveloppe scellée qu'il confia au soldat George. « Voici les papiers qui vous identifient sous le nom de maître-principal Evguenyi Glebov, et vous, sous celui de matelot breveté Ada Lundver, de la marine russe. Vous êtes le matelot, Mlle James, et vous êtes affectée à la cartographie côtière et à l'entretien des balises. Ce qui veut dire que si l'on vous observe, vous devrez faire mine de suivre les ordres du soldat George.

– Il ne parle pas russe, objecta-t-elle. Comment voulez-vous que ça marche ?

– Vous avez quatre-vingt-dix minutes de bateau et

dix heures de submersible pour lui en enseigner les rudiments, dit l'officier en remettant sa casquette. Et dans tous les domaines. D'autres questions ?

– Négatif, mon commandant », dit George.

Peggy fit non de la tête.

« Parfait, dans ce cas. Bonne chance. »

George ramassa le lourd sac à dos contenant son barda et s'empressa d'emboîter le pas au commandant qui avait ouvert la porte du couloir... et la refermait derrière lui.

George s'arrêta juste avant de se payer la porte. « Ah, ces officiers ! grommela-t-il avec un soupir écœuré en saisissant la poignée.

– Stop ! » aboya Peggy.

George pivota. « Pardon ?

– Reposez votre barda. Vous et moi n'allons nulle part pour le moment.

– Comment ça ? »

Elle prit sur le dessus d'un meuble-classeur un appareil photo à développement instantané. « Souriez. »

Le commandant Aho quitta le bâtiment, surveillé par une femme tenant un chien en laisse, en faction près des eaux calmes du bassin sud du port. Valia était venue à vélo depuis l'appartement de leur taupe de longue date à Helsinki, un policier finlandais à la retraite, et elle avait posé la bécane contre un réverbère pour s'éloigner du cône de lumière. Une fois planquée dans l'ombre, elle avait laissé le chien récupérer de sa brève course – un cocker à poil bouclé, nettement moins vigoureux que le terrier qu'elle avait utilisé contre l'agent britannique à Saint-Pétersbourg.

Valia n'avait pas besoin de neutraliser qui que ce soit ici : elle était venue simplement pour observer et rendre compte au colonel Rosski.

Le centre opérationnel n'avait pas eu de difficulté à repérer l'avion venu des États-Unis, et elle, encore moins à suivre le commandant et son ami américain à la sortie de l'aéroport. À présent, son chauffeur l'attendait, hors de vue, sur Kanavakatu, près de la majestueuse cathédrale Uspensky, tandis qu'elle continuait à observer ce qu'allaient faire l'officier finlandais et son espion.

Ses *deux* espions, rectifia-t-elle, en voyant deux ombres rejoindre Aho alors qu'il se dirigeait vers sa voiture.

Quand elle eut la certitude qu'ils allaient monter, Valia tira sur le collier du chien qui se mit à aboyer bruyamment, par trois fois à deux reprises.

« Ruthie ! » s'exclama-t-elle en tirant une nouvelle fois sur la laisse. Le chien bien dressé se tut.

Le commandant Aho regarda alentour, ne réussit apparemment pas à distinguer quoi que ce soit dans le noir, et s'installa à la place du passager, tandis que les deux autres montaient à l'arrière. Derrière eux, l'espionne russe vit la Volvo de son partenaire s'engager dans l'esplanade, alertée par les aboiements. Ils étaient convenus auparavant qu'il suivrait la voiture pour repérer sa destination, puis reviendrait ensuite la chercher : elle voulait rester encore un peu pour s'assurer que personne n'allait sortir à l'improviste de cette aile du palais. Ayant déjà perdu deux agents, ils pouvaient prendre des précautions inhabituelles pour renforcer leur sécurité. Dans certains pays, c'était une pratique courante : cinq ans plus tôt, alors qu'elle venait d'entrer au service de renseignements du Spetnats, son supérieur s'était ainsi fait berner par une fausse opération britannique masquant la vraie, et après sa révocation il s'était suicidé. Valia Saparova n'avait aucune intention de se laisser avoir ainsi.

Elle continua de déambuler le long des quais, écoutant le doux clapotis de l'eau contre la pierre et les tuyaux d'écoulement, observant les rares voitures et les passants encore plus rares à cette heure tardive.

Et puis elle avisa une scène qui lui fit venir un sourire aux lèvres : deux ombres qui s'éclipsaient du palais présidentiel, deux ombres d'allure curieusement semblable à celles qui étaient parties avec l'officier peu de temps auparavant...

35.

Mardi, 1 : 08, Saint-Pétersbourg

Quand il allait régulièrement dans l'espace, le général Orlov était habitué à un emploi du temps parfaitement organisé, avec des heures précises pour manger, dormir, travailler, se doucher, faire de la gymnastique. Lorsqu'il avait commencé à entraîner les autres, il s'en était tenu à ce régime strict, en ayant constaté l'efficacité sur lui.

Depuis deux ans qu'il était affecté au centre opérationnel, son régime de vie s'était détérioré par suite des exigences de son emploi du temps. Il ne faisait plus assez d'exercice physique à son gré, et ça l'irritait. Au cours de ces dernières semaines, à mesure qu'approchait l'échéance, il n'avait guère dormi non plus, ce qui le rendait d'encore plus méchante humeur.

Il avait compté veiller tard, aujourd'hui, pour aider son personnel à aplanir les derniers problèmes avec les divers systèmes, bien qu'il y en ait eu étonnamment peu. Et il s'était préparé, si nécessaire, à lancer d'urgence une opération de contre-espionnage en recourant aux Spetnats de Rosski basés dans la ville proche de Pouchkine. Par chance, Rosski avait eu vent que des agents du ministère de la Sécurité avaient découvert et arrêté le serveur qui collaborait avec l'espion britannique, et qu'ils l'amenaient à Saint-Pétersbourg. Nul doute qu'on pourrait le convaincre de les aider à déterrer d'autres espions – une manœuvre certainement plus efficace que la méthode expéditive employée par Rosski pour se débarrasser des deux autres agents. Orlov ne croyait pas un instant que l'Anglais s'était suicidé, et il regrettait de n'avoir pas eu l'occasion de l'interroger.

Connaître des déboires et savoir s'adapter, c'est inhérent à tous les métiers, et Orlov restait concentré, en alerte. Mais il détestait attendre – surtout les pièces manquantes d'un puzzle. Dans l'espace, chaque fois qu'il devait réparer quelque chose, il avait une liste de contrôle. Ici, il n'avait rien d'autre à faire que de rester assis et d'essayer de s'occuper en attendant l'arrivée d'informations.

Le message vint de Valia Saparova, à une heure neuf du matin – juste après minuit à Helsinki. N'ayant pas voulu s'encombrer d'un matériel radio sécurisé, elle avait tout bêtement appelé depuis une cabine un numéro au central téléphonique de Saint-Pétersbourg. Là, un employé du centre opérationnel avait dérivé l'appel vers la base du service de renseignements, où il avait été intercepté par un opérateur radio. De cette façon, il était impossible de repérer le centre opérationnel par ses communications téléphoniques.

Les coups de fil des agents sur des lignes non protégées avaient la forme de messages personnels adressés aux amis, à la famille ou aux compagnons de chambrée. Si l'agent ne commençait pas son message en demandant à parler nommément à quelqu'un, le centre savait qu'il pouvait dès lors en négliger le contenu. On utilisait parfois cette méthode pour confondre les écoutes adverses : l'ennemi était toujours susceptible de traquer un espion et de chercher à débrouiller ce qu'il interceptait. Dès que l'agent se mettait à parler de la météo, son correspondant savait que c'était à partir de cet instant précis que le message proprement dit commençait.

Valia demandait des nouvelles de l'oncle Boris – son nom de code pour le colonel Rosski – et ce dernier fut aussitôt averti par un opérateur assis derrière l'un des neuf ordinateurs reliés aux lignes de transmissions radiotéléphoniques. Le colonel coiffa un casque-micro et prit l'appel. Le général Orlov emprunta le casque de l'opérateur et plaqua l'un des écouteurs contre son oreille, tandis qu'un magnétophone numérique enregistrait la communication.

« Ma petite *ptitsa*, dit Rosski, mon oiseau précieux. Comment s'est passée ta visite chez ton *karol* ? » Il utilisait un sobriquet, « roi », pour ne donner aucune indication d'identité à d'éventuelles oreilles indiscrètes.

« Très bien. Désolée de ne pas avoir appelé plus tôt, mais j'étais occupée. Le temps n'aurait pu être plus clément pour faire du tourisme...

– À la bonne heure.

– Je suis en ce moment dehors avec le chien, en fait. *Karol* est allé à l'aéroport avec deux amis, mais je n'ai pas voulu les accompagner. J'ai préféré faire un tour au port à vélo.

– T'avais peur de rester coincée là-haut... Sympa, la balade ?

– Très chouette. J'ai regardé deux plaisanciers se préparer à partir sur le golfe. »

Elle avait dit *sur* et pas *dans* le golfe, nota Orlov. Détail significatif. Ils empruntaient un bâtiment de surface, pas un submersible.

« Ils partent en mer en pleine nuit ?

– Oui, dit Valia. Une drôle d'heure pour naviguer, mais ils ont un bateau très rapide et semblent savoir ce qu'ils font. Du reste, mon oncle, je les soupçonne de vouloir assister au lever de soleil depuis un site remarquable. Un homme et une femme... c'est romantique, tu ne trouves pas ?

– Tout à fait. Ma perle, je ne veux pas te voir traîner dans les rues si tard... pourquoi ne rentres-tu pas à la maison, on se reparlera demain.

– C'est ce que je vais faire. Bonne nuit, mon oncle. »

C'est un Orlov pensif qui rendit le casque à l'opérateur avec ses remerciements, tandis que Rosski ôtait lui aussi ses écouteurs. Le colonel avait une expression tendue quand il suivit le général dans son bureau. Même si le message pouvait être lu par n'importe qui au centre, Orlov n'avait pas envie de débattre ouvertement des options possibles. Des taupes pouvaient s'infiltrer partout.

« Ils sont vraiment gonflés, s'emporta Rosski, sitôt la porte refermée. S'infiltrer par bateau !

– C'est de notre faute. À force de ne pas vouloir prendre les Finlandais plus au sérieux, observa Orlov en posant les fesses au bord de son bureau. La question est maintenant : voulons-nous qu'ils entrent ou est-ce qu'on les arrête dans le golfe ?

– Qu'ils mettent le pied en Russie ? Jamais de la vie. On les surveille par satellite et on les intercepte à l'instant où ils pénètrent dans nos eaux territoriales. » Rosski regardait par-dessus l'épaule d'Orlov, comme s'il pensait à haute voix et ne s'adressait pas à un supérieur. « La procédure réglementaire serait de larguer des mines à partir de chalutiers, mais je ne voudrais pas narguer le ministre Niskanen aussi ouvertement... Non. Je vais demander à la marine d'envoyer le sous-marin de poche radiocommandé depuis sa base de l'île Gogland. Une collision malencontreuse... on signale des pertes de notre côté, on fait retomber la responsabilité sur les Finlandais.

– La procédure réglementaire..., fit Orlov, songeur. Mais je vous le répète : et si on les laissait entrer ? »

Les yeux de Rosski se reportèrent sur le général. Plus trace d'enthousiasme dans ce regard où luisait la colère. « Puis-je vous poser une question, mon général ?

– Bien sûr.

– Mon général, est-il dans votre intention de me contrer à tout bout de champ ?

– Oui, reconnut Orlov, chaque fois que votre tactique et vos idées iront à l'encontre du mandat attribué à ce centre. Notre mission est de recueillir des renseignements. Éliminer ces deux agents et entraver la capacité de Niskanen à introduire chez nous d'autres ennemis n'y répond absolument pas. D'autres agents viendront après ces deux-là ; si ce n'est pas de Finlande, ce sera peut-être via la Turquie ou la Pologne. Jusqu'à quel point peut-on diluer nos ressources pour les pister ? Ne vaudrait-il pas mieux en savoir plus sur leurs méthodes pour essayer de les faire changer de camp ? »

Pendant cette tirade d'Orlov, l'expression de Rosski

s'était assombrie, passant du mécontentement à la colère. Quand le général eut terminé, son adjoint remonta sa manche et consulta sa montre. « Les agents ont apparemment l'espoir d'arriver avant le lever du soleil, soit dans un peu plus de quatre heures. Vous auriez intérêt à me faire part de votre décision au plus vite.

– J'ai besoin d'abord de savoir quelles ressources vous pouvez mettre à disposition pour les observer, répondit Orlov au moment où son téléphone sonnait, et si l'homme que Pogodine a intercepté à Moscou peut nous être utile. » Il tendit le bras derrière lui et mit le téléphone en position écoute amplifiée, histoire d'amadouer Rosski. Si le colonel en fut reconnaissant, il n'en laissa rien paraître. « Oui, j'écoute ?

– Mon général, c'est Zilach. Il y a près de quatre-vingt-dix minutes, nous avons intercepté une communication plutôt bizarre émanant de Washington.

– Comment ça, bizarre ?

– C'était un message au cryptage complexe, adressé à un avion volant de Berlin à Helsinki. Le caporal Ivachine a ordonné une reconnaissance par satellite de cet appareil. Bien que son plan de vol l'ait conduit sous une épaisse couche nuageuse – à dessein, semble-t-il – nous avons pu en obtenir deux bons clichés à la faveur de trouées dans la couverture. L'appareil est un IL-76T. »

Orlov et Rosski échangèrent un regard. Pour l'heure, tout différend était oublié.

« Où est-il en ce moment ? demanda Orlov.

– Au sol, à Helsinki, mon général. »

Rosski se pencha. « Zilach. Avez-vous pu voir un numéro ?

– Non, mon colonel, mais c'est un Iliouchine 76-T – nous en sommes sûrs.

– Quantité d'appareils subissent des mutations, remarqua Orlov à l'adresse de Rosski. Quelqu'un pourrait saisir l'occasion pour déserter...

– Deux autres possibilités sont envisageables, répondit le colonel. L'équipe surveillée par Valia pourrait être une feinte pour détourner notre attention d'une autre mission ; ou encore, les États-Unis ont pu décider de lancer indépendamment deux opérations différentes depuis la Finlande. »

Orlov était d'accord. « On en saura plus dès qu'on connaîtra la destination de l'Iliouchine. Zilach... continuez de surveiller cet appareil et prévenez-moi sitôt que vous aurez du nouveau.

– Oui, mon général. »

Dès qu'Orlov eut coupé le haut-parleur, Rosski s'avança vers lui. « Mon général... »

Orlov leva les yeux. « Oui ?

– Si l'appareil pénètre dans notre espace aérien, l'aviation va chercher à l'abattre, comme elle l'a fait avec cet avion de ligne des Korean Airlines. Il faudrait les prévenir.

– Tout à fait d'accord. Cela dit, avec un rideau compact de radars et de dispositifs d'alerte avancée, ce serait une manœuvre suicidaire.

– Dans des circonstances normales, oui. Mais avec le fort accroissement du trafic militaire ces derniers jours, je ne serais pas surpris qu'ils essaient simplement de se faufiler et de se perdre dans la nature.

– Ce n'est pas faux », admit Orlov.

Mais Rosski revint à la charge : « Et le bateau ? Nous sommes tenus d'avertir la marine...

– Je sais ce à quoi nous sommes tenus, coupa Orlov. Mais ça, c'est ma partie, colonel. Laissez-les toucher terre, surveillez-les et dites-moi au juste ce qu'ils mijotent. »

Rosski crispa les mâchoires. « Oui, mon général, fit-il en saluant sans enthousiasme.

– Et... colonel ?

– Mon général ?

– Faites votre possible pour qu'il n'arrive rien de fâcheux à l'équipage. Tout votre possible. Je n'ai pas envie de voir disparaître encore d'autres agents étrangers.

– Je fais toujours tout mon possible, mon général », dit Rosski en saluant une nouvelle fois avant de quitter le bureau.

36.

Mardi, 0 : 26, Helsinki

Le quartier du port sud d'Helsinki est réputé, non seulement pour la place du marché toujours bondée qui jouxte le palais présidentiel, mais pour les navettes qui desservent l'île de Valisaari, plusieurs fois par jour. Nichée à l'entrée du port, cette imposante « Gibraltar du Nord » abrite un théâtre de verdure, un musée militaire, et l'impressionnante forteresse de Suomenlinna qui date du XVIIIe siècle. L'île voisine de Seurasaari, reliée au continent par un pont, abrite quant à elle une partie des aménagements utilisés lors des jeux Olympiques de 1952.

De nuit, les points de repère sont des silhouettes obscures sur un fond plus obscur encore. Eussent-ils été visibles que, malgré tout, Peggy James ne les aurait pas vus. Le commandant Aho lui avait procuré un véhicule assorti d'indications explicites. Un quart d'heure après son départ vers l'aéroport avec deux comparses à ses basques, elle s'était rendue au port avec le soldat George pour embarquer sur la vedette rapide qui devait les conduire à Kotka et au sous-marin de poche. Elle n'avait ni le temps ni le goût de faire du tourisme. Elle n'avait qu'une idée en tête : s'introduire à Saint-

Pétersbourg. L'essentiel était d'achever la tâche commencée par Keith Fields-Hutton. Trouver et éliminer le ou les individus responsables de sa mort était moins prioritaire, même si elle était prête à le faire au cas où l'occasion s'en présenterait.

La vedette était un Larson Cabrio 280, et après l'échange de mots de passe convenus, ils avaient embarqué à bord du huit-mètres à la coque profilée. Après avoir déposé avec soin leurs deux sacs à dos sur le plancher entre ses pieds et la banquette transversale, Peggy s'assit à côté de George tandis que le bateau s'enfonçait dans la nuit. Les deux agents passèrent l'essentiel des quatre-vingt-dix minutes de traversée à revoir les plans de l'Ermitage et du terrain situé entre leur point d'atterrissage et le musée. Le plan qu'elle avait mis au point avec le commandant Aho avant l'arrivée de George était que le sous-marin de poche les dépose, avec un pneumatique, à proximité du parc qui s'étendait sur la côte sud, à deux pas en autobus de leur destination. En un sens, elle préférait cette mascarade à une opération nocturne en scaphandre autonome. Les autorités étrangères étaient plus enclines à gober la couverture d'agents agissant en plein jour car la majorité d'entre eux n'étaient pas assez téméraires pour courir un tel risque.

Le sous-marin de poche était mouillé dans un abri sans fenêtre. Peggy aurait de loin préféré l'avion, avec largage de pneumatiques et parachutage à proximité de l'objectif. Mais les sauts de nuit dans les eaux glaciales étaient trop risqués. Si elle et le soldat George amerrissaient trop loin du radeau pneumatique, ils risquaient de mourir d'hypothermie avant d'avoir pu le rejoindre. En outre, le saut pouvait endommager son fragile équipement, or il devait impérativement demeurer intact.

Après avoir exhibé leur photo, les deux agents furent accueillis par un jeune homme en pantalon et chandail bleu marine. Il avait le visage carré, le menton creusé d'une large fossette. Ses cheveux blonds étaient taillés ras. Il referma rapidement derrière eux la porte du hangar. Un comparse sortit de l'ombre en brandissant une torche électrique et braqua sur eux un pistolet. Peggy s'abrita les yeux de la lueur de la torche tandis que le premier homme comparait les photos aux clichés qu'elle leur avait faxés et qui portaient l'indicatif du palais présidentiel.

« C'est nous, dit Peggy. Qui d'autre oserait se présenter dans cet état ? »

L'homme tendit photos et télécopies à son compagnon, qui abaissa sa lampe pour les examiner. Peggy distinguait maintenant son visage, étroit, sévère, et comme taillé à la serpe. Il acquiesça avant de se présenter : « Je suis le capitaine Rydman. Et voici le matelot Osipow. Si vous voulez bien me suivre, nous pouvons y aller. »

Il pivota, précédant Peggy et George sur une passerelle qui longeait les parois du hangar. L'autre leur emboîta le pas.

Ils dépassèrent plusieurs vedettes de patrouille flambant neuves pour s'arrêter devant une cale à l'angle du hangar. Coque gris foncé, roulant doucement à côté d'une courte échelle en aluminium, leur sous-marin de poche les attendait. L'écoutille était ouverte mais aucune lumière ne venait de l'intérieur. Ayant parcouru le dossier technique pendant son vol vers la Finlande, Peggy avait appris que ces engins étaient mis en cale sèche tous les six mois pour entretien : on les hissait grâce à des élingues passées dans les œillets soudés à la coque, avant de les ouvrir en deux, comme des œufs durs, en désolidarisant la salle des machines de la partie avant de la coque. Ces cylindres d'acier longs de quinze mètres à peine pouvaient transporter quatre passagers à la vitesse maximale de neuf nœuds. La traversée jusqu'à Saint-Pétersbourg durerait jusqu'à deux heures du matin, heure locale, en tenant compte d'une émersion au bout de six heures de plongée, afin de déployer le mât d'induction et laisser le moteur diesel tourner une demi-heure pour recharger les batteries et les réservoirs d'air.

Peggy n'était pas claustrophobe. Mais en lorgnant ce qui ressemblait à une grosse bouteille isotherme dont le bouchon serait placé sur le côté, elle comprit que dix heures inconfortables l'attendaient. Elle avisa trois sièges, et fort peu de place derrière pour se tenir assis et encore moins debout. Elle se demanda où allait se mettre le capitaine.

Osipow descendit l'échelle dans le noir et appuya sur un commutateur. Les veilleuses du minuscule engin s'allumèrent et le matelot prit place à la barre – une courte colonne munie d'une manette pour les manœuvres et de l'interrupteur du pilote automatique pour maintenir la profondeur et garder le cap. À côté, une pompe pour évacuer la condensation qui s'accumulait dans l'habitacle exigu, et sur bâbord, une manette de largage des mines. Après qu'Osipow eut vérifié le bon fonctionnement des commandes, du moteur et de l'aération, Rydman dit à George de descendre.

« Je me fais l'effet d'un poing de singe », dit le soldat en se tortillant pour se faufiler avec adresse jusqu'à son siège, le torse de biais, un bras passé dans le dos, pour réussir à s'asseoir.

« Je vois que vous avez déjà navigué, observa Osipow, d'une voix nasale mais étrangement mélodieuse.

– Au pays, matelot, dit George, en tendant la main pour aider Peggy à embarquer. J'ai même remporté un concours de vitesse. (Il se tourna vers la jeune femme qui s'installait à son tour.) Un poing de singe est un nœud décoratif extrêmement compliqué que l'on fait à l'extrémité d'un cordage.

– Également appelé "pomme de touline", enchaîna l'Anglaise, sans broncher ; on peut également le former autour d'un lest ou d'un plomb, même si on évite de le faire autour d'une ride de hauban. Il n'y a pas assez de longueur. » Elle dévisagea le soldat américain dans la pénombre de la cabine. Il semblait encore plus pâle qu'elle. « Vous avez le chic pour me sous-estimer, soldat. Ou cette condescendance est-elle systématique avec toutes les femmes ? »

George se carra dans le siège en vinyle. Il haussa une épaule, comme pour atténuer la gravité de l'accusation. « Vous êtes un tantinet susceptible, mademoiselle James. Si le capitaine n'avait pas compris, je me serais également fait un plaisir de le lui expliquer.

– Moi, je peux vous expliquer un truc, coupa Rydman avec impatience, c'est qu'on n'a pas trop de personnel. D'habitude j'ai un électricien à l'arrière pour surveiller le moteur et les auxiliaires. Mais on n'avait pas assez de place. Alors, j'aimerais ne pas être trop distrait.

– Désolé, matelot », dit George.

Au lieu de descendre les rejoindre, le capitaine resta sur le mince rebord de quinze centimètres qui ceinturait l'intérieur du kiosque pour fermer l'écoutille de dedans. Dès qu'Osipow l'eut averti de l'allumage du signal de verrouillage – un témoin rouge près des commandes de pilotage automatique –, Rydman testa le périscope en le faisant lentement pivoter, sur trois cent soixante degrés. Il l'accompagnait dans sa rotation en avançant sur l'étroite passerelle.

En même temps, le capitaine indiqua à ses passagers qu'ils voyageraient en immersion périscopique à huit nœuds pendant la première partie de la traversée, laquelle devait durer deux heures. « Dès que nous aurons doublé l'île de Mochtchny, qui appartient aux Russes, nous passerons en plongée. Dès lors, toute conversation devra se faire à voix basse, les Russes ayant installé des détecteurs sonar passifs à cet endroit comme tout le long de la côte. Comme ils n'émettent pas de signal, contrairement au sonar actif, puisqu'ils se contentent de capter les bruits rayonnés, on ne sait jamais où et quand ils sont en écoute. On a déjà réussi à se faufiler, mais ça aide toujours de rester le plus silencieux possible.

– Comment saurez-vous s'ils ont effectivement réussi à nous détecter ? demanda Peggy.

– Il est difficile d'ignorer les mines de fond que larguent les garde-côtes, remarqua Rydman. Si ça se produit, il faudra plonger et annuler la mission.

– Ça arrive souvent ? » Peggy détestait rester dans l'ignorance. Les espions étaient censés connaître leur équipement et leur objectif aussi bien que leur voiture personnelle et leur domicile. Mais le DI-6 s'était lancé tellement vite dans cette affaire que le temps avait manqué pour les préparatifs, en dehors de la lecture de dossiers d'archives lors du transfert en avion. Et ils n'avaient pas grand-chose sur les opérations finlandaises dans le golfe. Les agents s'infiltraient en général au sein de groupes de touristes.

« Trois fois en dix voyages, répondit Rydman, quoique je n'aie jamais pénétré bien loin dans les eaux russes. De toute évidence, cette fois-ci, ce sera différent. Mais nous ne serons pas totalement démunis : le commandant Aho nous envoie un hélicoptère qui doit larguer deux sono-bouées sur notre trajet. Leurs signaux seront écoutés à Helsinki et tout bâtiment russe en approche apparaîtra aussitôt comme un écho sur la carte d'Osipow. »

Ce dernier indiqua une carte circulaire générée par ordinateur, du diamètre approximatif d'une soucoupe, affichée sur le côté droit de la colonne de pilotage.

Quand il eut terminé son essai du périscope, Rydman rabattit un siège sur le flanc avant de la tourelle et le verrouilla. Puis il se pencha vers la pipe d'alimentation du moteur qui servait également – avec un écho notable – de tuyau acoustique avec la passerelle.

« Paré, monsieur Osipow », dit le capitaine.

Le matelot mit en route le diesel qui se mit à ronronner discrètement, presque sans vibrations. Dès que le moteur tourna, il éteignit la lumière, plongeant le submersible dans l'obscurité, à l'exception de deux veilleuses à l'arrière.

Peggy se retourna pour regarder par le minuscule hublot, de son côté de la coque. Seules quelques bulles émises par l'hélice de poupe glissèrent tandis que le submersible sortait en marche arrière de l'abri. L'obscurité du dehors semblait la narguer et ses yeux s'embuèrent.

Il faut que tu te domines, se dit-elle. *Dominer ton mécontentement. Ta frustration. Ta colère.*

Si seulement, ce n'était que Keith. Elle pourrait le pleurer et poursuivre son existence, non sans mal, mais au moins avec un but. Sauf que maintenant qu'il était parti, elle se rendait compte qu'elle n'avait pas de but ; en fait, c'était une évidence qui couvait mais qu'elle avait refoulée depuis des années. Et soudain, elle se retrouvait dans la peau d'une femme de trente-six ans qui avait choisi un mode de vie qui ne lui avait jamais permis de vivre pleinement, d'une femme qui avait vu son pays décliner. À quoi bon toutes ces années de tourment et de sacrifice, et la perte de l'homme qu'elle aimait ? Elle avait continué d'avancer sur sa lancée, portée uniquement par sa relation avec Keith.

« Mademoiselle James ? »

Le murmure du soldat George lui parut venir d'une autre planète.

« Oui ?

– Nous avons dix heures d'immobilité devant nous et il fait trop noir pour étudier les cartes. Sans vouloir vous infliger une corvée, pourrions-nous nous mettre à ce cours de russe accéléré ? »

Elle regarda le visage impatient, juvénile de George. *Où puise-t-il son enthousiasme ?* Réussissant, pour la première fois, à lui sourire, elle répondit : « Ce n'est pas une corvée. Si nous commencions avec quelques notions de base...

– Comme ?

– *Kak, chto, podjemou*, articula-t-elle lentement.

– Ce qui veut dire ? »

Elle sourit. « Comment, quoi et... peut-être la plus importante : pourquoi ? »

37.

Mardi, 2 : 30, frontière russo-ukrainienne

L'opération Barberousse avait été la plus vaste offensive militaire de l'histoire des conflits. Le 22 juin 1941, les troupes allemandes envahissaient la Russie, foulant aux pieds le pacte germano-soviétique. Leur objectif : s'emparer de Moscou avant l'hiver. Hitler avait jeté dans la bataille trois millions deux cent mille hommes, répartis en cent vingt divisions contre les cent soixante-dix divisions soviétiques déployées sur deux mille trois cents kilomètres de frontière entre les plages de la Baltique et celles de la mer Noire.

Tandis que les Panzerdivisionen allemandes fonçaient vers l'arrière des troupes russes à une vitesse incroyable, la Luftwaffe foudroyait une aviation russe mal entraînée. Conséquence immédiate de cette *Blitzkrieg* : l'invasion éclair des États baltes. Les dégâts infligés par les nazis étaient catastrophiques. Dès novembre, les centres vitaux, l'agriculture, l'industrie, les transports et les communications étaient détruits ; plus de deux millions de soldats russes faits prisonniers, trois cent cinquante mille tués, trois cent soixante-dix-huit mille portés disparus. Et l'on comptait un million de blessés. Rien qu'à Leningrad, le siège avait fait neuf cent mille victimes civiles. Ce n'est qu'aux derniers jours de décembre que le peuple russe, meurtri mais déterminé – aidé par des températures de moins vingt degrés qui faisaient éclater les semelles de bottes des Allemands, gelaient leur équipement et sapaient leur moral –, avait réussi à organiser sa première contre-attaque victorieuse. Résultat : les Russes avaient pu, de justesse, empêcher Moscou de tomber aux mains de l'ennemi.

Au bout du compte, l'opération Barberousse devait se solder par un désastre pour les nazis. Mais elle avait enseigné aux Soviétiques une leçon essentielle : l'avantage de la guerre offensive sur la guerre défensive. Au cours des quarante années suivantes, leurs militaires avaient été formés à cette école : il fallait toujours être en mesure de lancer et soutenir une offensive, comme l'avait un jour expliqué le général Kossigan dans une allocution à ses troupes : « de façon à mener la prochaine guerre mondiale, si jamais elle devait éclater, n'importe où ailleurs que sur le territoire national ». À cet effet, les missions des commandants d'unités tactiques de premier échelon obéissaient à trois séries d'objectifs conçus pour détruire ou capturer les troupes et le matériel ennemi, puis pour s'emparer et contrôler des territoires clés : la mission immédiate ou *blijaïachtcha zadatcha* ; la mission subséquente ou *posledyouchtchaïa zadatcha* ; et la mission de soutien ou *napravlenie dal'neichego nastoupleniya.* Dans le cadre de ces missions générales, des régiments se voyaient souvent assigner une mission clé définie pour la journée, ou *zadatcha dnia* : l'objectif devait être atteint dans le délai imparti – sans qu'on tolère la moindre excuse.

Que ce soit pour la Hongrie en 1956, la Tchécoslovaquie en 1968, l'Afghanistan en 1979 ou la Tchétchénie en 1994, Moscou s'était toujours appuyé sur les militaires au lieu des diplomates pour résoudre les problèmes dans sa zone d'influence. Ses principes directeurs restaient : créer la surprise, anticiper et provoquer l'imprévu. Leurs efforts étaient souvent couronnés de succès, mais pas toujours. La volonté demeurait toutefois inébranlable, et le ministre de l'Intérieur Doguine le savait. Comme il savait que nombre d'officiers russes guettaient l'occasion de se racheter après neuf années de guerre sanglante en Afghanistan comme après l'interminable et ruineuse répression de la rébellion tchétchène.

L'heure était venue de leur accorder leur chance. Beaucoup de ces hommes avaient été déplacés vers la frontière russo-ukrainienne où, contrairement à ce qui s'était passé en Afghanistan ou en Tchétchénie, ils n'auraient pas à combattre des rebelles armés ou affronter une guérilla de partisans. Cette guerre, cette *aktivnost*, cette initiative, serait différente.

À minuit trente, heure locale, à Przmysl, ville polonaise située à moins de seize kilomètres de la frontière ukrainienne, une charge puissante explosa dans le bâtiment d'un étage en briques qui abritait le siège du parti communiste polonais. Deux journalistes travaillant au bimensuel *Obywatel*, « Le citoyen », furent projetés dans les arbres avoisinants, encre et sang mêlés maculant les deux seuls murs restés debout, papier journal et chair humaine pyrogravés sur les sièges et les armoires métalliques par la chaleur de l'explosion. En l'espace de quelques minutes, des sympathisants communistes envahissaient les rues, manifestant contre l'attentat et envahissant la poste et le commissariat. Un dépôt de munitions voisin fut arrosé de cocktails Molotov et sauta, entraînant la mort d'un soldat. À minuit quarante-six, le commissaire de police téléphona à Varsovie en réclamant des renforts de l'armée pour mater la rébellion. Le coup de fil fut intercepté et retranscrit aussitôt par une station du renseignement militaire à Kiev qui en transmit copie au président Vesnik.

À deux heures quarante-neuf précises, le président ukrainien téléphonait au général Kossigan et lui demandait son aide pour contenir ce qui pouvait bien s'annoncer comme une « situation de crise » à la frontière ukraino-polonaise. À deux heures cinquante, cent cinquante mille soldats russes pénétraient en Ukraine, de la ville historique de Novgorod au nord, jusqu'au centre administratif de Vorochilovgrad au sud. Fantassins, régiments motorisés, divisions blindées, bataillons d'artillerie et escadrilles aériennes progressèrent avec un ensemble terrifiant, sans la moindre trace du désordre et du comportement débraillé qui avaient marqué l'invasion de la Tchétchénie ou la retraite d'Afghanistan.

À Moscou, il était précisément deux heures cinquante minutes trente secondes quand le Kremlin reçut un appel urgent du président Vesnik, à Kiev, réclamant des renforts pour aider les forces ukrainiennes à protéger les quatre cent cinquante kilomètres de frontière communes à son pays et à la Pologne.

Réveillé par cet appel, le président russe Kiril Janine se trouva totalement pris au dépourvu par cette requête. Avant même d'avoir rejoint son bureau au Kremlin, il reçut par téléphone dans sa voiture un second message de son homologue ukrainien. À mesure qu'on lui en donnait lecture, sa surprise redoubla :

Merci encore pour la promptitude de votre réaction. L'arrivée en temps opportun des forces du général Kossigan permettra non seulement d'éviter la panique parmi la population, mais elle réaffirme les liens traditionnels entre la Russie et l'Ukraine. J'ai donné instruction à l'ambassadeur Rojevna d'informer les Nations unies et précisé au secrétaire général Brophy que cette incursion avait été prévue et sollicitée.

D'ordinaire, la moustache laineuse de Janine et ses sourcils broussailleux donnaient à son visage ovale un aspect paterne, voire jovial. Mais à présent, ses yeux bruns luisaient de colère, sa petite bouche était pincée, ses lèvres tremblantes.

Il se tourna vers sa secrétaire, Larissa Chatchtur, une quadragénaire brune élégamment vêtue d'un ensemble à l'occidentale, pour lui demander de joindre au téléphone le général Kossigan. Elle ne put aller plus haut que le général Leonid Mavik, officier de liaison principal des groupes opérationnels aériens et des régiments blindés. Mavik l'informa que le général Kossigan avait imposé un strict silence radio pour la durée du mouvement des troupes, silence qui ne serait levé qu'après leur déploiement complet.

« Général Mavik, insista la secrétaire, c'est le président qui appelle.

– Dans ce cas, il comprendra la nécessité de ces mesures de sécurité alors que nous honorons nos accords de défense avec une république sœur de la Communauté. »

Sur ces mots, le général prétexta de ses obligations pour raccrocher, laissant le président et sa secrétaire avec pour seule compagnie le doux ronronnement du moteur de leur limousine.

Janine regarda par les vitres blindées et teintées la silhouette des tours du Kremlin se découper sur le ciel nocturne lourd de nuages gris sombre.

« Quand j'étais jeune homme, dit-il en inspirant profondément pour se calmer, j'avais réussi à me procurer un exemplaire du livre de Svetlana Staline sur son père. Vous vous en souvenez ?

– Oui, dit Larissa. Il est resté interdit de nombreuses années.

– C'est exact. Même si elle critiquait un homme qui était tombé en disgrâce et se retrouvait à l'époque quasiment rayé de l'histoire, un détail de ses souvenirs m'avait frappé. Elle disait que vers la fin des années trente, elle avait senti que son père avait atteint le stade de ce qu'elle qualifiait de "délire de la persécution". Les ennemis étaient partout. Résultat : une purge de cinquante mille officiers. (Le président expira lentement.) Eh bien, ce qui me terrifie, Larissa, c'est de songer qu'il n'était peut-être pas aussi fou ou paranoïaque qu'on s'est plu à l'imaginer. »

La femme lui serra la main dans un geste rassurant, tandis que la BMW noire quittait la perspective Kalinine pour se diriger vers l'entrée nord-ouest du Kremlin, la porte de la Trinité.

38.

Mardi, 3 : 05, au-dessus de la mer de Barents

L'Iliouchine 76-T se posa à Helsinki peu après minuit, et les Attaquants, leur équipement polaire et tout leur arsenal étaient à bord dix minutes plus tard. L'arsenal consistait en quatre caisses de un mètre sur un mètre vingt sur un mètre cinquante, chargées d'armes et d'explosifs, de cordes et de pitons, de masques à gaz et de fournitures médicales. Une demi-heure après l'embarquement des hommes et du matériel, l'appareil, ravitaillé, redécollait.

La phase initiale du vol l'avait amené au-dessus de la Finlande, puis vers l'est, pour franchir la mer de Barents et un autre fuseau horaire. Volant juste au-dessous du cercle Arctique, ils longeaient à présent la côte septentrionale de la Russie.

Le lieutenant-colonel Squires avait les yeux fermés mais il ne dormait pas. Sale habitude, il en convenait : il était incapable de dormir tant qu'il ignorait où il allait et pourquoi. Il savait que de nouvelles instructions de l'Op-Center devaient arriver, car ils n'allaient pas tarder à atteindre la destination de leur plan de vol initial, c'est-à-dire l'endroit où la mer de Barents devenait la mer de Kara. Pourtant, c'était toujours frustrant de ne pas pouvoir se concentrer sur l'objectif et de rester polarisé dessus. Pendant la traversée de l'Atlantique, Squires avait pu se concentrer sur Saint-Pétersbourg et sa mission là-bas. Celle-ci étant désormais aux mains du soldat George, Squires n'avait plus rien à quoi se raccrocher. Dans ces cas-là, l'officier pratiquait un petit jeu pour empêcher son esprit de divaguer vers son épouse et son fils, et songer à leur sort s'il ne revenait pas.

Ce jeu, intitulé le « qu'est-ce que je fous là ? », consistait à choisir un ou deux mots appropriés, puis à se creuser les méninges pour tâcher de comprendre pourquoi il aimait si bougrement être un Attaquant.

La première fois qu'il y avait joué, en route pour Cap Canaveral pour essayer de découvrir qui avait placé une bombe à bord d'une navette spatiale, il avait décidé qu'il faisait ça pour défendre l'*Amérique* non seulement parce que c'était le meilleur endroit où vivre, mais parce que c'étaient les idéaux de son pays qui guidaient le monde entier. S'il devait laisser tomber, Squires était convaincu que la planète deviendrait un champ de bataille livré aux dictateurs avides de pouvoir, au lieu d'un rassemblement d'États autonomes, compétitifs et pleins d'allant.

La deuxième fois qu'il y avait joué, il s'était demandé s'il n'appréciait pas cette existence surtout parce qu'elle lui donnait à tout moment l'impression d'être *indispensable* et *mis au défi*. Dans une grande mesure, oui, il devait l'admettre. Encore plus que lorsqu'il jouait au foot, car les enjeux pour lui et pour la nation étaient tellement plus élevés. Mais il n'y avait aucune sensation comparable à cette mise à l'épreuve de sa confiance, de son talent et de ses capacités de réaction face à des circonstances propres à paralyser la majorité des gens, les faire reculer ou à tout le moins les faire réfléchir à deux fois avant de foncer.

Aujourd'hui, tout en se demandant où diable allaient encore l'envoyer Mike Rodgers et Bob Herbert, il repensa à une question posée par la psychologue de l'Op-Center, Liz Gordon, lors de son entretien d'admission au commandement. « Que pensez-vous des peurs partagées ? » avait-elle demandé.

Il avait répondu que la peur et la force étaient des qualités qui fluctuaient en chaque individu, et qu'une bonne équipe – et en particulier un bon commandant – devait être en mesure d'amener chacun de ses membres à son plus haut niveau.

« Cela, c'est la peur individuelle, avait répondu Liz. Moi, je vous parlais des peurs partagées. Réfléchissez-y. Prenez votre temps. »

C'est ce qu'il avait fait, avant de répondre : « Je crois qu'on partage nos peurs lorsqu'elles sont provoquées par une menace qui nous affecte tous, par opposition au courage qui, lui, vient de l'individu. »

Il avait été naïf et Liz avait laissé passer. Maintenant, après trois missions, Squires en était venu à comprendre que la *peur partagée* n'avait pas à être surmontée. Elle constituait un réseau de soutien réciproque qui unifiait en un seul corps des individus à la formation, à la culture et aux intérêts divergents. C'est ce qui permettait à l'équipage d'une Forteresse volante, à une escouade de police ou à un commando d'élite d'être plus soudés que ne le seraient jamais un mari et une femme. C'est ce qui faisait que le tout était bien plus grand que la somme des parties.

Tout autant que le patriotisme ou la valeur, la peur

partagée était le ciment qui maintenait la cohésion des Attaquants.

Squires était sur le point de cocher *visiter le monde* comme motivation valable quand Mike Rodgers appela par liaison satellite codée. Cela l'arracha instantanément à sa rêverie ; et, comme disait toujours son entraîneur de foot, dans le temps, « maintenant, ça ne rigole plus ».

« Charlie, dit Rodgers, désolé d'avoir mis tout ce temps pour vous recontacter. Mais nous avons revu votre plan d'attaque et ce coup-ci, il faudra vraiment que vous ayez le niveau Coupe du Monde. Dans à peine plus de onze heures, après être resté le plus longtemps possible hors de l'espace aérien russe, votre équipe sautera en parachute sur un point situé juste à l'ouest de Khabarovsk. Bob est en train de fournir à votre pilote le plan de vol et les coordonnées – et nous espérons que l'IL-76T lui permettra d'avoir une marge suffisante pour pénétrer et ressortir avant que la défense aérienne russe ne s'aperçoive qu'il ne s'agit pas d'un de leurs appareils. Votre objectif est une rame de trois fourgons couverts, empruntant la ligne du Transsibérien. Si le chargement est composé de drogue, de devises, d'or ou d'armes, vous devrez l'éliminer. Si ces armes sont nucléaires, récupérez-nous des preuves et, si possible, désamorcez-les. Le sergent Grey a reçu la formation idoine. Des questions ?

– Affirmatif, mon général. Si l'Ermitage est dans le coup, ce pourrait être un banal transport d'œuvres d'arts. Vous voulez qu'on fasse sauter des Renoir et des Van Gogh ? »

Bref silence au bout de la ligne. « Non. Faites des photos et décrochez.

– Bien, mon général. »

Rodgers poursuivit. « La zone d'intervention est une falaise de quatre cents mètres en surplomb de la voie. Les cartes topographiques correspondantes seront transmises sur votre ordinateur. Vous descendrez en rappel et attendrez le train. Nous avons choisi cette zone parce que la pente est encombrée d'arbres ou de rochers qui pourront vous servir à bloquer la voie. Nous avons préféré cette solution plutôt que les explosifs qui risqueraient de faire des blessés. Si le train suit l'horaire, vous n'aurez qu'une heure de battement. S'il est en retard, vous devrez patienter. Pas question qu'il passe, même si vous devrez tout faire pour éviter de blesser des soldats russes. »

Squires ne fut pas surpris par la mise en garde : les ambassadeurs détestaient avoir à expliquer des incursions illégales, sans parler de ce que la CIA baptisait dans son jargon des *rétrogradations maximales.* Certes, Squires était parfaitement entraîné à tuer à l'aide de n'importe quel accessoire, du lacet de chaussure au pistolet mitrailleur Uzi, mais il n'avait jamais eu à mettre en pratique sa formation – et il espérait bien que cela continuerait ainsi.

« L'IL-76T aura poursuivi vers Hokkaido pour ravitailler avant de revenir, poursuivit Rodgers, mais ce ne sera pas votre véhicule d'extraction. Quand vous aurez achevé votre mission, vous le signalerez à l'Iliouchine et gagnerez votre point de rendez-vous, situé côté sud d'un viaduc ferroviaire à deux kilomètres à l'ouest de l'objectif.

Là ; voilà qui est bizarre, songea Squires. Une seule raison pouvait empêcher Rodgers de lui parler de l'appareil prévu pour leur extraction : l'éventualité d'une capture. Il fallait éviter que les Russes sachent. Comme si la mission en soi n'était déjà pas assez stimulante, ce surcroît de mystère mit le turbo à une autre partie de sa motivation. Celle qui, comme chez presque tous les hommes de sa connaissance, adorait jouer avec les techniques de pointe, entre frime et secret.

« Charlie, ce coup-ci, ce n'est plus la Corée du Nord », avertit Rodgers. Le ton était plus celui de l'ami que du général. Maintenant qu'il avait accaparé l'attention de Squires avec les détails techniques de la mission, il était prêt à lui en donner un aperçu général. « Nous avons de bonnes raisons de croire qu'en Russie, des individus cherchent à reconstruire au plus vite l'empire soviétique. Même si Saint-Pétersbourg est sans doute impliqué dans le complot, vous êtes l'instrument clé pour les arrêter.

– Je comprends, mon général.

– Le plan est aussi précis que possible, compte tenu du peu d'éléments dont nous disposons... même si je compte sur des informations de dernière minute à mesure qu'on approchera de l'heure H. Je suis désolé de ne pas pouvoir faire mieux.

– Pas de problème, mon général. Ça ne vaut peut-être pas Tacite ou les autres types que vous avez l'habitude de citer, mais quand on l'a laissé à Helsinki, j'ai dit au soldat George que Super-Poulet, le personnage de dessin animé, avait une phrase idéale pour ce genre de situations critiques : *Vous saviez que le boulot était dangereux quand vous l'avez accepté.* Nous le savions, mon général, et nous sommes toujours heureux d'être ici. »

Cela fit rire Rodgers. « Et je confie le sort du monde à un homme qui cite les dessins animés du samedi matin. Mais je vais passer un marché avec vous. Revenez entier et je vous apporte le pop-corn à domicile samedi prochain.

– Tope là ! » dit Squires, en raccrochant. Puis il rassembla ses esprits avant d'avertir ses hommes.

39.

Mardi, 3 : 08, Saint-Pétersbourg

Cela faisait juste un peu plus d'une heure que Sergueï Orlov s'était assoupi à son bureau – les coudes sur les bras du fauteuil, les mains croisées sur l'estomac, la tête légèrement penchée à gauche. Même si son épouse ne croyait pas qu'il se fût discipliné au point d'être capable de s'endormir n'importe où, n'importe quand, Orlov soutenait que ce n'était pas un talent inné chez lui. Il expliquait qu'au début de sa carrière d'astronaute, il s'était entraîné à dérober des tranches d'une demi-heure de sommeil au cours de ses longues séances d'entraînement. Plus remarquable encore, il affirmait que ces « tranches de sieste » diurnes lui étaient presque aussi profitables que ses six heures habituelles de sommeil nocturne. Sans compter qu'au lieu de baisser peu à peu, son énergie et sa capacité d'attention demeuraient maximales tout au long de la journée.

Il aurait été incapable de travailler comme Rosski qui avait besoin de continuer à se battre avec ses problèmes jusqu'à ce qu'il les ait définitivement terrassés. Même maintenant, alors que son homologue de nuit avait pris sa place, le colonel demeurait à son poste au cœur du centre.

Orlov trouvait également que les problèmes épineux semblaient toujours s'éclaircir après une petite sieste. Durant son dernier vol spatial, une mission conjointe avec la Bulgarie – et le premier vol à trois depuis que l'équipage de Soyouz 11 était mort étouffé dans sa cabine –, Orlov et ses deux camarades avaient tenté d'arrimer leur Soyouz à la station spatiale Saliout 6. Quand une panne de moteur avait entraîné les deux engins sur une trajectoire de collision, le contrôle de mission avait ordonné à Orlov de mettre à feu sa fusée de secours pour revenir sur Terre immédiatement. Au lieu de cela, il avait donné une brève poussée à distance raisonnable de la station, déconnecté la liaison radio de son casque et dormi quinze minutes – au grand désarroi de ses camarades. Puis il avait utilisé le moteur de secours pour procéder à l'arrimage. Même s'ils n'avaient plus assez de carburant pour revenir sur Terre, une fois à bord de la station spatiale, Orlov avait été en mesure d'inspecter le moteur principal, de réparer le circuit défaillant et de sauver la mission... en se gagnant au passage le respect des contrôleurs au sol de Baïkonour. Plus tard, une fois revenu sur Terre, Orlov devait apprendre que l'échocardiographe de bord avait montré que son activité cardio-vasculaire avait ralenti et n'était pas remontée après son repos. Par la suite, l'entraînement des cosmonautes devait inclure des « siestes réparatrices », même si elles ne semblaient pas aussi efficaces chez eux que chez Orlov.

Jamais il ne cherchait à fuir les problèmes dans le sommeil, même si, quand il put enfin s'assoupir, à une heure quarante-cinq du matin, il n'était pas désagréable de mettre provisoirement de côté les soucis de l'heure. Il fut réveillé à deux heures cinquante et une quand Nina, son assistante, le sonna pour l'avertir d'un appel téléphonique du ministère de la Défense. Quand Orlov prit la communication, le chef des transmissions, le général David Ergachev, l'informa de l'entrée des troupes en Ukraine et lui demanda l'aide du nouveau centre pour surveiller les communiqués européens concernant leurs activités. Abasourdi par la nouvelle et se demandant si ce n'était pas simplement un test en grandeur réelle de leurs capacités opérationnelles – sinon, pourquoi ne pas l'avoir prévenu ? –, Orlov transmit l'ordre à l'officier radio Youri Marev.

Grâce à ses liaisons en fibres optiques avec la station montante satellite située en banlieue, ainsi qu'à ses lignes particulières avec les divers centraux téléphoniques de Saint-Pétersbourg, le centre opérationnel était en mesure d'écouter toutes les communications électroniques entre le théâtre d'opérations et le ministère de la Défense. Il pouvait aussi surveiller toutes les formes de transmissions émises ou reçues par les services de tous les chefs d'état-major – de l'artillerie, de l'aviation ou de la flotte. La tâche du centre consistait à s'assurer que toutes ces lignes de transmission n'étaient pas espionnées par des oreilles étrangères. Il pouvait également jouer les centres de triage pour répartir l'information entre les divers services gouvernementaux.

Il pouvait enfin se contenter d'écouter.

Avant de raccrocher, Orlov demanda à Marev de surveiller les données transmises au ministre de la Défense par le général Kossigan et par les services des chefs d'état-major. La réponse de Marev le prit au dépourvu.

« C'est ce que nous faisons déjà. Le colonel Rosski nous a donné ordre de suivre les mouvements de troupes.

– Où va l'information ?

– À l'ordinateur central.

– Très bien, dit Orlov, se ressaisissant bien vite. Veillez également à ce que l'information me parvienne directement sur écran.

– Bien, mon général. »

Orlov se tourna vers son moniteur et attendit. *Sacré Rosski.* Soit c'était sa vengeance pour leur dispute de la veille, soit il était plus ou moins dans le coup – peut-être avec son patron Doguine. Mais Orlov n'y pouvait pas grand-chose. Tant que l'information était enregistrée dans l'ordinateur serveur du centre, et donc disponible pour les terminaux internes comme pour les autres services à l'extérieur, Rosski n'était pas obligé de rendre compte au général... même d'un événement de cette importance.

En attendant, Orlov essayait d'appréhender la situation, à commencer par l'incroyable soudaineté de la demande ukrainienne. Comme bien d'autres dignitaires du régime, il avait cru que les diverses manœuvres du président Janine n'étaient qu'une manière de démontrer au reste du monde qu'il n'avait pas délaissé les militaires au profit des hommes d'affaires occidentaux. Mais il était clair à présent que cette incursion dans l'ancienne république avait été planifiée de longue date, d'où cette intense concentration de troupes tout au long de la frontière ou à ses abords. Mais planifiée par qui ? Doguine ? Et pourquoi ? Ce n'était pas un coup d'État et ce n'était pas non plus une guerre.

Les premières données commencèrent d'arriver. L'infanterie russe se disposait à rejoindre les forces ukrainiennes à Kharkov et à Vorochilovgrad, pourtant il ne s'agissait pas de manœuvres conjointes. Sur ce point, le communiqué de félicitations du président Vesnik était éloquent.

Tout aussi surprenant était le silence inattendu du Kremlin. Depuis dix-huit minutes que les troupes avaient franchi la frontière, Janine n'avait fait aucune déclaration publique sur l'événement. À l'heure qu'il était, toutes les ambassades occidentales à Moscou devaient être en train de rédiger des lettres de protestation.

Marev et sa petite équipe continuaient de distiller les données brutes interceptées des transmissions parvenant au ministère. Le niveau des effectifs, la quantité de matériels déplacés étaient proprement ahurissants. Mais plus incroyable encore était la disposition de ces matériels. À l'ouest de Novgorod, près du centre administratif ukrainien de Tchernigov, le général de division Andrassi avait déployé sur dix kilomètres ses bataillons d'artillerie en formation de soutien : sur deux cents mètres de large, deux lignes de mortiers M-1973 et M-1974 à un kilomètre d'écart ; et près de mille mètres derrière, formant un triangle avec ces deux groupes avant, un troisième déploiement d'artillerie sur un nouveau front de deux cents mètres. Les canons étaient braqués vers la frontière biélorusse, assez proches pour être équipés de viseurs optiques de tir direct.

Ce n'était pas un exercice. C'étaient des préparatifs de guerre. Et dans ce cas, Orlov se demandait dans quelle mesure Rosski y était impliqué – et par voie de conséquence, lui aussi.

Il demanda à Nina de lui passer au téléphone Rolan Mikyan, le directeur de cabinet du ministre de la Sécurité. Orlov l'avait connu au temps du Cosmodrome, quand l'érudit azéri – il était titulaire d'un doctorat en sciences politiques – était détaché par le GRU, les services de renseignements militaires, pour diriger la sécurité du centre spatial. Tous deux s'étaient rencontrés à plusieurs reprises au cours de l'année écoulée, afin de mettre au point une répartition des renseignements pour éviter de dédoubler leurs efforts. Orlov avait trouvé que si les années n'avaient en rien atténué l'attachement de Mikyan à la Russie, les récents soulèvements l'avaient rendu cynique – sans doute, soupçonnait-il, à cause d'un amour tardif pour sa république natale.

Nina trouva le directeur à son domicile, même s'il ne dormait pas.

« Sergueï, dit Mikyan, j'allais t'appeler...

– Étais-tu au courant pour l'Ukraine ?

– Nous sommes à la tête du renseignement. Nous savons tout ce qui se passe.

– Vous n'étiez pas au courant, n'est-ce pas ?

– Il semble que nous ayons eu un trou dans nos informations en ce domaine, avoua Mikyan. Une tache aveugle ourdie par certains éléments de la hiérarchie militaire, à ce qu'il semblerait.

– Sais-tu que nous avons en ce moment même cent cinquante mortiers pointés sur Minsk ?

– La permanence de nuit vient de m'en informer, répondit Mikyan. Et un appareil catapulté du porte-avions *Murometz* croisant au large d'Odessa vient de survoler la frontière moldave, en prenant grand soin de ne pas la franchir.

– Vous suivez l'affaire depuis plus longtemps que moi, quelle est votre analyse ?

– Quelqu'un de très haut placé a planifié une opération ultra-secrète. Mais n'aie pas de remords, Sergueï. Un tas de gens se sont fait prendre par surprise, y compris, semble-t-il, notre nouveau président.

– Quelqu'un lui a-t-il parlé ?

– À l'heure qu'il est, il s'est isolé avec ses plus proches conseillers. À l'exception du ministre de l'Intérieur.

– Où est Doguine ?

– Il est souffrant, expliqua Mikyan, et récupère dans sa datcha de la banlieue de Moscou.

– Je lui ai parlé il y a quelques heures à peine, observa Orlov, écœuré. Il était en parfaite santé.

– J'en suis tout à fait convaincu... ce qui devrait te fournir un indice sur l'instigateur de tout ceci. »

Le signal d'appel retentit. « Excuse-moi, dit Orlov.

– Attends... Il faut que je me rende au ministère, mais je voulais d'abord t'appeler pour t'avertir d'un élément que tu dois prendre en compte. Doguine a fait financer ton installation par le Kremlin et vous êtes devenus opérationnels peu de temps avant cette incursion. Si le ministère utilise ton centre pour diriger son coup et qu'il perd la partie, tu risques fort de te retrouver devant un peloton d'exécution. Pour crimes contre l'État et intelligence avec une puissance étrangère...

– J'étais plus ou moins en train d'y songer, avoua Orlov. Merci, Rolan. On se retéléphone... »

Dès que Mikyan eut raccroché, Nina avertit Orlov que Zilach était au bout du fil. Le général passa sur la ligne intérieure.

« Oui, Arkadi ?

– Mon général, la défense aérienne de l'île Kolguiev signale que l'Iliouchine 76-T a traversé la Finlande en direction de la mer de Barents et qu'il vient de mettre le cap plein est.

– Ont-ils une idée quelconque de leur destination ?

– Aucune, mon général.

– Un soupçon... quelque chose ?

– Juste l'est, c'est tout. L'appareil vole plein est. Mais ils disent que ce pourrait être un appareil de soutien logistique. Ils se servent de 76-T pour transporter du fret d'Allemagne, de France et de Scandinavie.

– La défense aérienne a-t-elle essayé de l'identifier ?

– Affirmatif, mon général. Ils émettent bien le signal adéquat. »

Ce qui ne voulait rien dire, Orlov le savait. Les balises infrarouges placées dans le nez des avions étaient faciles à fabriquer, acheter ou voler.

– Quelqu'un d'autre a-t-il parlé au 76-T ?

– Négatif, mon général. La plupart des transports maintiennent le silence radio pour ne pas encombrer les fréquences aviation.

– La défense aérienne a-t-elle intercepté des communications extérieures avec d'autres appareils russes ?

– Pas à notre connaissance, mon général.

– Merci. J'aimerais une actualisation toutes les demi-heures, même s'il n'y a pas de changement. Et je veux encore autre chose, Zilach.

– Oui, mon général ?

– Surveillez et enregistrez toutes les communications entre le général Kossigan et le ministère de l'Intérieur. Les lignes téléphoniques régulières comme la liaison satellite particulière du général. »

Le silence radio ne dura que quelques secondes, mais celles-ci parurent une éternité.

« Vous me demandez d'espionner le général Kossigan, mon général ?

– Je vous demande de suivre mes ordres, rétorqua Orlov. Je suppose que vous les répétiez, pas que vous les mettiez en question...

– Bien sûr, mon général, absolument, mon général, dit Zilach. Merci. »

Quand il eut raccroché, Orlov se dit qu'il s'était trompé pour l'avion, que c'était un de ces exercices que la CIA organisait parfois pour voir la réaction des Russes au cas où ils découvriraient que l'équipage d'un de leurs appareils ou d'un de leurs navires était un repaire d'agents infiltrés – recrutés pour fournir des informations sur leur propre domaine de compétence. Il n'y avait rien de pire dans une confrontation militaire que des officiers venant à douter de la loyauté de leurs propres troupes.

Mais son instinct réfutait pareille hypothèse, soutenu par la plus élémentaire prudence. Supposant que l'appareil appartenait aux Américains ou à l'OTAN, il envisagea ses destinations possibles. Les États-Unis ? Il aurait dû survoler l'Arctique ou l'Atlantique. L'Extrême-Orient ? Il aurait emprunté les couloirs aériens passant au sud. Il se remémora sa dernière conversation avec Rosski, et la question qui semblait n'avoir qu'une seule réponse. Pourquoi utiliser un appareil russe sauf s'ils envisageaient de se rendre quelque part en Russie orientale ? Et où en Russie orientale pouvaient-ils désirer se rendre ? Cette dernière question semblait n'avoir également qu'une seule réponse, qui ne plaisait guère à Orlov.

Il composa le 22. Une voix grave gronda dans l'écouteur.

« Officier de soutien logistique Fedor Bouriba.

– Fedor, ici le général Orlov. Voulez-vous contacter le Dr Sagdeev, à l'Institut russe de recherche spatiale, et tâcher de nous avoir un tableau de l'activité, entre neuf heures du soir et une heure ce matin, des satellites US et OTAN qui couvrent toute la Sibérie orientale de la mer d'Okhotsk au plateau de l'Aldan, en descendant jusqu'à la mer du Japon vers le sud.

– Tout de suite, dit Bouriba. Voulez-vous juste un simple relevé de couverture – le repérage par GPS et les horaires de téléchargement des données, ou voulez-vous également les relevés de capteurs électro-optiques, les diagrammes de rayonnement isotrope...?

– Le relevé de couverture suffira. Quand vous l'aurez, corrélez les données avec l'heure à laquelle le fret a été transféré du Gulfstream au train en gare de Vladivostok, et voyez si l'un des satellites pourrait l'avoir observé.

– Bien, mon général. »

Bouriba raccrocha. Calé contre le dossier de son fauteuil, Orlov contempla le plafond. Albert Sagdeev s'occupait du Service de reconnaissance des débris spatiaux à l'Institut russe de recherche spatiale. Ce service avait été créé pour suivre le nombre croissant de carcasses de propulseurs d'appoint, de vaisseaux abandonnés et de satellites à la dérive qui orbitaient autour de la Terre et présentaient un réel danger pour les vols humains. Mais en 1982, ses effectifs avaient doublé, passant de cinq à dix personnes, en même temps qu'on les chargeait d'étudier en secret les satellites-espions américains, européens et chinois. Les ordinateurs de Sagdeev étaient reliés à toutes les stations de télécommunications du pays et enregistraient toutes les données transmises. Même si la majeure partie en était cryptée numériquement et ne pouvait être reconstituée, au moins les Russes savaient-ils qui observait quoi et quand.

Il était concevable – non, *probable*, plus il y réfléchissait – que la recrudescence des mouvements de troupes russes ces derniers jours ait amené les États-Unis et l'Europe à surveiller de plus près les installations militaires comme la base navale de Vladivostok. Auquel cas, ils avaient dû voir transiter les caisses de l'avion au train.

Mais pourquoi cela aurait-il dû éveiller leur curiosité au point d'envoyer dessus un avion ? Surtout quand le train pouvait être observé de l'espace, s'ils voulaient se contenter de le suivre ?

En revanche, si l'appareil avait l'intention d'intercepter le train, il voudrait sans doute passer le moins de temps possible au-dessus du territoire russe. Ce qui impliquait une approche par l'est et laissait donc à son fils entre dix et quatorze heures pour s'y préparer.

Malgré tout, l'entreprise restait périlleuse pour ceux, quels qu'ils soient, qui pilotaient le 76-T, et la question demeurait : pourquoi s'intéresserait-on à ce train ?

En dépit de tous les événements en cours, Orlov devait absolument découvrir pourquoi ce chargement revêtait une telle importance. Et pour ça, il le savait, il n'y avait pas trente-six solutions.

40.

Mardi, 10 : 09, Oussourisk

L'antique locomotive à vapeur datant d'avant-guerre avait une plaque de foyer rouillée, un soc chasse-neige cabossé, et sa cheminée était noircie par des décennies de suie. Le tender était chargé à bloc. La cabine était tapissée non seulement de poussière de charbon mais de souvenirs de trajets précédents à travers toute la Russie : bouts de feuilles séchées des forêts d'Irkoutsk, sable des plaines du Turkestan, suie de pétrole des gisements d'Ousinsk.

Et puis, il y avait les fantômes. Les ombres des innombrables mécaniciens qui avaient tenu le régulateur, des innombrables chauffeurs qui avaient pelleté le charbon dans le foyer. Le sous-lieutenant Nikita Orlov les apercevait dans la poignée en bois du sifflet, encrassée par les ans, sur le plancher métallique aux picots usés par le frottement des bottes et des sabots. Quand il se penchait à la fenêtre, il pouvait imaginer les paysans du début du siècle qui avaient contemplé cette machine avec émerveillement en se disant : « Enfin, le rail arrive en Sibérie ! » Les longs charrois tirés par des bœufs ou des chevaux sur la grande route des postes appartenaient désormais au passé. Aujourd'hui, des centaines de petites bourgades avaient une ligne de vie en fer, pas en boue.

La nostalgie toutefois ne faisait pas toujours bon ménage avec les contraintes de l'heure. Orlov aurait de loin préféré une motrice diesel à cette relique, mais voilà, c'est tout ce que le chef de l'exploitation de Vladivostok avait pu lui trouver. S'il était une leçon qu'Orlov avait apprise du gouvernement et de l'armée, c'est qu'un moyen de transport, voiture, train ou avion, quel que soit son âge et son état, était plus facile à négocier qu'aucun véhicule du tout. On pouvait toujours tenter ensuite de le troquer contre quelque chose de mieux.

Non que la bécane soit si mauvaise, après tout. Malgré plus de six décennies de bons et loyaux services, elle était encore en relativement bon état, estima Nikita Orlov. L'embiellage, les roues et les cylindres paraissaient solides. Et derrière son tender, la machine tractait deux fourgons à bagages et un fourgon de queue. Elle filait même à bonne allure, plus de soixante kilomètres-heure malgré la tempête de neige. À cette vitesse, et avec deux équipes de soldats pour se relayer à la chauffe, le lieutenant Orlov espérait être sorti du blizzard d'ici seize à dix-sept heures. D'après son second et l'opérateur radio, le caporal Fodor, cela devait les mener entre Khabarovsk et Bira.

Nikita et le blond Fodor au visage poupin étaient assis face à face autour d'une table en bois dans le premier fourgon à bagages. Le tiers des caisses en bois étaient empilées sur six rangs d'épaisseur, contre la paroi du fond. La porte coulissante à droite était ouverte, et une antenne parabolique avait été fixée sur le rebord. Deux câbles la reliaient au téléphone satellite codé dont la mallette était posée par terre, sur une couverture. Fodor avait agrafé un bout de toile sur une partie de l'ouverture pour empêcher le vent et les flocons d'entrer. Il devait se relever toutes les trois minutes pour nettoyer la neige humide collée sur la parabole.

Les deux hommes étaient emmitouflés dans des vêtements d'hiver blancs et chaussés de bottes fourrées. Leurs gants étaient posés à côté d'une lanterne, sur la table devant eux. Nikita fumait une cigarette roulée et tenait le dos de ses mains nues tout près de la lanterne. Fodor travaillait sur un portable alimenté par batterie. Ils devaient crier pour s'entendre entre les hurlements du vent et le cliquetis des roues.

« Il faudrait trois rotations de soixante-quinze kilomètres avec un MI-8 pour transporter le chargement jusqu'au site le plus proche où pourrait se poser un avion à réaction », annonça Fodor en étudiant la carte affichée en vert et noir à l'écran. Il fit pivoter l'ordinateur pour la montrer à l'officier. « À savoir ici, mon lieutenant, juste au nord-ouest du fleuve Amour. »

Nikita regarda l'écran en fronçant les sourcils. « Si du moins on réussit à avoir un avion. Je n'arrive toujours pas à comprendre le problème à Vladivostok : pourquoi ils n'avaient rien d'autre que ce train.

– Peut-être que nous sommes en guerre, mon lieutenant, plaisanta Fodor, et que personne n'a pris la peine de nous avertir. »

Le téléphone retentit. Fodor se pencha pour décrocher, plaqua le combiné noir contre une oreille, se bouchant l'autre pour entendre. Quelques instants après, il déplaça la lanterne et tendit l'appareil à Nikita.

« C'est Korsakov, relayant un appel du général Orlov », dit Fodor, les yeux écarquillés, une trace de crainte respectueuse dans la voix.

Impassible, Nikita prit le combiné et cria : « Mon général ?

– Est-ce que tu m'entends ? dit la voix lointaine.

– À peine ! Si vous parlez plus fort... »

Le général poursuivit, en articulant lentement : « Nikita, nous pensons qu'un Iliouchine 76-T aux mains d'une puissance étrangère pourrait tenter d'intercepter votre train, tard dans la soirée. Nous essayons de déterminer qui est à bord et ce qu'emporte l'appareil, mais pour ce faire, j'aurais besoin de connaître la nature de ta cargaison. »

Nikita tourna son regard vers les caisses. Il n'arrivait pas à saisir pourquoi son père ne posait pas simplement la question à l'officier responsable de l'opération. « Mon général, le capitaine Lechev ne m'a pas confié cette information.

– Dans ce cas, j'aimerais que tu m'ouvres une de ces caisses, dit le général Orlov. J'entre cet ordre dans mon journal, ainsi tu ne seras pas tenu responsable de l'inspection du chargement. »

Nikita continuait de fixer les caisses. Il s'interrogeait depuis le début sur leur contenu et, entérinant l'ordre de son père, il lui demanda de rester en ligne.

Après avoir rendu le téléphone à Fodor, il enfila ses gants et se dirigea vers le fond du wagon. Il décrocha une pelle accrochée à la paroi, inséra la lame sous le couvercle de bois, posa le pied sur le manche et fit levier. Le couvercle se souleva avec un grincement.

« Caporal, amenez-moi la lanterne. »

Fodor arriva en hâte, et quand la lueur orangée

tomba sur la caisse, ils découvrirent des liasses de billets de cent dollars américains liées par des bandes de papier blanc et soigneusement empilées.

Nikita repoussa le couvercle de la pointe de sa botte. Il dit à Fodor d'ouvrir une autre caisse, puis retourna vers la table, à l'autre bout du fourgon bringuebalant, et saisit le téléphone.

« Les caisses contiennent de l'argent, papa. Des billets américains.

– Celle-ci aussi, mon lieutenant ! cria Fodor. Des dollars.

– C'est probablement ce qu'elles contiennent toutes, dit Nikita.

– De l'argent pour une nouvelle révolution », dit le général Orlov.

Nikita masqua son oreille libre avec sa paume. « Pardon, mon général ?

– Korsakov t'a-t-il mis au courant, pour l'Ukraine ?

– Négatif, mon général, on ne nous a rien dit. »

À mesure qu'Orlov l'informait du mouvement des armées du général Kossigan, Nikita sentait la colère le gagner. Ce n'était pas seulement le fait d'être coupé de toute action militaire proprement dite. Nikita ignorait si son père et le général Kossigan avaient eu des contacts par le passé, même s'il voyait bien qu'ils ne jouaient pas dans le même camp pour cette incursion. Et cela présentait un problème, car il aurait préféré travailler du côté d'un officier ambitieux et dynamique comme le général Kossigan, plutôt qu'avec un ancien pilote d'essai bardé de décorations... qui ne se souvenait qu'il avait un fils que lorsque celui-ci le gênait.

Quand son père eut fini, le jeune officier reprit : « Puis-je vous parler ouvertement, mon général ? »

La requête était tout à fait irrégulière. Dans l'armée russe, l'idée même de s'adresser plus ou moins familièrement à un supérieur était inacceptable. La réponse à toute question n'était pas *da* ou *niet*, mais *tak totchno* ou *nikat niet* – « absolument » ou « hors de question ».

« Mais oui, bien sûr, répondit le général Orlov.

– Est-ce la raison pour laquelle tu m'as envoyé chaperonner cette expédition ? demanda Nikita. Pour me tenir éloigné du front ?

– La première fois que je t'ai contacté, fils, il n'y avait pas de front.

– Mais tu savais que c'était imminent. Obligé. D'après ce qu'on disait à la base, au poste que tu occupes maintenant, les surprises, ça n'existe pas.

– Ce que tu entends, ce sont les derniers râles d'agonie de la machine de propagande, rétorqua le général Orlov. L'opération a pris au dépourvu un grand nombre d'officiers haut placés, moi le premier. Et jusqu'à ce que j'en sache plus, je ne veux pas que cet argent quitte ce train.

– Et si le général Kossigan veut s'en servir pour monnayer la coopération de fonctionnaires locaux ukrainiens ? demanda Nikita. Retarder ce transfert de fonds pourrait coûter la vie à des Russes.

– Ou au contraire les sauver, fit remarquer le général Orlov. Faire la guerre, ça coûte de l'argent.

– Mais est-ce bien prudent de chercher à le doubler ? J'ai entendu dire que c'est un soldat quasiment depuis le berceau.

– Et par bien des aspects, nota le général sans se démonter, il n'en est toujours pas sorti. Tu vas m'instaurer des tours de garde continus à bord du train pour que personne ne puisse approcher de la rame, et vous ne ferez monter personne sans m'en avoir avisé au préalable.

– Bien, mon général. Quand nous recontacterez-vous ?

– Je vous donnerai d'autres détails sur l'argent ou sur l'Iliouchine dès que j'en aurai. Nikki, j'ai le pressentiment que tu es plus proche du front que l'on se l'imagine, toi et moi. Sois prudent.

– Bien compris, mon général. »

Le lieutenant pressa le bouton à gauche du micro, coupant la communication. Il demanda à Fodor de déneiger la parabole, puis se tourna vers l'ordinateur. Il parcourut du regard l'itinéraire tracé sur la carte, d'Ippolitovka à Sibirtchevo et Mouchnaya en continuant vers le nord. Puis il consulta sa montre.

« Caporal Fodor. Nous devrions arriver à Ozernaya Pad d'ici une demi-heure environ. Dites à notre mécanicien de nous y arrêter.

– Oui, mon lieutenant », dit Fodor en se dirigeant vers l'avant du fourgon où se trouvait l'interphone installé avec la locomotive.

Nikita veillerait à la sécurité du convoi. C'était pour l'avenir de la Russie, et personne – pas même son père, le général – ne l'arrêterait.

41.

Lundi, 19 : 10, Washington, DC

« Ça y est ! »

Hood somnolait sur son divan, ravi de confier à Curt Hardaway et à l'équipe de nuit une partie des tâches de routine, quand Lowell Coffey entra dans son bureau resté ouvert. Sa mine était radieuse.

« Signé, tamponné et – s'il vous plaît ! – livré à domicile ! »

Hood se releva, tout sourire. « La commission a dit oui ?

– Ils ont dit oui, confirma-t-il, même si je n'y suis pour rien. Ce sont les Russes eux-mêmes qui ont fait pencher la balance en expédiant cent mille hommes en Ukraine.

– Je m'en occupe, dit Hood. Mike est-il prévenu ?

– Je viens de le voir, dit Lowell. Il doit arriver. »

Hood examina le document surmonté de la signature du sénateur Fox, bien en évidence pour que tous les braves conservateurs la voient. Hood non plus n'était pas mécontent de la voir, lui qui s'était déjà résolu à appuyer Rodgers pour la mission des Attaquants. Les tractations diplomatico-financières, c'était bien, mais l'action sur le terrain, ce n'était pas mal non plus.

Tandis que Lowell repartait informer Martha Mackall, Hood se rassit sur le divan, prévint par courrier électronique Hardaway, puis se massa les paupières et chercha à se remémorer pourquoi au juste il avait voulu diriger l'Op-Center.

Hood et tous les gens qu'il connaissait – y compris le président, avec qui il était souvent en désaccord – accomplissaient leur tâche, d'abord et avant tout, parce qu'ils ne se satisfaisaient pas de saluer les couleurs, la main posée sur le cœur. Il leur fallait y consacrer leur vie et toute leur énergie. Rodgers lui avait donné la plaque de cuivre qui trônait sur son bureau avec cette phrase prononcée jadis par Thomas Jefferson : « L'arbre de la liberté doit être arrosé parfois du sang des patriotes et des tyrans. » Dès ses années d'étudiant, il avait voulu se consacrer à cette mission.

Cette mission sacrée, se corrigea-t-il.

Rodgers arriva sur ces entrefaites, accompagné de Bob Herbert et, après s'être serré la main, les deux hommes tombèrent dans les bras l'un de l'autre.

« Merci, Paul, dit Rodgers. Charlie a hâte de foncer. »

Hood ne dit rien mais il savait ce à quoi ils pensaient tous les deux : maintenant qu'ils avaient obtenu ce qu'ils voulaient, ils priaient pour que tout se passe bien.

Hood alla s'asseoir à son bureau. « Donc, ils ont le feu vert pour y aller. Comment compte-t-on s'y prendre pour les récupérer ?

– Quoi qu'ait pu décider la commission, mes amis du Pentagone nous avaient déjà donné le Mosquito.

– Qui est ?

– Un appareil ultra-secret, du type furtif. Les gars du

Pentagone n'ont pas encore achevé les essais sur le terrain. Ils l'avaient amené à Séoul parce qu'ils pensaient qu'il pourrait éventuellement nous être utile lors de la crise que nous avons connue là-bas. Mais comme c'est le seul moyen dont on dispose pour entrer et sortir de Russie sans être vus, entendus ou sentis, on n'a pas vraiment le choix.

– Charlie est d'accord avec ce plan ? »

Rodgers s'esclaffa : « On dirait un gosse avec un nouveau jouet. Filez-lui un bon gros engin, tout nouveau tout beau, et il est ravi.

– Quelle est la chronologie de l'opération ?

– Le Mosquito devrait avoir atterri au Japon aux alentours de dix heures du matin, heure locale. Ajoutez-y trois quarts d'heure pour le transfert à bord du 76-T, et ensuite ils n'ont plus qu'à attendre notre feu vert.

– Et si l'appareil doit se poser ? » demanda calmement Hood.

Rodgers inspira un grand coup. « Il devra être détruit le plus complètement possible. Il est équipé d'un bouton d'autodestruction, et l'effet est assez radical. Si l'équipage en est empêché pour une raison quelconque, l'équipe d'Attaquants devra le faire à sa place. En aucun cas le Mosquito ne doit tomber aux mains des Russes.

– Quelle est la solution de rechange en cas d'échec ?

– Le groupe d'Attaquants a un tout petit peu plus de six heures d'obscurité pour franchir les dix-huit kilomètres jusqu'à l'Iliouchine. Le terrain est vallonné mais négociable. Même dans l'hypothèse la moins favorable, avec une température descendant au-dessous de moins quinze, ils sont équipés de vêtements isothermes et de lunettes amplificatrices. Ils devraient pouvoir y arriver.

– Comment le 76-T résistera-t-il ? demanda Hood.

– Ce zinc est un oiseau polaire, répondit Herbert. Rien ne peut geler à bord, tant que la température extérieure ne passe pas sous la barre des moins vingt-quatre, ce qui ne devrait pas arriver.

– Et si ça arrive ? insista Hood.

– Si la température commence à dégringoler, on redécollera, on préviendra les Attaquants, et ils devront se planquer en attendant qu'on puisse les extraire. Ils ont reçu un entraînement à la survie. Tout se passera bien. D'après les études de terrain faites par Katzen, il y a quantité de petit gibier juste à l'ouest de la chaîne de Sikhote-Aline, et les collines sont truffées de grottes où s'abriter et se cacher.

– Donc, pas de problème, si on arrive jusque là. Quels sont nos plans de rabattement si les Russes identifient le 76-T et se rendent compte qu'il n'est pas un des leurs ?

– Peu probable, répondit Rodgers. Nous avons réussi à piquer la balise IFF de l'un des 76-T qu'ils ont perdus en Afghanistan. Les Russes n'ont plus modifié depuis des années leur technologie d'IFF, l'identification ami/ennemi, donc pas de problème de ce côté-là. Ce n'est pas comme nos avions qui émettent des signaux hyperfréquences destinés aux répéteurs des autres appareils et aux stations de contrôle au sol.

– Et les communications avec l'Iliouchine ?

– Notre seul contact avec eux s'est fait en code. Les Russes sont habitués à nous voir émettre des signaux bidon pour embouteiller leurs ressources, et ils ont tendance à négliger les communications transmises à leurs propres avions. Au cours des prochaines heures, nous allons multiplier les conversations avec leurs appareils pour les conforter dans l'idée que c'est bien ce qui se passe : que nous les harcelons à cause de leur déploiement de troupes. Dans l'intervalle, le 76-T maintiendra le silence radio, comme la plupart des autres avions de transport russes. Si leur défense aérienne commence à s'énerver, on leur causera. La couverture que nous avons donnée au pilote est qu'il transporte des pièces détachées de machines-outils en provenance de Berlin et des vessies de caoutchouc en provenance d'Helsinki. Il y a une forte pénurie de caoutchouc en Russie en ce moment. Si pour une raison quelconque ils avaient déjà remarqué le 76-T, cela justifiera sa présence en Allemagne et en Finlande.

– Ça me plaît bien, dit Hood. Ça me plaît même beaucoup. Je suppose qu'ils font ce large détour par le nord de la Sibérie pour éviter les couloirs aériens et ne pas venir titiller les radars russes ? »

Rodgers acquiesça. « Leur espace aérien est pas mal encombré à l'heure qu'il est. Si le 76-T est forcé de parler aux Russes, ils goberont notre histoire, puisque nous ne sommes pas censés transporter d'éléments sensibles comme des troupes, des rations ou des armes.

– Et si notre couverture est éventée, pour une raison ou pour une autre ? À quel STOP recourt-on ? s'enquit Hood, employant l'acronyme pour *Sudden Termination Of Procedure.*

– En cas d'annulation anticipée d'une mission dans l'espace aérien russe, récita Herbert, on applique le silence radio total et on se tire fissa. Sans oublier deux ou trois trucs qu'on garde dans notre manche pour la retraite. Ils ne nous abattront pas, sauf s'ils sont absolument certains que nous ne sommes pas un des leurs – et ça, ils n'en auront aucune garantie.

– Ça me paraît tenir debout. Dites à l'unité T/S et au reste de votre équipe qu'ils ont fait du sacré bon boulot.

– Merci, ce sera dit. (Rodgers saisit le presse-papiers en forme de globe et se mit à le faire tourner dans sa main.) Paul, il y a un autre truc qui se trame. C'est la seconde raison pour laquelle le Pentagone désire nous voir faire un petit numéro avec leur Mosquito. »

Hood leva les yeux vers Rodgers. « Un *numéro* ? »

Rodgers acquiesça. « Deux des quatre divisions d'artillerie motorisée déployées sur le front du Turkestan ont été retirées et envoyées en Ukraine. Kossigan a retiré une division blindée de la IXe armée sur le front du Transbaïkal et une brigade héliportée du front d'Extrême-Orient. Si les combats éclatent avec la Pologne et que de nouvelles forces sont rapatriées de la frontière chinoise, il y a de bonnes chances que Pékin décide de faire des siennes. Les Chinois ont récemment nommé le général Wu De à la tête du XIe groupe armé à Langzou. Si vous lisez le rapport de Liz, vous verrez que ce type est fou à lier.

– Je l'ai lu, confirma Hood. C'était un astronaute de feu leur programme spatial.

– Exact. Cela dit, nous avons déjà fait des simulations de guerre en suivant ce schéma, donc rien de tout ceci ne s'en écarte radicalement. En fait, le président a simplement demandé au Pentagone de les transmettre. Si les Chinois placent en alerte cinq divisions de gardes-frontières pour menacer les Russes d'un second front, ces derniers ne reculeront pas. Ce n'est pas dans leurs habitudes, ils ne vont pas en changer aujourd'hui. Il y aura des escarmouches, et la guerre sera inévitable, à moins que la voix de la sagesse – celle de Janine, en l'occurrence – ne prévale. Notre politique dans une telle situation est de soutenir le clan pacifiste, mais ce faisant, nous devrons nous aligner sur Janine et peut-être même l'épauler militairement...

– En rompant notre accord avec Grozny, termina Hood. Un putain de sac de nœuds. On contribue à séparer Pékin et Moscou et, en récompense, on se retrouve assaisonné de frappes terroristes.

– C'est tout à fait possible, admit Rodgers. Raison pour laquelle notre escadrille d'"attaque furtive" prend toute son importance. Plus nous pourrons nous impliquer dans la crise sans que Grozny s'en aperçoive, mieux cela vaudra. »

Le téléphone se manifesta. Hood regarda le code numérique affiché sur l'écran à cristaux liquides au bas du combiné. C'était Stephen Viens, du NRO.

Hood décrocha. « Quoi de neuf, Stephen ?

– Paul ? Je vous croyais en congé ?

– Je suis rentré. Tu parles d'un service de renseignements...

– Très drôle. Bob voulait qu'on surveille cette rame du Transsibérien, or il y a du nouveau.

– De quel ordre ?

– Pas terrible. Regardez plutôt sur votre moniteur. Je vous envoie l'image. »

42.

Mardi, 9 : 13, Séoul

Les vitres du hangar de la base dans la banlieue de Séoul étaient à l'épreuve des balles et peintes en noir. Les portes étaient verrouillées, gardées par des sentinelles, et personne en dehors des membres de l'équipe M de l'Air Force n'avait le droit d'y pénétrer. L'unité Mosquito était sous le commandement du général Donald Robertson, vieux briscard de soixante-quatre ans qui avait découvert le saut à l'élastique lorsqu'il en avait soixante et qui le pratiquait désormais une fois par jour à l'heure du déjeuner.

À l'intérieur, le groupe de vingt soldats avait répété cet exercice des dizaines de fois avec un prototype en bois et plastique. À présent que l'alerte et la charge utile étaient bien réels, ils évoluaient avec encore plus de vitesse et de précision, stimulés par la nécessité, manipulant les éléments noir mat d'une étonnante légèreté sans le moindre bruit et avec assurance. Ils avaient répété le chargement sur toute une gamme d'appareils, du Sikorsky S-64 pour les missions à moins de quatre cents kilomètres jusqu'aux gros avions-cargos, que ce soit le StarLifter ou l'antique Short Belfast de la RAF pour des vols de sept mille kilomètres et plus. Pour le trajet de douze cents kilomètres jusqu'à Hokkaido, le général Milton A. Warden avait autorisé l'emploi d'un Lockheed C-130E. De tous les appareils actuellement postés en Corée du Sud, c'était celui qui disposait de la soute la plus vaste, et sa rampe d'accès hydraulique facilitait dans une certaine mesure les manutentions. Comme l'avait expliqué Mike Rodgers à Warden, la vitesse allait être l'élément crucial, une fois que l'Hercules se serait posé au Japon.

Pendant que l'équipe M chargeait la soute, pilote, copilote et navigateur révisaient le plan de vol, puis vérifiaient les quatre turbopropulseurs Allison T-56-A-1A, avant d'obtenir l'autorisation de décollage de la tour. Située à mi-chemin d'Otaru, sur la côte, et de la préfecture de Sapporo, la base aérienne secrète avait été installée au début de la guerre froide pour servir de relais aux missions en Sibérie orientale, et elle avait accueilli entre dix et quinze avions-espions américains jusqu'à ce que les satellites prennent plus ou moins la relève au début des années quatre-vingt. Aujourd'hui, les troupes stationnées jouaient les guetteurs, se contentant de surveiller au radar et par radio le trafic aérien russe.

Mais avec la responsabilité de ces deux gros porteurs et la nécessité d'obtenir des informations géographiques et météorologiques précises, les guetteurs étaient revenus à leurs premières amours. Et tandis que le Hercules roulait hors de son hangar à Séoul, les troupes d'Hokkaido se préparaient à contribuer à la définition d'objectif, puis au lancement et au guidage d'un engin dont l'action mystérieuse était appelée à plonger les Russes dans la plus grande perplexité.

43.

Mardi, 4 : 05, golfe de Finlande

L'odeur à l'intérieur du sous-marin de poche était épouvantable. L'air recyclé était sec et rance. Mais pour Peggy James, ce n'était pas cela le pire. Elle détestait cette sensation de totale désorientation. Le submersible roulait et tanguait sans cesse, ballotté par les courants. Le timonier se servait des barres de plongée pour rectifier le cap, ce qui, durant un moment, transforma ce doux canasson en cheval sauvage et piaffant.

Elle souffrait également de troubles visuels et auditifs. Déjà, il fallait qu'ils chuchotent. Et l'épaisseur de la coque plus l'environnement aquatique finissait d'assourdir tous les bruits. Hormis la faible lueur émise par le tableau de bord, le seul éclairage provenait de la minuscule torche à visière qu'ils avaient le droit d'utiliser. Sa méchante lumière jaune, ajoutée aux longues heures de veille et à la touffeur soporifique de la cabine, faisait qu'elle avait du mal à garder les yeux ouverts. Au bout de deux heures à peine de plongée, elle avait hâte de se retrouver à mi-parcours, quand ils referaient surface, mais il lui restait encore quatre heures à patienter.

Point positif en revanche, David George avait très

vite assimilé les phrases en russe, ce qui lui rappela qu'il ne fallait jamais juger un individu à son accent traînant ni confondre grands yeux curieux et naïveté. George était un petit gars doué et plein de jugeote dont chacun des actes semblait imprégné d'un enthousiasme juvénile. Même s'il n'était guère moins qu'elle un marin d'eau douce, il ne semblait pas souffrir du voyage.

Peggy et George tuèrent le temps en parcourant leurs cartes de Saint-Pétersbourg et leurs plans de l'Ermitage. Elle partageait l'avis des spécialistes du DI-6 qui estimaient que les éventuelles activités d'espionnage devaient être liées à celles du nouveau studio de télévision ; Fields-Hutton avait sans doute vu juste en le localisant dans les sous-sols du musée. Non seulement le studio procurait une couverture idéale pour l'équipement dont auraient besoin les Russes comme pour le type de signaux qu'ils étaient susceptibles d'émettre, mais sa situation en sous-sol le mettait à bonne distance de l'aile ouest qui abritait, à l'étage, les collections numismatiques du musée. Or, le métal des pièces risquait d'affecter des instruments sensibles.

Où qu'elle soit située dans l'enceinte du musée, l'installation nécessitait des câbles de transmission. Et s'ils les trouvaient, ils pourraient alors découvrir ce qui se tramait à l'intérieur. Mieux, si le centre était enterré, il y avait de fortes chances pour que ces câbles soient posés à l'intérieur de gaines d'aération ou à proximité. D'abord, il était plus facile de les faire passer dans des conduits préexistants, ensuite, cela facilitait les réparations et leur éventuel remplacement. Restait encore à savoir s'ils devraient attendre la nuit pour effectuer leur traque électronique ou bien s'ils pourraient trouver un endroit discret dans le musée pour utiliser l'équipement apporté par Peggy.

Sentant ses paupières s'alourdir dans la pénombre, celle-ci demanda à George s'ils pouvaient terminer plus tard. Il reconnut qu'il commençait lui aussi à fatiguer et qu'il se reposerait volontiers. Elle ferma les yeux et se blottit dans son siège, sans plus penser au sous-marin, préférant s'imaginer sur une balançoire dans le jardin d'une chaumière à Tregaron, au pays de Galles. C'était là qu'elle avait grandi et si souvent passé ses vacances avec Keith, dans un monde de guerre froide qui, bizarrement, était moins dangereux et plus prévisible que ce nouvel ordre postcommuniste...

44.

Mardi, 6 : 30, Saint-Pétersbourg

« Mon général, dit l'officier radio Marev au téléphone, Zilach a dit que vous vouliez être tenu au courant des communications entre le général Kossigan et le ministre Doguine. Il y en a une, en ce moment, brouillée, code Voie lactée. »

Le général Orlov sursauta dans son fauteuil. « Merci, Titev. Entrez-la dans l'ordinateur. »

Le code Voie lactée était le plus complexe employé par les militaires russes. Utilisé sur les lignes publiques, il ne se contentait pas de brouiller électroniquement les conversations mais les dispersait sur quantité de longueurs d'onde – littéralement comme une poussière d'étoiles – de sorte qu'en l'absence de décodeur, il faudrait quasiment plusieurs dizaines de récepteurs calés sur des fréquences différentes pour reconstituer l'ensemble du message. Le bureau du ministre et le centre de commandement de Kossigan possédaient l'appareillage adéquat. Titev aussi.

Orlov raccrocha et, en attendant de recevoir la transcription du message décrypté, il mangea le sandwich au thon que lui avait préparé Macha tout en récapitulant les trois heures écoulées. Rosski s'était retiré dans son bureau à quatre heures et demie. Finalement, il était assez rassurant de savoir que même les hommes d'acier du Spetnats devaient récupérer. Orlov savait qu'il lui faudrait du temps avant de réussir à faire vibrer la bonne corde chez Rosski, mais il se dit que malgré tous ses défauts, le colonel restait un bon soldat. Si long soit-il, l'effort en vaudrait la peine.

Orlov était sorti pour accueillir l'équipe de nuit dans les locaux désormais pleinement opérationnels et en avait profité pour inviter dans son bureau l'homologue de Rosski, le colonel Oleg Dal. Ce dernier, qui avait sur Rosski une opinion encore plus tranchée que lui, était un sexagénaire, vétéran de l'armée de l'air et ancien instructeur du futur général. C'était l'un des nombreux officiers dont la carrière avait été quasiment mise au point mort après que le jeune Allemand Mathias Rust eut pénétré les défenses soviétiques pour poser son coucou sur la place Rouge, en 1987. Dal détestait cette façon qu'avait Rosski de vouloir se raccrocher à toute forme de commandement, même dans les domaines où le colonel avait le moins d'expérience. Il voulait bien admettre que c'était son côté Spetnats. Mais ça ne le rendait pas plus sympathique.

Le général Orlov informa Dal de l'existence du 76-T et de sa progression vers l'est. Il se trouvait à présent au sud-est de l'archipel François-Joseph, dans l'océan Arctique. Il l'informa également des efforts déployés par les services de renseignements américains pour communiquer avec d'autres avions de transport russes. Dal admit que ce 76-T paraissait louche, non seulement à cause de son itinéraire qui l'éloignait de l'action mais aussi parce qu'on n'avait aucune trace d'un quelconque transfert de matériel à Berlin ou à Helsinki. Même s'il était toujours possible qu'un tel transport soit gardé secret, Dal suggéra qu'on envoie un intercepteur faire un passage rapproché pour signaler au pilote de l'Iliouchine de rompre le silence radio et de s'expliquer sur sa mission. Orlov accepta et lui demanda de mettre au point les détails avec le général Petrov, responsable des quatre divisions de défense aérienne qui patrouillaient le long du cercle polaire.

Orlov décida de ne rien dire de l'argent chargé à bord du Transsibérien. Il voulait d'abord découvrir ce que tramaient Doguine et Kossigan avant de prendre une décision, et il espérait que ce dernier coup de fil entre les deux hommes lui donnerait quelques indications supplémentaires.

Orlov s'empressa de finir son sandwich alors que la transcription du dialogue commençait à lui parvenir. Il prit dans le sac une serviette en papier et s'essuya les lèvres. Elle portait encore un soupçon du parfum de Macha et il sourit.

À mesure que lui parvenaient les voix, Titev les avait indexées pour que l'ordinateur reconnaisse qui était Kossigan et qui était Doguine. Le texte apparut, découpé en blocs séparés à chaque changement d'interlocuteur et ponctués en fonction des inflexions du locuteur. Orlov le déchiffra avec une inquiétude grandissante. C'était moins l'avenir de la paix qui le préoccupait que les relations de dépendance que révélait ce dialogue.

Doguine : Camarade général, il semble que nous ayons pris par surprise le Kremlin et le reste du monde.

Kossigan : C'était ma *zadatcha dnia*... ma mission de la journée.
Doguine : Janine cherche encore à deviner ce qui est en train de se passer...
Kossigan : Je te l'avais dit : force-le à réagir plutôt qu'à agir et il est impuissant.
Doguine : C'est la seule raison pour laquelle je t'ai autorisé à progresser aussi loin avec tes troupes avant que les fonds n'arrivent.
Kossigan : Autorisé ?
Doguine : Autorisé, laissé, quelle différence ? Tu avais raison de vouloir placer Janine sur la défensive aussi vite.
Kossigan : Toujours profiter de sa lancée...
Doguine : On en profitera. Où êtes-vous au juste ?
Kossigan : Cinquante kilomètres à l'ouest de Lvov, en Pologne. Tous les régiments de l'avant sont en place et j'aperçois la Pologne depuis ma tente de commandement. Nous n'attendons plus que les grands actes de terrorisme que l'argent de Chovitch est censé me payer. Où sont-ils ? Je m'impatiente.
Doguine : Il va peut-être falloir attendre un petit peu plus longtemps que prévu.
Kossigan : Attendre ? Comment ça ?
Doguine : La neige. Le général Orlov a dû transférer les caisses à bord d'un train.
Kossigan : Six milliards de dollars dans un train ! Tu crois qu'il se méfie ?
Doguine : Non, non, rien de tout ça. Il l'a fait pour permettre à la cargaison de traverser le blizzard.
Kossigan : Mais à bord d'un train, camarade ministre ? Tellement vulnérable...
Doguine : Le fils d'Orlov lui-même en a la garde, avec

ses hommes. Rosski me garantit que le garçon est un vrai soldat, pas un singe spatial bien dressé.

Kossigan : Il pourrait être de mèche avec son père.

Doguine : Je t'assure, camarade général, que tel n'est pas le cas. Et personne n'entendra plus jamais parler de cet argent après ça. Quand tout sera fini, nous mettrons à la retraite Orlov senior et renverrons Orlov junior dans sa garnison d'où nul n'entendra plus jamais parler de lui. Ne te fais pas de soucis. Je vais faire récupérer le chargement à l'ouest de Bira, à l'écart des intempéries, et vous l'expédier par avion.

Kossigan : Quinze ou seize heures de perdues ! La première perturbation majeure aurait dû se produire entre-temps ! Tu risques de laisser à Janine le temps de maîtriser la situation.

Doguine : Pas de danger. J'ai parlé avec nos alliés au gouvernement. Ils comprennent le retard...

Kossigan : Des alliés ? Des profiteurs, oui, pas des alliés. Si Janine découvre notre lien avec les événements et s'il leur met le grappin dessus avant que l'argent ne leur ait garni les poches...

Doguine : Ça ne risque pas. Le président ne fera rien pour le moment. Et nos laquais polonais agiront dès qu'ils seront payés.

Kossigan : Le gouvernement ! Les Polonais ! On peut très bien s'en passer ! Laisse-moi expédier mes Spetnats déguisés en ouvriers d'usine ou de chantier naval pour attaquer les commissariats de police et les chaînes de télévision !

Doguine : Jamais je ne pourrai t'autoriser à faire une chose pareille !

Kossigan : Autoriser ?

Doguine: Ce sont des professionnels. Nous avons besoin d'amateurs. Tout ceci doit ressembler à une révolte qui embrase tout le pays, pas à une invasion.

Kossigan: Pourquoi ? Qui doit-on amadouer ? Les Nations unies ? La moitié de l'armée de terre et de l'aviation, les deux tiers de la marine de l'Union soviétique appartiennent à la Russie. Nous contrôlons cinq cent vingt mille fantassins, trente mille hommes des forces balistiques stratégiques, cent dix mille soldats de la défense aérienne, deux cent mille marins...

Doguine: Nous ne pouvons manquer à nos engagements avec le monde entier !

Kossigan: Et pourquoi pas ? Je peux m'emparer d'abord de la Pologne, et ensuite du Kremlin. Quand nous aurons le pouvoir, peu importera l'avis de Washington ou des autres !

Doguine: Et comment contrôleras-tu la Pologne quand il faudra continuer d'avancer ? Par la loi martiale ? Même tes troupes seront trop disséminées.

Kossigan: Hitler avait fait des exemples avec des villages entiers. Ça lui avait réussi.

Doguine: Il y a un demi-siècle, oui. Plus aujourd'hui. Paraboles satellite, téléphones cellulaires et télécopieurs empêchent désormais d'isoler et de démoraliser une nation. Je te l'ai déjà dit : ce mouvement doit être une lame de fond, guidée par des leaders et des fonctionnaires déjà en place. Des personnalités qu'on peut acheter mais en qui les Polonais aient confiance. Nous ne pouvons nous permettre d'affronter le chaos.

Kossigan: Et la promesse de pouvoirs élargis une fois qu'ils auront remporté les élections, dans deux mois ? N'est-ce pas suffisant pour motiver les maires et les préfets ?

Doguine : Certes. Mais ils ont également tenu à avoir une compensation financière si jamais ils perdaient.

Kossigan : Les salauds !

Doguine : Ne te fais pas d'illusions, camarade général. Nous sommes tous des salauds. Garde ton calme, c'est tout. J'ai déjà prévenu Chovitch que l'expédition aurait du retard, et il a prévenu ses agents.

Kossigan : Comment l'a-t-il pris ?

Doguine : Il a dit qu'il avait l'habitude de compter les jours en inscrivant des traits sur le mur de sa cellule. Ce n'est pas quelques marques de plus qui vont le gêner.

Kossigan : Je l'espère. Surtout pour toi.

Doguine : Tout se poursuit comme prévu – avec juste un petit retard. Au lieu de fêter notre nouvelle révolution dans vingt-quatre heures, ce sera dans quarante...

Kossigan : J'espère que tu as raison, camarade ministre. Quoi qu'il advienne, je t'en fais le serment : j'irai en Pologne. Bonsoir.

Doguine : Bonsoir, camarade général, et encore une fois, reste calme. Je ne te décevrai pas.

À la fin de la transmission, Orlov se sentait comme au sortir de sa première séance de centrifugeuse, lors de son entraînement de cosmonaute : désorienté et malade.

Leur plan était d'envahir l'Europe orientale, de chasser Janine, puis de rebâtir un empire soviétique. Un plan diabolique mais ingénieux. On fait sauter le siège d'un journal communiste dans une bourgade polonaise. Les militants communistes de toutes les villes, de Varsovie à la frontière ukrainienne, répliquent par des manifestations violentes, hors de proportion avec l'attentat, et Doguine obtient sa lame de fond tandis que les communistes de toujours se sentent encouragés – il y en a encore un bon nombre qui se souviennent avec respect de la façon dont Wladyslaw Gomulka avait chassé les staliniens en 1956 et créé un communisme à la polonaise, curieux hybride de socialisme et de capitalisme. La Pologne est déchirée face à la renaissance des anciennes alliances de Solidarité et de l'Église qui se liguent contre les communistes, exactement comme lorsque leur pape exhortait les catholiques à donner leurs voix à Lech Walesa pour la présidence. Les communistes sortent du placard, prêts à rejouer le coup des grèves, de la pénurie et du désordre qu'a connus la Pologne en 1980. Des réfugiés affamés envahissent les riches terres à l'ouest de l'Ukraine, les vieilles tensions entre catholiques et orthodoxes polonais sont ravivées, l'armée polonaise fait appel aux chars et à l'infanterie pour contenir l'exode, et les troupes de Kossigan sont mises à contribution pour renvoyer chez eux les réfugiés. Une fois entrées en Pologne, ces troupes ne se retirent pas, et les Tchèques et les Roumains deviennent leur prochain objectif.

Orlov avait l'impression de rêver, non seulement à cause de l'imminence des événements mais surtout de la position dans laquelle il avait mis son fils. Pour arrêter Doguine, il allait devoir ordonner à Nikita de ne pas livrer le chargement qu'on lui avait confié, voire de prendre les armes contre quiconque chercherait à récupérer les caisses. Si Doguine était victorieux,

Nikita serait exécuté. Si Doguine perdait, Orlov connaissait son fils : ce dernier aurait le sentiment d'avoir trahi l'armée. Et puis il restait toujours l'éventualité que Nikita trahisse son père. Auquel cas Orlov n'aurait d'autre choix que de l'arrêter une fois le train en gare et le chargement parvenu à destination. L'insubordination et la désobéissance aux ordres entraînaient une peine d'un à cinq ans de prison. Non seulement cela signerait la rupture définitive entre eux mais Macha le prendrait bien plus mal que lors des frasques de Nikki du temps de l'académie militaire.

Comme la retranscription, et même l'émission, de ce dialogue aurait pu être falsifiée par le centre – reconstituée de toutes pièces à partir d'enregistrements numérisés antérieurs –, il n'avait aucun élément à apporter au président Janine pour prouver le complot. Mais les caisses ne devaient en aucun cas être livrées, et ça au moins, il pouvait l'expliquer au Kremlin. Dans l'intervalle, il espérait arriver à convaincre son fils que Doguine, l'homme qui avait contribué à empêcher que Nikita ne soit chassé de l'académie militaire et qui avait jusqu'ici servi son pays avec abnégation, que cet homme était désormais un ennemi de la patrie.

Le colonel Rosski n'avait pris aucun repos.

Le caporal Valentina Belaïeva était rentrée chez elle, le laissant seul dans son bureau. Il avait écouté les communications entre les officiers du centre, grâce à un système installé à sa demande par feu Pavel Odina. C'était parce que Pavel l'avait mis en place, et parce que personne d'autre ne devait le savoir, que l'expert en communications avait dû mourir sur le pont. Pavel n'était pas un militaire, mais peu importait. Parfois, même le zèle des fonctionnaires civils devait être récompensé par la mort. C'était comme les tombeaux de l'Égypte pharaonique, dont la sécurité était assurée par la mort de leurs architectes. Il n'y avait pas place pour le sentiment quand la sécurité nationale était en jeu. Les officiers Spetnats devaient achever tout homme blessé ou hésitant. Les sous-officiers étaient censés liquider les officiers incapables d'éliminer les blessés ou les couards. Si nécessaire, Rosski était prêt à se suicider pour protéger un secret d'État.

Le standard téléphonique extérieur et le réseau de communications interne du centre opérationnel étaient l'un et l'autre reliés à l'ordinateur de Rosski. Mais il y avait également des micros-espions fins comme des cheveux enroulés dans les prises électriques, glissés dans les buses d'aération, cachés sous les tapis. Chaque micro avait un code d'accès à son ordinateur. De cette manière, Rosski pouvait surprendre au casque toutes les conversations et les enregistrer en numérique pour les réécouter par la suite ou bien les transmettre directement au ministre Doguine.

Assis, les lèvres pincées, Rosski s'était repassé le dialogue entre Orlov et son fils. Puis il avait écouté le général Orlov ordonner à Titev de mettre sur écoute les conversations entre le ministre et le général Kossigan.

Quel culot ! se dit Rosski.

Orlov était un personnage populaire, et à ce titre, un simple homme de paille qu'on avait placé là parce qu'on avait besoin de sa renommée et de son charisme pour que le ministre des Finances alloue des fonds au centre opérationnel. Pour qui se prenait-il pour venir ainsi mettre en doute les actions du ministre Doguine et du général Kossigan ?

Et voilà qu'il entendait Orlov, ce héros bardé de médailles, dire à son fils que sitôt informé de sa destination, il devrait s'y rendre et tout faire pour empêcher les émissaires du ministre Doguine de récupérer les caisses. Le général Orlov ajoutait qu'il enverrait son propre groupe d'élèves officiers de l'école navale pour confisquer le chargement.

Même si Nikita avait obtempéré, Rosski avait bien senti que le cœur n'y était pas. Tant mieux. Le garçon ne serait pas inculpé pour trahison et exécuté en même temps que son père.

Rosski s'en serait volontiers chargé lui-même. Mais le ministre Doguine interdisait l'anarchie parmi ses lieutenants. Avant que le centre ne devienne opérationnel, le ministre avait ordonné à Rosski de rester en contact avec lui, et il était prêt à faire intervenir le général Mavik, commandant en chef de l'artillerie, si jamais il s'avérait nécessaire d'annuler certains ordres d'Orlov.

Lorsque le général Orlov eut averti par radio le commandant Levski et les douze hommes de son unité Molot, lui ordonnant de se préparer à s'envoler pour Bira, le colonel Rosski en avait assez entendu : il tapa sur son ordinateur le code d'accès à une ligne privée directe avec le ministère de l'Intérieur, et mit Doguine au fait de la situation. Ce dernier lui dit qu'il allait demander au général Mavik de préparer la destitution d'Orlov, puis il ordonna à Rosski de s'apprêter à assumer la direction du centre opérationnel.

45.

Mardi, 8 : 35,
au sud du cercle polaire arctique

Le lieutenant-colonel Squires regardait sans le voir Ishi Honda vérifier le matériel de communications rangé dans son sac à dos. Tant qu'ils étaient à bord de l'Iliouchine, ils utilisaient la liaison montante de l'appareil pour dialoguer avec l'Op-Center. Mais une fois au sol, ils devraient recourir à l'antenne noire miniaturisée rangée dans la poche latérale du sac, à côté de la radio proprement dite.

Honda s'agenouilla pour déployer les quatre pieds de l'antenne de quarante-deux centimètres, en s'assurant de leur blocage. Il déroula le coaxial noir et vissa son connecteur d'extrémité sur la prise d'antenne de la radio, coiffa les écouteurs, et vérifia à l'oreille la procédure d'autocalibrage du système.

Ensuite, il consulta l'écran lumineux du GPS, le Système de positionnement global. Le boîtier, pas plus gros qu'une télécommande, tenait dans une pochette latérale du sac à dos. Il émit un signal d'un quart de seconde qui lui permettrait de s'assurer de son bon fonctionnement sans laisser le temps aux Russes de repérer leur position. Le soldat DeVonne s'était vu confier le compas et l'altimètre du groupe : c'est elle qui aurait la responsabilité de les conduire au point d'extraction, une fois la mission achevée.

Après un petit somme, le sergent Chick Grey contrôla son gilet de combat Tac III. Au lieu de contenir masque à gaz et chargeurs de 9mm, les poches étaient remplies de barrettes de C-4 exigées par la mission. Avant leur parachutage en Russie, tous les membres de l'équipe d'Attaquants enfileraient gros gants rigides en Nomex, passe-montagne, combinaison, lunettes à verres incassables, gilet de Kevlar et bottes de combat. Puis ils vérifieraient l'équipement de leur sur-gilet Tac III ainsi que l'état des cordes de rappel, les poches de cuisse garnies de grenades aveuglantes, et enfin, la présence du pistolet-mitrailleur H&K 9mm MP5A2 et celle du pistolet Beretta 9mm avec son lot de chargeurs.

Un seul élément manquait au goût de Squires. Il aurait volontiers troqué tout ce matériel hi-tech contre une petite flotte de blindés rapides. Une fois sur le sol de Russie, ils ne pouvaient guère espérer d'aide de la part de l'Op-Center pour l'interception du train ou leur extraction. En revanche, deux FAV (Fast-Attack Vehicles) pour foncer à travers roches et glaces à cent vingt à l'heure, équipés éventuellement d'une mitrailleuse M60E3 à l'avant, et d'une tourelle arrière avec un calibre 50, voilà qui aurait été chouette. Chiant à parachuter et assembler, mais chouette quand même.

Histoire de se dégourdir les jambes, Squires se rendit aux nouvelles dans le poste de pilotage. L'équipage était ravi de n'avoir pas été contacté par les Russes. Matt Mazer, le pilote, nota toutefois que c'était moins dû à leur astuce ou leur furtivité qu'à la densité du trafic aérien. Après avoir consulté la carte pour évaluer le chemin qui leur restait à parcourir au-dessus de l'océan Arctique, puis le long de la mer de Béring avant d'obliquer au sud-ouest vers le Japon, Squires retourna dans la cabine – juste à temps pour prendre un appel de Mike Rodgers. Maintenant que le 76-T était à portée des récepteurs russes, la communication était relayée par radio via la tour de contrôle d'Helsinki, mesure prise par le ministre finlandais de la Défense, Niskanen, pour éviter qu'on puisse faire remonter la transmission à Washington.

« Squires à l'appareil, mon général, dit-il dès que Honda lui eut tendu le récepteur.

– Colonel, dit Rodgers, nous avons du nouveau avec le train. L'unité russe a stoppé pour embarquer des voyageurs – des civils. Il semble qu'il y ait entre cinq et dix personnes des deux sexes à bord de chaque voiture. »

Squires prit son temps pour digérer l'information. Lui et son escouade s'étaient entraînés au nettoyage de trains occupés par des terroristes et des otages, quand les ennemis étaient en infériorité numérique et les civils anxieux d'être libérés. Mais ici, le cas était différent.

« Compris, mon général.

– Il y a des soldats dans chaque voiture », précisa Rodgers. Sa voix paraissait lasse, presque abattue. « J'ai examiné les photos du convoi. Vous allez devoir balancer des grenades aveuglantes par les fenêtres, puis désarmer les soldats et débarquer tout le monde. Cela fait, on contactera Vladivostok pour leur dire avec précision où retrouver les voyageurs abandonnés. Vous leur aurez laissé tous les équipements de survie dont vous pourrez vous séparer.

– Compris.

– L'extraction aura lieu au pont dont je vous ai déjà parlé, poursuivit Rodgers. L'heure précise est minuit. Vous disposerez de huit minutes avant que l'appareil ne redécolle, donc assurez-vous d'y être à temps. La commission parlementaire ne nous accordera pas une minute de plus.

– On y sera, mon général.

– J'ai quelques réserves sur ce dernier point, Charlie, mais il ne semble guère y avoir d'alternative. Si j'avais eu le choix, j'aurais frappé le train par la voie des airs, mais pour une raison mystérieuse, le Congrès répugne à tuer des soldats ennemis. Ils préfèrent que les nôtres risquent leur vie.

– On savait à quoi on s'engageait, mon général, observa Squires. Et puis, vous me connaissez, c'est le genre de boulot que j'apprécie.

– Je sais. Mais l'officier responsable de la rame, un sous-lieutenant du nom de Nikita Orlov, n'est pas de ces gamins qui se sont engagés simplement pour être nourris et logés. D'après le peu d'informations que nous avons sur lui, c'est un battant. Le fils d'un héros cosmonaute qui croit avoir quelque chose à prouver.

– À la bonne heure, dit Squires. Je n'aimerais pas avoir fait tout ce chemin pour me taper une mission de routine.

– Colonel, gardez vos démonstrations de bravoure pour vos hommes, répondit le général sans se démonter. Intercepter le train, c'est très bien, mais ce qui m'intéresse surtout, c'est de voir mes Attaquants revenir. Compris ?

– Affirmatif, mon général. »

Après lui avoir souhaité bonne chance, Rodgers

coupa la communication et Squires rendit le téléphone à Ishi Honda. L'opérateur radio regagna son siège et Squires consulta sa montre, qu'il n'avait pas pris la peine de régler à mesure qu'ils traversaient les fuseaux horaires.

Huit heures encore. Croisant les mains sur sa ceinture, il étendit les jambes, ferma les yeux. Avant de s'intégrer aux Attaquants, sept mois plus tôt, il avait fait un séjour au centre Natick de recherche et développement installé par l'armée dans la banlieue de Boston. Il y avait participé aux expériences visant à mettre au point une tenue caméléon qui reproduisait instantanément son environnement. Il avait donc porté des uniformes équipés de détecteurs de lumière modulant la réflectivité de l'étoffe ; côtoyé des chimistes qui tripatouillaient les gènes du ver à soie pour créer une fibre synthétique à changement de couleur automatique ; essayé de se mouvoir dans une EPS (Electrophoresis Suit), une tenue à électrophorèse. Le vêtement, fort encombrant mais en tout point remarquable, était formé de deux couches de tissu plastique entre lesquelles circulait une teinture liquide dont les particules électriquement chargées coloraient l'une ou l'autre face selon la position et l'intensité du champ électrique qu'on y appliquait. Il se souvint d'avoir songé qu'avant la fin de ce siècle, tenues camouflées, chars furtifs invisibles et sondes-robots permettraient quasiment aux États-Unis de mener des guerres sans la moindre effusion de sang. Les héros ne seraient plus les soldats mais les scientifiques.

Il avait découvert avec surprise que cette perspective l'attristait, car si aucun soldat n'avait envie de mourir, une part de ce qui poussait tous les combattants qu'il avait connus était le désir de se mettre à l'épreuve, d'être prêt à risquer sa vie pour son pays ou ses camarades. Sans ce danger, le prix de cette victoire chèrement gagnée, il se demandait si chacun apprécierait autant sa liberté.

C'est avec cette pensée en tête et la voix de Rodgers qui résonnait encore à ses oreilles que Squires glissa vers le sommeil. Il se consolait en songeant que, quoi qu'il advienne, ils continueraient à se battre pour rire dans la piscine de la base ; il les voyait, chacun portant son fils juché sur les épaules, et le soldat George tombant à la renverse, l'air ahuri...

46.

Mardi, 14 : 06, Saint-Pétersbourg

Plusieurs heures avant d'avoir atteint leur destination, Peggy James et David George eurent droit à vingt-sept minutes de répit pour goûter la fraîcheur de l'air matinal dans le golfe de Finlande. Puis ils réintégrèrent le sous-marin de poche afin d'entreprendre la seconde moitié de leur parcours. Peggy se serait volontiers attardée à l'air libre, mais c'était déjà suffisant pour la requinquer.

Une heure avant de toucher les côtes de Russie, le capitaine Rydman descendit de son perchoir dans le kiosque pour s'accroupir dans l'étroit passage ménagé entre la coque et ses passagers. Peggy et George avaient déjà vérifié leur matériel rangé dans les sacs à dos étanches et se battaient avec leurs uniformes russes. George détourna les yeux tandis que Peggy enfilait sa jupe bleue. Pas Rydman.

Quand elle eut fini, le capitaine ouvrit un long boîtier métallique noir fixé contre la paroi sur sa gauche, et murmura : « Dès que nous aurons fait surface, je vous laisse soixante secondes pour larguer le radeau. Il suffit de tirer là-dessus. » En même temps, il glissa le doigt à l'intérieur de l'anneau fixé à une cordelette en nylon, puis leur indiqua les pagaies fixées de part et d'autre du radeau pneumatique dégonflé. « Elles se déplient par le milieu. L'embarcation porte une immatriculation russe qui coïncide avec vos documents, indiquant que vous appartenez au groupe de sous-marins de la classe Argus attaché à la base de Koporski Zaliv. Je pense qu'on vous a mis au courant.

– Dans les grandes lignes, dit George.

– Comment dites-vous ça en russe ? » intervint Peggy.

Grimace de George, qui réfléchit intensément. « *Miedlienna*, lança-t-il, triomphant.

– Ça, ça veut dire *lentement*, mais c'est pas trop loin. (Elle se tourna vers Rydman.) Capitaine, pourquoi soixante secondes seulement ? Vous n'avez pas à refaire le plein d'air et recharger vos batteries ?

– On peut encore tenir une heure sur les accus... largement de quoi nous mener hors des eaux russes. À présent, je vous suggère d'examiner encore une fois vos cartes. Pour mémoriser la zone avoisinant votre point de largage.

– La chaussée de Petergofkoïe longe le parc. C'est l'A121. On la suit vers l'est, jusqu'au moment où elle croise la M20, la perspective Statchek, puis la perspective Gaza, on traverse le canal de la Fontanka, puis on tourne à gauche dans la perspective Majorova pour rejoindre le fleuve, on tombe sur la place du Palais d'Hiver et l'Ermitage se trouve à droite.

– Très bien, dit Rydman. Et vous êtes au courant pour les ouvriers, bien sûr. »

Elle le regarda. « Non. Quels ouvriers ?

– C'était dans les journaux, nom d'une pipe ! Plusieurs milliers de travailleurs doivent se rassembler sur la place pour marquer le début d'une grève nationale de vingt-quatre heures. Elle a été annoncée hier, à l'appel de la Fédération russe des syndicats libres. Ils manifestent pour obtenir un réajustement des salaires et une augmentation des retraites. La manifestation a lieu en soirée pour ne pas faire fuir les touristes.

– Non, admit Peggy. Nous n'étions pas au courant. Myopes comme ils sont, nos services sont capables de vous dire ce que le président Janine lit aux waters, mais ils ne regarderont pas le journal.

– Sauf si c'est précisément celui qu'il lit, remarqua George.

– Merci, capitaine, dit Peggy. J'apprécie tout ce que vous avez fait pour nous. »

Rydman acquiesça, puis retourna dans le kiosque pour guider le sous-marin sur la fin de son parcours.

Peggy et George se turent de nouveau, tandis que le submersible ronronnait en plongée. L'espionne anglaise essayait de savoir si la présence de milliers de civils et de policiers rassemblés autour de l'objectif allait faciliter ou entraver leur infiltration. Faciliter, décida-t-elle. Les policiers seraient trop occupés à contenir les ouvriers en colère pour prêter attention à deux marins russes.

Le départ se déroula rapidement. Après avoir vérifié au périscope qu'il n'y avait aucun bâtiment dans les parages, le capitaine leur fit faire surface. Puis il ouvrit prestement l'écoutille et Peggy y passa la tête. Ils se trouvaient à un demi-mille environ du rivage et l'atmosphère était voilée d'une épaisse couche de brouillard crasseux. Elle doutait que quiconque puisse les apercevoir, même en y mettant du sien. George lui tendit le sac de caoutchouc, d'un poids surprenant.

Toujours debout dans le kiosque, elle glissa le doigt dans l'anneau tout en balançant le radeau par-dessus bord. Il s'était entièrement gonflé lorsqu'il toucha l'eau. Prenant appui des bras sur le rebord du kiosque, Peggy ramena les genoux vers le haut, fit sortir ses jambes et se tint un instant en équilibre contre le flanc incliné du sous-marin, avant de sauter dans le pneumatique. George la suivit bientôt avec les pagaies. Il les lui passa, puis lui tendit les sacs à dos avant de la rejoindre à bord.

« Bonne chance », leur dit Rydman en passant la tête par l'écoutille avant de refermer.

Le sous-marin était reparti moins de deux minutes après avoir fait surface, laissant Peggy et George seuls au milieu des eaux clapotantes.

Ils rejoignirent la côte sans échanger une parole, Peggy surveillant la péninsule au contour effilé qui délimitait la lisière nord de l'anse largement ouverte en bordure du parc.

Le courant leur était favorable et ils pagayaient rapidement pour se tenir chaud. La bise glaciale traversait leurs blousons d'uniforme au col en V passé sur leur fine marinière bleu et blanc. Et le mince bandeau bleu de leur casquette blanche avait bien du mal à la maintenir sur leur tête.

Le duo rallia la terre en à peine plus de quarante-cinq minutes. Ils débarquèrent dans un parc relativement désert à l'endroit où il longeait le rivage glacial. Le soldat George se servit de la remorque pour amarrer le radeau pneumatique à l'une des piles de bois. Tout en récupérant son sac, Peggy se plaignit à haute voix, en russe, d'avoir à contrôler des balises par un temps pareil. En même temps, elle regarda alentour.

L'individu le plus proche était à quelque deux cents mètres de là : un peintre installé sur un pliant, sous un arbre, en train de croquer au fusain une touriste blonde sous l'œil approbateur de son petit ami. La femme regardait dans leur direction. Mais si elle les vit, elle ne réagit pas. Un milicien déambulait sur un sentier ombragé à quelques pas devant eux, tandis qu'un barbu roupillait sur un banc, un baladeur posé sur la poitrine et un saint-bernard allongé sur le gazon à côté de lui. Un joggeur passa au petit trot devant le peintre. Peggy n'avait jamais imaginé que des gens puissent avoir le temps de pratiquer des activités de loisir en Russie. Le spectacle lui parut étrange.

Moins de trois kilomètres au sud du parc, des avions se posaient régulièrement sur l'aéroport de Saint-Pétersbourg. Le grondement des réacteurs perturbait la tranquillité des lieux. Mais c'était le paradoxe de la Russie : la brutalité de ce modernisme qu'on laissait gâcher la beauté du passé. Elle tourna son regard vers le nord, vers la cité proprement dite. À travers le ciel voilé, elle devinait la profusion de dômes bleus ou or, de coupoles blanches, de flèches gothiques, de statues en bronze, de canaux et de bras sinueux, et tous ces toits plats, bruns, innombrables. La ville évoquait plus Venise ou Florence que Londres ou Paris. Keith avait dû l'adorer.

Ses préparatifs achevés, le soldat George se releva, après avoir enfilé son sac à dos. « Prêt », dit-il doucement.

Peggy contempla la large artère qu'était la chaussée de Petergofskoïe, à moins de huit cents mètres de là. D'après la carte, s'ils la suivaient vers l'est, ils devaient parvenir à une station de métro. Un changement à la correspondance de l'Institut de technologie devait les mener directement à l'Ermitage.

Tandis qu'ils se mettaient en route, Peggy se mit à discuter en russe de l'état des balises et de la nécessaire révision des cartes des courants marins.

L'homme assis sur le banc les regarda partir. Sans bouger ses mains toujours croisées sur son ventre, il parla dans le mince fil-micro dissimulé dans sa barbe broussailleuse.

« Ronach en fréquence, dit-il. Deux marins viennent d'accoster au niveau du parc en abandonnant leur pneumatique. Tous deux portent des sacs à dos et se dirigent à pied vers l'est. »

Avec un profond soupir, l'agent camouflé de Rosski reporta son regard vers la superbe Finlandaise et décida qu'à son prochain tour de surveillance, il choisirait de jouer les artistes.

47.

Mardi, 6 : 09, Washington, DC

Ç'avait été une nuit calme pour Paul Hood.

Il avait réussi à localiser Sharon et les enfants chez Bloopers, la veille au soir, et après avoir tout appris du *jelly bean burger* et de l'*ice cream soda* parfum dinde, il s'était étendu sur le canapé du bureau pendant que Curt Hardaway prenait le quart du soir. Ancien P-DG de SeanCorp, une société qui fournissait des logiciels de navigation aux militaires, Hardaway était un patron efficace et dynamique, familier des rouages du gouvernement. Devenu millionnaire, il avait pris sa retraite à soixante-cinq ans, non sans noter avec humour qu'il serait devenu milliardaire s'il avait vendu son affaire à une entreprise privée plutôt qu'à la défense nationale. Il avait un jour confié à Hood : « Je ne lésine jamais sur la qualité, si peu que paie le gouvernement. Je n'ai pas envie de voir un gamin s'installer dans le cockpit d'un Tomcat en songeant : "Dire que tout ce fourbi a été acheté au rabais !" »

Officieusement, Paul Hood et Mike Rodgers n'étaient plus de service après dix-huit heures. Officiellement, toutefois, aucun ne se faisait relever avant d'avoir quitté les lieux. Et tant qu'ils étaient là, aucun des deux responsables de nuit, Bill Abram ou Curt Hardaway, n'aurait tenté de « leur ôter l'os de la gueule » pour reprendre l'expression de ce dernier.

Étendu dans le noir, sans chaussures, les pieds posés sur l'accoudoir capitonné, Paul songeait à sa famille – tous ceux qu'il ne voulait pour rien au monde laisser tomber et semblait malgré tout décevoir, quoi qu'il fasse. Peut-être était-ce inévitable. Parce qu'on sait qu'ils seront là à guetter votre retour. Mais quel cas de conscience à chaque fois ! Ironie suprême, ceux à qui il semblait avoir réellement fait plaisir la veille étaient les gens avec qui il avait le moins de choses en commun. Liz Gordon et Charlie Squires. La première pour avoir su reconnaître une de ses initiatives lors de la séance préparatoire, le second pour l'avoir laissé se lancer dans la mission de sa vie.

Entre deux brefs sommes, Hood fixait l'horloge du compte à rebours qui égrenait les secondes avant l'heure d'extraction qu'ils avaient fixée pour la mission des Attaquants dans la toundra.

Vingt-cinq heures, cinquante minutes, dix secondes... cinq secondes... Cela fait à peu près trente-sept heures maintenant que Hardaway a déclenché le chrono. Dans quel état serons-nous tous quand il n'affichera plus qu'une rangée de zéros? se demanda Hood. *Où en sera la planète?*

C'était à la fois déprimant et bizarrement excitant. En tout cas, il valait toujours mieux regarder le chrono que CNN. Les ondes étaient saturées d'images sur l'explosion de New York et de commentaires sur un lien possible avec l'attentat contre le journal polonais. Puis il y avait les déclarations fracassantes d'Eival Ekdol sur ses prétendus liens avec la force d'opposition ukrainienne, des soldats opposés à l'incursion soviétique.

C'était habile, Hood devait bien le reconnaître. Par ses diatribes incendiaires contre l'alliance russo-ukrainienne, cette misérable brute était en train de retourner l'opinion américaine en sa faveur.

Hood fut réveillé par la confirmation, en provenance du sous-marin de poche via Helsinki, que le soldat George et Peggy James avaient accosté à Saint-Pétersbourg. Cinq minutes plus tard, il fut informé par Mike Rodgers – qui n'avait guère dormi – que l'Iliouchine avait pénétré dans l'espace aérien russe et fonçait vers la zone de parachutage. Il devait y parvenir dans vingt minutes. Rodgers ajouta que les rubans antiradars largués par le 76-T à l'approche de la côte avaient désorienté le poste de garde de Nakhodka assez longtemps pour leur permettre de s'insinuer dans les couloirs aériens au milieu des autres avions de transport. Jusqu'ici, personne n'avait prêté la moindre attention à l'appareil.

« La défense aérienne n'a pas réagi au brouillage ? demanda Hood, incrédule.

– On l'a fait uniquement pour masquer leur provenance, expliqua Rodgers. Une fois le 76-T en Russie, rien n'y paraîtra. Notre équipage maintient le silence radio, et en repartant, ils informeront Nakhodka qu'ils vont chercher à Hokkaido des pièces de rechange pour les émetteurs de leurres.

– Je n'arrive toujours pas à croire qu'on ait pu s'infiltrer avec une telle aisance.

– Depuis deux ans, expliqua Rodgers, les Russes sont sur les rotules. Les techniciens affectés aux radars assurent des postes plus longs que les nôtres. Si rien ne paraît sortir de l'ordinaire, il y a peu de chances qu'ils repèrent quoi que ce soit.

– Vous êtes sûr que c'est cela, ou bien pourrait-il s'agir d'un de ces pièges où l'on attire la souris pour mieux l'empêcher de s'échapper ensuite ?

– On a envisagé l'éventualité lors de la phase préparatoire. Les Russes n'auraient aucune raison de courir le risque de laisser une force d'intervention se poser chez eux. Non, Paul, la vérité est que la Russie qui vous inquiétait tant n'existe plus aujourd'hui.

– Elle existe encore suffisamment pour qu'on se fasse taper sur les doigts.

– Touché ! » avoua Rodgers.

Hood se leva, appela Bugs Benet, lui dit d'envoyer les chefs de service au Bocal, puis il se rendit dans sa salle de bains privée pour se passer de l'eau sur la figure. Tout en se séchant, il ne cessait de repenser à la Russie. Mike avait-il raison ou bien se laissaient-ils tous berner, aveuglés par la fallacieuse euphorie de la chute du communisme russe et de l'Union soviétique ?

Mais étaient-ils vraiment tombés ? N'était-ce pas qu'un rêve, un rideau de fumée, un intervalle de temps analogue aux périodes séparant les grandes ères glaciaires ? Les forces obscures ne s'étaient-elles pas juste retirées à l'écart des feux de la rampe pour se regrouper avant de revenir, plus fortes que jamais ?

Les Russes n'étaient pas accoutumés à l'initiative et à la liberté. Ils n'avaient connu que des dictateurs depuis l'époque d'Ivan le Terrible.

Depuis Ivan Grozny, songea-t-il avec inquiétude, en sortant pour gagner le Bocal.

Quelle que soit la tournure prise par les prochains événements, il n'arrivait pas à croire que l'Empire du Mal soit vraiment mort.

48.

Mardi, 14 : 29, Saint-Pétersbourg

Lors de sa première mission spatiale, le général Orlov n'avait pas eu la possibilité de parler à Macha et, à son retour, il l'avait trouvée tendue : elle lui avait fait remarquer que c'était la toute première fois depuis qu'ils se connaissaient qu'il avait laissé passer non pas un jour, mais trois, sans lui donner de ses nouvelles.

À l'époque, il n'y avait vu qu'une de ces réactions féminines aussi stupides qu'incompréhensibles. Et puis, à la naissance de Nikita, elle avait eu une hémorragie grave, elle ne pouvait plus parler, et c'est alors qu'il avait réalisé quel soulagement c'était de pouvoir simplement entendre la voix de l'être aimé. Si seulement elle avait pu lui dire « je t'aime », ces interminables journées de veille à son chevet auraient été plus supportables.

Il n'avait plus jamais laissé passer de jour sans lui parler, et il était toujours surpris de constater à quel point la plus brève des conversations les ancrait l'un à l'autre. Même si Macha n'était pas censée savoir ce qu'il faisait à l'Ermitage, il lui en avait parlé – sans toutefois lui fournir de détails sur ses activités ou ses collègues, Rosski excepté : il avait besoin de quelqu'un pour se plaindre de lui.

Après avoir appelé son épouse à dix heures trente du matin, pour lui annoncer – à son grand dépit – que « les affaires tournaient si rond » qu'il ne pouvait pas encore lui dire quand il reviendrait, Orlov s'était rendu au centre de commandement. Il avait tenu à être avec son équipe pour marquer l'achèvement de leur première demi-journée de travail effectif.

Rosski était venu le rejoindre peu après onze heures et tous les deux reprirent ce qui avait tôt fait de devenir leur rôle officieux au centre de commandement : Orlov se remit à faire les cent pas derrière les batteries d'écrans sur lesquels chaque opérateur contrôlait un secteur du firmament dans toutes les fréquences ; et Rosski, posté derrière le caporal Ivachine, à surveiller les transmissions avec Doguine et les autres ministères au Kremlin. Il semblait encore plus tendu et concentré que d'habitude tandis qu'il suivait les développements militaires et politiques. Orlov doutait que ce soit l'arrivée imminente des deux agents débarqués de Finlande qui le mette dans un tel état, mais il s'abstint de l'interroger. Les questions adressées au colonel Rosski ne paraissaient jamais susciter de réponses exploitables.

À treize heures trente, le centre opérationnel intercepta un rapport du poste de défense aérienne à Nakhodka adressé aux services du renseignement du chef d'état-major de l'armée de l'air, indiquant que leur radar était devenu fou durant près de quatre minutes mais que, depuis, tout semblait rentrer dans l'ordre. Pendant que la défense aérienne vérifiait les balises électroniques de tous les appareils volant dans le secteur pour s'assurer qu'il n'y avait pas d'intrus, Orlov comprit que c'était le 76-T parti de Berlin qui était la cause de la perturbation. Il se trouvait désormais dans l'espace aérien russe et volait à la rencontre du train, à moins d'une heure de l'intercepter, si telle était bien son intention.

Il avait aussitôt appelé le collègue d'après-midi de Titev aux transmissions, Gregori Stenine, pour lui demander de le mettre en relation avec le bureau du maréchal Petrov. Il voulait lui parler. On lui répondit que le maréchal était en conférence.

« C'est urgent », insista Orlov.

Rosski demanda son casque-micro à Ivachine. « Laissez-moi leur parler. »

Alors qu'Orlov patientait toujours au bout du fil, on passa le maréchal Petrov au colonel Rosski. Orlov vit la lueur de satisfaction dans les yeux du colonel.

« Maréchal, commença Rosski, j'ai un appel pour vous du général Sergueï Orlov du centre opérationnel de Saint-Pétersbourg.

– Merci, colonel », dit Petrov.

Il s'écoula un moment avant qu'Orlov puisse parler. Pour un responsable de la sécurité, il se sentait soudain bien ignorant... et bien vulnérable.

Orlov parla au maréchal du 76-T, et Petrov répondit qu'il avait déjà fait décoller d'urgence deux MiG pour l'intercepter et le contraindre à atterrir, sinon il serait abattu. Orlov raccrocha et, les yeux toujours rivés sur Rosski, il se dirigea vers lui.

« Merci. »

Le colonel rentra les épaules. « À votre service, mon général.

– Je connais personnellement le maréchal, colonel.

– Vous avez de la chance, mon général.

– Et vous, le connaissez-vous ?

– Non, mon général.

– Dans ce cas, expliquez-vous. » Même si la voix d'Orlov était douce, c'était un ordre, pas une question.

« Je ne saisis pas, mon général. »

Orlov savait maintenant avec certitude que la conversation précédente avec Petrov, tout comme celle-ci étaient un jeu. Mais il n'était pas question de se lancer publiquement dans une lutte d'influence en plein centre de commandement, surtout quand il risquait de perdre.

« Je vois, fit-il simplement. Vaquez à votre tâche, colonel.

– Oui, mon général. »

Orlov regagna son poste. Il en venait à se demander maintenant si sa nomination ici n'avait pas également fait partie d'un jeu qui le dépassait. En regardant Delev, Spanski et les autres lui jeter des regards à la dérobée, une seule question le taraudait : celle de savoir qui lui était encore fidèle, qui pouvait être dans le coup depuis le début et qui – comme Petrov – avait pu être retourné au cours des dernières heures. L'ampleur de la tromperie l'étonna, mais sans le blesser autant que l'idée que des amis puissent le lâcher pour préserver leur poste ou favoriser leur avancement.

Orlov reprit sa place derrière les rangées d'ordinateurs, même si ce n'était plus exactement la même qu'avant. L'assise du pouvoir avait visiblement glissé du côté de Rosski. Il savait qu'il devait la récupérer. Il ne s'était jamais dérobé jusqu'ici, et il n'avait pas l'intention de repartir vaincu. Mais il savait aussi qu'il devrait saper la position du colonel au plus vite et sans se faire doubler en sous-main. De ce côté, il ne pouvait rivaliser avec son adversaire.

Orlov réalisa qu'il n'avait qu'une tactique possible, à l'instant même où Ivachine informait le colonel que Ronach, leur agent infiltré dans la milice, venait d'appeler le poste de Saint-Pétersbourg.

Rosski saisit le casque, plaqua un des écouteurs contre son oreille et écouta en silence le sergent Litzichev, de la milice, lui narrer ce que Ronach avait vu.

Le colonel rapprocha le micro de ses lèvres. « Sergent, dites à Ronach de filer ces deux individus. C'est eux que l'on cherche. Ils vont sans doute prendre le métro. Si c'est le cas, dites-lui de les suivre, et de poster des policiers en civil à la correspondance de l'Institut de technologie, ainsi qu'aux stations de Gostiniy Dvor et de la perspective Nevski. Ils descendront sans doute à cette dernière. J'irai retrouver vos hommes là-bas. » Il écouta quelques instants avant d'ajouter : « Des écharpes jaunes à rayures rouges... d'accord. Je les guetterai. »

Rosski rendit le casque à Ivachine, puis se dirigea vers Orlov. Il s'approcha tout près et lui parla à mots couverts.

« Vous avez toujours été fidèle au centre et à la Russie, lui dit-il, et vous n'avez rien fait qu'on puisse vous reprocher. Pour le bien de votre pension et de la carrière de votre fils, vous allez continuer.

– Votre impertinence est notée, colonel, dit Orlov d'une voix forte. Ce sera consigné dans votre dossier. Vous avez autre chose à ajouter ? »

Rosski le fusilla du regard.

« Parfait », dit Orlov. D'un signe de tête, il indiqua la porte. « À présent, soyez prêt à suivre les ordres – mes ordres – ou retournez vous présenter au ministre Doguine à Moscou. »

Il savait que Rosski devait partir pour retrouver les agents, même si, pour les autres témoins, il donnerait l'apparence d'avoir obéi aux ordres d'Orlov.

Rosski se retourna sans saluer et quitta sans traîner le centre de commandement. Orlov savait que le colonel ne lâcherait jamais le centre opérationnel durant un putsch. Et c'en était bien un, comprit-il enfin. Tout en restant attelé à sa tâche, le général songea à Rosski et se demanda quelle serait la prochaine initiative du colonel...

49.

Mardi, 21 : 30, Khabarovsk

« Je vois dans mon rétro qu'on a de la compagnie », annonça Matt Marzel, le pilote.

Trois minutes avant de sauter, Squires était venu dans le poste de pilotage pour remercier le capitaine de son aide. L'écran du radar indiquait nettement les spots de deux MiG qui se rapprochaient d'eux à environ onze cents kilomètres-heure.

« Prépare-toi à faire péter un joint, dit Mazer à son copilote, John Barylick.

– Bien, mon capitaine », dit le bleu, détendu en apparence même s'il mâchait furieusement son chewing-gum.

L'Air Force avait eu la bonne idée d'équiper le 76-T d'un réservoir supplémentaire divisé en deux compartiments : le premier alimentait les réacteurs, l'autre pouvait se mettre à fuir sur la simple pression d'un bouton. La fuite était destinée à fournir à l'équipage un prétexte pour détourner l'appareil en cas de détection. Si nécessaire, ils pouvaient soit descendre en piqué pour éviter d'être abattus ou contraints à se poser sur un terrain russe, soit, profitant de la côte proche, tenter d'échapper à la chasse et fuir.

Dans tous les cas, Squires savait désormais que l'Iliouchine aurait peu de chances d'assurer leur rapatriement.

« Que voulez-vous faire, mon colonel ? demanda le capitaine.

– On va sauter, répondit Squires. Je préviendrai l'Op-Center de ce qui s'est passé. À eux de nous trouver le moyen de nous exfiltrer. »

Le capitaine lorgna de nouveau l'écran du radar. « D'ici quatre-vingt-dix secondes environ, les MiG seront assez proches pour vous repérer.

– Dans ce cas, on va sauter encore plus vite, dit Squires.

– Vous, vous me plaisez bien, mon colonel », dit le capitaine, en saluant.

Squires retourna en vitesse dans la cabine. Il décida de ne pas avertir les Attaquants. Pas tout de suite. Il avait besoin que ses hommes restent concentrés sur leur tâche. Même s'il eût été ravi de foncer dans le tas avec n'importe lequel d'entre eux, il savait que la moindre distraction au mauvais moment pouvait coûter des vies humaines.

À l'académie militaire du FBI à Quantico, l'équipe d'Attaquants s'était entraînée à toutes sortes d'opérations aéroportées, depuis les sauts de nuit jusqu'aux interventions par hélitreuillage, tous les hommes descendant en parallèle d'une flèche d'église, d'un flanc de falaise, voire se posant simultanément sur le toit d'autobus en marche. Chaque membre avait l'équilibre, l'énergie et les dons exigés par sa tâche. Mais en définitive, la sélection était simple : un soldat était ou n'était pas bon pour le service. Malgré tous les efforts de Liz Gordon et de son équipe de psychologues, il y avait toujours un point d'interrogation : comment tiendraient-ils le coup lors d'une mission réelle – quand il n'y avait pas de palissade en bois pour les retenir si jamais ils glissaient du toit ? Quand ils auraient pris conscience que le terrain accidenté n'était pas celui des stages de survie à Camp Dawson, Virginie-Occidentale, mais bien les montagnes de Corée du Nord ou la toundra sibérienne ?

Ce n'était pas par manque de respect à leur égard, ou par inquiétude, que Squires s'abstenait de leur livrer l'information. C'était pour empêcher, dans la mesure du possible, un nouvel élément de distraction de nuire à la réussite de la mission.

Les Attaquants étaient alignés près de la porte depuis une demi-heure maintenant. Toutes les cinq minutes, le navigateur indiquait à Squires leurs coordonnées précises en cas de saut prématuré. En attendant, les hommes se préparaient à l'« infil ». Chacun vérifiait l'arme et le paquetage de son voisin, s'assurait que tout était bien arrimé, que le sac à dos restait bien calé sous le parachute dorsal, où il ne risquerait pas d'entraver son déploiement. L'équipement de rappel était regroupé dans les sacs de trois des hommes, au bout d'un filin de cinq mètres qui pendrait au-dessous d'eux pendant la descente. Leurs compagnons vérifièrent casques en cuir, masques à oxygène et lunettes amplificatrices de nuit. C'étaient des espèces de jumelles protubérantes si lourdes qu'il avait fallu fixer des contrepoids à l'arrière du casque. Après quelques mois d'entraînement avec ces accessoires, la plupart des hommes s'étaient aperçus que leur tour de cou avait augmenté de deux tailles, tant ils s'étaient musclés. Au dernier moment avant l'ouverture de la porte de saut, ils basculèrent de la distribution d'oxygène à laquelle ils étaient connectés aux bouteilles de secours fixées à leur flanc.

Les lampes de cabine avaient été allumées et jetaient leur sombre éclat rouge sang tandis qu'un vent glacial balayait impitoyablement l'intérieur de la carlingue. Il était désormais impossible de s'entendre dans le fracas de l'air qui s'engouffrait. Dès qu'ils furent au-dessus de l'objectif et que le témoin de saut vert acide se fut allumé, Squires gagna la porte et pivota sur le talon du pied droit pour plonger « en grenouille ». Du coin de l'œil, il vit sauter le second de l'équipe, le sergent Grey, puis reporta son attention sur le large disque de l'altimètre fixé à son poignet gauche.

Les chiffres défilaient à toute vitesse : trente-cinq mille pieds, trente-quatre, trente-trois... Malgré l'épaisseur des vêtements, Squires sentait le vent presser contre sa peau, à la fois glacé et brûlant, mélange de froid mordant et de pression suffocante. Il se mit en position de vol plané, puis quand son altimètre indiqua trente mille pieds, il tira sur la corde d'ouverture. Il y eut une légère secousse et bientôt ses jambes oscillèrent doucement.

Plus il descendait dans le ciel noir et sans nuages, plus l'air se réchauffait, même si la température était toujours inférieure à zéro. Tandis que les autres s'étageaient derrière lui, chacun s'alignant sur la bande fluo peinte sur le casque du parachutiste placé au-dessous, Squires cherchait ses repères au sol : la voie ferrée, le pont, les crêtes montagneuses. Tout collait, et il put donc faire une rapide évaluation du relief. L'un des aspects psychologiques essentiels au début d'une mission est d'être en mesure de tomber pile sur la cible. Non seulement cela redonnait confiance aux hommes mais, les cartes les ayant déjà familiarisés avec les abords immédiats de la zone, cela leur faisait un souci de moins.

Malgré l'obscurité, les lunettes amplificatrices permirent à Squires de repérer la falaise au-dessus de l'objectif, et en se servant des suspentes pour manœuvrer, il se rapprocha le plus possible du bord. Il avait prévenu les Attaquants qu'il atterrirait en tête et que les autres devaient arriver derrière lui. La dernière chose qu'il voulait, c'était voir un de ses hommes rater la falaise : qu'il s'accroche à un surplomb, et il faudrait le récupérer, d'où une perte de temps ; qu'il atterrisse au pied, à découvert, et il risquait d'être aperçu.

Des rafales à proximité du sol le prirent au dépourvu. Squires atterrit à cinq mètres à peine du rebord. Se laissant choir sur le côté pour réduire la prise au vent, l'officier largua prestement son parachute et le roula, puis il se redressa pour regarder atterrir le sergent Grey, le soldat DeVonne et les autres. Il était fier de les voir se poser avec une telle précision ; en moins de cinq minutes, les six Attaquants avaient noué leurs parachutes à un arbre. Le soldat DeVonne resta en retrait pour déposer une petite bombe incendiaire sous le tas de toile. Elle devait se déclencher à zéro heure dix-huit, après qu'ils auraient évacué la zone, et détruire les parachutes dans son explosion, ne laissant aux Russes aucune « preuve » d'une incursion américaine à présenter aux Nations unies.

Alors que les Attaquants se regroupaient autour de Squires, ils perçurent au loin des bruits de moteurs autres que ceux du 76-T.

« On dirait qu'ils ont de la compagnie, nota le soldat Eddie Medina.

– Ils étaient au courant et des dispositions sont en cours, répondit Squires. Soldat Honda, installez la radio satellite. Tous les autres, préparez-vous à la descente. »

Tandis que les cinq autres obtempéraient, sortant pitons et mousquetons pour fixer leurs lourdes cordes de rappel à la paroi de la falaise, Squires contacta l'Op-Center.

« Debout là-dedans ! lança-t-il lorsqu'il eut en ligne Mike Rodgers. À quoi ressemble la matinée, chez vous ?

– Temps clair et ensoleillé, répondit Rodgers. Charlie, vous êtes au courant pour les MiG...

– Oui, mon général.

– Bien. On bosse dessus. Le 76-T va filer vers Hokkaido, mais il ne reviendra pas. Nous travaillons sur une variante du plan originel. Soyez au point d'extraction à l'heure prévue. Un appareil vous y attendra.

– Compris. »

Ce n'était pas dit, mais Charlie avait également compris que s'il y avait un problème, l'équipe aurait à se trouver une planque. Plusieurs sites avaient été repérés sur leurs cartes, et il leur faudrait rallier le plus proche si nécessaire.

« Bonne chance », conclut Rodgers avant de couper.

Charlie rendit à Honda le combiné. Tandis que le radio remballait le radiotéléphone satellite, Squires prit son temps pour étudier le terrain. Il n'avait pas besoin de la lugubre teinte verte donnée par les lunettes amplificatrices pour lui sembler mort et désolé, sous une voûte d'étoiles à l'éclat surnaturel.

La voie ferrée arrivait des plaines de l'est en décrivant une large courbe, s'insinuait dans un défilé naturel entre les falaises, puis repartait à travers une steppe plate ponctuée d'arbres et de plaques de neige. Au sud, il y avait les montagnes. Il avait rarement connu d'endroit aussi calme. Les seuls bruits étaient le sifflement du vent dans son casque et le raclement des bottes des Attaquants sur la terre et les cailloux du plateau rocheux.

Honda s'ébranla dès qu'il eut terminé. Et, après un dernier regard vers l'horizon oriental d'où surgirait bientôt leur proie, Squires s'approcha des hommes qui venaient d'achever les préparatifs de descente en rappel.

50.

Mardi, 21 : 32, Khabarovsk

Nikita avait un curieux don de perception des appareils aériens. Ayant grandi près du Cosmodrome, il avait toujours entendu approcher les hélicoptères avant tout le monde. Il pouvait reconnaître les avions rien qu'au bruit de leurs réacteurs. Sa mère disait que toutes ces années que son père avait passées dans un cockpit avaient dû affecter ses gènes, « les gaver de kérosène », comme elle disait. Nikita n'en croyait rien. Il aimait l'aviation, tout simplement. Mais devenir aviateur, risquer d'être comparé au héros national Sergueï Orlov, lui eût été une épreuve insurmontable. Aussi garda-t-il pour lui cette passion, tel un rêve dont la magie est impossible à communiquer à des tiers.

Le train ralentit en arrivant sur un tronçon de voie encombré de neige pilée. Malgré le vent qui faisait claquer le pan de toile tendu sur la fenêtre ouverte, Nikita entendit le ronronnement distinctif de réacteurs de MiG. Deux appareils arrivaient de l'est, derrière un gros transport qui venait de les survoler. Ce n'étaient pas les premiers avions qu'il entendait mais un détail bizarre attira son attention.

Il glissa la tête dehors et tendit l'oreille gauche vers

le ciel. Même si le blizzard l'empêchait de distinguer quoi que ce soit, il n'entravait en rien la transmission du son. Il prêta une oreille attentive. Les MiG n'accompagnaient pas le 76-T : ils le rattrapaient pour l'intercepter. Alors qu'il écoutait, il les entendit tous les trois faire demi-tour pour repartir vers l'est.

Ça ne collait pas. Cela devait être l'Iliouchine au sujet duquel l'avait mis en garde son père.

Nikita rentra la tête à l'intérieur, sans prêter attention à la neige collée à ses cheveux et ses joues. « Passez-moi le colonel Rosski à la radio, aboya-t-il au caporal Fodor, qui se réchauffait les mains à la lampe, assis derrière la table.

– Tout de suite », répondit le sous-off en se précipitant vers la console.

Tandis que Fodor, accroupi devant l'appareil, attendait l'établissement de la liaison avec la base de Sakhaline, Nikita parcourut du regard les civils qu'ils avaient pris en gare, tout en envisageant d'autres explications possibles à ce qu'il avait entendu. Un problème mécanique aurait pu contraindre le cargo à faire demi-tour, mais dans ce cas, il n'aurait pas eu besoin d'escorte. Quelqu'un essayait-il de repérer leur train, de chercher à les localiser pour tenter de leur venir en aide ? Son père, peut-être ? Le général Kossigan ? Qui d'autre, sinon ?

« Il n'est pas là, indiqua Fodor.

– Essayez d'avoir le général Orlov », s'impatienta Nikita.

Fodor obtempéra, puis tendit l'appareil à son supérieur. « Il est en ligne, mon lieutenant. »

Nikita s'accroupit. « Mon général ?

– Qu'est-ce qui se passe, Nikki ?

– Il y a un avion-cargo au-dessus de nous, expliqua Nikita. Il filait vers l'ouest, jusqu'au moment où deux chasseurs à réaction l'ont rattrapé. Aussitôt après, il a fait demi-tour.

– C'est le 76-T.

– Quels sont mes ordres ?

– J'ai demandé au président la permission d'envoyer des troupes à ta rencontre à Bira, dit le général. Ma requête n'a toujours pas reçu de réponse positive. D'ici là, fais ce que tu jugeras nécessaire pour protéger ton chargement.

– Au titre de matériel stratégique ou de preuve devant les tribunaux, mon général ?

– Lieutenant, ce n'est pas votre problème, aboya Orlov. Vos ordres sont d'en assurer la sécurité.

– Et je l'assurerai, mon général », dit Nikita.

Tendant le récepteur à Fodor, le jeune officier se dirigea rapidement vers le bout du fourgon, en zigzaguant entre les voyageurs. Assis par terre sur des tapis, les cinq hommes et les deux femmes jouaient aux cartes, lisaient ou tricotaient à la lueur de la lanterne. Nikita ouvrit la porte d'intercommunication et enjamba l'attelage glissant. D'épais paquets de neige se détachèrent et lui tombèrent sur les épaules quand il poussa la porte du wagon suivant.

À l'intérieur, le gros sergent Verski surveillait la fenêtre, côté nord, tout en bavardant avec l'un de ses hommes. Un autre homme était posté devant l'ouverture, côté sud. Tous se mirent au garde-à-vous à l'entrée du lieutenant Orlov.

« Sergent, dit Nikita en saluant. Je veux des vigies sur les toits du train ; deux hommes par fourgon, se relayant toutes les demi-heures.

– Bien, mon lieutenant.

– Si le temps presse pour demander des instructions, poursuivit Nikita, vos hommes ont ordre d'abattre tout individu qui s'approchera du train. » Nikita jaugea les civils, quatre hommes et trois femmes, qui étaient montés dans ce fourgon-ci à la station précédente. L'un des hommes s'était appuyé contre une caisse pour somnoler. « Et ne laissez pas un seul instant ce wagon sans surveillance, sergent. Je ne veux pas voir mon chargement courir le moindre risque.

– Affirmatif, mon lieutenant. »

Nikita retourna dans le fourgon de tête, en se demandant où avait pu passer Rosski... et si, faute d'instructions du colonel, il pouvait s'autoriser à remettre les caisses à son père.

51.

Mardi, 6 : 45, Washington, DC

« Un nouveau message du NRO, annonça Bugs Benet à Hood et au reste des officiers de l'Op-Center réunis autour de la table de conférence du Bocal.

– Merci, Bugs, dit Hood à l'adresse de l'image vidéo de son assistant. Passez-le. »

Ils entendirent la voix de Stephen Viens mais sans voir sa tête. À la place, ils virent une image en noir et blanc se former à l'écran, au rythme de cinquante lignes par seconde.

« Paul, dit Viens, nous venons de capter ça, il y a trois minutes à peine. »

Hood fit légèrement pivoter l'écran vers Rodgers, tout en continuant d'observer l'image : apparut bientôt un terrain blanc, embrumé, lunaire, puis le train, qui occupait en gros le tiers inférieur, au centre. L'image était extrêmement floue à cause des bourrasques de neige, mais au lieu d'une étendue lisse et blanche sur le toit des voitures, on distinguait des ombres.

« Désolé pour la piètre qualité des images, dit Viens. Il y a une sacrée tempête... Mais nous sommes certains que ces silhouettes sur les toits sont des soldats. Ils sont en tenue blanche camouflée, donc on ne les distingue pas eux-mêmes, mais on peut noter leur ombre.

– Ce sont des soldats, sans aucun doute, dit Rodgers, la voix crispée, en désignant du doigt l'écran. Ça se voit à leur façon de se disposer. Le dernier tourné vers l'avant gauche, le précédent vers l'arrière droit, le précédent vers l'avant droit, et ainsi de suite... Ces formes, là (du bout du doigt, il dessina le contour d'une tache floue) ce pourrait être un fusil. »

Viens confirma : « C'est ce qui nous a conduits à notre conclusion, Mike.

– Merci, Stephen », dit Hood, puis il coupa la communication avec le chef du Service national de reconnaissance. Le silence régnait dans la salle, troublé seulement par le faible grésillement du réseau de protection électronique. « Peuvent-ils savoir que notre groupe d'Attaquants est au sol ?

– C'est fort possible », dit Bob Herbert au moment où sonnait le téléphone du bureau.

« Pour vous », dit Rodgers en avisant le numéro de code.

À cause du champ électronique, Herbert n'était pas joignable au téléphone cellulaire fixé à son fauteuil roulant. Il saisit le combiné de l'appareil encastré dans l'épaisseur de la table de conférence, composa son code personnel, écouta. Quand il raccrocha, son teint était cireux.

« Le 76-T est en train de se faire raccompagner par deux MiG, annonça Herbert. Ils ont commencé à larguer du kérosène puis ont mis le cap sur Hokkaido, mais l'appareil ne retournera pas en Russie. »

Rodgers consulta sa montre, puis saisit le téléphone

à portée de sa main. « Je m'en vais demander au Mosquito d'y aller au départ d'Hokkaido. »

Rodgers tapa du poing sur la table. « Impossible, Mike. Ça fait dix-huit cents kilomètres aller retour. Or, l'autonomie du Mosquito est de douze cent...

– Je connais son autonomie, coupa Rodgers. Douze cent quatre-vingt-seize kilomètres. Mais on peut faire remonter un croiseur de la mer du Japon. Il pourrait se poser sur le pont...

– On n'a pas obtenu l'accord de la commission pour le faire voler en solo, objecta Martha Mackall.

– On n'a pas non plus obtenu leur accord pour qu'ils échangent des coups de feu avec des soldats russes, ajouta Lowell Coffey. Cette action est censée se borner à une mission de reconnaissance.

– Je m'occupe avant tout de mes soldats, rétorqua Rodgers, pas de ces vantards... »

Hood intervint : « Voyons comment on pourrait essayer de satisfaire chacun en trompant tout le monde. Mike...

– Oui, monsieur ?

– Que fait-on des Attaquants si la mission est suspendue ? »

Rodgers inspira un grand coup, lentement. « Le Mosquito y va, malgré tout. Le plus proche agent sur place en mesure de les extraire d'Asie se trouve à Hegang, province d'Heilongjiang, à trois cents kilomètres de là, et je ne les laisserai jamais parcourir une telle distance.

– En Chine ? s'étonna Coffey. Pas en Russie ?

– Nos gars infiltrés à Vladivostok ont été rapatriés après la chute du rideau de fer, expliqua Rodgers. Nous n'avons pas eu les moyens budgétaires d'en recruter d'autres.

– Et s'ils faisaient le gros dos en attendant que ça se tasse ? suggéra Phil Katzen. Le terrain est propice à la survie...

– Les Russes savent que les Attaquants sont là-bas, bordel ! s'énerva Rodgers. Ils ont des satellites, eux aussi, ils vont fatalement les retrouver ! (Il se tourna vers Hood.) Paul, le meilleur moyen de se tirer de ce guêpier, c'est de foncer droit devant, comme prévu.

– Droit devant, répéta Martha, droit vers une confrontation avec des troupes russes au moment où le pays est un baril de poudre qui n'attend plus qu'une allumette...

– Le seul moyen de ne pas faire de vagues, avertit Coffey, c'est de tuer tous les passagers du train...

– Mieux vaudrait laisser éclater une guerre, rétorqua Rodgers, une guerre susceptible d'embraser l'Europe et sans doute la Chine ? Pourquoi ai-je l'impression d'être revenu en 1945 et d'entendre argumenter contre le recours à la bombe A, sous prétexte de préserver la vie d'Américains ?

– Mike, intervint Hood, ce qui est en jeu ici, c'est justement la vie d'Américains. Les Attaquants...

– Ne venez pas me donner des leçons au sujet de la vie des de mes hommes, Paul, siffla Rodgers entre ses dents. Je vous en prie. »

Hood resta un moment silencieux. « D'accord. »

Rodgers avait croisé les mains. Ses pouces, tout rouges, appuyaient de toute leur force sur la table.

« Vous vous sentez bien, Mike ? » s'inquiéta Liz.

Il acquiesça, regarda Hood. « Désolé, Paul. J'ai disjoncté.

– Laisse tomber, dit Hood. Toi et moi, on serait mieux à se taper une toile en boulottant du pop-corn.

– Waouh ! s'exclama Coffey. Et qui va jouer les pères de famille ? »

Sourire complice des deux hommes.

« Bon, d'accord, mais alors un film interdit aux moins de dix-huit ans.

– Eh là, ce type a vraiment disjoncté ! dit Coffey. Qu'on appelle la police des mœurs ! »

Tout le monde rigola, sauf Ann, et Hood tapota du doigt sur la table pour ramener le calme. Il reprit : « Ce que je m'apprêtais à dire, tout à l'heure, c'est que les diplomates n'ont pas renoncé à résoudre cette crise et que personne ne peut prévoir ce que va faire le président Janine. Allons-nous compromettre tout cela en poursuivant la mission ?

– Quoi qu'ils fassent, nota Rodgers d'une voix égale, les caisses embarquées à bord de ce train représentent une énorme force de corruption. Même si leur contenu ne suffit pas à déclencher une guerre, il met un pouvoir énorme aux mains de gangsters. Notre responsabilité n'est-elle pas d'essayer de les en priver ?

– Notre responsabilité première est à l'égard du groupe d'Attaquants et des lois auxquelles nous sommes censés obéir, rétorqua Coffey.

– Les lois votées par vos copains au Capitole, observa Rodgers, pas la loi morale. Vous avez fait ce qu'il fallait là-haut, mais comme disait Benjamin Franklin, "la nécessité n'a jamais fait de bonnes lois". (Il se tourna vers Hood.) Paul, vous me connaissez. Je tiens aux Attaquants comme à la prunelle de mes yeux, mais ce qui prime avant tout, c'est de faire ce qui est juste. Et stopper ce train est juste. »

Hood les écoutait attentivement. Rodgers et Coffey abordaient le problème par deux biais opposés, et aucun des deux n'avait tort. Mais la décision lui revenait, et ça ne lui plaisait pas de se savoir ici, douillettement installé en toute sécurité, à décider du sort de sept hommes et femmes, perdus sur une falaise gelée à l'autre bout du monde.

Il entra le code de Bugs dans l'ordinateur et le visage de son assistant apparut à l'écran.

« Oui, Paul ?

– Prévenez les Attaquants par liaison SAT, voyez si le lieutenant Squires est à même de nous répondre. Sinon, quand ce sera possible.

– D'accord », dit Bugs, et son image disparut.

Rodgers n'avait pas l'air heureux. « Qu'est-ce que vous comptez faire, Paul ?

– Sur le terrain, c'est Charlie qui commande. Je veux son opinion.

– Charlie est un soldat de métier. Que croyez-vous qu'il va vous dire ?

– S'il est capable de décider lui-même, on verra bien.

– Vous ne pouvez pas faire ça à un soldat. Ce n'est plus du commandement, c'est de la gestion. La seule question que nous serions en droit de lui poser, c'est si nous soutenons nos Attaquants, oui ou non. Pourrait-on prendre cet engagement et s'y tenir ?

– On peut, répondit Hood, sans se démonter. Mais après votre mission en Corée, je me suis amusé à relire le livre blanc que vous aviez rédigé dans le cadre de la mise en œuvre de la force interarmes destinée au sauvetage de nos diplomates pris en otage par les Gardiens de la Révolution de Khomeiny. Eh bien, vous aviez raison sur un point : nos forces étaient prêtes sur le papier, mais pas dans la pratique. Comme vous aviez raison de vous montrer préoccupé par l'extraction du commando d'éléments des forces spéciales qui devaient infiltrer Téhéran quelques jours avant le déclenchement de la mission Griffe de l'Aigle. Sans votre mise en garde, les agents n'auraient pas eu ce plan pour les sortir de l'aéroport international de Mehrabab à bord d'un avion de la Swissair au cas où ça tournerait mal. Pourquoi une idée pareille ?

– Parce que les extraire discrètement, un par un, de leur planque aurait laissé plus de temps aux Iraniens pour les trouver, expliqua Rodgers. Il paraissait plus logique d'acheter des billets sur un vol commercial et de les évacuer en bloc, vite fait.

– Avec qui avez-vous mis ça au point ?

– Ari Moreaux. C'est lui qui nous avait monté la planque.

– Votre agent sur place, dit Hood, alors que l'image de Bugs réapparaissait. Oui, Bugs ?

– J'ai bipé Honda. On n'a plus qu'à attendre.

– Merci. (Hood regarda de nouveau Rodgers.) Ce n'est pas le Viêt-nam, Mike. On n'est pas en train de retirer tout soutien moral ou tactique à nos hommes sur le terrain. Si Squires veut aller de l'avant, je l'appuie, quitte à me faire botter le cul ensuite par le Congrès.

– Ce n'est pas votre problème, lui rappela tranquillement Rodgers.

– Certes, c'est à vous de commander les Attaquants, reconnut Hood, mais sortir de l'épure définie par la commission parlementaire, ça, c'est bien mon problème. »

Bugs se manifesta de nouveau. « Le lieutenant-colonel Squires a noté le signal au casque, Paul. Je l'ai en ligne. »

Hood monta le son de la liaison. « Lieutenant-colonel ?

– À vos ordres, monsieur ! » La voix était claire malgré les parasites dus à la neige.

« Où en êtes-vous de votre déploiement ? demanda Hood.

– Cinq Attaquants ont presque atteint le pied de la falaise. Le soldat Newmeyer et moi sommes sur le point de descendre.

– Lieutenant-colonel, dit Rodgers, il y a des soldats russes sur le toit du train. On en a repéré dix ou onze, orientés NEWS. »

Orientés nord, est, ouest, sud, traduisit Hood. Il enchaîna : « Nous hésitons à vous laisser poursuivre la mission. Qu'est-ce que ça donne, de votre côté ?

– Ma foi, monsieur, j'étais justement en train de contempler le paysage.

– Le paysage ?

– Oui, monsieur. Ça me paraît jouable, et j'aimerais avoir l'autorisation de poursuivre. »

Hood avisa la lueur dans l'œil de Rodgers. C'était un éclair d'orgueil, pas de triomphe.

« Vous êtes au courant des paramètres de la mission...

– On ne casse pas de Ruskoffs, je sais. Je pense qu'on devrait pouvoir y arriver. Sinon, on annule et on se replie vers le point d'extraction.

– Ça me paraît un bon plan, dit Hood. On garde le train à l'œil et on vous signale tout changement éventuel.

– Merci, monsieur... Et, mon général, comme ils disent dans les collines : *Do svidaniya...* À plus tard. »

52.

Mardi, 14 : 52, Saint-Pétersbourg

Peggy s'arrêta à la cabine téléphonique juste à l'angle du canal Griboïedov. Après un coup d'œil alentour, elle glissa deux kopecks dans la fente. Elle répondit au regard éberlué de George en disant : « Volko, téléphone cellulaire. »

C'est vrai, se dit-il. *L'espion.* Avec tous ces événements, George l'avait complètement oublié. L'un des trucs qu'on apprenait aux Attaquants était d'examiner les alentours d'un air apparemment dégagé et de mémoriser des détails qui auraient échappé à la majorité des gens. Le quidam ordinaire contemplait le ciel, la mer ou le paysage – spectacles certes imposants, impressionnants. Mais ce n'était pas là qu'il fallait rechercher l'« information ». Plutôt dans quelque vallée encaissée, dans une anse au bord de la mer, ou une ruelle au pied d'un immeuble. C'était le genre de site qu'examinaient les Attaquants. Et aussi bien sûr les gens, encore et toujours. Car ce n'était pas l'arbre ou la boîte aux lettres qui menaçait une mission, mais l'individu éventuellement caché derrière.

Et parce qu'il n'avait pas regardé les arbres du parc ou les artères très passantes à leur arrivée, le soldat

George remarqua que l'homme assoupi sur le banc ne dormait plus. Il avançait à pas lents, moins de deux cents mètres derrière eux, et son saint-bernard tirait la langue. Il avait dû courir pour venir s'installer.

Peggy poursuivit en russe : « L'Ermitage. La *Madonna Conestabile* de Raphaël, côté gauche, toutes les heures et toutes les demi-heures, pendant une minute. Après la fermeture, filez perspective Krasniy, en haut du parc, appuyé à un arbre. Du bras gauche. »

L'agent britannique lui avait dit où la retrouver et comment se tenir pour qu'elle puisse le reconnaître.

Elle raccrocha et ils repartirent.

« On nous suit, dit George, en anglais.

– Le barbu, répondit Peggy. Je sais. Cela pourrait nous faciliter la tâche.

– La faciliter ?

– Oui. Les Russes savent que nous sommes ici et l'installation de surveillance que recherchait Keith pourrait bien être dans le coup. En tout cas, si ce type est équipé d'un micro, on devrait en avoir le cœur net. Vous avez du feu ?

– Pardon ?

– Des allumettes, un briquet ?

– Je ne fume pas.

– Moi non plus, s'impatienta Peggy, mais tâtez vos poches comme si vous en cherchiez un.

– Oh, pardon », dit George tout en tâtant ses poches de chemise et de pantalon.

« Parfait. Maintenant, attendez-moi ici. »

En Russie, presque tous les militaires fumaient, et même si George ne l'appréciait guère, il avait, comme Peggy, maîtrisé l'art d'inhaler l'âcre mélange turc tant apprécié des miliciens russes et chinois – au cas où ils échoueraient en Asie. Mais George n'avait aucune idée de ce qu'elle avait en tête en la regardant sortir un paquet de cigarettes de sa poche de chemise avant de se diriger vers le barbu.

Tandis que George regardait par terre, mimant l'ennui de manière convaincante, le Russe faisait, quant à lui, semblant d'attendre que sa chienne ait fini de pisser contre un arbre, ce qui était apparemment le cadet des soucis du cabot. La cigarette au bec, Peggy était arrivée environ à dix mètres de l'homme quand celui-ci se tourna pour repartir d'où il venait.

« Monsieur ! s'écria-t-elle dans un russe impeccable, tout en accélérant pour le rattraper. Auriez-vous une allumette ? »

Il secoua la tête sans se retourner.

Peggy arriva à sa hauteur et, d'un geste vif, empoigna la laisse, juste sous la boucle passée à sa main gauche. Elle tourna brutalement, tout en pivotant pour lui faire face. L'homme grogna : la laisse lui coupait la circulation dans les doigts.

George vit la jeune femme baisser les yeux vers la barbe. Elle hocha la tête en avisant le fil. Peggy regarda le Russe droit dans les yeux tout en portant un doigt à ses lèvres, pour lui intimer le silence.

Le Russe acquiesça.

« Merci pour le feu, dit-elle en ramenant l'espion vers George. C'est vraiment une chienne adorable que vous avez là... »

Elle parlait, George le savait, pour empêcher les Russes de communiquer avec leur agent. Tant que quelqu'un était à proximité, ils ne s'attendraient pas à le voir répondre à leurs questions. Il se rendit compte également qu'elle ne pouvait pas la fermer, ou alors ils risquaient de se douter de quelque chose.

Hormis le léger rictus du type, un observateur aurait pu croire que Peggy et le Russe étaient deux amis qui promenaient leur chien en se tenant par la main. Quand ils arrivèrent à la hauteur de George, celui-ci vit Peggy tâter la poche revolver gauche du Russe du revers de la main. Elle y glissa les doigts, sortit les clés de la voiture, tout en agitant sa main libre.

Grimaçant toujours, le Russe indiqua une rangée de voitures garées à l'autre bout du parc.

Elle regarda George, qui lui fit signe qu'il avait saisi.

« Ce qui m'étonne toujours, c'est la placidité de la plupart des gros chiens, dit Peggy, tandis que la grosse chienne saint-bernard les suivait sans broncher. Ce sont toujours les petits les plus teigneux. »

Tous trois entrèrent dans le parc pour se diriger vers une rangée de voitures garées à l'autre bout. Ils coupèrent par la pelouse, précédés par le Russe qui les mena à une conduite intérieure deux portes de couleur noire.

En arrivant côté passager, Peggy se retourna vers le Russe et pianota sur la carrosserie du bout des doigts. « Est-ce qu'elle mord ? »

Il fit non de la tête.

Elle fit tourner la laisse et la douleur dressa le Russe sur la pointe des pieds.

« Oui, s'empressa-t-il de dire. Faites attention ! »

Elle lui rendit les clés et lui fit signe d'ouvrir la porte. Il obéit, puis indiqua la boîte à gants. Peggy s'agenouilla à côté de la voiture, de sorte qu'il put s'asseoir et tourner le bouton avec sa main droite. Un coup à gauche, un à droite, puis un tour complet dans le sens des aiguilles d'une montre, et le couvercle bascula. À l'intérieur, une bonbonne de gaz et un interrupteur. George savait, grâce à une réunion de formation sur la prise d'otages de marque – les personnages haut placés et non M. Tout-le-Monde –, que les véhicules des gens fortunés, des officiers de haut rang ou des fonctionnaires gouvernementaux étaient souvent équipés de pièges à déclenchement automatique en cas d'enlèvement. Dans le cas des Russes, c'était en général un gaz toxique quelconque qui se diffusait après un délai programmé. La personne enlevée savait, bien entendu, à quel moment elle devrait retenir sa respiration.

Après que le Russe eut désactivé le dispositif, Peggy le tira dehors par la main, récupéra les clés et les tendit à George. De la tête, elle indiqua le volant. George contourna la voiture, monta et mit en route le moteur, tandis que Peggy se glissait sur le siège arrière avec le Russe. De sa main libre, elle ouvrit le collier de la chienne et referma la porte. La bête se rua contre la vitre en aboyant. Peggy l'ignora. Elle baissa le volume du micro de son baladeur-enregistreur.

« Vérifiez s'il y a des micros-espions », dit-elle à George en s'installant à côté du Russe.

George sortit de son sac à dos le détecteur. Il balaya l'habitacle, puis orienta l'appareil vers le Russe. Pas de crissement strident.

« Rien de suspect.

– Bien. »

George percevait le bourdonnement des voix dans les écouteurs du Russe. « Mais je crois bien qu'ils lui parlent. Sans doute qu'ils se demandent pourquoi leur micro est mort.

– Ça ne m'étonne pas, dit Peggy. Mais ils n'auront

qu'à patienter. (Coup d'œil à George dans le rétro.) Quelles sont vos instructions en pareilles circonstances ?

– Le manuel dit qu'en cas de découverte, on se sépare et on file.

– La prudence avant tout. Les nôtres disent pareil.

– C'est surtout par sécurité. Nous connaissons des choses sur lesquelles les Russes adoreraient pouvoir...

– Je sais, coupa Peggy. Mais, vous, quelle est votre véritable mission ?

– Découvrir ce qui se trame à l'Ermitage.

– Idem pour moi. Voyons donc si notre ami peut nous aider, lui ou sa barbe. » Elle sortit de sa manche un couteau qu'elle plaqua sous l'oreille gauche du type. Elle relâcha la laisse et dit en russe : « Ton nom ? »

Le Russe hésita. Peggy accentua la pression de la lame contre l'artère temporale. « Plus tu traînes, plus j'appuie fort...

– Ronach, répondit le Russe.

– Très bien, Ronach. On va s'assurer que tu n'envoies pas de message codé à tes petits copains, donc, tâche de faire exactement ce que je dis. Compris ?

– *Da.*

– Qui est responsable de l'opération ?

– Je n'en sais rien.

– Oh, allons donc.

– Un officier Spetnats. Je ne le connais pas.

– Très bien. Alors, voilà ce que tu vas lui dire : "Ici Ronach, je voudrais parler à l'officier Spetnats responsable." Dès qu'il est au bout du fil, tu me passes l'appareil. »

Ronach hocha la tête, imperceptiblement pour ne pas s'entailler la gorge.

George regarda Peggy dans le rétro. « Et nous, qu'est-ce qu'on fait ? lui demanda-t-il en anglais.

– Prenez la direction de l'Ermitage. On trouvera bien un moyen d'entrer s'il le faut, mais je crois avoir une meilleure idée. »

Dès que George enclencha la marche arrière pour sortir de la place de parking, la chienne arrêta de sauter. Agitant sa grande queue, elle regarda la voiture s'éloigner, puis se coucha dans l'herbe, la tête penchée.

Autant pour la relève de l'économie russe de l'après-guerre froide, songea l'Américain. *Même les chiens répugnent au moindre effort.*

George prit la grande artère pour entrer en ville. Arrivé au canal d'Obvonogo, il prit à droite et le longea jusqu'à la perspective Moskovsky. Il ne pouvait s'empêcher d'admirer, par contraste, la froide efficacité avec laquelle Peggy avait rempli sa tâche. Tout en n'appréciant guère de voir ainsi usurper son statut de responsable de la mission, il était impressionné par le style de la jeune femme et par sa capacité d'improvisation. Il était en outre bigrement curieux et tout excité de voir sur quoi tout cela allait déboucher – même s'il était incontestablement déjà enfoncé dans l'eau jusqu'au cou et qu'elle continuait de monter.

53.

Mardi, 22 : 17, Khabarovsk

Malgré toute la quincaillerie hi-tech que l'armée avait mise à sa disposition, Charlie Squires ne comprenait toujours pas pourquoi ils n'étaient pas équipés de lunettes amplificatrices antibuée au lieu de ces « lentilles à la vapeur » comme les avaient surnommées les Attaquants. La sueur s'accumulait dans la partie inférieure des verres, et si on avait le malheur de se couvrir la bouche avec un passe-montagne, comme il essayait de le faire, la transpiration se réchauffait, se vaporisait, et on n'y voyait plus rien. Si on ôtait le passe-montagne, le gel vous collait les lèvres et vous engourdissait le bout du nez.

Peu importait toutefois d'avoir la figure au chaud si c'était pour dégringoler d'une falaise de trente mètres, aussi Squires choisit-il de voir – pour autant qu'on pût voir quelque chose au milieu de ces épaisses bourrasques de neige. Au moins apercevait-il la paroi de la falaise.

Squires descendait en relais avec le soldat Terrence Newmeyer. Chacun tour à tour descendait en rappel, prenait pied sur une arête, puis tendait la main pour guider son compagnon. Squires n'avait pas envie que ses hommes descendent une falaise glacée, en pleine nuit, sans quelque chose pour les guider – même s'il devait reconnaître qu'il avait connu de pires conditions. Il avait été un jour invité par la brigade de reconnaissance israélienne, la Sayeret Giva-ati, à participer à la « semaine diabolique » d'entraînement de ce corps d'élite. Au rang des exercices, la descente en rappel d'une falaise de vingt-quatre mètres, puis un parcours d'obstacles à franchir au pas de course. Les tenues vert olive des soldats étaient en loques à la fin de l'exercice, même si la falaise n'y était pour rien : tout au long de la descente, les officiers n'avaient cessé de bombarder les soldats d'injures en arabe et de cailloux acérés. En comparaison, la présente épreuve – lunettes embuées comprises – était une promenade de santé.

Parvenu à une quinzaine de mètres du sol, Squires entendit, cinq mètres sur sa gauche, Sondra leur crier d'attendre. Il baissa les yeux et la vit agrippée à son partenaire de descente, le soldat Walter Pupshaw.

« Qu'est-ce qui se passe ? » lança l'officier en jetant un rapide coup d'œil vers l'horizon. Il chercha du regard le panache de fumée de la locomotive, en vain. Pour l'instant.

« Le gel l'a collé à la falaise ! répondit Sondra. Il s'est déchiré la jambe de pantalon contre une arête. On dirait que la transpiration a collé l'étoffe contre la glace. »

Squires se tourna vers le bas et lança : « Soldat Honda, donnez-moi une estimation de l'heure d'arrivée du train ! »

L'opérateur radio installa rapidement son téléphone satellite tandis que Squires et Newmeyer descendaient en biais vers Pupshaw. L'officier se cala légèrement au-dessus à droite du soldat en difficulté.

« Désolé, mon colonel. J'ai dû toucher un endroit vraiment congelé. »

Squires contempla le soldat, qui ressemblait à une grosse araignée scotchée contre un mur.

« Soldat DeVonne, dit Squires, remontez au-dessus de lui et arrimez-vous. Et tenez bon. Soldat Newmeyer, on va se servir de notre corde pour essayer de le dégager. »

Squires agrippa la corde qui le retenait à Newmeyer et la remonta d'une secousse pour la faire passer au-dessus des bras de Pupshaw, devant son visage.

« Pupshaw, dit l'officier, détachez votre main gauche pour laisser la corde descendre jusqu'à votre taille. Puis faites pareil avec la droite.

– Bien, mon colonel. »

Newmeyer et Squires lui tendirent la main pour le soutenir tandis que, avec précaution, Pupshaw détachait la main gauche de la paroi, avant de reprendre sa prise sitôt la corde passée. Il répéta la manœuvre avec la main droite. Désormais, il avait la corde au niveau de la taille.

« Parfait, dit Squires. Le soldat Newmeyer et moi, nous allons descendre tous les deux. Nous ferons porter tout notre poids sur la corde : avec un peu de chance, elle devrait trancher la couche de glace. DeVonne, tenez-vous prête à supporter son poids lorsqu'il sera libéré.

– Affirmatif, mon colonel. »

Lentement, Squires et Newmeyer descendirent de concert, de part et d'autre du soldat Pupshaw, tandis que la corde mordait dans la couche de glace qui s'était formée entre l'Attaquant et la paroi. Elle résista un moment, et les deux hommes continuèrent à peser sur la corde jusqu'à ce que la congère se brise en une pluie de fines particules. Squires avait une bonne prise et DeVonne réussit à retenir Pupshaw ; après un instant délicat, quand la roche céda sous sa botte droite, Newmeyer réussit à retrouver son équilibre, aidé par la main secourable de Pupshaw.

« Merci », dit ce dernier, tandis que tous quatre terminaient leur descente.

Dès que Squires fut parvenu au pied de la falaise, le sergent Grey réunit tout le groupe près de la voie. Il y avait un espace d'une dizaine de mètres entre celle-ci et la paroi ; à une trentaine de mètres vers l'ouest se dressait un bouquet d'arbres qui semblaient morts depuis au moins le temps du tsar. Le soldat Honda était déjà affairé avec sa liaison SAT, et dès qu'il eut coupé la communication, il leur annonça qu'à la minute près, le service de reconnaissance du NRO situait le convoi à trente-deux kilomètres à l'est de leur position, progressant à une vitesse moyenne de cinquante-cinq à l'heure.

« Ce qui les met ici dans un peu plus d'une demi-heure, dit Squires. C'est court. Bien, sergent Grey : vous prenez Newmeyer avec vous et vous tâchez de me faire sauter un de ces arbres pour l'abattre en travers de la voie. »

Le sergent Grey sortait déjà les pains de C-4 des poches de son gilet de combat. « Bien, mon colonel.

– DeVonne, Pupshaw, Honda – tous les trois, vous filez vers le point d'extraction pour assurer l'itinéraire. Je ne pense pas que nous risquions de croiser des paysans peu aimables, mais on ne sait jamais. Et surtout, il pourrait y avoir des loups.

– Mon colonel, dit Sondra, j'aimerais...

– Pas de discussion, la coupa Squires. Le sergent Grey, le soldat Newmeyer et moi-même, nous n'avons pas besoin d'être plus nombreux pour cette partie du plan. J'ai besoin des autres pour couvrir notre retraite, s'il faut en arriver là.

– À vos ordres, mon colonel. » DeVonne salua.

Squires se retourna vers le soldat Honda et l'informa du reste de la mission. « Vous vous signalez au QG dès que le pont est en vue. Dites-leur ce que nous comptons faire. S'ils ont un message pour nous, faites au mieux. Nous ne serons pas en position pour utiliser nos radios.

– Bien compris. »

Alors que les trois Attaquants s'ébranlaient dans la bourrasque, progressant dans la neige qui leur montait parfois jusqu'aux genoux, Squires rejoignait le sergent Grey et le soldat Newmeyer. Grey s'affairait déjà à coller des languettes de C-4 contre le tronc d'un gros arbre proche de la voie. Newmeyer était en train de couper les cordeaux bickford, gardant de côté pour plus tard les mèches à retardement. Les cordeaux bickford étaient repérés en sections de trente secondes et il avait dévidé une longueur de dix tronçons.

« Mettez-en quatre minutes, dit Squires qui regardait par-dessus son épaule. Ce qui m'inquiète, c'est que le train soit si proche qu'ils risquent d'entendre la détonation. »

Sourire de Newmeyer. « On a tous réussi à effectuer le parcours de vingt kilomètres en moins de cent dix minutes.

– Pas dans le blizzard et avec tout le barda, sûrement pas...

– On devrait y arriver.

– Il faut aussi tenir compte du temps passé à recouvrir le tronc de neige, pour qu'il ait l'air d'avoir été abattu depuis un bail. Sans oublier que Grey et moi, on a encore un dernier truc à régler. »

Le lieutenant-colonel regarda droit devant. En cinq minutes, ils pouvaient gagner un renfoncement dans la paroi de granit, trois cents mètres plus loin, qui pourrait les protéger de la déflagration – si du moins l'onde de choc n'entraînait pas l'écroulement du pan de falaise. Mais Grey avait suffisamment d'expérience et les charges étaient relativement faibles, donc c'était peu probable. Cela leur laisserait de toute façon un temps suffisant pour que l'un des hommes revienne effacer leurs traces dans la neige : il fallait que l'arbre donne l'impression d'être tombé tout seul.

Grey se leva quand il eut terminé, et Squires s'accroupit tandis que Newmeyer allumait la mèche.

« Allons-y ! » dit Squires.

Le lieutenant-colonel aida Newmeyer à se relever et les trois hommes filèrent vers leur petit sanctuaire, y parvenant une minute avant l'instant fatidique. Ils n'avaient pas fini de reprendre leur souffle que la détonation sèche déchirait la nuit, suivie de la pétarade du tronc qui se brisait, puis d'un choc sourd au moment où il s'abattit sur les rails.

54.

Mardi, 23 : 08, Hokkaido

Le cockpit transparent de l'hélicoptère biplace était bas, aplati, noir, derrière un pare-brise étroit et incurvé. Trois des six écrans couleur plats du poste de pilotage composaient un panorama tactique, tandis qu'un affichage tête haute ultra-large fournissait les informations de vol et tactiques qui complétaient les données envoyées au pilote, via l'afficheur intégré à la visière de son casque. Il n'y avait aucun cadran spécifique : les écrans affichaient toutes les informations demandées par le pilote, y compris les données des capteurs perfectionnés montés à l'extérieur.

Derrière le cockpit s'allongeait un fuselage noir mat long de dix-neuf mètres soixante-dix. L'appareil au ventre plat n'avait aucun angle vif, tandis que l'absence de rotor de queue et le rotor principal sans roulements permettaient au Mosquito de voler presque sans bruit. C'étaient des conduites forcées d'air sous pression munies d'ouïes à l'arrière du fuselage qui procuraient la poussée anticouple ; une tuyère orientable sur l'empennage de queue permettait au pilote de gouverner. Déjà relativement léger grâce à l'absence d'arbre de transmission et de boîte de vitesses, l'hélicoptère avait été débarrassé de tout appareillage superflu, dont l'armement, ce qui avait permis de réduire sa masse à vide de quatre tonnes à deux tonnes sept. En comptant un réservoir de carburant supplémentaire largable en début de mission – afin que la vessie puisse être lâchée au-dessus de la mer et récupérée – et une surcharge au retour de six cents kilos, le Mosquito avait un rayon d'action de sept cents milles nautiques.

Il faisait partie de cette race de machines volantes que la presse et les profanes baptisaient « furtifs » mais que les officiers de la base de Wright-Patterson chargés du programme Mosquito préféraient appeler « discrets ». L'intérêt d'un tel appareil n'était pas d'être invisible. Un faisceau radar suffisamment intense dirigé vers un F-117A, un B-2A ou un Mosquito permettrait toujours à l'ennemi de le voir. En revanche, il n'y avait guère de système d'arme existant qui soit capable de repérer un tel appareil et de se verrouiller sur lui, et c'était là son principal avantage.

Aucun des appareils discrets déjà en service n'aurait été à même d'exécuter la mission en cours, raison qui avait justifié le lancement du programme Mosquito en 1991. Seul en effet un hélicoptère pouvait survoler en rase-mottes un terrain montagneux, de nuit, déposer ou extraire un commando, faire demi-tour et ressortir – et seul un appareil discret pouvait espérer réussir un tel exploit dans l'espace aérien ultra-surveillé et plutôt encombré de la Fédération de Russie.

Volant à cent kilomètres-heure, le Mosquito pouvait être sur zone un peu avant minuit, heure locale. Si l'appareil mettait plus de huit minutes pour effectuer l'embarquement à Khabarovsk, il ne lui resterait pas assez de carburant pour rejoindre le porte-avions qui l'attendait en mer du Japon. Mais ayant parcouru tous les aspects de la mission sur le simulateur de l'ordinateur de bord, le pilote Steve Kahrs et son copilote Anthony Iovino faisaient toute confiance à leur prototype et ils avaient hâte de le voir gagner ses galons. Si le commando qu'ils devaient exfiltrer avait accompli sa tâche, ils pourraient revenir à Wright-Patterson en héros et surtout, ils auraient flanqué un nouveau coup à la puissance militaire russe naguère si orgueilleuse.

55.

Mardi, 15 : 25, Saint-Pétersbourg

« Mon général, dit le commandant Levski en s'adressant à Orlov, j'ai une nouvelle assez inquiétante... »

Seule la voix du commandant était audible au casque branché sur l'ordinateur du bureau d'Orlov. La base navale installée dans les faubourgs de la cité n'était pas encore équipée pour la vidéotransmission ; et avec les coupes opérées dans le budget de la défense, elle ne le serait pas de sitôt.

« Que se passe-t-il, commandant ? » s'enquit Orlov. Il était las, et cela s'entendait.

« Mon général, le général Mavik m'a ordonné de rappeler le commando Molot.

– Quand ?

– Je viens de l'avoir au téléphone, dit Levski. Mon général, je suis désolé mais je dois mettre à exécution cet...

– Je comprends », coupa Orlov. Il but une gorgée de café noir. « Veillez à remercier de ma part le lieutenant Starik et ses hommes.

– Bien, mon général, je n'y manquerai pas. Mais sachez que quoi qu'il advienne, vous n'êtes pas seul. Je suis avec vous. Et Molot aussi. »

Orlov esquissa un sourire. « Merci, commandant.

– Je ne prétends pas savoir ce qui se trame, poursuivit Levski. On entend toutes sortes de rumeurs sur l'imminence d'un coup d'État, téléguidé par les pontes du marché noir... Ce que je sais, moi, c'est que j'ai tenté un jour de récupérer un Kalinine K-4 d'époque qui était parti en piqué. Sacré morceau, le moulin : un BMW IV, le genre têtu... il s'était mis en rideau.

– Je connais ce zinc.

– Eh bien, alors que j'étais en train de piquer vers le sol au milieu des nuages, je me souviens de m'être dit : "Voilà une pièce de collection comme on n'en fait plus, et je n'ai pas le droit de lui céder, quelles que soient ses humeurs." Ce n'était pas une simple question de devoir, c'était une question d'honneur. Alors, au lieu d'abandonner le zinc, je me suis battu pour le ramener au sol. C'était pas joli à voir, mais on y est arrivés tous les deux. Et puis j'ai personnellement – je dis bien personnellement – démonté cette putain de mécanique bavaroise et je l'ai remise en état.

– Et elle a revolé ?

– Comme une jeune hirondelle. »

Orlov comprit qu'il était fatigué quand il se rendit compte qu'il était touché par cette histoire digne de la *Veillée des chaumières.* « Merci, commandant. Je vous préviendrai quand j'aurai à mettre les mains sous le capot... »

Orlov raccrocha et vida sa tasse de café. C'était sympa d'apprendre qu'il avait un allié, en plus de Nina, son assistante dévouée qui devait d'ailleurs revenir à seize heures. Et puis, il y avait sa femme. Elle était toujours avec lui, bien sûr, mais tel le preux chevalier portant au combat les couleurs de sa dame, il chevauchait toujours en solitaire. Et en ces heures, le sentiment de solitude était plus fort que jamais, plus fort même que lorsqu'il était dans le vide de l'espace.

Pianotant sur le clavier, il sélectionna le canal employé par la milice pour surveiller ses forces sur le terrain.

«... veux qu'on me fiche la paix », était en train de dire une voix féminine, dans un russe impeccable.

« Laisser une force d'attaque chirurgicale évoluer librement en Russie ? » fit la voix railleuse de Rosski. Il était à l'évidence en communication avec sa proie grâce à son téléphone cellulaire, par le truchement du centre opérationnel ou du commissariat de police local.

« Vous n'êtes pas une force d'attaque, disait la femme.

– Nous vous avons vus pénétrer dans le palais présidentiel en compagnie du commandant Pentti Aho...

– Il a simplement organisé notre transport. Nous sommes venus pour essayer de découvrir qui a tué un homme d'affaires britannique...

– Le rapport officiel accompagnait la dépouille remise à l'ambassade d'Angleterre, observa Rosski.

– La dépouille *incinérée*, remarqua la femme. Les Anglais refusent l'hypothèse du décès par infarctus.

– Et nous refusons celle qu'il ait été un homme d'affaires ! rétorqua Rosski. Il vous reste neuf minutes pour vous rendre ou aller rejoindre votre ami défunt. C'est aussi simple que ça.

– Rien n'est jamais aussi simple », intervint Orlov.

Seul un faible grésillement de parasites occupa la ligne durant une seconde qui parut s'éterniser.

« À qui ai-je l'honneur ? dit la femme.

– À l'officier général de rang le plus élevé en poste à Saint-Pétersbourg, répondit Orlov, plus à l'intention de Rosski qu'à celle de la femme. Mais vous, qui êtes-vous ? Et épargnez-nous votre couverture. Nous savons d'où vous venez et par quels moyens.

– C'est de bonne guerre, dit la femme. Nous sommes des agents du renseignement des communications, au service du ministre de la Défense, Niskanen, à Helsinki.

– C'est faux ! aboya le Russe. Jamais Niskanen n'irait prendre de tels risques pour aller exhumer un cadavre !

– Le DI-6 ne pouvait se mettre d'accord sur un plan d'action, expliqua la femme ; ils ont donc consulté la CIA et le ministère finlandais de la Défense. Ils sont convenus qu'il serait moins hasardeux de nous envoyer, mon collègue et moi, essayer de découvrir pourquoi on l'avait tué – et une fois la mission accomplie, de tâcher d'instaurer un dialogue pour éviter les représailles.

– Pour jouer les bons offices ? railla Rosski. Vous auriez pris un vol direct, munis de vrais-faux passeports, pour venir plaider votre cause. Mais non, vous êtes venus en sous-marin de poche parce que vous n'aviez pas envie qu'on vous repère à l'aéroport. Vous mentez effrontément !

– Quelle route traverse le golfe de Botnie ? intervint Orlov.

– La deux, répondit la femme.

– Combien la Finlande a-t-elle de provinces ?

– Douze.

– Ça ne prouve rien ! s'écria Rosski. On lui a fait la leçon !

– C'est exact, dit la femme. À Turku, où j'ai grandi.

– Cessons ce petit jeu ! ajouta Rosski. Elle est entrée illégalement dans notre pays, et d'ici trois ou quatre minutes, mes hommes l'auront cernée.

– Si vous arrivez à me trouver !

– Le théâtre Kirov est sur votre gauche, à dix heures. Et une Mercedes verte se trouve juste derrière vous. Essayez de vous enfuir, et vous serez abattus. »

Il y eut un nouveau silence. Même si la femme avait balayé l'habitacle pour y rechercher des micros-espions, Orlov savait qu'elle n'avait sans doute pas noté le téléphone cellulaire planqué dans la malle. La ligne était ouverte en continu, avec un agent de permanence. Tout en étant indétectable, elle leur permettait de relever à intervalles réguliers la position du véhicule par triangulation.

Puis la femme répondit, d'une voix calme : « S'il nous arrive quoi que ce soit, vous perdrez une occasion de communiquer directement avec votre homologue... Je m'adresse au général, pas à la brute épaisse, crut-elle bon d'ajouter.

– Oui ? » dit Orlov. Malgré lui, il ne put qu'apprécier le ton qu'elle avait adopté.

« Je pense, monsieur, que vous êtes plus que le chef militaire de Saint-Pétersbourg. Je pense que vous êtes le général Sergueï Orlov, et que vous êtes responsable d'un service de renseignements installé ici même, dans cette ville. Je pense également qu'on avancera un peu plus si vous entrez en contact avec votre homologue à Washington, au lieu de me liquider et de restituer mes cendres au ministre de la Défense Niskanen. »

Cela faisait deux ans qu'Orlov et son équipe cherchaient à en savoir plus sur leur *Doppelgänger* de Washington, la copie conforme de leur service. Un centre de renseignements et de gestion de crise dont le fonctionnement était en gros analogue au leur. On avait infiltré des taupes à la CIA et au FBI pour en apprendre le maximum. Mais l'Op-Center de Washington était beaucoup plus récent : la structure était plus concentrée et résistante à toute intrusion. Ce que proposait cette femme – preuve de son extrême adresse, ou de son affolement – était la seule chose qu'il ne pouvait se permettre de laisser échapper.

« Peut-être, dit Orlov. Comment comptez-vous communiquer avec Washington ?

– Passez-moi le commandant Aho, au Palais, dit-elle. Je réglerai ça par son entremise. »

Orlov réfléchit à la proposition durant quelques instants. Ça le gênait quand même aux entournures de coopérer avec un envahisseur, mais d'un autre côté, il n'était pas mécontent de jouer la carte de la diplomatie plutôt que de lancer un ordre susceptible de déclencher un inévitable bain de sang. « Relâchez l'homme que vous détenez, lui dit-il, et je vous laisse votre chance.

– D'accord, dit la femme, sans hésitation.

– Colonel ? dit Orlov.

– Oui, mon général ? répondit Rosski, la voix tendue.

– Personne ne bouge sauf ordre exprès de ma part. Est-ce compris ?

– C'est compris. »

Orlov entendit un bruissement, puis des bruits étouffés de conversation. Il n'aurait su dire s'ils provenaient de la voiture ou de la station de métro de l'Institut de technologie où Rosski s'était rendu pour récupérer ses hommes de main. Quoi qu'il en soit, il savait que le colonel ne resterait pas les bras ballants, qu'il agirait d'une manière ou de l'autre pour sauver la face... et ferait tout pour empêcher les deux agents de s'échapper.

56.

Mardi, 7 : 35, Washington, DC

Hood avait appris à ses dépens que la gestion de toute crise vous conduisait, paradoxe incontournable, à trancher la tête de la Méduse et à affronter le gros de la tempête au moment précis où vous étiez le plus crevé.

La dernière fois qu'il avait posé la tête sur un oreiller, il était en famille dans une chambre d'hôtel à Los Angeles. Et voilà qu'il se retrouvait, un peu plus de vingt-quatre heures plus tard, assis dans son bureau avec Mike Rodgers, Bob Herbert, Ann Farris, Lowell Coffey et Liz Gordon, à attendre les premiers messages des deux équipes envoyées attaquer une puissance étrangère. On pouvait bien tourner autour du pot – ce que ferait Ann Farris dans ses communiqués de presse si leurs hommes étaient découverts ou capturés –, il ne s'agissait pourtant pas d'autre chose : attaquer la Russie.

Ses collaborateurs s'occupaient en attendant d'avoir des nouvelles de l'un ou l'autre groupe, et c'est d'une oreille distraite qu'il les écoutait débattre des implications de leurs actes. À voir l'air absent de Mike Rodgers, il était manifeste qu'il n'était guère plus attentif.

Coffey glissa un doigt sous sa manche pour jeter un coup d'œil à sa montre.

Herbert grogna. « Ce n'est pas en regardant les aiguilles qu'on les fait avancer plus vite. »

Ann allait faire une remarque mais elle se tut en entendant le téléphone. Hood pressa le bouton de l'ampli.

C'était Bugs Benet. « Monsieur Hood, un appel pour vous, relayé par le bureau du commandant Pentti Aho, en provenance de Saint-Pétersbourg.

– Passez-le-moi. » Hood se sentait comme ces matins de canicule où l'air immobile et silencieux rend la respiration difficile. « Des suggestions, Bob ? » demanda-t-il en pressant la touche *secret* du téléphone.

« Notre Attaquant pourrait avoir été capturé et forcé à nous appeler. Je ne vois pas d'autre...

– C'est Kris, dit Peggy.

– Rectification, dit Herbert. *Kris* est le nom de code de Peggy tant qu'elle est libre. C'est *Kringle* si elle se retrouve comme qui dirait coincée dans la cheminée... »

Hood reprit la communication.

« Oui, Kris...

– Le général Sergueï Orlov voudrait s'entretenir avec son homologue, dit Peggy.

– Êtes-vous avec le général ? demanda Hood.

– Non. Mais nous avons pu le contacter par radio. »

Hood coupa de nouveau le micro et consulta Herbert : « Vous croyez qu'on peut s'y fier ?

– Si oui, répondit Herbert, Peg et George auront réellement accompli un exploit.

– C'est à ça qu'on entraîne un Attaquant, nota Rodgers. Et la petite dame n'est pas non plus née de la dernière pluie. »

Hood ôta la sourdine. « Kris, son homologue est d'accord. »

Une voix forte se fit entendre, en anglais, avec un fort accent : « Et à qui ai-je l'honneur de m'adresser ?

– À Paul Hood », répondit l'intéressé tout en scrutant le visage de ses officiers. Il nota que tous les participants à la réunion s'étaient avancés sur leur siège, tendus.

« Monsieur Hood, dit Orlov, c'est un plaisir.

– Général Orlov, je suis votre carrière depuis de nombreuses années. Comme nous tous, d'ailleurs. Vous avez beaucoup d'admirateurs ici.

– Merci.

– Dites-moi, avez-vous des capacités vidéo ?

– Tout à fait, via le satellite Zontik-6. »

Hood lança un coup d'œil à Herbert. « Pouvez-vous m'y connecter ? »

Le chef de la sécurité donnait l'impression d'avoir reçu un seau d'eau froide sur la tête. « Il verra l'intérieur du Bocal... Vous n'êtes pas sérieux...

– Mais si. »

Avec un juron, Herbert appela son bureau par téléphone cellulaire, après avoir fait pivoter le fauteuil roulant pour se blottir dans son coin afin de ne pas être entendu d'Orlov.

« Général, reprit Hood, j'aimerais vous parler en tête à tête. Si cela peut s'arranger techniquement, seriez-vous d'accord ?

– Avec joie, dit Orlov. Nos gouvernements respectifs en frémiraient s'ils apprenaient nos petites combines.

– J'en frémis un peu moi-même, admit Hood. Ce n'est pas précisément la procédure réglementaire.

– C'est exact. Mais les circonstances ne sont pas ordinaires non plus.

– Je ne vous le fais pas dire. »

Herbert se retourna : « C'est faisable, annonça-t-il, le regard implorant. Mais je vous adjure encore de...

– Merci, coupa Hood. Général Orlov...

– J'ai entendu. Nous avons un excellent système d'amplification...

– Qu'est-ce qu'il pense du nôtre, grommela Herbert. Que c'est du surplus de la CIA ?

– Demandez à votre technicien de se caler sur le canal vingt-quatre de ce qui est sans aucun doute l'un des systèmes les plus perfectionnés de communication et surveillance par liaison satellite, à savoir notre modèle CB7. »

Hood sourit à Herbert, pour qui ce n'était décidément pas son jour. « Et demandez-lui, rétorqua Herbert, si les cosmonautes pissent toujours sur les pneus du car avant d'embarquer pour le pas de tir.

– Absolument », confirma Orlov, avant même que Hood n'ait eu le temps d'émettre une critique. « C'est Youri Gagarine qui avait inauguré la tradition après avoir un peu trop forcé sur le thé. Mais les femmes cosmonautes font pareil. Question égalité des sexes, nous avons toujours eu un train d'avance sur vous, j'en ai peur. »

Ann et Liz regardèrent toutes les deux Herbert qui se trémoussa, mal à l'aise, dans son fauteuil, tandis qu'il passait l'appel à la salle de contrôle des liaisons par satellite.

Il fallut deux minutes pour établir la liaison et bientôt le visage du général apparut : les lunettes à l'épaisse monture noire, les pommettes saillantes, le teint basané, le front haut, sans rides. Hood regarda ces yeux noisette pleins d'intelligence, des yeux qui avaient embrassé la Terre d'un point de vue accordé à bien peu d'hommes, et il sentit qu'il pouvait s'y fier.

« Eh bien nous y voilà, fit Orlov avec un sourire chaleureux. Encore merci.

– De rien, dit Hood.

– À présent, soyons francs, reprit Orlov. Nous sommes l'un et l'autre préoccupés par ce train et son chargement. Vous, au point d'avoir envoyé un commando chargé de l'intercepter. Voire de le détruire. Moi, au point d'avoir posté des sentinelles pour les en empêcher. Savez-vous quel est son contenu ?

– Et si vous nous le disiez ? » répondit Hood. Tant qu'à faire, autant l'apprendre du principal intéressé.

« Le convoi transporte des fonds destinés à être utilisés en Europe de l'Est pour soudoyer des fonctionnaires et financer des activités antigouvernementales.

– Quand ? » demanda Hood.

Herbert porta un doigt à ses lèvres. Hood pressa la touche *secret.*

« Ne le laissez pas vous raconter qu'il est dans notre camp, avertit Herbert. Il aurait pu stopper ce train s'il l'avait voulu. Un homme dans sa position doit avoir des amis bien placés...

– Pas obligatoirement, Bob, remarqua Rodgers. Nul ne sait ce qui se trame au Kremlin. »

Hood remit le micro. « Que proposez-vous, général Orlov ?

– Je ne peux pas confisquer le chargement. Je n'ai pas le personnel pour ça.

– Vous êtes général, vous avez un commandement...

– J'ai dû demander à un allié, ici même, de sonder

ma ligne privée et mon bureau pour y débusquer toute écoute clandestine. Je suis comme Léonidas aux Thermopyles, trahi par Éphialte. Je suis dans une passe extrêmement délicate. »

Sourire de Rodgers. « Il me fait rire, tiens », remarqua-t-il dans sa barbe.

Orlov poursuivait : « Mais même si je ne peux pas mettre la main sur le chargement, il ne doit en aucun cas parvenir à destination. Et vous ne devez pas attaquer le train.

– Général, répondit Hood, ce n'était pas une proposition. C'est un nœud gordien.

– Je vous demande pardon ? dit Orlov.

– Une énigme, expliqua Hood. Du genre difficile à résoudre. Comment pouvons-nous satisfaire à ces critères ?

– Avec une rencontre pacifique en Sibérie, entre vos troupes et les miennes. »

Rodgers se passa brutalement un doigt en travers de la gorge. À regret, Hood coupa de nouveau le micro.

« Soyez prudent, Paul. Pas question de laisser nos Attaquants là-bas sans défense.

– Surtout, ajouta Herbert, avec le fils d'Orlov pour garder le convoi. Le général cherche à sauver la peau de son rejeton. Les Russes pourraient très bien mitrailler nos hommes, armés ou pas, et l'ONU leur dirait qu'ils étaient dans leur droit. »

Hood les fit taire tous les deux d'un signe de la main avant de reprendre la conversation. « Que suggérez-vous, général Orlov ?

– Je vais ordonner à l'officier responsable du convoi de faire redescendre les sentinelles et d'autoriser vos hommes à s'approcher.

– C'est votre fils qui est responsable du convoi, dit Hood.

– Oui. C'est mon fils. Mais cela ne change rien. C'est une affaire d'importance internationale.

– Pourquoi ne pas simplement demander au convoi de rebrousser chemin ?

– Parce que, dans ce cas, j'abandonnerais le chargement aux mains de ses expéditeurs, expliqua Orlov. Ils n'auraient plus qu'à trouver un autre moyen de transport.

– Je comprends, dit Hood, puis il réfléchit quelques instants. Général, ce que vous me proposez fait courir à mes hommes de grands risques. Vous leur demandez de s'approcher du train, à découvert, à la vue de vos soldats...

– Oui, confirma Orlov. C'est précisément ce que je vous demande.

– Ne faites pas ça, chuchota Rodgers.

– Que devront-ils faire, une fois à bord ?

– Qu'ils fassent sortir du pays tout ce qu'ils pourront emporter du chargement. Et qu'ils le gardent comme preuve que ce qui est en train de se passer n'est pas l'œuvre du gouvernement légal de la Russie, mais d'une poignée d'individus puissants et corrompus.

– Le ministre Doguine ?

– Je ne suis pas en position de confirmer.

– Pourquoi pas ?

– Je ne suis pas certain de la victoire, et j'ai une épouse... »

Hood regarda Rodgers, dont la réticence envers le général russe ne semblait aucunement faiblir. Il n'était pas sûr de lui en vouloir. Orlov demandait beaucoup, et il n'offrait que sa parole en échange.

« Combien de temps vous faudra-t-il pour communiquer avec le train ? » demanda Hood, conscient que l'extraction des Attaquants ne pourrait souffrir de retard.

« Quatre à cinq minutes ? » répondit Orlov.

Hood regarda le chrono du compte à rebours. Le train russe devait parvenir à l'endroit prévu pour l'embuscade dans sept minutes environ.

« Vous n'aurez guère plus, prévint-il. La machine est en route...

– Je comprends. Voulez-vous s'il vous plaît rester en ligne, je vous reprends aussitôt que possible.

– Je ne quitte pas. » Hood activa la touche *secret.*

Rodgers intervint : « Paul, quoi qu'aient pu décider nos hommes, ce sera déjà fait ; que ce soit arracher les voies ou attaquer le train. Et suivant la position orbitale des satellites de communication, on pourrait fort bien ne pas être à même de les arrêter.

– Je sais, dit Hood. Mais Charlie Squires n'est pas idiot. Si les Russes immobilisent le convoi et sortent avec un drapeau blanc, il les écoutera. Surtout si nous leur expliquons quoi lui dire.

– Je suis ravi que vous soyez prêt à faire confiance à ces siffleurs de vodka, grommela Herbert. Moi, pas. Lénine a comploté contre Kerenski, Staline contre Trotski, Eltsine contre Gorbatchev, Lebed contre Eltsine, Doguine contre Janine... Sapristi, et maintenant, c'est Orlov qui complote contre Doguine ! Ces gars-là sont coutumiers du poignard dans le dos. Réfléchissez un peu à ce qu'ils vont nous faire. »

Lowell Coffey intervint. « Compte tenu que l'autre solution est une confrontation armée...

– Et, ajouta Liz, qu'Orlov a un penchant naturel

pour l'héroïsme, qui semble revêtir une grande importance pour lui.

– Exact, approuva Coffey. Compte tenu de tous ces facteurs, le risque semble raisonnable.

– Raisonnable parce que ce n'est pas vous qui êtes dans la ligne de mire, remarqua Herbert. Les réputations héroïques, ça se fabrique, comme Ann pourra vous le confirmer, et je préfère encore avoir une confrontation armée qu'un massacre. »

Hood acquiesça. « Comme l'a dit Lord Macaulay en 1831, "la modération au combat relève de l'imbécillité".

– La mort au combat est pire, objecta Liz.

– Voyons ce qu'Orlov a à nous raconter », coupa Hood. Pourtant, tout en regardant défiler les petits chiffres verts de l'horloge, il savait qu'en toute hypothèse, il n'aurait que quelques secondes pour prendre une décision susceptible d'affecter des vies humaines et le destin de nations – tout cela en se fondant seulement sur l'impression que lui donnerait le visage d'un homme sur un écran d'ordinateur...

57.

Mardi, 22 : 45, Khabarovsk

Quand Orlov contacta le train, le caporal Fodor l'informa que Nikita s'était rendu à bord de la locomotive pour surveiller la voie. En ajoutant qu'il faudrait plusieurs minutes pour le faire revenir.

« Je n'ai pas plusieurs minutes, dit Orlov. Dites-lui de stopper le train là où il est et de venir au téléphone.

– Bien, mon général. »

Fodor se précipita vers l'avant du fourgon, décrocha le combiné de l'interphone, pressa le bouton d'appel. Au bout de presque une minute, Nikita répondit.

« Qu'est-ce que c'est ?

– Mon lieutenant, dit Fodor, j'ai le général au bout du fil. Il a dit que nous devions arrêter le convoi là où il se trouve et qu'il aimerait vous parler.

– Il y a un tel vacarme... Vous voulez répéter ? »

Fodor se mit à crier : « Le général nous a ordonné de stopper le train sur-le-champ et de... »

Le caporal ravala le reste de sa phrase en entendant un cri venir de l'abri de la locomotive ; un instant plus tard, il était projeté vers l'avant tandis que les roues crissaient, que les attelages gémissaient et que le fourgon de tête était projeté avec violence contre le tender de la loco. Fodor lâcha le combiné de l'interphone pour filer d'un bond vers l'arrière stabiliser la parabole satellite que l'un des soldats avait eu la présence d'esprit de retenir. Mais le choc avait fait basculer le récepteur et arraché l'un des câbles coaxiaux de l'arrière de la parabole. Au moins la lourde lanterne ne s'était-elle pas renversée, et dès que le train se fut immobilisé, alors que militaires et civils s'aidaient à se relever au milieu des caisses répandues au sol, Fodor put vérifier l'état du matériel. En fait, seul, le connecteur avait été arraché – la fiche restait encore vissée à l'antenne. Le câble lui-même était intact. Il ôta ses gants et entreprit sans plus tarder de rétablir la connexion.

Nikita surveillait la voie depuis son côté de l'abri. Dès qu'il avait vu l'arbre abattu au milieu des bourrasques de neige, il avait crié au mécanicien d'arrêter le convoi et le pauvre garçon ne réagissant pas assez vite, il avait dû lui-même actionner les freins.

Le mécanicien, le chauffeur et lui furent jetés à terre, et quand le train eut stoppé, Nikita entendit des cris venant de derrière. Il se releva rapidement, la hanche droite endolorie, saisit une lampe-torche accrochée à la paroi de l'abri et courut à la fenêtre. Il balaya la neige de son large faisceau. Un homme avait été éjecté du toit de la première voiture, mais il remontait déjà le talus enneigé.

« Pas de bobo ?

– Je ne crois pas, mon lieutenant, dit le jeune soldat, quelque peu décontenancé. Vous avez besoin de nous, à l'avant ?

– Non ! aboya Nikita. Retournez guetter derrière !

– Bien, mon lieutenant. » Le troufion salua mollement en levant son gant couvert de neige, tandis que deux mains se tendaient pour le hisser de nouveau sur le toit.

Nikita dit aux deux mécanos de surveiller attentivement dehors, puis il escalada le tas de charbon du tender. Les rafales avaient cessé et la neige à présent tombait à la verticale. Le calme était troublant, comme ce silence cotonneux qui suit un accident de la route ; on entendait juste crisser ses bottes sur le charbon. Il gagna l'arrière, soulevant à chaque pas un nuage de neige mêlée de poussier, puis sauta gauchement sur l'attelage du premier fourgon. La respiration coupée par le froid, il chercha la poignée de la porte à la lueur de la torche.

« Envoyez six hommes sur la voie, lança-t-il au sergent Verski dès qu'il fut entré. Un arbre est tombé en travers et je veux qu'on me dégage ça au plus vite. Que trois hommes montent la garde pendant que les autres déplaceront l'obstacle.

– À vos ordres, mon lieutenant.

– Et surveillez la présence d'éventuels tireurs embusqués, ajouta Nikita. Ils pourraient être équipés pour la vision de nuit.

– Affirmatif, mon lieutenant. »

Nikita se tourna vers Fodor. « Dans quel état est le téléphone ?

– Il faudra plusieurs minutes pour le réparer », commenta l'intéressé, accroupi près de la lanterne.

« Grouille-toi, aboya le lieutenant, en crachant de blanches volutes de buée. Qu'est-ce que le général a dit d'autre ?

– Juste qu'on arrête le train et que vous veniez au téléphone. C'est tout.

– Et merde, dit Nikita. Quelle chierie... »

Tandis que les hommes sortaient des torches d'un sac de fournitures, Nikita ordonna aux civils de rempiler les caisses. Un soldat vint de la voiture suivante, l'air un peu ahuri, et Nikita le renvoya garder sa cargaison et s'assurer que tout le monde restait en alerte.

« Dites au fourgon de queue d'être sur le qui-vive. On pourrait nous approcher par l'arrière. »

Debout, les jambes écartées au milieu du fourgon, le lieutenant sautillait sur les talons avec impatience. Il essayait de se mettre à la place de l'ennemi.

L'arbre avait pu tomber accidentellement ou bien avoir été placé là à dessein. Dans le dernier cas, l'embuscade avait échoué : s'ils avaient heurté le tronc, ils auraient été bloqués sous une falaise – un endroit idéal pour canarder les sentinelles postées sur le toit des voitures. Mais ici, à plusieurs centaines de mètres de distance, ils ne pouvaient guère atteindre qu'un ou deux hommes avant d'être débusqués. Et il leur était parfaitement impossible d'approcher du convoi sans être repérés, et une fois repérés, abattus.

Bon, alors, à quoi jouent-ils?

Son père l'avait appelé pour lui dire de stopper le convoi. Était-il au courant pour l'arbre ? Ou avait-il appris autre chose, peut-être la présence d'explosifs ou d'hommes embusqués un peu plus loin ?

« Plus vite, caporal ! dit-il à Fodor.

– C'est presque prêt, mon lieutenant », répondit-il. Malgré le froid, il avait le front tout rouge et constellé de gouttes de sueur.

Nikita était de plus en plus irrité par son impuissance et par cette pesanteur grandissante de l'air autour de lui. Ce n'était pas seulement à cause de cette ambiance de solitude, de ces bruits étouffés. C'était l'impression de plus en plus nette, qu'il soit prédateur ou proie, que l'ennemi qu'il cherchait était tout proche.

58.

Mardi, 15 : 50, Saint-Pétersbourg

« J'ai comme dans l'idée qu'ils nous ont complètement oubliés. »

L'idée amusait le soldat George tandis qu'il roulait dans le dédale des rues pour rejoindre l'Ermitage après avoir traversé le canal de la Moïka. Il passa à droite du Cavalier de bronze et tourna dans la rue Gogol, pour se diriger vers la place du Palais.

Peggy avait coupé la radio, dès qu'Orlov et Paul Hood eurent changé de satellite et qu'elle eut acquis la certitude que personne d'autre ne viendrait en fréquence. Après avoir relâché leur passager, ébranlé mais reconnaissant, ils avaient décidé d'un commun accord de poursuivre jusqu'à l'Ermitage, où ils pourraient abandonner la voiture, se perdre dans la foule et retrouver leurs marques avant d'entamer la seconde phase de leur mission.

« Je veux dire... c'est quand même gros, non ? On se paie dix heures de voyage sous la flotte, serrés comme des harengs en caque, on se tape le boulot, et personne ne prend la peine de venir nous rappeler pour nous dire : "Au fait, bravo, les gars... beau travail !"

– Vous êtes venu uniquement pour quêter leurs félicitations ? demanda Peggy.

– Non, mais ça fait quand même plaisir.

– Vous tracassez pas. J'ai dans l'idée qu'avant qu'on soit ressortis d'ici, vous regretterez votre anonymat d'antan. »

Alors qu'apparaissait la blanche colonnade de l'Ermitage, teintée de reflets d'ambre par la lumière de cette fin d'après-midi, George pouvait déjà entendre et voir l'armée de manifestants dont l'avait informé le capitaine Rydman.

Il hocha la tête. « Qui aurait imaginé ça ?

– Sans doute que la dernière fois que cet endroit a connu une manifestation, c'était quand il s'appelait encore le Palais d'Hiver et que les gardes de Nicolas II tiraient sur les ouvriers.

– C'est effrayant de penser qu'il y a autant de nostalgiques de l'ancien régime...

– Raison pour laquelle peu m'importe de n'être pas remerciée, observa Peggy. C'est la trouille qui nous fait avancer, pas les tapes sur la croupe. La vigilance est notre seule récompense. Enfin, c'est ce que pensait Keith. »

George la regarda dans le rétro. Pas plus dans sa voix que dans ses yeux il ne décela le moindre soupçon de nostalgie pour son amant défunt. Peut-être était-elle de ces gens qui ne pleurent pas en public, voire qui ne pleurent pas du tout. Il se demanda comment elle réagirait quand ils arriveraient devant le bâtiment où Keith était mort.

Il y avait au moins trois mille manifestants dispersés sur le large échiquier de la place du Palais. Devant eux se dressaient une estrade et un podium, érigés devant la colonne d'Alexandre. La police déviait la circulation et Peggy dit au soldat américain de s'arrêter avant le barrage. Il se gara devant un café aux tables garnies de parasols bruns arborant tous le logo de diverses marques d'alcool ou de bière.

« Les mercantis n'ont pas perdu de temps, grommela-t-il avec reproche.

– Ils n'en perdent jamais », répondit-elle avant de remarquer qu'un des agents de police les observait.

George s'en était également rendu compte. « Ils vont identifier la voiture.

– Mais ils ne s'attendent pas à ce qu'on traîne dans les parages, nota Peggy. Pour ce qui les concerne, notre mission est achevée.

– Vous croyez que notre ami Ronach leur a déjà fourni notre signalement et qu'ils sont en train de le faxer dans tout Saint-Pétersbourg ?

– Peut-être pas encore... Mais il faut quand même qu'on se débarrasse de ces uniformes si on veut repartir déguisés en touristes. (Elle consulta sa montre.) Nous avons rendez-vous avec Volko dans une heure et dix minutes. Je suggère qu'on entre. Si on se fait intercepter, je leur raconterai qu'on dépend de l'Amirauté – c'est le bâtiment d'en face. Je leur expliquerai qu'on nous a chargés de veiller à ce qu'il n'y ait aucun débordement. Une fois dans la place, on se change, on joue les jeunes couples d'amoureux et on se dirige vers le Raphaël.

– Enfin, un rôle que je sens bien, dit George alors qu'ils s'apprêtaient à traverser la place.

– Ne le prenez pas trop à cœur, avertit Peggy. On va avoir une petite engueulade une fois à l'intérieur, ce qui me donnera un prétexte pour partir bouder et lier conversation avec Volko. »

Large sourire de George. « Je suis marié. C'est un rôle que je n'oublie pas non plus... » Son sourire s'élargit encore, tandis qu'il murmurait : « Des espions parmi les espions... J'apprécie l'ironie. »

Peggy ne lui rendit pas son sourire tandis qu'ils contournaient la manifestation occupant la place du Palais. George se demanda si même elle l'avait entendu, alors qu'elle regardait la foule bien ordonnée, la colonnade de Rossi – partout sauf vers l'Ermitage et le fleuve sur la berge duquel Keith Fields-Hutton avait trouvé la mort. Il crut voir l'éclat d'une larme au coin de ses yeux et sentir dans sa démarche comme une lourdeur qu'il n'avait pas remarquée auparavant.

Enfin, presque avec bonheur, il se sentait proche de la personne qu'il avait côtoyée et même frôlée une bonne partie de la journée.

59.

Mardi, 22 : 51, Khabarovsk

Les Spetnats étaient entraînés à réaliser toutes sortes de choses avec leur arme principale, la bêche. On les laissait enfermés dans une pièce avec juste leur bêche et un chien enragé. On leur ordonnait de l'utiliser pour abattre les arbres. À l'occasion, ils devaient également s'en servir pour creuser des fossés dans le sol gelé, des tranchées assez profondes pour s'y tenir allongés. À un moment donné, des chars venaient traverser le terrain. Les soldats qui n'avaient pas creusé assez profond étaient écrabouillés.

Avec l'aide de Liz Gordon, le lieutenant-colonel Squires avait étudié de près les techniques des Spetnats, en cherchant celles qui expliquaient le mieux la remarquable endurance et la faculté d'adaptation de ces soldats. Il ne pouvait les adopter toutes. Les rossées régulières pour endurcir les hommes n'auraient jamais obtenu l'aval du Pentagone, même s'il connaissait des officiers supérieurs qui auraient fort bien accueilli cette initiative. Mais il en adopta toutefois un bon nombre, y compris ses préférées : leur aptitude à se fabriquer du camouflage en un rien de temps et à se planquer dans les endroits les plus invraisemblables.

Une fois mis au fait de la présence de soldats postés sur le toit du convoi, il comprit qu'ils avaient observé les sommets des arbres, les falaises, les rochers et les congères tout au long du trajet. Il savait que quelqu'un à bord de la locomotive devait guetter sur la voie la présence d'explosifs ou d'obstacles. Mais il savait également qu'il devait passer sous le train sans être vu et que la meilleure planque était encore dans l'axe de la voie.

Le projecteur frontal de la machine devait jeter une lumière pâle et diffuse, et les soldats regarderaient surtout les deux files de rails. Il décida donc de se creuser une fosse étroite dans le ballast après avoir taillé à la hachette dans deux traverses vermoulues. Il s'y étendit ensuite sur le dos, muni de son sac chargé de pains d'explosif, puis il demanda à Grey de le recouvrir de neige, en laissant juste sur le côté une ouverture de la grosseur du bras pour lui permettre de respirer. Après avoir également enterré Newmeyer à proximité, Grey alla se cacher derrière un rocher, à l'écart de la voie ; dès que Squires et Newmeyer auraient attaqué les deux fourgons et que la fusillade aurait commencé, Grey se dirigerait vers sa cible, la loco.

Squires avait entendu, puis bientôt senti le martèlement des roues du convoi qui approchait. Sans manifester de nervosité. Il était bien à l'abri sous la surface, et même si la machine était dotée d'un chasse-neige, le soc ne risquait pas d'entamer celle entassée au-dessus de lui. Non, sa seule inquiétude était que le mécanicien aperçoive le tronc trop tôt ou qu'au contraire, n'ayant pas vu l'obstacle, il vienne le percuter. Dans ce dernier cas, non seulement le train serait endommagé mais lui-même risquait de se retrouver truffé d'éclats de bois et transformé, comme il l'avait dit à Grey en manière de plaisanterie, en « Chuck haché ».

Rien de tout cela n'arriva. Mais quand le convoi se fut immobilisé et que Squires put creuser un petit trou dans la neige devant ses yeux, il s'aperçut qu'il était sous le tender. Soit un véhicule avant celui sous lequel il espérait se trouver.

Au moins, le camouflage a été efficace, songea-t-il tout en se mettant, avec précaution, à repousser la neige devant lui. Il y avait quelque chose de gratifiant et de moral, d'un point de vue historique, à voir des troupes russes tomber dans un piège russe – comme Raspoutine se faisant tuer par des tsaristes et le tsar liquider à son tour par des révolutionnaires.

Squires achevait de se dégager quand il entendit des éclats de voix. Bien que pratiquement chaque centimètre carré de sa peau fût recouvert de tissu isolant, il était transi de froid, un froid que semblait encore accentuer l'immensité ténébreuse alentour.

À peine s'était-il dégagé qu'il entendit crisser des bottes dans la neige humide. Il aperçut bientôt l'éclat de torches qui répandaient des cercles roses dans la neige et jetaient des reflets diaboliques sous le châssis des véhicules de la rame.

Posant avec délicatesse sur son ventre le sac d'explosifs, Squires entreprit de reculer en se tortillant pour s'extraire du fossé et longer le ballast jusqu'à la première voiture. Des soldats faisaient mouvement sur sa droite et il s'arrêta un instant pour déboutonner la sangle de sécurité de l'étui qu'il portait à la hanche droite. Même s'il n'avait pas l'intention de provoquer un incident international, il préférait encore lire lui-même dans le journal le récit de ses crimes et exactions que de savoir que d'autres apprendraient sa mort dans la toundra sibérienne.

Squires progressait rapidement à reculons, et bientôt il se retrouva sous l'attelage entre le tender et la première voiture, au moment même où les soldats russes parvenaient à l'arbre abattu, bien qu'il ait dû jouer des épaules pour repousser des amoncellements de neige, puis se tortiller pour passer au-dessus. Ouvrant le rabat du sac, il en sortit le C-4 et pressa doucement le pain d'explosif contre la tôle ; des flocons humides de métal rouillé se mirent à tomber dru sur lui. Une fois le plastic bien collé, Squires sortit le détonateur à retardement et, d'une vigoureuse poussée du plat de la main, y inséra les deux brins des fils de contact. Deux boutons surmontaient l'afficheur numérique sur le boîtier de huit centimètres de diamètre ; il pressa celui de gauche pour régler le compte à rebours. Il allait s'accorder une heure. Après avoir entré 60 : 00 : 00, il pressa le bouton de droite pour verrouiller le chiffre. Puis il recommença la séquence gauche, droite, qui lançait le décompte.

Squires poussa du pied contre la neige rougeoyante et reprit sa reptation vers le milieu de la première voiture. Il entendait des chocs sourds au-dessus de lui, en haut à droite. L'arrêt brutal avait dû déloger le chargement et ils étaient en train de remettre en pile les caisses. Reculant encore de quelques centimètres, il s'arrêta directement sous la source du bruit et plaça une autre charge explosive. Il y planta un détonateur et répéta la manœuvre destinée à faire sauter ce pain encore plus volumineux. Se glissant sous la seconde voiture, Squires la piégea également avec un troisième pain de C-4.

Quand il eut terminé, il poussa un long soupir. Il inclina la tête pour regarder vers l'avant de la rame, entre ses pieds, et vit que les hommes avaient presque fini de dégager l'arbre. Il ne lui restait plus beaucoup de temps.

Il se dégagea de sous le sac et le déposa délicatement sur sa droite avant de se couler sur la gauche. Une fois dégagé de sous le châssis, il se retourna sur le ventre et resta allongé dans l'ombre projetée par les torches. Il consulta le cadran lumineux de sa montre et fut ravi de constater avec quelle vitesse il avait réussi l'exercice. Il savait que s'il avait eu l'occasion de le répéter à Andrews, il aurait mis dix à vingt pour cent de temps de plus que sur le terrain. Pourquoi en était-il toujours ainsi, il n'en savait rien, mais c'était un fait.

Squires regarda derrière lui, vers l'avant de la rame, puis, progressant sur les coudes, il se dirigea vers un tas de neige à proximité du tender. Il se mit à creuser, signalant ainsi à Newmeyer que le moment était venu pour lui de s'extraire de son linceul de glace. Le soldat frissonnait et il avait mordu dans son passe-montagne pour empêcher ses dents de s'entrechoquer. Squires le rassura d'une tape sur l'épaule alors qu'il se mettait à quatre pattes. Il s'était enterré avec son Beretta 9mm sur la poitrine, qu'il rengainait à présent.

Newmeyer savait ce qu'il avait à faire, aussi Squires retourna-t-il, toujours à quatre pattes, vers la seconde voiture pour se mettre en position.

Cette action-ci, il aurait bien voulu pouvoir la répéter. Les Spetnats avaient beau être capables de rester opérationnels sans dormir pendant soixante-douze heures, les commandos parachutistes du Sayeret Tzanhanim israélien de se poser sur un chameau au galop, et – il en avait été témoin – un officier de la Garde royale d'Oman de tuer un homme en lui plantant dans la gorge une épingle à chapeau, Squires savait qu'aucun soldat au monde ne savait *improviser* comme un Attaquant. C'était la gloire de leur équipe, et la raison pour laquelle elle collait aussi bien au mandat de l'Op-Center qui consistait à intervenir dans les plus brefs délais pour dénouer les crises en gestation.

Squires accrocha le détonateur à sa ceinture, enfila son masque respiratoire compact, puis sortit de sa pochette une grenade aveuglante. Il passa l'anneau de la goupille par-dessus son pouce droit, tout en le maintenant appuyé sur la sécurité. Puis, de la main gauche, il sortit une grenade lacrymogène de gaz M-54, en glissant le pouce dans l'anneau de la goupille. Quand Newmeyer eut fait de même, les deux hommes s'avancèrent à pas lents, dans l'ombre, pour venir se poster juste à droite des fenêtres des deux premiers fourgons.

60.

Mardi, 7 : 53, Washington, DC

« Enfin, où est-il ? »

C'était la question que se posait Hood au moment même où Herbert l'énonçait.

Depuis maintenant plusieurs minutes, tout le monde dans son bureau était resté silencieux et il n'avait cessé de se rejouer mentalement le dialogue avec Orlov pour chercher à se rassurer et se convaincre qu'il n'avait rien divulgué qui pût compromettre la sécurité des Attaquants. Orlov était déjà au courant de l'existence des deux groupes, et il savait où ils se trouvaient. Hood restait malgré tout convaincu que leur entretien avait porté sur le meilleur moyen de désamorcer la crise. Bien avant qu'elle ait commencé, Orlov aurait pu utiliser sa position en Russie pour se mettre en avant, si tel avait été son objectif. Mais il voulait croire que l'ancien cosmonaute était un humaniste autant qu'un patriote.

Seulement, son fils commande le train, se rappela Hood, *et cela contrebalance toutes les intentions vertueuses.*

Tout le monde sursauta quand retentit la sonnerie du téléphone de Hood. Il pressa la touche *ampli* et répondit.

« Relais de l'Attaquant Honda, annonça Bugs Benet.

– Passez-le-nous, et affichez en même temps la carte de mission sur l'ordinateur, merci. N'hésitez pas à nous couper si le général Orlov revient en ligne. »

Tout en parlant, le directeur fit glisser le téléphone au bout du bureau, vers Mike Rodgers. Le général parut apprécier le geste.

La voix de Honda leur parvint par la ligne sécurisée, forte et étonnamment claire. « Soldat Honda en fréquence, au rapport comme convenu.

– Ici le général Rodgers. Allez-y, soldat Honda.

– Mon général, nous avons le pont en vue et la tempête de neige commence à faiblir. Trois Attaquants sont présents aux coordonnées 9518-828 pour assurer la retraite, trois autres sont au train, coordonnées 6987-572. Le lieutenant-colonel compte piéger la rame avec du C-4, faire sortir tous les voyageurs à coups de grenades aveuglantes et lacrymogènes, puis emmener le convoi un peu plus loin avant de le faire sauter. Il redoute que des éclats de la chaudière puissent blesser quelqu'un. Il nous rejoindra au point d'extraction, une fois la cible neutralisée. »

Hood examina la carte affichée sur son écran. Ils devraient jouer serré mais c'était réalisable.

« Soldat Honda, demanda Rodgers, les Russes ont-ils fait mine de vouloir décrocher ?

– Impossible à dire, mon général, on ne les a pas vus. Le lieutenant-colonel a fait sauter un arbre pour bloquer la voie. On l'a entendu. Ensuite, on a entendu le train arriver, les freins crisser, le convoi s'arrêter. Mais d'ici, on ne voit rien.

– Des coups de feu ?

– Négatif, mon général.

– S'il s'avère nécessaire de transmettre un ordre à l'équipe bêta, est-ce faisable ? demanda Rodgers.

– Seulement si on y retourne, répondit Honda. Ils ne répondront pas à la radio. Mon général, je dois rejoindre mes camarades mais j'essaierai de vous informer s'il y a du nouveau. »

Rodgers le remercia en lui souhaitant bonne chance tandis que Hood rappelait Benet sur la deuxième ligne. Il demanda que les dernières photos satellitaires du site soient basculées sur son imprimante sitôt qu'ils les auraient reçues au NRO. Rodgers et Herbert se rendirent à l'imprimante située derrière le bureau du directeur pour attendre la sortie papier.

Peu après, Orlov revenait à l'écran. Il semblait plus soucieux que jamais et Hood fit discrètement signe à Liz d'approcher. Elle resta sur le côté hors du champ de la micro-caméra fixée au-dessus du moniteur, pour pouvoir malgré tout observer les traits du général russe.

« Excusez ce retard, dit Orlov. J'ai demandé au radio que l'on fasse arrêter le train et que l'on me passe mon fils mais la communication a été coupée. Honnêtement, je ne sais pas ce qui s'est passé.

– J'ai appris que mon équipe avait abattu un arbre en travers de la voie, dit Hood, mais je ne crois pas qu'il y ait eu collision.

– Alors, peut-être que mes ordres ont été relayés à temps. »

Hood vit le général baisser les yeux.

« Nikita appelle ! Messieurs, je reviens... »

L'image disparut et Hood se tourna vers Liz. « Votre impression ?

– Le regard est droit, la voix un peu rauque, les

épaules voûtées... Il m'a tout l'air d'un homme qui dit la vérité et la trouve lourde à porter.

– C'est ce que j'avais cru discerner, moi aussi, sourit Hood. Merci, Liz. »

Elle lui rendit son sourire. « À votre service. »

Et puis l'imprimante se mit à bourdonner et Hood crut bientôt voir chez Rodgers et Herbert la même expression que sur les traits d'Orlov, tandis qu'ils regardaient sortir le premier cliché de la fente de l'imageur numérique.

61.

Mardi, 22 : 54, Khabarovsk

La remise en état de la liaison montante satellite était d'autant plus difficile que le caporal Fodor avait le bout des doigts engourdis de froid. Accroupi près de la parabole, il avait dû couper un bout de gaine avec son canif pour dénuder la tresse afin de rétablir le contact. Et que deux des civils l'observent en discutant des meilleurs moyens de procéder n'était pas fait pour l'aider.

Quand il eut enfin terminé, il tendit le récepteur au lieutenant, qui se tenait juste derrière lui. Rien de triomphal dans son attitude : Fodor savait être rapide et économe de ses gestes.

« Nikita, dit la voix du général Orlov. Est-ce que tu vas bien ?

– Affirmatif, mon général. Nous sommes en train de dégager un arbre obstruant la voie...

– Je veux que vous arrêtiez.

– Pardon ?

– Je veux que tu rappelles tes hommes. Vous ne devez pas ouvrir le feu sur les soldats américains, est-ce bien compris ? »

Une rafale d'air polaire souffla par la fenêtre, dans

son dos. Mais ce n'est pas ce qui le glaça. « Mon général, ne me demandez pas de me rendre...

– Ce ne sera pas utile, dit Orlov. Mais tu devras obéir à mes ordres ? Est-ce clair ? »

Nikita hésita. « Absolument.

– Je suis en contact avec le commandant américain, poursuivit Orlov. Reste en ligne et je te donnerai de plus amples... »

Nikita n'entendit pas la suite. Il y eut un *clang!* sourd sur le plancher de bois du wagon. Tournant la tête, il vit la grenade rouler lentement vers lui ; un instant après, elle éclatait dans une série d'éclairs éblouissants et de crépitements sonores. Les occupants du fourgon se mirent à crier et il entendit un autre bruit sourd, suivi d'un sifflement de gaz qui s'échappe.

Alors qu'il dégainait son pistolet et se précipitait vers la porte avant, Nikita ne put s'empêcher d'apprécier l'habileté de la manœuvre : une grenade aveuglante pour les forcer à fermer les yeux, suivie d'une lacrymogène pour s'assurer qu'ils ne les rouvriraient pas – mais sans les conséquences ophtalmologiques dues à l'exposition au gaz, les yeux ouverts, dans un espace aussi confiné.

Pas de séquelles permanentes à exhiber aux Nations unies, songea le lieutenant avec colère.

Nikita devina que les Américains tentaient d'enfumer ses soldats pour les faire sortir et les capturer, avant de filer avec l'argent. Nul doute que les assaillants s'étaient déjà dispersés vers des positions alentour. Inutile de perdre du temps à envoyer des fantassins à leurs trousses en pleine nuit. Mais les commandos ne mettraient pas la main sur lui, ni sur son chargement. Tout en tâtonnant dans le noir de la main gauche, il maudissait son père d'avoir cru qu'on pouvait se fier aux Américains... que c'étaient eux, et pas le général Kossigan, qui avaient à cœur l'intérêt supérieur de la Russie.

En arrivant près de la porte, il cria : « Sergent Verski, couvrez-nous !

– Oui, mon lieutenant ! »

Quand il eut atteint l'avant pour émerger enfin des épaisses volutes de gaz lacrymogène, Nikita rouvrit les yeux. Il vit les hommes de Verski allongés à plat ventre dans la neige, prêts à riposter au premier signe de tir ennemi. Derrière lui, le caporal Fodor et un autre soldat aidaient les civils désorientés à descendre du train.

Nikita s'éloigna à reculons. Il appela le soldat juché sur le toit, tourné vers l'autre côté de la voie.

« Soldat Tchiza, vous voyez quelque chose ?

– Négatif, mon lieutenant.

– Comment est-ce possible ? s'écria Nikita. Les grenades venaient de par là !

– Personne ne s'est approché, mon lieutenant ! »

Mais c'était impossible ! Elles avaient été balancées à la main, pas tirées au lance-grenades. Quelqu'un avait dû se trouver tout près du convoi, et puis il s'avisa que si tel avait été le cas, il aurait dû voir des empreintes de pas dans la neige.

Progressant laborieusement dans l'épaisse couche de poudreuse, Nikita se dirigea vers la loco pour aller voir de l'autre côté.

62.

Mardi, 22 : 56, Khabarovsk

Tapi derrière un rocher aussi large que la T-Bird d'époque de son père, le sergent Chick Grey ne vit pas vraiment Squires ou Newmeyer balancer leurs grenades par les fenêtres du train. Mais quand celui qui avait été l'orgueil de l'équipe d'athlétisme du lycée de Valley Stream South, Long Island, vit le paysage passer du noir d'encre au blanc magnésium, ce fut comme s'il avait entendu claquer le pistolet du starter. Il avait déjà évalué la disposition de la loco et, contournant le rocher, il fonça, ventre à terre, vers la machine, à travers la neige. Il vit alors Squires et Newmeyer s'extraire des fourgons par les fenêtres latérales. Il guetta le bruit caractéristique des Beretta, n'entendit rien, puis nota la fumée qui s'échappait de la porte arrière du deuxième fourgon et aperçut Newmeyer penché au-dessus de l'attelage entre celui-ci et le fourgon de queue. Un instant après, ce dernier partait en dérive, entraînant un soldat réduit à tirer au hasard, impuissant, depuis sa vigie.

Grey était fier de ce qu'avait réussi à orchestrer Squires : si personne n'était blessé, ce serait une opération d'anthologie pour les forces spéciales.

Tête de nœud ! songea-t-il soudain en se mettant aussitôt à zigzaguer de gauche à droite. Il se rendit compte qu'il avait frôlé la catastrophe en anticipant ainsi le succès, et se le reprocha en termes vigoureux, comme tout bon Attaquant qui se respecte.

Alors qu'il était encore à quelques mètres de la loco, Grey entrevit une ombre projetée par la lueur des torches, qui progressait vers l'avant du train, de l'autre côté de la voie. Quelqu'un s'apprêtait à contourner la rame et, ne voulant pas couper son élan, Grey bondit vers le tuyau de l'injecteur qui passait en perpendiculaire sous le plancher de l'abri, juste au-dessus du bissel arrière. Il le saisit, projeta les jambes en ciseau pour se propulser à l'intérieur, lâcha le tuyau et atterrit sur le tablier, à quatre pattes.

Le mécanicien se retourna, ahuri. Grey replia les doigts de la main gauche et balança violemment son poing sous le nez du soldat. Il enchaîna en projetant l'arête du pied gauche contre le genou de l'homme qui s'effondra.

Le sergent ne voulait pas qu'il soit inconscient, juste coopératif, au cas où il ne réussirait pas à faire démarrer le train. Mais les commandes de régulateur et de frein n'étaient pas compliquées à manœuvrer et, après avoir débloqué ce dernier, il ramena vers lui la commande d'admission de la vapeur. Le train s'ébranla avec une secousse.

« Dehors ! » aboya Grey à l'adresse du soldat.

Le jeune Russe au visage enfantin cherchait tant bien que mal à retrouver son équilibre mais il renonça et resta à genoux.

L'Américain lui indiqua sans ménagement la porte. *« Da ! Do svidaniya ! »* C'étaient les seuls mots de russe qu'il connaissait.

L'autre hésita, puis se rua vers le Beretta rangé dans l'étui à la hanche gauche de Grey. Celui-ci expédia rudement son coude contre la tempe du Russe. Le soldat alla heurter l'angle de la cabine, comme un boxeur surpris par un uppercut venu de nulle part.

« Salopard ! » grommela le sergent. Après avoir poussé encore d'un cran la manette du régulateur, il ramassa le Russe, le porta sur son épaule comme un vulgaire sac de farine et, après l'avoir calé sur l'appui de la fenêtre, il le balança dehors, dans le premier tas de neige. Il prit le temps de regarder derrière et vit des soldats russes se précipiter pour tenter de rattraper le train. Mais des coups de feu tirés des deux fourgons les tinrent en respect et bientôt l'*Attaque Express* filait dans la nuit aux trois quarts de sa puissance.

Quand le train s'ébranla, Nikita s'apprêtait à contourner le chasse-neige. Il recula d'un bond, empoigna au passage la main montoir fixée à l'angle du tablier avant et escalada le marchepied d'accès au tablier. Il s'y accroupit, le dos calé contre la boîte à fumée en serrant contre lui son pistolet mitrailleur AKR et vit, avec une fureur grandissante, le soldat Maximitch se faire éjecter de l'abri tandis que les Américains tiraient en forçant ses soldats, légitimes dépositaires du convoi, à se réfugier derrière les arbres et les rochers.

Et ce sont les hommes que mon père courtisait ! siffla-t-il entre ses dents tandis que les dernières volutes de gaz lacrymogène s'échappaient des fenêtres et que la locomotive prenait de la vitesse.

Toujours accroupi, Nikita fit passer l'arme à canon

court dans sa main gauche, puis gagna l'étroite passerelle enjambant le réservoir d'air. Longeant les tuyauteries d'injection qui couraient le long du corps cylindrique, le sous-lieutenant continua de progresser vers l'arrière en se tenant à la main courante, le canon trapu de son pistolet mitrailleur toujours braqué vers l'abri.

Et alors que Nikita passait sous le dôme de prise de vapeur et n'était plus qu'à deux mètres cinquante de la paroi avant de l'abri, le soldat américain, sans méfiance, passa le nez à la fenêtre.

63.

Mardi, 16 : 02, Moscou

Le ministre de l'Intérieur Doguine se sentait bien. Très bien même.

Enfin seul dans son bureau pour la première fois de la journée, il savourait son triomphe imminent. Les troupes du général Kossigan progressaient en Ukraine sans incident. On signalait même qu'Ukrainiens et Russes expatriés les accueillaient de concert avec des drapeaux soviétiques.

L'armée polonaise faisait mouvement vers la frontière ukrainienne. L'OTAN et les États-Unis transféraient des troupes d'Angleterre en Allemagne, puis en direction de la Pologne, tandis que des avions du Pacte atlantique avaient fait une démonstration de force en venant survoler Varsovie. Mais aucun soldat occidental n'avait jusqu'ici foulé le sol polonais. Et il n'y en aurait aucun. Pas quand des agitateurs russes menaçaient de mettre le feu aux poudres aux quatre coins de la planète. Les États-Unis attendraient que la Russie ait retrouvé sa sphère d'influence historique avant de laisser des soldats américains se déployer pour soutenir rébellions et invasions, d'Amérique latine au Moyen-Orient. Pour l'heure, l'émissaire de Doguine à

Washington, le sous-chef de mission diplomatique Savitski, discutait des objectifs de son pays au cours d'une réunion à huis clos aux Affaires étrangères. Le nouvel ambassadeur nommé par Janine avait déjà eu un entretien avec le ministre Lincoln. En acceptant cette deuxième rencontre, le gouvernement américain reconnaissait officieusement l'existence en Russie d'un second gouvernement viable, un gouvernement sur lequel il fallait compter. Et Grozny n'avait même pas eu besoin de faire sauter de bombes pour obtenir cette reconnaissance.

Les nouveaux amis politiques de Doguine avaient accepté de patienter pour avoir leur argent, et le président Janine découvrait des blocages dans les diverses chaînes d'information et de commandement. Il ne pouvait réagir avec vitesse et précision, et Doguine se félicitait des résultats de cette méthode, infiniment plus efficace que le coup d'État manqué contre Mikhaïl Gorbatchev. Il n'était pas nécessaire d'isoler le dirigeant avec des armes et des soldats. Il suffisait d'entraver sa capacité à voir et entendre pour qu'il se retrouve impuissant.

Doguine gloussa de satisfaction. Que pouvait faire cet imbécile ? Aller sur les ondes se plaindre à ses électeurs qu'il ne savait pas ce qui se passait au gouvernement... demander qu'on veuille bien le mettre au courant ?

La seule crainte du ministre – que Chovitch s'impatiente de ce retard imprévu – ne se concrétisa pas. Sans aucun doute avait-il déjà utilisé un de ses faux passeports pour quitter le pays, appliquant la même stratégie de mouvement que Patton durant la Grande Guerre, pour mieux embrouiller ses rivaux et ses adversaires. Peu importait d'ailleurs où il était passé. De l'avis de Doguine, ce vermisseau pouvait bien rester planqué dans son trou.

Jusqu'ici, songea-t-il, *la seule déception a été Sergueï Orlov.* Le ministre et ses alliés tentaient de guérir leur pays malade, ce qui exigeait de contourner les lois. Il s'était certes attendu à voir un homme pondéré, d'esprit traditionaliste comme le général, protester devant ce manque d'orthodoxie, mais certainement pas à ce qu'il le défie ouvertement en clouant le bec au colonel Rosski. Ce faisant, se consola Doguine, Orlov avait définitivement mis fin à sa carrière. Il avait pour ainsi dire quitté les lignes russes pour accompagner le 27e régiment de lanciers britanniques dans sa traversée de la Vallée de la Mort.

Doguine le regrettait pour lui. Mais Orlov avait fait son boulot en l'aidant à convaincre des politiciens réticents de soutenir le financement du centre opérationnel parce que c'était un homme intègre, un homme d'honneur. Et il aurait pu rester si seulement il s'était joint à leur équipe.

Le ministre contempla les cartes anciennes affichées au mur, et c'est avec une émotion non dissimulée qu'il envisagea d'en ajouter une autre, celle de l'Union soviétique ressuscitée.

Il consulta sa montre, nota que la tempête avait dû se calmer maintenant : le train transportant les fonds n'allait pas tarder à entrer en gare de Khabarovsk. Il décrocha son téléphone et demanda à son assistant de lui passer le général Orlov. Une fois confirmée l'arrivée du train, il ferait décoller un avion pour les retrouver à Birobidjan, la capitale de la région autonome juive sur la Bira. L'usine agricole Dalselmasch avait une piste capable d'accueillir un avion de transport militaire de taille moyenne.

L'homme qu'il eut au bout du fil n'était pas l'officier calme et circonspect avec qui il s'était entretenu précédemment. Il se montrait étonnamment agressif : « Votre plan a foiré », dit le général, tout de go.

Le ministre fut aussitôt méfiant : « Quel plan ? Est-il arrivé quelque chose au train ?

– Ça, vous pouvez le dire. À l'heure où nous parlons, un commando américain est en train de l'attaquer. »

Doguine se dressa dans son fauteuil. « Le convoi était sous votre responsabilité – celle de votre fils !

– Je suis certain que Nikita fait de son mieux pour les contenir... Et les Américains sont en situation d'infériorité. Ils ne veulent pas blesser nos hommes.

– Ce serait de la folie de leur part, admit Doguine. Où est Rosski ?

– Parti traquer les espions. Mais ils lui ont échappé. Ils ont capturé l'homme qui les filait et se sont servis de sa radio pour me mettre en contact avec un centre opérationnel installé à Washington. C'est comme cela que j'ai eu connaissance de leur plan. Nous avons essayé d'arranger les choses.

– Épargnez-moi le récit de vos échecs, dit Doguine. Je veux qu'on retrouve Rosski, et dès que ce sera fait, je vous relève de votre commandement.

– Vous oubliez une chose, nota Orlov. Seul le président peut me remplacer.

– Vous donnerez votre démission, général Orlov, ou je vous ferai chasser du centre.

– Et comment Rosski et ses sbires feront-ils pour entrer ? À partir de maintenant, le centre est bouclé.

– Ils le reprendront ! menaça Doguine.

– Peut-être. Mais pas assez vite pour vous aider à sauver votre train… et votre cause.

– Général ! glapit Doguine. Réfléchissez à ce que vous faites ! Songez à votre fils… votre femme.

– Je les aime, dit Orlov, mais je pense à la Russie, désormais. J'aimerais ne pas être le seul. Adieu, camarade ministre. »

Orlov lui raccrocha au nez et durant presque une minute, Doguine garda la main crispée sur le combiné. Comment imaginer qu'il soit parvenu à ce point pour se retrouver miné par la trahison d'Orlov !

Le front cramoisi, les mains tremblantes de rage, il raccrocha le combiné et demanda à sa secrétaire d'appeler le général d'aviation Dhaka. Les Américains avaient dû s'introduire par voie aérienne et il ne faisait aucun doute qu'ils comptaient filer par le même chemin, comme des malpropres. Il leur rendrait la tâche impossible, et s'il arrivait quoi que ce soit à son chargement, il le ferait payer aux Amerloques… ou sinon, leurs soldats leur seraient restitués par l'entremise de Chovitch – en pièces détachées.

64.

Mardi, 23 : 10, Khabarovsk

Squires regarda au travers des dernières volutes de gaz lacrymogène qui montaient au plafond avant de s'échapper par la fenêtre et la porte. Les yeux et la bouche protégés par le harnachement qui semblait désormais lui coller à la peau, l'oreille aux aguets, il se rua vers l'arrière du fourgon et les caisses en bois, empilées ou répandues sur le plancher. À l'aide de son couteau, il souleva un couvercle au hasard.

De l'argent. Des masses d'argent, profit généré par la souffrance et appelé à causer des souffrances nouvelles.

Sauf, se dit-il en jetant un œil à sa montre, *que dans trente-deux minutes, ce sera des confettis*... Avec son équipe réduite, ils allaient rouler encore vingt minutes pour que les Russes ne risquent pas de rattraper le train. Puis ils couperaient à pied jusqu'au pont, tandis que derrière eux, telles Sodome et Gomorrhe, les deux fourgons de cette banque pourrie sauteraient dans un joli feu d'artifice. Il ressentait cette ardeur vertueuse qu'avaient dû éprouver des Américains comme Thomas Jefferson ou Rosa

Parks[1], la satisfaction et l'orgueil de dire non à quelque chose de mal, à quelqu'un de corrompu.

Squires se dirigea vers la porte d'intercommunication. Alors qu'il s'apprêtait à passer dans l'autre voiture pour voir où en était Newmeyer, le bruit d'une fusillade lui fit tourner la tête.

Venant de la loco ? Comment est-ce Dieu possible ? Grey n'avait aucune raison de tirer sur qui que ce soit maintenant que le train avait démarré.

Tout en appelant Newmeyer, Squires retourna vers l'avant du fourgon, ouvrit la porte donnant sur le tender et, s'avançant dans la fumée charbonneuse de la cheminée que les tourbillons rabattaient sur lui, il escalada le tender.

Il n'avait eu le temps que de tirer une brève salve mais Nikita était certain d'avoir touché l'Américain. Il avait vu son épaule tressauter, aperçu l'éclat rouge du sang sur le blanc de la tenue de camouflage.

Nikita progressa rapidement le long du tablier. Il avait l'impression d'être coupé du reste du convoi, dissimulé derrière d'épais nuages de fumée noire mêlée de particules scintillantes de neige chassée par le vent. Au moment d'arriver à l'abri, il rabaissa son arme et se faufila vers l'accès latéral en prenant appui sur les tuyauteries de l'injecteur.

Il regarda à l'intérieur.

---

1. Rosa Parks : célèbre militante noire américaine, membre de la NAACP (Association nationale pour le progrès des gens de couleur), rendue célèbre en 1955 par son arrestation pour avoir refusé de céder sa place à un Blanc dans l'autobus. Depuis, elle a joué un rôle notable au sein du mouvement des droits civiques *(N.d.T.)*.

Vide. Ses yeux coururent d'un bout à l'autre de l'abri illuminé par la lueur orange pâle du foyer...

Il leva les yeux au moment même où un front noir bientôt suivi du canon d'un Beretta apparaissait au ras du toit. Nikita plongea à l'intérieur, et se prit une balle derrière la cuisse droite tandis que l'Américain mitraillait tout le côté du train.

Grimaçant de douleur, Nikita agrippa sa jambe de la main gauche ; une tache de sang s'étalait déjà sur son pantalon. Il avait l'impression d'avoir la cuisse prise dans un étau mais ce qui l'embêtait le plus, c'est qu'il n'avait pas prévu que l'Américain allait sortir par l'autre côté de l'abri et le contourner en passant sur le toit.

Question : qu'allait-il faire à présent ?

Nikita se releva en faisant porter son poids sur la jambe gauche et clopina vers la commande de régulateur. L'essentiel était d'arrêter le train pour laisser à ses hommes le temps de les rattraper.

Sans cesser de regarder d'une fenêtre à l'autre, il traversa l'abri, l'arme levée, le doigt croché sur la détente. L'Américain serait bien obligé de revenir pour faire redémarrer le convoi, et le seul moyen d'entrer était par l'un ou l'autre accès latéral.

Et puis, il entendit de nouveau ce bruit sourd, écœurant, familier, et l'intérieur de l'abri fut noyé dans une formidable lueur blanche.

« Non ! » hurla-t-il en fermant les yeux et en reculant vers la paroi arrière de la cabine. Le crépitement des grenades aveuglantes était amplifié par le volume exigu et les parois métalliques de l'abri. Il plaqua les mains contre ses oreilles pour se protéger les tympans tout en maudissant son impuissance. Il ne pouvait même pas tirer à l'aveuglette : il risquait d'être atteint par ricochet.

Non, ça ne peut pas finir ainsi, se dit-il. Avançant en titubant, Nikita essaya de se servir du côté de sa jambe gauche pour ramener la tige du régulateur. Mais il était incapable de prendre appui sur la jambe droite ; tombant à genoux, il saisit la commande de la main gauche. Hurlant de douleur au milieu du tintamarre des détonations, il avait à peine réussi à tirer la manette vers lui qu'il était repoussé rudement par un talon de botte. Dans un effort futile, il essaya d'agripper son assaillant, mais ses mains ne saisirent qu'un vide envahi de lumière. Il agitait son arme de gauche à droite, dans l'espoir de toucher un corps, de trouver sa cible.

« Bats-toi ! hurla-t-il. Lâche ! »

Puis la lumière s'éteignit, les explosions cessèrent ; il n'entendait plus que le bourdonnement dans ses oreilles et son cœur qui battait la chamade.

Scrutant les ténèbres, le lieutenant aperçut une silhouette affalée dans un coin. Le froid avait fait cristalliser le sang mais il reconnut la blessure, vit qu'il avait fait plusieurs trous dans le blouson mais qu'un seul projectile avait apparemment réussi à passer au ras du gilet pare-balles.

Il releva son arme et visa l'homme au front, juste audessus des lunettes.

« Non ! » s'exclama, en anglais, une voix sur la gauche de Nikita.

L'officier russe se retourna et vit un Beretta pointé sur lui, de l'extérieur de la cabine. Derrière, il avisa une haute silhouette imposante, portant la même tenue que le blessé.

Il était hors de question qu'un commando de brutes lui dicte sa loi. Nikita fit tourner prestement son arme, prêt à faire feu, que l'autre tire ou pas. Mais le blessé gisant dans l'angle reprit soudain vie, coinça entre ses jambes le torse de Nikita, le faisant basculer sur le dos et le bloquant dans cette position, en même temps que son comparse entrait dans la cabine et le désarmait. Nikita se débattit, mais sa douleur aux jambes l'empêchait de se relever ou de résister efficacement. Le nouveau venu s'agenouilla sur lui, le clouant au sol, tout en repoussant du plat de sa botte la commande du régulateur pour faire redémarrer le train. Toujours juché sur sa poitrine, il exhiba une sorte de corde d'alpiniste dont il se servit pour attacher la jambe valide de Nikita à une main courante fixée juste sous la fenêtre. Le Russe ne pouvait ni l'atteindre ni s'échapper, et pour la seconde fois de la nuit, il sentit la honte l'envahir.

Ces deux-là ont ourdi leur plan sur le toit de l'abri, songea-t-il avec amertume. *Et je suis tombé dans le piège, comme un bleu.*

« Toutes nos excuses, lieutenant », dit l'autre, en anglais, et il se redressa en relevant ses lunettes.

Un troisième homme atteignit la cabine et cria pour se signaler. Les deux autres le firent entrer. Il s'introduisit en passant par la fenêtre.

Le nouveau venu soigna son compagnon à la lumière des braises du foyer, tandis que l'autre – à l'évidence leur chef – se penchait pour examiner la blessure de Nikita. Ce dernier en profita pour tendre le bras gauche et essayer d'atteindre la commande de régulateur. Le chef lui agrippa le poignet et le Russe essaya de se dégager avec son pied libre, mais la douleur était trop forte.

« La souffrance ne rapporte pas de médailles », lui dit l'autre.

Tandis que Nikita gisait, haletant, l'autre détacha de son tibia la poche qui avait contenu la corde et, à l'aide d'un canif, il y découpa une bandelette qu'il passa autour de la jambe ensanglantée, juste au-dessus de la blessure, avant de serrer avec énergie le garrot improvisé. Puis il utilisa une autre bandelette pour lui ligoter les mains à un crochet saillant du plancher de l'abri.

« Nous allons quitter le train d'ici quelques minutes, expliqua l'homme. On vous emmène avec nous pour que vous receviez des soins corrects. »

Nikita ne savait pas ce qu'il racontait, peu lui importait, du reste. Ces hommes étaient l'ennemi, et d'une manière ou d'une autre, il devait les empêcher de mettre à exécution leur plan, quel qu'il fût.

Les mains toujours entravées, il se servit de son pouce pour soulever le chaton de sa chevalière. Elle avait été conçue exprès pour cela. Elle avait également été conçue pour qu'une lame de douze millimètres de long se déploie dès que le cabochon était relevé. À l'aveuglette, il entreprit de cisailler ses liens.

65.

Mardi, 16 : 27, Saint-Pétersbourg

Après s'être faufilés parmi les grévistes, Peggy et George s'étaient rendus aux toilettes de l'Ermitage pour endosser la tenue à l'occidentale – jeans, chemisette et Nike – tant prisée par la jeunesse russe. Ils rangèrent leurs uniformes, pliés, dans leur sac à dos, puis gravirent, main dans la main, l'imposant escalier d'honneur qui menait au premier étage du Grand Ermitage, la section du musée abritant de vastes collections d'art européen.

L'un de ces joyaux, la *Madonna Conestabile* de Raphaël, peinte en 1502, portait le nom de la ville d'Italie centrale où il était resté exposé durant des siècles. Le tableau circulaire de dix-huit centimètres, dans son cadre doré ouvragé, représente la Vierge Marie, vêtue d'une robe bleue, assise devant un paysage de collines ondoyantes et tenant dans ses bras l'Enfant Jésus.

Peggy et George étaient arrivés peu avant l'heure indiquée à Volko. Peggy faisait mine de s'intéresser à chaque œuvre alors qu'en réalité, elle surveillait du coin de l'œil les abords du Raphaël. George, qui n'avait jamais vu l'agent russe ne serait-ce même qu'en photo, marchait en la tenant par la main tout en parcourant du regard les tableaux exposés. Comme ce n'était pas la main de son épouse, il s'en voulait d'apprécier ce contact, la chaleur des doigts de Peggy contre sa paume, leur légèreté sur l'arête de la main. Et songer à quel point cette main pouvait devenir meurtrière rendait ce contact encore plus électrisant.

À seize heures vingt-neuf précises, il sentit la main de Peggy serrer la sienne, mais sans toutefois que la jeune femme ne ralentisse son allure. George glissa un œil vers le Raphaël. Un homme d'environ un mètre quatre-vingt-cinq venait de pénétrer dans la salle et se dirigeait d'un pas nonchalant vers le tableau. Il était vêtu d'un ample pantalon de toile blanche, de souliers marron et d'un imper bleu qui faisait une bosse autour de sa taille enveloppée. Alors qu'il s'approchait du Raphaël, Peggy accentua son étreinte. Le Russe se dirigea vers le côté droit du tableau, et non le gauche.

Peggy fit pivoter George et le conduisit lentement vers la sortie. Elle serrait à présent son bras à deux mains, comme pour s'y appuyer. Dans le même temps, elle ne cessait de scruter les alentours, toujours à gestes lents pour ne pas attirer l'attention. Le reste du public déambulait ou regardait les tableaux, à l'exception d'un petit bonhomme en pantalon marron amidonné. Sa trogne joufflue et renfrognée avait ici quelque chose de déplacé, nuage sombre au milieu de toutes ces expressions ravies et admiratives…

Peggy s'arrêta devant la *Sainte Famille* de Raphaël. Elle pointa le doigt, allant du Joseph imberbe à la Vierge, comme si elle discutait de la composition du tableau.

« Il y a un type en pantalon brun qui a l'air de surveiller Volko, murmura-t-elle.

– Je n'avais vu que la femme, répondit George.

– Où ça ?

– Dans la salle précédente. Celle du Michel-Ange. Elle fait mine de lire un guide, tournée de notre côté. »

Peggy fit semblant d'éternuer pour pouvoir se détourner du tableau. Elle vit la femme, les yeux plongés dans son bouquin, mais la tête parfaitement immobile : incontestablement, elle lorgnait Volko du coin de l'œil.

« Bien vu, admit Peggy. Et ils couvrent les deux issues. Mais ça ne veut pas dire qu'ils savent qui nous sommes.

– Peut-être que c'est pour ça qu'ils ont envoyé Volko. Pour leur servir d'appât. Et c'est ce qu'il essayait de vous faire comprendre. »

Une minute s'était écoulée et, après avoir regardé sa montre, Volko commença de s'éloigner. Le type joufflu se retournait déjà pour le suivre mais la femme bougea à peine. Comme elle était placée, elle continuait d'embrasser du regard la salle. Le joufflu s'arrêta.

« Pourquoi continue-t-elle de regarder ? se demanda tout haut Peggy, tout en entraînant George, mine de rien, vers le tableau suivant.

– Peut-être que notre ami Ronach lui aura donné notre signalement.

– C'est possible. Séparons-nous et voyons ce qui se passe.

– C'est de la folie. Qui va assurer nos arrières ?

– Faudra se débrouiller tout seuls, comme des grands, rétorqua Peggy. Vous sortez derrière Volko et moi je passe devant la femme. On se retrouve devant l'entrée principale au rez-de-chaussée. Si l'un des deux a des problèmes, l'autre file en vitesse. D'accord ?

– Pas question. »

Peggy ouvrit son guide touristique au hasard. « Écoutez, dit-elle d'une voix calme mais ferme, il faut que l'un de nous sorte d'ici pour rapporter ce qui s'est passé. Décrire ces gens, les neutraliser. Vous ne comprenez donc pas ? »

C'est là toute la différence entre un espion et un Attaquant, s'avisa George. *L'un a l'esprit d'équipe, l'autre est un loup solitaire.* Dans ce cas précis, toutefois, le loup solitaire avait l'avantage.

« D'accord, fit-il. Entendu. »

Peggy leva les yeux du guide pour indiquer la salle au Michel-Ange. George acquiesça, jeta un coup d'œil à sa montre puis lui donna un baiser furtif sur la joue.

« Bonne chance », dit-il avant de filer sur les traces de Volko.

En arrivant à proximité du type joufflu, George ressentit une espèce de courant sous-jacent qui les attirait l'un vers l'autre. Il tint le visage détourné, cherchant des yeux dans la foule Volko. Celui-ci venait de pénétrer dans la Loggia de Raphaël, une galerie copiée sur un de ses homonymes du Vatican. Il ne vit pas le joufflu en passant sous les fresques spectaculaires d'Unterberger, et Volko restait introuvable...

« *Adnu minutu, pajalousta* », dit une voix derrière lui. *Un instant, s'il vous plaît.*

George se retourna, les muscles tendus en voyant approcher le type joufflu. Il avait compris « s'il vous plaît » et déduisit de l'index levé que l'autre lui demandait d'attendre. Jusqu'où pourrait se développer la conversation, il l'ignorait.

Il souriait aimablement quand, soudain, Volko surgit de derrière l'autre homme. Il avait ôté son imper – raison pour laquelle George l'avait perdu de vue – pour le tortiller entre ses mains. D'un seul geste preste, il l'enroula autour du cou de l'autre sans quitter des yeux George.

« Pogodine, espèce de salopard ! » hurla-t-il, le visage cramoisi.

Deux vigiles se précipitèrent du bout de la salle, l'émetteur-récepteur plaqué contre la bouche, pour demander du renfort.

« Filez ! » lança-t-il à George d'une voix étranglée.

L'Attaquant battit en retraite vers l'entrée de la galerie d'Europe occidentale. Il se retourna pour voir si Peggy allait revenir et constata que sa partenaire comme l'autre femme avaient disparu. Quand il reporta son attention sur Volko, Pogodine avait déjà sorti de sa poche intérieure un petit pistolet PSM. Avant que George ait pu faire un geste, Pogodine avait retourné le bras en arrière pour tirer au jugé sur son agresseur.

Un seul coup suffit : le Russe tomba sur un genou, puis sur le dos, s'étalant dans une mare de sang. George se détourna vivement et, résistant à l'envie de courir après Peggy pour s'assurer qu'elle était saine et sauve, il se dirigea vers le magnifique escalier du Théâtre et se mit à descendre.

Alors qu'il partait, George ignorait qu'une autre paire d'yeux les avait surveillés de derrière une arcade, à l'extrémité sud de la galerie, des yeux entraînés chez les Spetnats, des yeux acérés et carnivores comme ceux d'un faucon.

66.

Mardi, 23 : 47, Khabarovsk

Il évoluait comme l'ombre de Peter Pan, silhouette noire et fluctuante, à peine visible parmi les objets sombres en contrebas et sur le fond de ciel noir alentour.

Les rotors noir mat aux extrémités inclinées et le fuselage lisse et arrondi du Mosquito ne reflétaient presque pas la lumière ; ils étaient en outre revêtus de matériaux absorbant les ondes radar. Les moteurs étaient très silencieux et les sièges blindés de l'équipage, les harnais, les soutiens lombaires, l'assise, la coque ainsi que les casques des deux pilotes étaient du même noir mat afin de ne pas être repérables de l'extérieur de l'habitacle.

L'hélicoptère survolait incognito les bois, les bourgades aux édifices en béton et les villages aux maisons de pierre. Dans le poste de pilotage, les écrans en couleurs du radar et des cartes topographiques, travaillant de concert avec le pilote automatique CIRCE à visualisation assistée par ordinateur, aidaient le pilote à rectifier les brusques changements de trajectoire et lui permettaient d'éviter les autres appareils susceptibles de les repérer, ou de modifier sa route pour contourner les sommets dépassant les quatre mille pieds de son altitude de vol.

Un bâtiment britannique voguant dans l'océan Arctique intercepta des messages radio entre Moscou et Bira ordonnant l'envoi d'un avion à la rencontre du train. Le rapide calcul effectué par le copilote Iovino sur l'ordinateur de bord révéla qu'il atteindrait le convoi au moment même où le Mosquito repartirait. À moins que les Russes ne rencontrent des courants favorables ou qu'au contraire l'hélico n'ait le vent de face de bout en bout, ils devraient pouvoir s'éclipser sans être vus.

Sauf s'ils étaient retardés, nota Kahrs, le pilote. Dans ce cas, ses ordres étaient d'annuler la mission et de mettre le cap sur la mer du Japon. L'intérêt de l'Air Force à récupérer le commando était moins dicté par la compassion que par la contenance des réservoirs de l'hélico.

« On approche », annonça le copilote Iovino.

Kahrs regarda la carte topographique. Les images en relief évoluaient en continu sur l'écran de douze pouces qui affichait les données recueillies en temps réel par satellite et traduites en visée subjective par les ordinateurs du Pentagone, avant d'être transmises à leur appareil. Des détails aussi petits que des branches d'arbre étaient visibles à l'écran.

Alors que l'hélicoptère rasait une colline aplatie avant de plonger dans une vallée, la carte informatique afficha le tracé de la voie.

« Passage en RAP » – *Real Airspace Profile* : désormais il allait se guider en visuel au lieu d'utiliser l'affichage tactique.

Kahrs quitta des yeux les écrans pour regarder dans

les oculaires du viseur de nuit équipé de son scanner infrarouge à grand champ. Un peu plus d'un kilomètre devant eux, il repéra un feu dans la neige et des silhouettes rassemblées autour. Ce devait être l'équipe d'arrière.

Il pressa une touche près de l'affichage tête haute. Tous les Attaquants portaient une balise intégrée à la semelle de leurs souliers. Il rechercha le signal, inscrit en superposition sur une carte tête haute. Trois points rouges clignotaient dans un secteur, quatre dans un autre.

Kahrs leva un peu plus les yeux. Derrière une barre de collines dans le lointain, il aperçut des volutes de fumée qui montaient vers le ciel. Trois des signaux venaient de cette direction.

« J'ai le train », annonça Khars.

Iovino tapa les coordonnées sur un clavier puis regarda l'afficheur topographique. « Le site d'extraction se trouve à trois mille deux cents mètres de notre position actuelle. Manifestement, le groupe s'est séparé en deux.

– Notre écart par rapport à l'horaire prévu ? demanda le pilote.

– Cinquante-trois secondes d'avance. »

Kahrs amorça la descente, tout en obliquant vers le nord-ouest. L'hélicoptère se maniait comme les planeurs en balsa qu'il lançait lorsqu'il était gosse, fendant l'air avec grâce et légèreté, impression encore accentuée par le silence des rotors.

S'insinuant entre les parois de la première de trois gorges plus ou moins parallèles, le pilote se remit en palier à cinq cents pieds du sol – quinze cents mètres –, et mit le cap plein nord.

« Pont sur chevalets en visuel, annonça-t-il en voyant la structure en fer treillissé qui enjambait les trois gorges. Objectif localisé, ajouta-t-il en avisant les Attaquants à l'entrée du tablier.

– Contact dans quarante-six, quarante-cinq, quarante-quatre secondes », égrena Iovino après avoir entré les coordonnées sur son pavé numérique.

Kahrs regarda vers le sud-est, aperçut le panache de fumée de la locomotive.

« Je n'en vois que quatre sur six… Prépare la récup', fissa !

– *Roger* », dit Iovino.

Tandis que le pilote filait vers la cible, Iovino surveillait l'affichage numérique du compte à rebours sur son écran. À sept secondes du contact, il pressa le bouton qui commandait le coulissement vers l'avant de la trappe de chargement arrière. Cela prit une seconde. À cinq secondes du contact, le Mosquito ralentit et il enfonça un deuxième bouton qui fit se déployer un bras de charge et se dévider huit mètres d'échelle de corde noire. Quatre secondes en tout, alors que le Mosquito s'immobilisait à neuf mètres du sol.

Ishi Honda fut le premier à monter. Iovino se retourna vers lui.

« Où sont les autres ? demanda le copilote.

– Dans le train », répondit le radio tout en se nichant dans la cabine exiguë avant d'aider Sondra à grimper à bord.

« Que comptent-ils faire ?

– Descendre et nous rejoindre », dit Honda. En même temps, Sondra et lui se penchaient pour hisser Pupshaw.

Iovino regarda Kahrs, qui hocha la tête pour indiquer qu'il avait entendu.

« Qu'est-ce qu'on gagne à aller à leur rencontre ? » demanda-t-il à Iovino.

Avant même que Pupshaw ait fini d'entrer, Iovino avait repris l'ordinateur pour calculer le supplément de kérosène nécessaire pour rejoindre le train au lieu de rester sur place à les attendre. Le seul élément non calculable était le moment où les Attaquants allaient en descendre, mais il devait partir de l'hypothèse que ce serait avant leur arrivée.

« On a plus intérêt à aller à leur rencontre », annonça Iovino en pressant les boutons qui entraînèrent la rétractation de l'échelle et la fermeture de l'écoutille. Tout cela s'effectuait grâce à des moteurs électriques sur batteries, donc sans toucher aux réserves de kérosène. Les laisser déployés en revanche augmentait la traînée et consommait du carburant

« Filons les récupérer », dit Kahrs, en maintenant l'hélico à vingt-sept pieds d'altitude tout en pivotant vers le sud-est avec la délicatesse et la précision d'une aiguille de compas, avant de filer au train.

67.

Mardi, 8 : 49, Washington, DC

« Dans quel genre d'opération à la mords-moi-le-nœud vous êtes-vous embringué, Paul ? »

Paul Hood contempla sur son moniteur le visage bouffi de Larry Rachlin. Les cheveux grisonnants étaient soigneusement plaqués sur le crâne légèrement dégarni et les yeux noisette brillaient de colère derrière les lunettes à monture dorée. Un cigare éteint s'agitait sur les lèvres du patron de la CIA au rythme de ses paroles.

« Je ne vois pas du tout de quoi vous voulez parler », répondit Hood. Il consulta l'horloge au bas de l'écran. Encore quelques minutes pour que son équipe d'Attaquants soit en sûreté, puis deux heures encore jusqu'à ce que le Mosquito soit récupéré sur un porte-avions et que toute trace de l'incursion ait disparu.

Rachlin ôta son cigare et le brandit devant lui. « Vous savez quoi, c'est pour ça que vous aviez décroché le poste à la place de Mike Rodgers… Avec votre air impassible, à la Clark Gable dans *Autant en emporte le vent,* le genre : "Qui ça ? Moi, Larry ? Couvrir une opération secrète ?" Eh bien, Paul, malgré les nobles efforts de Stephen Viens pour essayer de me faire croire qu'un de nos satellites était H-S, on a recueilli des photos d'un satellite espion chinois montrant un commando en train d'attaquer un train. Pékin m'a demandé de quoi il retournait et, contrairement à vous, je n'en savais foutre rien. Cela dit, à moins qu'un autre pays ait réussi à mettre la main sur un Iliouchine 76-T – les Chinois en ont identifié un sur les lieux du crime et il se trouve que je sais que le Pentagone en possède un exemplaire –, j'en déduis que c'est encore un coup à vous. La commission parlementaire a dit à mes gars qu'elle n'avait autorisé aucune intervention armée dans le secteur. Eux aussi aimeraient bien savoir au juste ce que vous foutez là-bas. Alors, je répète ma question : qu'est-ce qui se passe ? »

Hood ne se démonta pas : « Je suis aussi perplexe que vous, Larry. J'étais en congé, voyez-vous...

– Je sais. Et vous êtes revenu bougrement vite.

– J'avais oublié à quel point je détestais Los Angeles.

– Oh, bien sûr. C'est ça. Tout le monde déteste Los Angeles, d'ailleurs. Je me demande pourquoi les gens persistent à y aller.

– L'itinéraire est si bien fléché...

– Trêve de plaisanterie, et si j'allais plutôt demander au président ce qui se passe ? menaça Rachlin en fourrant de nouveau le cigare dans sa bouche. Il doit avoir toutes les informations nécessaires sur son bureau, non ?

– Je n'en sais trop rien... Laissez-moi quelques minutes pour discuter avec Mike et Bob, et je vous rappelle.

– Bien sûr, Paul, dit Larry. Souvenez-vous quand même d'une chose. Vous êtes nouveau ici. Je suis passé par le Pentagone, par le FBI, maintenant je suis ici. Ce n'est pas la Cité des Anges, l'ami. C'est la Cité des Démons. Et si vous tentez de faire un coup en douce, vous risquez les flammes ou la fourche. Compris ?

– Message reçu cinq sur cinq, Larry. Comme je vous disais, je vous rappelle.

– J'y compte bien », dit le directeur de la CIA, et de l'embout de son cigare retourné, il coupa l'image.

Hood tourna les yeux vers Mike Rodgers. Tous les autres étaient partis assister à la réunion de service, laissant le directeur et son adjoint attendre des nouvelles du Mosquito.

« Désolé de vous avoir fait subir ça, dit Hood.

– Pas grave… (Rodgers était assis dans son fauteuil, les bras croisés, le front soucieux.) Cela dit, inutile de vous mettre martel en tête. On a des photos… C'est pour ça qu'il se sentait obligé de faire de l'esbroufe. Il ne fait pas vraiment le poids.

– Des photos ? Quel genre de photos ?

– De lui sur un bateau, en compagnie de trois femmes qui n'étaient pas la sienne, expliqua Rodgers. La seule raison pour laquelle le président l'a mis à la place de Greg Kidd est que Larry avait des bandes de conversations téléphoniques de sa sœur essayant de convaincre une boîte japonaise de financer en douce sa campagne.

– Cette fille, c'est quelque chose, sourit Hood. Le président Lawrence aurait dû lui refiler la CIA, plutôt qu'à Larry. Au moins, elle s'en serait servie pour espionner nos ennemis, pas pour nous espionner, nous.

– Comme dit l'autre, ici, on vit au purgatoire. Tout le monde a un ennemi. »

Le téléphone retentit. Hood pressa la touche haut-parleur.

« Oui ?

– Appel des Attaquants », dit Bugs.

Rodgers se leva d'un bond.

« Soldat Honda au rapport, dit une voix parfaitement limpide dans cet océan de silence.

– Je vous écoute, soldat, dit Rodgers.

– Mon général, Pups, Sondra et moi sommes à bord de l'appareil d'extraction... (Rodgers sentit son estomac se serrer)... les trois autres sont encore dans le train. On ne sait pas pourquoi ils ne se sont pas encore arrêtés. »

Rodgers se détendit un peu. « Des signes de résistance ?

– Apparemment pas. On peut les apercevoir derrière les vitres de la cabine. Je reste en ligne pour vous tenir au courant. Contact dans trente-neuf secondes. »

Rodgers serra les deux poings et s'appuya sur le bureau. Hood avait les mains croisées à côté du téléphone et il en profita pour dire une prière pour les garçons.

Il regarda Rodgers. Le général leva les yeux vers lui. Hood y lut de l'orgueil mais aussi de l'inquiétude, et il comprit la force du lien entre ces hommes, des liens plus profonds que ceux de l'amour, plus étroits que ceux du mariage. Hood enviait Rodgers pour cet attachement – même maintenant, alors qu'il lui causait tant de soucis.

Surtout maintenant, se dit-il, car ces craintes le renforçaient encore.

Et puis la voix de Honda se fit de nouveau entendre ; on y décelait une nervosité absente quelques secondes plus tôt.

68.

Mardi, 16 : 54, Saint-Pétersbourg

La distance qui séparait Peggy de l'entrée principale de l'Ermitage n'aurait pu être plus grande si elle était restée à Helsinki. En tout cas, c'est l'impression qu'avait l'agent britannique alors qu'elle se dirigeait d'un pas vif vers la salle suivante au sud, celle qui abritait les tableaux de l'école de Bologne. De là, si tout se passait bien, il n'y avait que quelques pas jusqu'au grand escalier d'honneur.

Peggy savait qu'une femme la suivait, elle-même filée par un autre agent chargé de la surveiller et de rendre compte à un centre de commandement. Peut-être même celui de l'Ermitage, avec ou sans l'aval d'Orlov.

Peggy s'arrêta devant un tableau du Tintoret, histoire de voir la réaction de l'autre. Elle l'observait avec insistance, comme une empreinte digitale sous une loupe.

La femme s'était arrêtée devant un Véronèse. Elle ne prenait même pas la peine de jouer : elle s'était immobilisée brusquement, délibérément, pour que Peggy sache bien qu'elle était filée. Elle espérait peut-être la faire paniquer.

La concentration lui dessinait deux petites rides sur l'arête du nez. Peggy envisagea puis rejeta un certain nombre d'éventualités, depuis la prise en otage d'un tableau jusqu'au déclenchement d'un incendie... Les contre-attaques de ce genre faisaient invariablement rappliquer quantité de renforts, rendant une évasion encore plus improbable. Elle songea même un instant à tenter de rejoindre le studio de télévision pour se rendre au général Orlov. Mais elle repoussa bien vite cette idée : même s'il acceptait d'organiser un échange d'espions, Orlov ne serait pas en mesure de garantir sa sécurité. En outre, la première leçon qu'on apprenait en entrant dans la cinquième colonne était de ne jamais se laisser enfermer, et de ce côté-là, ce sous-sol était l'équivalent d'un cercueil.

Peggy savait toutefois qu'on ne la laisserait pas filer bien longtemps : maintenant qu'elle et George s'étaient fait repérer, on allait leur bloquer les issues, puis les corridors, et enfin les salles. Et là, ils se retrouveraient bel et bien enfermés. Il ferait beau voir qu'elle laisse les Russes choisir l'heure et le lieu de leur confrontation.

Le truc à faire, c'était de les aveugler jusqu'à ce qu'elle trouve le moyen de sortir d'ici ou, à tout le moins, de détourner leur attention du soldat George. Et le mieux était de commencer avec l'amateur d'art qui lui collait aux basques.

Peggy se demanda ce qui se passerait si elle s'offrait en pâture à la femme d'une manière trop tentante pour qu'elle refuse – avant que les Russes aient eu le temps de mettre en place leur comité d'accueil.

Abandonnant soudain le Tintoret, Peggy se dirigea avec détermination – presque au petit trot – vers l'escalier d'honneur.

La femme la suivit, du même pas.

Peggy négocia en hâte le virage au bout de la galerie et déboucha sur le grand escalier, qui déployait sa magnificence entre ses murs de marbre jaune et ses deux rangées de dix colonnes au rez-de-chaussée. Elle se mit à dévaler les marches, se faufilant entre les derniers visiteurs épars de cette fin d'après-midi, se hâtant de rejoindre la sortie.

Et puis, à mi-descente, elle manqua une marche et tomba.

69.

Mardi, 23 : 55, Khabarovsk

Il ne restait plus que deux minutes avant l'instant prévu par Squires pour arrêter le train quand l'officier russe avait demandé : *« Cigaryet ? »*

Réunis dans l'abri de la loco, les Attaquants finissaient de rassembler leur barda. Squires avait alors baissé les yeux. « On ne fume pas. C'est l'armée nouveau style. T'as des clopes sur toi ? »

Le Russe ne pigeait pas. Il répéta : *« Cigaryet ? »* en pointant le menton vers son sein gauche.

Puis Squires avait reporté son attention vers la fenêtre tandis que le convoi abordait une légère courbe. Il avait remis ses lunettes de nuit. « Newmeyer, avait-il dit, voyez si vous pouvez lui être utile.

– Bien, mon lieutenant », avait répondu le soldat.

Abandonnant dans son coin le sergent Grey blessé, Newmeyer s'était penché au-dessus du Russe. Il avait glissé la main dans la poche de chemise de l'officier et en avait retiré une blague à tabac en cuir usé, tenue fermée par un gros ruban élastique. Un briquet d'acier frappé d'initiales en cyrillique au-dessous d'un portrait gravé de Staline était coincé sous l'élastique.

« Ça doit être un héritage », avait remarqué Newmeyer en contemplant la gravure à la lueur rougeoyante du foyer de la loco.

Newmeyer avait alors ouvert la blague, trouvé à l'intérieur plusieurs cigarettes roulées à la main, en avait retiré une. Nikita avait tiré la langue et Newmeyer y avait placé la clope avant de lui tendre la flamme du briquet. Le Russe avait tiré une longue bouffée.

Newmeyer avait alors refermé le couvercle du briquet et remis le tout en place sous l'élastique.

Nikita souffla deux nuages de fumées par les narines.

Newmeyer s'était penché au-dessus du prisonnier pour ranger la blague à tabac. À cet instant précis, Nikita s'était soudain plié à la taille, tapant du front le nez de l'Américain.

Avec un gémissement, Newmeyer était tombé à la renverse, lâchant la blague. Se rasseyant, Nikita l'avait récupérée et, du plat de la main, l'avait coincée dans la commande du régulateur. Puis, tandis que Newmeyer essayait, un peu tard, de lui plonger dessus, Nikita avait vivement repoussé le levier métallique.

Le train avait accéléré, la tige de commande écrasant la blague à tabac et le briquet que lui avait offert son père. Des bouts de cuir et des fragments d'acier se coincèrent dans les rouages, bloquant le tout dans une étreinte obscène.

« Et merde ! » avait dit Squires tandis que Newmeyer retombait en tenant sa main.

L'officier s'était rué sur la commande du régulateur pour essayer de la ramener dans la direction opposée mais elle avait refusé de céder.

« Merde de merde de merde ! » avait-il répété.

Le regard de Squires était alors passé du Russe à

Newmeyer. L'expression du premier n'avait rien de triomphant, plutôt distante, l'œil vague ; le second ne pensait même pas à se frotter le crâne, malgré une méchante ecchymose : il restait accroupi, un genou posé sur la poitrine du Russe, l'air dégoûté de lui-même.

« Je suis vraiment désolé, mon lieutenant » : voilà tout ce qu'il avait trouvé à dire.

Et puis merde, avait pensé Squires. *Cet enculé de Russe n'a fait que ce qu'on aurait fait à sa place, et il l'a bien fait.*

Et maintenant, le train était emballé et fonçait à la sortie de la courbe, droit vers le pont. Ils n'avaient plus le temps de récupérer Grey et le Russe pour sauter avant d'avoir atteint la gorge. Et il leur restait à peine deux minutes avant que la locomotive soit pulvérisée...

Squires se précipita vers la fenêtre et regarda la voie. À l'horizon, il vit comme un nuage de sauterelles dans la lumière verdâtre des lunettes amplificatrices. C'était l'hélico d'extraction, même s'il n'avait encore jamais vu pareil engin. À ses lignes épurées et sa couleur, il sut aussitôt que c'était un modèle discret. Il se sentit flatté. Même Kadhafi n'avait pas eu droit aux honneurs d'un appareil furtif, alors qu'on les avait tous placés en alerte, quand Reagan et Weinberger avaient croisé sa « ligne de mort », sur le golfe de Sidra, pour aller aveugler les yeux radars de Tripoli, en 1986.

L'hélicoptère arrivait sur eux en rase-mottes à toute vitesse. La tempête de neige avait complètement cessé, la visibilité était bonne et il ne faudrait sans doute pas longtemps au pilote pour saisir qu'il était impossible d'arrêter le train. La question était : restait-il assez de temps pour les exfiltrer d'une autre manière ?

Squires se tourna vers Newmeyer : « Aidez Grey à monter sur le toit de l'abri. On dégage.

– Bien, mon lieutenant », répondit le soldat, déconfit.

Abandonnant le Russe, Newmeyer évita le regard étrangement détaché de son adversaire pour se porter vers Grey, courbé à côté de lui, et avec précaution, il hissa le sergent sur son épaule. Le sous-off presque inconscient fit de son mieux pour s'accrocher à lui tandis qu'il se relevait. Puis le soldat regarda, un peu requinqué maintenant, son lieutenant retourner le Russe sur le ventre.

« Filez ! dit-il à Newmeyer en indiquant la porte d'un signe de tête. Je me débrouillerai. »

À contrecœur, Newmeyer ouvrit la porte d'un coup de pied, se hissa sur l'encadrement de la fenêtre et poussa doucement le sergent sur le toit plat de l'abri.

Saisissant le Russe par les cheveux, Squires tendit le bras derrière lui pour défaire la corde de rappel qui l'avait tenu ligoté au plancher et la nouer serré autour des poignets de son prisonnier avant de le propulser vers la porte.

70.

Mardi, 16 : 56, Saint-Pétersbourg

Quand elle vit la surprenante volte-face de l'espionne sur les marches, Valia crut tout d'abord qu'elle voulait lui tirer dessus et son instinct lui dicta de se planquer. La Russe allait s'aplatir au sol, puis s'étant rendu compte qu'en fait l'espionne était en train de tomber, elle se ravisa aussitôt et lui fonça dessus. C'était toujours incroyable ce qu'on pouvait tirer d'un individu blessé ou mourant. Bien souvent, ils baissaient leur garde ou étaient tellement estourbis qu'ils se mettaient à raconter des trucs – parfois des trucs importants.

Les autres visiteurs poussèrent des cris mais s'écartèrent devant la femme qui dégringolait la vingtaine de marches. Apparemment, seule l'épaule avait été touchée dans la chute, pas la tête ; elle atteignit le palier en effectuant une drôle de cabriole de biais avant de rester, inerte, gémissante, en position fœtale, les jambes agitées de faibles tremblements, au milieu du cercle de badauds qui s'était formé. Quelqu'un appela un gardien à la rescousse tandis que deux autres s'agenouillaient ; l'un d'eux ôta sa veste pour la glisser sous sa tête.

« Ne la touchez pas ! s'écria Valia. Écartez-vous ! »

La Russe arriva au bas des marches et sortit de son étui de cheville un pistolet à canon court.

« Cette femme est une criminelle recherchée par la police, expliqua-t-elle. Laissez-nous nous en occuper. »

Les autres reculèrent précipitamment. Les touristes étrangers virent l'arme et firent de même.

Valia sauta à califourchon sur Peggy pour bien la voir en face. Puis elle leva les yeux vers les témoins.

« Je vous ai dit de foutre le camp ! s'écria-t-elle d'une voix stridente, en faisant mine de les balayer d'un revers de main. Allez, ouste ! »

Les derniers badauds obéirent et Valia se retourna vers Peggy. L'espionne avait les yeux fermés et son bras droit restait coincé sous sa poitrine, la main calée sous le menton. Le bras gauche gisait, inerte, à son côté.

Peu importait pour Valia ses éventuelles fractures ou blessures internes. Plaquant le canon du pistolet sous le menton de la femme, elle la fit rouler sur le dos.

Peggy gémit, sa bouche remua imperceptiblement, puis elle redevint inerte.

« Voilà une chute bien malencontreuse, dit Valia en anglais. Pouvez-vous me comprendre ? »

Avec un effort manifeste, Peggy esquissa un signe d'acquiescement.

« Vous autres Anglais, vous tombez comme les feuilles d'automne, observa Valia. D'abord, je règle son compte à l'autre éditeur de BD et son équipe, et maintenant c'est vous. (Valia pressa la gueule du pistolet contre la chair tendre sous la gorge de Peggy.) Je veillerai à ce que vous soyez hospitalisée, ajouta-t-elle, après notre petite discussion... »

Les lèvres de Peggy remuèrent à nouveau. « Mais... avant...

– Non, non, fit Valia avec un sourire mauvais. « *Après.* Tout d'abord, je veux savoir un certain nombre de choses concernant votre opération. Par exemple, à Helsinki, quel était le nom de... »

Peggy fut si rapide que Valia n'eut pas le temps de réagir. Elle lança le poing qu'elle gardait depuis le début serré sous le menton, le poing dans lequel elle tenait caché son canif. La lame était pointée vers le bas et Peggy la logea dans la salière au-dessus de la clavicule de Valia, puis elle effectua un mouvement tournant, en direction du larynx. Dans le même temps, elle se servit du coude gauche pour plaquer à terre l'autre bras, celui qui tenait l'arme, au cas où le coup partirait.

Il ne partit pas. La Russe lâcha le pistolet pour agripper désespérément à deux mains le poignet de Peggy, griffant en vain pour déloger le couteau.

« Ce que j'allais dire, ricana Peggy, c'était : avant de vous préoccuper de me conduire à l'hôpital, assurez-vous qu'il s'agissait bien d'un accident ! (Elle enfonça la lame un peu plus et Valia s'effondra avec un gargouillis.) Cet agent que vous avez tué était ma feuille d'automne à moi, ajouta-t-elle. Et ça, c'est pour lui.

– Ne bougez plus ! » lança une voix en russe, du haut de l'escalier.

Levant les yeux, Peggy découvrit un homme mince, d'allure ascétique, vêtu d'un uniforme de colonel du Spetnats. Au bout de son bras tendu, parfaitement rigide, il y avait un pistolet P-6 avec silencieux. Derrière lui, encore hors d'haleine et se massant la gorge, elle reconnut l'individu que Volko avait attaqué.

« Je vais me dégager de sous votre copine... », répondit Peggy, en russe. Elle se retourna pour se débarrasser de Valia. La femme avait les yeux fermés et son visage était livide, tandis que sa vie se déversait par saccades sur les dalles de marbre.

Le colonel descendait les marches, le bras armé toujours tendu devant lui. Peggy lâcha Valia puis se releva, adossée aux marches.

« Les mains en l'air », dit l'officier. S'il éprouvait du remords pour la victime de Peggy, sa voix n'en laissait rien paraître.

« Je connais la rengaine », dit Peggy en retournant, l'air las, tout en esquissant le geste de lever les mains.

Quand elles furent à hauteur de poitrine, elle pivota soudain, brandissant le petit pistolet qu'elle avait subtilisé à Valia au moment où elle se débarrassait d'elle. Il n'y avait aucun touriste dans sa ligne de tir quand elle fit feu sur le colonel Rosski, l'arrêtant net dans son élan, sept marches plus haut. L'officier prit la salve comme un bretteur dans un duel. Il répliqua en tirant à son tour.

Peggy ne resta pas sur place. Aussitôt après avoir tiré, elle se jeta sur la gauche, vers le sol, et roula jusqu'à ce que la rampe l'arrête.

Au bout de plusieurs secondes, les échos de la fusillade s'éteignirent, ne laissant que quelques relents de fumée âcre qui se dissipaient rapidement – cela, et les taches rouges qui s'agrandissaient, sur le plastron de l'uniforme du colonel.

L'expression de l'officier ne changea pas. Sa race avait appris à souffrir en silence. Mais au bout d'un instant, le bras tendu oscilla, le P-6 tomba au sol, bientôt suivi par Rosski, qui pivota délicatement pour basculer à la renverse. Les bras tendus, la tête la première, le guerrier des Services spéciaux glissa ainsi jusqu'au palier pour venir s'immobiliser aux côtés de Valia.

Peggy braqua son arme sur Pogodine qui était resté tapi en haut des marches, derrière le pilastre décoré. Elle l'avait vu tuer Volko et il méritait la mort. Mais il parut déchiffrer ses pensées, ou peut-être avait-il lu dans ses yeux une mort annoncée, et il s'enfuit soudain, rebroussant chemin vers la galerie. Peggy entendit au loin une cavalcade précipitée : vigiles, touristes paniqués ou bien grévistes en mal de bagarre, elle n'aurait su dire. Mais elle avait beau souhaiter la mort de l'assassin de Volko, il n'était plus temps de le poursuivre.

Se retournant, elle glissa le pistolet sous sa chemise et finit de dévaler les marches tout en s'écriant, en russe : « Au secours ! Le tueur est là-haut ! C'est un dément ! »

Tandis que les vigiles la croisaient au pas de course, elle franchit, toujours à grands cris, l'entrée principale. Une fois dehors, elle retrouva son calme pour se perdre parmi les grévistes qui se ruaient vers l'intérieur du musée, espérant que ce n'était pas un des leurs (ou une taupe du gouvernement se faisant passer pour un des leurs) qui avait perdu la raison.

71.

Mardi, 8 : 57, Washington, DC

« Ils sont en train de monter sur le toit de la locomotive ! » commentait Honda, le ton de quiétude estivale définitivement envolé pour laisser place, crut déceler Rodgers, à un mélange d'horreur et d'effroi. « Ce truc file comme une torpille… on dirait bien que le convoi est fou…

– Ils ne peuvent pas sauter ?

– Négatif, mon général. Le train vient d'aborder le pont, et ils n'ont aucune issue, sauf à faire un plongeon de soixante mètres. J'aperçois Grey… merde ! – faites excuse, mon général. Newmeyer vient de le déposer sur le toit de l'abri et il est en train de le rejoindre. Le sergent bouge mais il semble blessé.

– Gravement ?

– Je ne peux pas dire, mon général. On vole trop bas et il est allongé. À présent, je vois… je ne sais pas qui c'est. Un soldat russe, on dirait. Manifestement blessé, lui. Il y a beaucoup de sang sur sa jambe.

– Que fait le Russe ?

– Pas grand-chose. Le lieutenant-colonel Squires est en train de le passer à Newmeyer, en le retenant par les cheveux. Newmeyer essaye de passer les mains sous les bras du Russe. On dirait que l'autre se débat... Quittez pas, mon général. »

On entendit discuter dans l'hélicoptère et le soldat Honda ne dit plus rien durant plusieurs secondes. Rodgers n'arrivait pas à déchiffrer la moindre conversation. Puis, à côté du radio, il entendit la voix de Sondra qui disait : « Alors, on larguera nos fringues ou nos armes. Ça compensera l'excès de poids. »

Il était évident que Squires envisageait d'embarquer le Russe et que le pilote s'inquiétait, à juste titre. Rodgers sentit une sueur froide lui glacer la colonne vertébrale.

Honda revint en ligne. « Le pilote s'inquiète de la surcharge de quatre-vingts kilos et du retard occasionné par leur récupération. D'un autre côté, s'il n'essaye pas de les récupérer, il risque d'avoir une mutinerie sur les bras.

– Soldat, dit Rodgers, cette mission est désormais celle du pilote, et il doit également se soucier de son équipage. Est-ce que vous comprenez ?

– Oui, mon général. »

C'étaient les paroles les plus dures que Rodgers ait jamais eu à proférer, et Hood serra amicalement l'avant-bras du général pour l'assurer de son soutien.

« Le Russe a le torse à moitié sorti de la cabine, poursuivait Honda, mais on dirait un vrai poids mort.

– Mais il est encore vivant ?

– Affirmatif, mon général. Je le vois remuer encore la tête et les mains. »

De nouveau, silence sur la ligne. Rodgers et Hood se dévisagèrent, vacances avortées et conflits de préséance oubliés, maintenant qu'ils enduraient ensemble cette attente.

« J'aperçois maintenant le lieutenant-colonel, reprit Honda. Il se penche par la fenêtre ; il tient le Russe par le revers de sa capote ; il indique l'intérieur de l'abri, en se passant un doigt en travers de la gorge.

– Les commandes sont H-S, traduisit Rodgers. C'est ça ?

– C'est ce qu'on pense, oui, confirma Honda. Ne quittez pas, mon général. On va faire un passage au-dessus du train. Et puis, je crois que… affirmatif, mon général.

– Quoi donc, soldat ? »

Au summum de l'excitation, Ishi Honda répondit : « Mon général, le pilote nous a dit de déployer l'échelle. On a quatre-vingts secondes pour récupérer nos camarades. »

Rodgers parvint enfin à respirer de nouveau. Et à chaque inspiration, il fixait l'horloge de l'ordinateur dont les chiffres défilaient toujours, inexorablement…

72.

Mardi, 23 : 57, Khabarovsk

Le Mosquito était passé en rase-mottes comme une nuée d'orage tardif, noir, formidable et silencieux. Squires suivit des yeux l'hélicoptère qui, après avoir survolé locomotive et tender, s'immobilisa, puis pivota de cent quatre-vingts degrés pour revenir, centimètre par centimètre, à leur hauteur.

L'échelle se dévida d'un coup, à la verticale, et Sondra en descendit quelques barreaux. Bien accrochée, elle se pencha en arrière, le bras tendu, prête à les hisser.

« Montez !

– Newmeyer ! hurla Squires pour couvrir le grondement de la machine.

– Mon colonel ?

– Lâchez le Russe et évacuez Grey. Et vous avec. »

Newmeyer obtempéra sans hésiter. Comme tous les commandos des forces spéciales, les Attaquants avaient été formés à obéir aux ordres sans discuter et sans tarder en situation de crise, quand bien même ces ordres allaient à l'encontre de leurs instincts ou de leurs émotions. Plus tard, quand il ressasserait ces moments, Newmeyer se rejouerait, ambiance lendemain de match, l'intégralité de la procédure d'évacuation, qu'il soit au lit, à l'entraînement, ou en entretien avec la psychologue Liz Gordon. Pour l'heure, en tout cas, il fit ce que le lieutenant-colonel lui avait ordonné.

Lâchant le Russe, Newmeyer hissa de nouveau Grey sur son épaule. L'hélicoptère se plaça directement à sa verticale, le pilote descendant de trente centimètres pour amener le pied de l'échelle au ras des genoux du soldat.

Newmeyer posa le pied sur le second barreau et entama l'ascension. Dès qu'il fut à leur portée, Sondra et Pupshaw se penchèrent pour le hisser dans la cabine.

En même temps qu'elle laissait Pupshaw finir d'aider le sergent blessé à entrer et tendait la main vers Newmeyer, Sondra ne quittait pas des yeux le lieutenant-colonel Squires.

« Trente secondes ! leur lança le copilote Iovino.

– Mon colonel ! cria-t-elle alors qu'il essayait de se glisser sous Nikita. Plus qu'une demi-minute !

– Vingt-cinq ! » cria Iovino.

Squires lâcha les cheveux du Russe, le hissa sur son épaule. Puis s'assit sur le rebord de la fenêtre de l'abri. Alors qu'il essayait de se mettre debout pour gagner le toit, Nikita se mit à le pousser, en cherchant à retourner à l'intérieur.

« Vingt !

– Va te faire foutre ! » siffla Squires, en reprenant par le col le Russe qui glissait de nouveau dans l'abri.

Nikita passa le bras autour de la main-montoir près de la porte et s'y accrocha de toutes ses forces.

« Quinze ! »

Le visage et la voix de Sondra commençaient à trahir l'inquiétude. « Mon colonel… quinze secondes ! »

Toujours en équilibre sur l'encadrement de la fenêtre, Squires fit signe à l'hélico de repasser de son côté.

Le Mosquito se coula vers l'est et le pilote descendit légèrement pour amener l'échelle à la hauteur de Squires. Ce dernier lui fit signe de descendre encore un peu.

« Dix secondes ! »

Lâchant le manteau de Nikita, le lieutenant-colonel se retint au toit de l'abri de la main gauche tandis que, de la droite, il dégainait son Beretta, visait le haut du bras du Russe et tirait. Ce dernier poussa un hurlement, lâcha la main-montoir et retomba à la renverse dans l'abri.

Squires sauta derrière lui.

« Non ! » s'écria Sondra, avant de descendre l'échelle à toute vitesse. Newmeyer la suivit en toute hâte.

« Cinq secondes ! cria Iovino.

– Attends ! » lui hurla Sondra.

L'échelle pendait juste au ras de l'abri. Grognant et jurant, Squires poussa le corps inerte de Nikita par la fenêtre. Sondra et Newmeyer le prirent chacun par le revers pour le tirer dehors.

Le pilote attendit que Pupshaw ait tendu le bras vers Newmeyer pour l'aider à hisser le Russe sur l'échelle.

Le lieutenant-colonel repassa à l'extérieur. Dès qu'elle eut les mains libres, Sondra se retourna pour l'aider. Il lui tendit la main…

Le premier fourgon explosa, suivi, une fraction de seconde plus tard, par le second. La déflagration provoqua une violente embardée de la machine dont l'arrière se souleva, entraînant le cabrage du tender ; le charbon vola dans les airs et le tender versa sur la gauche, rompant son attelage et faisant dérailler le bissel arrière de la machine.

« Mon colonel ! » hurla Sondra en voyant Squires retomber à l'intérieur de l'abri, tandis que le pilote faisait dégager l'hélico pour l'éloigner de l'explosion. « Mon capitaine, ne partez pas tout de suite ! »

Le pilote fila vers le nord en continuant de grimper pour échapper aux éclats.

« Remonte ! » cria Newmeyer à la jeune femme, d'une voix qui se brisait.

Les yeux de Sondra reflétaient le flamboiement des explosions tandis qu'elle regardait la machine riper sur la voie, emportée de biais dans sa course folle, ses roues lançant dans la fumée des gerbes d'étincelle.

« Il est toujours dedans ! dit-elle entre ses dents. Faut qu'on y retourne ! »

Et puis, le pont affaibli par l'explosion ploya sous le poids de la machine et du fourgon de queue immobilisé à l'autre bout de la rame. L'effondrement parut surréaliste, se déroulant au ralenti pour n'accélérer que lorsque l'incendie, en se propageant, entraîna l'explosion de la chaudière. La déflagration projeta des pièces en tous sens, vrillant d'éclats noirs cette boule de feu. Et puis, tout l'ensemble, rails, poutrelles, épave du train, dévala dans la gorge, entouré d'écharpes de flammes.

Les incendies s'éteignirent tandis que le Mosquito s'éloignait en fendant l'air glacé.

« Non », ne cessait de répéter Sondra alors que des mains vigoureuses se tendaient pour la saisir par les épaules.

« Il faut remonter l'échelle ! » avertit Iovino.

Newmeyer regarda Sondra. « Remonte ! hurla-t-il pour couvrir les hurlements du vent. Je t'en prie ! »

Sondra réintégra l'hélicoptère, aidée par Newmeyer et Pupshaw. Dès qu'elle fut à l'intérieur, Honda enroula l'échelle et l'écoutille se referma en coulissant.

Le regard meurtrier, Pupshaw sortit sa trousse de premiers secours pour soigner Grey, puis il se tourna vers le Russe. En dehors des gémissements de Nikita, le silence dans la cabine du Mosquito était terrible, absolu.

« Il était juste là, dit enfin Sondra. Quelques secondes à peine, il ne me fallait rien de plus...

– Le pilote allait te les accorder, dit Newmeyer. C'est à cause de l'explosion...

– Non, fit-elle. Je l'ai perdu.

– Ce n'est pas vrai. Tu n'aurais rien pu faire.

– J'aurais pu faire ce que me dictait mon instinct, cracha-t-elle. Descendre le salopard qu'il essayait de sauver ! On s'est délesté pour gagner du poids, ajouta-t-elle avec amertume, puis elle tourna vers le Russe un regard vitreux. Si ça ne tenait qu'à moi, on s'allégerait encore. » Puis, comme révoltée par sa propre inhumanité, elle s'exclama : « Oh, mon Dieu, pourquoi ? » avant de détourner les yeux.

À côté d'elle, Newmeyer pleurait dans la manche de sa capote, tandis que Pupshaw pansait le bras et la jambe de Nikita, avec autant de soin et de douceur que l'autorisait sa charité cruellement mise à l'épreuve.

73.

Mardi, 9 : 10, Washington, DC

La voix d'Ishi Honda était lente, empâtée, et faisait peser sur Rodgers le poids de sa culpabilité.

« On a extrait du train Newmeyer et le sergent Grey », avant d'enchaîner d'une voix étranglée : « Ainsi que l'officier russe. On… on n'a pas été en mesure de récupérer le lieutenant-colonel Squires. Il est resté… »

Honda se tut et Rodgers put l'entendre ravaler sa salive.

« Il est resté dans le train, qui a été détruit. Notre mission est terminée. »

Rodgers était incapable de parler. Sa gorge, sa bouche, ses bras étaient paralysés. Son esprit, accoutumé pourtant à la soudaineté avec laquelle les combats pouvaient emporter la vie, était encore abasourdi par ce qu'il venait d'apprendre.

« Quel est l'état du sergent Grey ? demanda Hood.

– Il a pris une balle dans l'épaule, monsieur, répondit Honda.

– Et le Russe ?

– Touché à la cuisse et éraflé au bras. À cause des contraintes en carburant, nous ne pouvons pas le redéposer. Il va devoir venir avec nous à Hokkaido.

– Compris, dit Hood. On arrangera tout ça avec l'ambassade de Russie.

– Soldat, reprit Rodgers, les yeux moites. Dites à l'équipe que je leur ai demandé de réaliser l'impossible, et qu'ils l'ont réalisé. Dites-leur ça.

– Affirmatif, mon général. Merci. Je leur dirai. Bien compris, terminé. »

Hood coupa le haut-parleur et considéra Rodgers. « Est-ce que je peux faire quelque chose, Mike ? »

Au bout d'un moment, le général répondit. « Les forcer à ramener Charlie et me laisser prendre sa place ? »

Hood ne répondit pas, se contentant de serrer le poignet de son ami. Le général ne parut pas s'en rendre compte. Il poursuivit : « Il avait une famille, lui, poursuivait Rodgers. Qu'est-ce que j'ai, moi ?

– Une responsabilité, répondit Hood, d'une voix douce, mais ferme. Il faut vous reprendre, pour être en état d'annoncer à cette famille ce qui s'est passé et les aider à surmonter l'épreuve. »

Rodgers se tourna vers Hood : « Oui. Vous avez raison.

– Je vais appeler Liz. Elle ne sera pas inutile. Elle aura également à s'occuper des Attaquants à leur retour.

– Les Attaquants..., commença Rodgers, en s'étranglant. Je vais devoir m'en occuper moi aussi. S'ils doivent repartir demain, il faudra bien quelqu'un pour prendre leur tête.

– Demandez au commandant Shooter de s'en charger. »

Rodgers fit un signe de dénégation et se leva. « Pas question. Ça, c'est mon boulot. Dès cet après-midi, j'aurai à discuter de promotions avec vous.

– Très bien », dit Hood.

C'est à cet instant que Bob Herbert arriva en trombe dans son fauteuil roulant. Il arborait un sourire radieux. « Le Pentagone vient de me prévenir, annonça-t-il. Ils ont surpris les conversations de l'escadrille russe au moment où elle survolait l'objectif. Les pilotes ont repéré l'épave du train, vu les passagers russes débarqués, et ils n'ont même pas aperçu l'hélico d'extraction. (Il fit claquer ses mains comme une paire de cymbales.) Ça, c'est de la *furtivité* ou je ne m'y connais pas ! »

Rodgers le fixa. Le sourire d'Herbert se figea quand leurs regards se croisèrent.

« Nous avons perdu Charlie », dit le général.

Le sourire d'Herbert vacilla, disparut. « Oh, merde... merde. » Des rides se dessinèrent sur son front, ses joues rubicondes pâlirent. « Pas Charlie...

– Bob, dit Hood. Nous avons besoin de vous pour nous aider à arranger le coup avec les Russes. Un de leurs officiers est à bord de l'appareil d'extraction. On préférerait pouvoir l'éclipser discret...

– Paul, vous êtes devenus franchement cinglés ou quoi ? » Bob avança son fauteuil, menaçant. « Laissez-moi quand même une seconde pour digérer ce merdier !

– Non, intervint Rodgers d'une voix ferme. Paul a absolument raison. Nous n'avons pas encore fini. Lowell doit informer le Congrès de ce qui s'est passé, Martha va devoir jouer de son charme auprès des Russes, le président doit être averti, et si jamais les journalistes apprennent ça – comme ils n'y manqueront pas, j'en suis sûr –, Ann devra s'occuper d'eux. On aura tout le temps de se lamenter plus tard. Pour l'heure, on a du pain sur la planche ! »

Le regard d'Herbert passa de Rodgers à Hood. « Ouais, d'accord. (Il fit pivoter sa chaise.) Faut continuer à faire tourner les rouages du gouvernement, quitte à prendre du sang comme lubrifiant. Enfin... on ne s'est pas non plus beaucoup soucié de moi, après que je me suis fait à moitié démolir. Pourquoi en irait-il autrement pour Charlie ?

– Parce que c'est ce qui pourra lui donner l'impression de ne pas être mort pour rien, répliqua Rodgers dans le dos d'Herbert. On honorera la mémoire de Charlie Squires, Bob, je vous le promets. »

Herbert s'arrêta, la tête basse. « Ouais, je sais, dit-il sans se retourner. C'est juste que ça fait bougrement mal, vous savez ça ?

– Je sais, dit Rodgers, tandis que ses larmes se décidaient enfin à couler. Je le sais, soyez-en certain. »

74.

Mardi, 16 : 15, Moscou

Cinq minutes après que le Pentagone eut intercepté la communication des appareils russes avec leur base, le ministre de l'Intérieur Doguine reçut un coup de fil du bureau du général d'aviation Dhaka.

« Monsieur le ministre, commença le correspondant, le général de division Dragune à l'appareil. Les intercepteurs que vous aviez demandés n'ont trouvé aucune trace d'appareil étranger. Ils n'ont repéré que les passagers civils et militaires du train.

– Donc, leur commando doit encore être là-bas.

– De surcroît, insista Dragune, le général m'a demandé de vous informer qu'un train que vous aviez réquisitionné à Vladivostok a été repéré au fond de la gorge d'Obernaïa, à l'est de Khabarovsk.

– Quelle est l'étendue des dégâts ? » demanda Doguine, même s'il connaissait déjà la réponse. Qu'Orlov et ses hommes aillent au diable.

« Le convoi a été entièrement détruit. »

Doguine ouvrit la bouche comme s'il avait reçu un coup de poing. Il lui fallut plusieurs secondes avant de pouvoir retrouver la parole. « Je veux parler au général, reprit-il d'une voix rauque.

– Malheureusement, dit Dragune, le général Dhaka rencontre en ce moment des émissaires du président Janine. La réunion risque de se prolonger. Voulez-vous lui transmettre un message, monsieur le ministre ? »

Doguine hocha lentement la tête. « Non, général. Aucun message.

– Très bien, dit Dragune. Bon après-midi, monsieur le ministre. »

Doguine raccrocha violemment le combiné.

Tout est fini. Son plan, ses rêves d'une nouvelle Union soviétique. Et quand Chovitch apprendrait que son argent était perdu, sa vie aussi.

Doguine releva la main. Quand il entendit la tonalité, il sonna son assistant et lui demanda de lui passer Sergueï Orlov.

À moins qu'il m'évite, lui aussi ? Peut-être que l'Union soviétique était quand même ressuscitée, mais pas comme il l'avait prévu.

Orlov répondit aussitôt. « J'allais vous appeler, camarade ministre. Il y a eu une fusillade au musée. Le colonel Rosski est dans un état désespéré, et l'un de ses agents, Valia Saparova, a été tuée.

– L'auteur...?

– Une espionne qui s'est introduite via Helsinki, dit Orlov. Elle a disparu en se fondant dans un groupe d'ouvriers grévistes. La milice est à sa recherche. (Il hésita.) Vous êtes au courant pour le train, camarade ministre ?

– Oui, confirma Doguine. Dites-moi, Sergueï, avez-vous eu des nouvelles de votre fils ? »

Orlov adopta le ton professionnel du cosmonaute. « Il n'y a eu aucune communication avec les passagers du train. Je sais qu'ils se sont fait enlever – mais je n'ai aucune nouvelle de Nikita.

– Je pense qu'il va bien, répondit Doguine avec confiance. Il y a eu un tel carnage, comme à Stalingrad. Mais pourtant, une ou deux fleurs réussissent toujours à survivre.

– Puissiez-vous avoir raison », dit Orlov.

Doguine inspira profondément, expira en tremblant. « Il se trouve que je suis au nombre des victimes. Moi, mais aussi le général Kossigan, peut-être le général Mavik – tous ceux qui ne sont pas restés planqués à l'arrière. La seule question est de savoir qui sera le premier à nous achever, le gouvernement, Chovitch ou les Colombiens qui lui ont refilé l'argent.

– Si vous allez voir Janine, vous pourrez lui demander sa protection.

– Contre Chovitch ? ricana Doguine. Dans un pays où cent dollars américains suffisent à acheter un tueur à gages ? Non, Sergueï. Ma bonne fortune s'est envolée en fumée avec ce train. Il y a pourtant quelque chose d'ironique... J'ai toujours détesté ce bandit et tout ce qu'il représentait.

– Pourquoi, dans ce cas, camarade ministre, vous être acoquiné avec lui ? Pourquoi tant de gens ont-ils dû souffrir ?

– Je n'en sais rien. Honnêtement. Le général Kossigan m'a convaincu qu'on pourrait toujours l'écarter par la suite, et j'étais prêt à le croire – même si je n'y ai jamais vraiment cru, je suppose. (Ses yeux parcoururent les cartes anciennes alignées aux murs.) Je voulais tant que ça se réalise... ramener ce que nous avions perdu. Revenir au temps où c'était l'Union soviétique qui agissait et les autres nations qui réagissaient, où notre science, notre culture, notre armée faisaient encore l'envie du monde entier. Rétrospectivement, je suppose que ce n'était pas le bon moyen d'y parvenir.

– Camarade ministre, dit Orlov, c'était irréalisable. Même si vous aviez réussi à bâtir cette nouvelle Union, elle se serait effondrée. Quand je suis retourné au centre spatial du Kazakhstan, le mois dernier, j'ai vu des plumes et des fientes d'oiseau collées sur les escaliers, j'ai vu les propulseurs recouverts de bâches en plastique grises de poussière. Et moi aussi, j'ai souhaité de tout mon cœur le retour du passé, de l'époque de Gagarine, du temps où nos navettes Bourane devaient nous permettre de coloniser l'espace. On ne peut pas empêcher l'évolution qui mène aux extinctions, camarade ministre. Et une fois le processus enclenché, il est irréversible.

– Peut-être, admit Doguine. Mais c'est dans notre nature de lutter. Quand un homme est mourant, on ne se pose pas la question de savoir si un traitement est trop coûteux ou trop risqué. On fait ce qu'on estime nécessaire de faire. Ce n'est que lorsque le patient est mort, que la raison a remplacé l'émotion qu'on comprend combien la tâche était impossible. Il sourit. Et pourtant, Sergueï... oui, je dois bien admettre que pendant un temps, j'ai bien cru que j'allais réussir.

– Sans les Américains...

– Non, rectifia Doguine, pas *les* Américains. *Un* Américain, un seul, un agent du FBI a Tokyo, qui a tiré sur un petit avion à réaction et nous a forcés à transférer les fonds. Réfléchissez-y, Sergueï. C'est humiliant de se dire qu'un être irresponsable a changé la face du monde là où les puissants ont échoué. »

Doguine respirait mieux à présent. Il se sentait étrangement en paix, tout en étendant la main vers la droite pour ouvrir le tiroir supérieur de son bureau.

« J'espère que vous resterez au centre, Sergueï. La Russie a besoin de gens comme vous. Quant à votre fils... quand vous le reverrez, ne soyez pas trop dur avec lui. Nous voulions récupérer ce qui nous avait appartenu naguère... et il voulait le voir, pour une fois, en dehors des livres d'histoire. Même si les méthodes pouvaient être discutables, le rêve n'avait rien de honteux. »

Reposant le combiné, Doguine contempla la carte de l'Union soviétique en 1945, et continua de la fixer, l'œil limpide, alors qu'il plaquait le canon du Makarov contre sa tempe et pressait la détente.

75.

Mardi, 17 : 22, Saint-Pétersbourg

Le général Orlov trouva curieux que les trois hommes qui avaient tenu un rôle si essentiel dans les événements de la journée – Doguine, Paul Hood et lui-même – aient mené les opérations de derrière leur bureau, sans avoir vu la lumière du jour depuis le commencement de la crise.

Des démons dans le noir, voilà ce que nous sommes, des démons qui conduisent les affaires des hommes...

Orlov n'avait plus qu'une chose à faire, mais il était encore trop tôt. Maintenant qu'il avait appelé le bureau du général Dhaka pour demander qu'on lui donne des nouvelles de son fils et du reste de ses hommes, il était bien forcé de patienter, en réfléchissant pour passer le temps.

Il se laissa couler dans son fauteuil, les bras aux accoudoirs, les mains pendantes ; il se sentait si lourd, si las. Il avait été contraint de lutter contre ses compatriotes, des hommes qui tous aimaient la Russie à leur manière, et il commençait à sentir peser sur lui le poids de la tragédie des événements et du rôle qu'il y avait joué.

Il pencha la tête pour regarder sa montre, s'empressa d'oublier l'heure. *Pourquoi personne n'a-t-il appelé ?* Les pilotes avaient sûrement pu confirmer le nombre de soldats repérés au sol.

Le bruit du téléphone le fit sursauter, pareil au sifflement d'un serpent. Mais il le ramena à la vie. Il avait saisi le combiné avant la fin de la première sonnerie.

« Oui ? » Il sentait sa tempe battre contre l'écouteur. C'était son secrétaire.

« Vous avez un appel vidéo.

– Envoyez-le. »

Orlov avait les yeux rivés sur le moniteur quand le visage de Paul Hood apparut. L'Américain prit le temps de s'assurer de l'identité de son interlocuteur. « Général, votre fils va bien. »

La joue du général fut agitée d'un frémissement ; enfin, il sourit, soulagé. « Merci. Merci beaucoup.

– Il est dans l'appareil d'extraction, poursuivit Hood, et nous allons organiser son rapatriement au plus vite. Cela pourra prendre un jour ou deux, car il a été légèrement blessé au bras et à la cuisse.

– Mais sa vie n'est pas en danger, n'est-ce pas ?

– Nous nous occupons bien de lui. »

Orlov s'affaissa un peu, soulagé par la bonne nouvelle. Mais il y avait quelque chose dans les yeux de l'Américain, et comme un vide dans sa voix, qui suggéraient que tout n'allait pas pour le mieux.

« Est-ce que je peux vous être utile en quoi que ce soit ? demanda Orlov.

– Oui. Tout à fait. Je veux que vous disiez quelque chose à votre fils. »

Orlov se releva légèrement sur les coudes.

« Votre fils a fait tout son possible pour résister à l'extraction. Je suis sûr qu'il estimait de son devoir de couler avec le vaisseau, ou peut-être mettait-il un point d'honneur à ne pas s'en aller à bord d'un appareil ennemi. Mais ce faisant, il a occasionné la mort du commandant de mon équipe.

– Je suis profondément désolé. Si je peux faire quelque chose…

– Général, l'interrompit Hood, je ne cherche pas à vous culpabiliser ou à demander un service quelconque. Nous réclamerons la dépouille par la voie diplomatique. Mais mon adjoint était très proche du chef du commando, et il voudrait que vous transmettiez quelque chose à votre fils.

– Bien sûr, dit Orlov.

– Il dit que dans le conte russe de *Sadko*, l'empereur des mers explique au héros que n'importe quel guerrier est capable d'ôter la vie, mais qu'un vrai grand guerrier se bat pour l'épargner. Tâchez que votre fils le comprenne. Aidez-le à devenir un grand guerrier.

– Je n'ai guère eu de succès à convaincre mon fils de quoi que ce soit, admit Orlov, mais je vous en donne ma parole, de grands guerriers naîtront des graines qui ont été semées ici. »

Orlov remercia encore une fois Hood, puis il coupa la communication et se mit à songer, dans un silence respectueux, à cet homme anonyme et sans visage, sans qui sa propre vie et celle de son épouse auraient été aujourd'hui anéanties.

Et puis il se leva, prit son chapeau et sortit. En dehors des derniers manifestants qui finissaient de se disperser, tout était exactement comme à son arrivée, et il réalisa, saisi, que vingt-quatre heures, pas une de plus, s'étaient écoulées depuis qu'il avait entamé sa confrontation avec Rosski.

Vingt-quatre heures depuis que le monde avait failli basculer.

Et vingt-quatre heures depuis qu'il avait serré sa femme dans ses bras.

76.

Mardi, 22 : 00, Helsinki

Peggy n'eut aucune peine à quitter l'Ermitage.

Dès les premiers coups de feu dans l'escalier, la rumeur s'était répandue parmi les grévistes que l'armée arrivait pour disperser la manifestation. La foule commença aussitôt à s'éparpiller, pour se reformer presque aussi vite, comme une goutte de mercure, quand la police se précipita dans l'enceinte du musée et que les organisateurs du rassemblement comprirent que la fusillade n'avait aucun rapport avec eux. La masse d'ouvriers s'était alors portée vers l'Ermitage, obstruant l'entrée principale à présent désertée par les gardiens ; se poussant et se bousculant, ils avaient bientôt envahi les lieux, déclenchant la panique parmi les touristes qui cherchaient à sortir, et faisant reculer les derniers gardiens restés à l'intérieur. Jouant des coudes et de la matraque, faisant un cordon humain, ces derniers s'étaient efforcés de protéger les œuvres et de repousser les manifestants.

Peggy était sortie en jouant la touriste affolée.

Le soir tombait et, une fois dehors, Peggy se dirigea vers la station de métro Nevski. Les quais étaient envahis par la foule des banlieusards à l'heure de pointe, mais les rames arrivaient toutes les deux minutes et elle eut tôt fait d'embarquer, tenant son billet à cinq kopecks. Ensuite, elle put gagner rapidement la gare de Finlande, sur l'autre rive de la Néva, afin de prendre l'express qui desservait Razliv, Repino, Vyborg, puis la république finlandaise.

Le soldat George était déjà là. Installé sur une banquette en bois dans la salle d'attente, il lisait un journal anglais, un sac en plastique rempli de souvenirs posé à côte de lui. Elle l'observa après avoir présenté sa carte Visa et son passeport au guichet pour s'acheter un billet pour Helsinki. Il lisait pendant une minute, levait la tête pour regarder alentour durant quelques secondes, puis replongeait dans son journal.

À un moment, il leva les yeux quelques secondes de plus que les fois précédentes. Pas dans sa direction, mais elle était sans aucun doute dans son champ visuel. Peu après, il se levait et s'éloignait, avec son journal, ses cartes postales, son Ermitage sous un globe à neige et autres souvenirs. C'était pour lui faire comprendre qu'il l'avait vue et cessait donc son observation. Dès qu'il fut parti, Peggy se dirigea vers le kiosque central pour s'acheter des journaux anglais et russes, plusieurs magazines, et s'asseoir en attendant le départ du train, à minuit.

La sécurité n'était pas plus stricte que d'habitude à la gare, les événements de Moscou et d'Ukraine ayant à l'évidence accaparé les ressources et l'attention des miliciens de base. Peggy monta sans incident dans le train après avoir présenté au portillon ses papiers et son billet.

La rame était moderne, avec des voitures à couloir central brillamment éclairées et dotées de fauteuils faussement douillets, étroits mais mous, pour faire croire au passager moyen qu'il voyageait en première. Même si Peggy goûtait peu l'ambiance velours rouge et or de l'aménagement de la voiture-salon, ses traits détendus ne trahissaient ni son désaccord esthétique ni le stress de ces dernières heures. Ce n'est qu'une fois enfermée aux toilettes pour vérifier que ses mains ou ses vêtements ne portaient aucune trace du sang de l'espionne tuée, qu'elle se permit de décompresser quelques instants.

Appuyée des deux mains au rebord du lavabo en inox, elle ferma les yeux et dit d'une voix presque imperceptible : « Je n'y suis pas allée exprès pour chercher vengeance, mais cette vengeance m'appartient et me réconforte. (Elle sourit.) S'il existe une liberté sous caution dans l'autre monde, mon amour, je te promets d'avoir une conduite exemplaire pour te retrouver au plus vite là où tu es certainement désormais. Et remercie Volko de ma part. Avec ce qu'il a fait pour nous, il devrait avoir sa place aux pieds mêmes du bon Dieu. »

À plusieurs reprises au cours du trajet, Peggy tomba sur le soldat George mais leurs échanges se réduisirent à des « pardon » quand ils se croisaient dans un couloir étroit. Même s'ils avaient réussi à sortir de Russie, rien ne disait qu'il n'y avait pas dans le train des espions possédant un bon signalement et cherchant soit un couple, soit un homme et une femme voyageant isolément. C'est pourquoi Peggy passa le plus de temps possible à traîner autour d'un groupe de soldats russes dans la voiture-salon, lançant une remarque de temps à autre pour suggérer qu'elle était des leurs, et se laissant même un peu draguer, histoire d'avoir un ange gardien si nécessaire. À l'approche de la Finlande juste avant l'aube, elle laissa au soldat une fausse adresse et un faux numéro de téléphone au moment du passage à la douane. Une déclaration verbale suffit à Peggy pour franchir le contrôle ; les Russes, pour leur part, eurent droit à une fouille en règle de leurs bagages.

Peggy et le soldat George se retrouvèrent côte à côte dans la rue. L'Anglaise plissa les yeux pour contempler le soleil, l'apparition de sa couronne orangée dans un jour nouveau.

« Bon Dieu, mais qu'est-ce qui a bien pu se passer au musée ? » demanda George.

Peggy sourit. « J'ai oublié que vous n'étiez pas au courant.

– Non, effectivement. Je n'arrêtais pas de me rejouer la scène des *Canons de Navarone* avec la femme espionne.

– J'ai fait semblant de trébucher dans l'escalier, expliqua Peggy. Quand la femme m'a braquée après m'avoir couru après, j'ai dû la neutraliser. Je me suis servie ensuite de son arme contre un Spetnats qui semblait prêt à encaisser quelques balles et venir quand même me tordre le cou. Je ne lui ai pas laissé ce plaisir. Il s'est ensuivi une certaine confusion dont j'ai profité pour m'éclipser.

– Jamais on ne réussira à porter votre vie à l'écran, observa George. Personne n'y croirait.

– La vie est toujours plus intéressante que le cinéma. C'est pour ça qu'ils sont toujours obligés d'en faire des tonnes. »

Tous deux discutèrent ensuite des divers plans envisageables pour leur départ ; George décida qu'il prendrait le premier avion, tandis que Peggy ne savait trop quand ni comment elle allait quitter Helsinki – tout ce qu'elle désirait pour l'heure, c'était se promener, sentir la chaleur du soleil sur son visage, et surtout éviter tout espace confiné susceptible de lui rappeler un sous-marin, la banquette arrière d'une voiture ou un train bondé…

Ils s'arrêtèrent devant la façade du Théâtre national de Finlande. Ils se contemplèrent, échangeant un sourire chaleureux et des regards émus.

« J'avoue que j'ai eu tort, dit Peggy. Je ne pensais pas que vous seriez à la hauteur.

– Merci, répondit George. C'est encourageant, venant de quelqu'un qui a tant d'expérience, tant d'années de plus que vous. »

Peggy résista à la tentation de le jeter au sol, comme à leur première rencontre. Au lieu de cela, elle lui tendit la main.

« Le visage d'un ange et l'âme d'un lutin, dit-elle. C'est une bonne combinaison, et qui vous va bien. J'espère qu'on se reverra.

– Moi de même. »

Elle se tourna à demi, s'arrêta. « Quand vous le verrez… le mec qui a accepté, en rechignant, que je me joigne à vous… remerciez-le.

– Le commandant de notre équipe ? demanda George.

– Non, dit Peggy. Votre patron, Mike. Il m'a accordé une chance de récupérer en partie ce que j'avais perdu.

– Je lui dirai », promit George.

Et se tournant vers le soleil comme un papillon vers une flamme, Peggy redescendit la rue déserte.

77.

Vendredi, 8 : 00, Washington, DC

Une averse nocturne avait laissé des traces de brouillard et d'humidité sur la piste de la base de Dover, dans le Delaware, en harmonie avec l'humeur du petit groupe qui s'était réuni pour accueillir le cargo C-141. Alignés derrière une garde d'honneur immaculée, Paul Hood, Mike Rodgers, Melissa Squires et son fils Billy étaient unis dans la même peine.

Quand ils étaient arrivés dans la limousine derrière le corbillard, Rodgers s'était promis de se montrer vaillant et courageux, pour Billy. Mais il comprenait maintenant combien pareille attitude non seulement manquait de naturel mais était surtout impossible. Quand la soute s'était ouverte et qu'on avait sorti le cercueil drapé dans les couleurs, les larmes s'étaient mises à couler sur ses joues, et il s'était senti le même petit garçon que Billy, rempli d'angoisse, avide de réconfort et désespéré de n'en trouver aucun. Figé au garde-à-vous, le général avait essayé de résister à l'émotion des sanglots de la veuve du lieutenant-colonel Squires et de son fils, debout à sa gauche. Il fut soulagé de sentir la présence de Hood, venu sur sa droite pour se placer derrière le couple, le revers de son trenchcoat battant légèrement au vent, les mains posées sur leurs épaules, prêt à leur offrir un geste de soutien, une parole de réconfort.

Et Rodgers se dit : *Comme j'ai méjugé cet homme.*

La garde tira une salve d'honneur et au moment où le cercueil passait devant les quatre témoins alignés avant d'être chargé dans le corbillard pour gagner Arlington, le petit Billy, du haut de ses cinq ans, se tourna soudain vers Rodgers et lui demanda de sa voix candide de petit garçon : « Est-ce que tu crois que mon papa a eu peur quand il était dans le train ? »

Rodgers dut se pincer les lèvres pour ne pas perdre contenance. Et tandis que le gamin attendait sa réponse, le fixant de ses grands yeux innocents, ce fut Hood qui s'accroupit devant lui pour répondre : « Ton papa était comme un agent de police ou un pompier. Même s'ils ont tous peur quand ils se retrouvent devant un criminel ou un incendie, ils veulent avant tout aider leur prochain, et c'est cela qui leur donne du courage. » Il effleura du doigt le revers du blazer de Billy, juste au-dessus du cœur.

« Et comment qu'ils y arrivent ? renifla le petit garçon, triste mais attentif.

– Je ne sais pas trop, admit Hood. Ils le font comme savent le faire les héros.

– Alors mon papa était un héros ? demanda le petit, manifestement ravi d'une telle idée.

– Et un grand, répondit Hood. Un superhéros.

– Plus grand que vous, général Rodgers ?

– Drôlement plus grand », dit le général.

Melissa passa un bras autour des épaules de Billy et, après avoir réussi à adresser à Hood un sourire reconnaissant, elle poussa son fils dans la limousine.

Rodgers regarda Melissa monter dans la voiture. Puis il se tourna vers Hood.

« J'ai lu… », commença-t-il, puis il s'arrêta et dut avaler sa salive avant de reprendre : « J'ai lu bien des discours, je connais bien des paroles historiques. Mais rien, jamais, ne m'a ému comme vous venez de le faire, Paul. Je veux que vous sachiez combien je suis fier de vous connaître. Et surtout, combien je suis fier de servir sous vos ordres. »

Rodgers salua Hood et monta dans la limousine. Comme il avait les yeux sur Billy, le général ne vit pas Hood essuyer furtivement une larme avant de le suivre.

78.

Le mardi suivant, 11 : 30, Saint-Pétersbourg

Paul Hood, sa femme et leurs deux enfants firent une longue promenade dans le parc longeant la perspective Nevski avant de se séparer – Sharon et les enfants pour regarder des écoliers jouer au foot, Hood pour aller s'asseoir sur un banc sous un vieil arbre, où un vieillard en blouson d'aviateur était en train de jeter du pain aux oiseaux.

« Ça fait drôle de penser, dit l'homme, s'exprimant avec aisance en anglais, que les créatures du ciel doivent venir sur terre pour se nourrir, construire leur nid et élever leurs petits. (Il balaya les cieux d'un geste de la main.) On pourrait s'imaginer qu'elles ont une place pour ça, là-haut. »

Hood sourit. « De là-haut, elles ont une vue plongeante sur tout ce qui se passe ici-bas. Et c'est déjà pas mal, je trouve. (Il se tourna vers l'homme.) Pas vous, général Orlov ? »

L'ancien cosmonaute se mordilla la lèvre inférieure avant d'acquiescer. « Si, au bout du compte. Mais au fait, comment vous sentez-vous, mon ami ?

– Très bien », dit Hood.

Orlov indiqua le parc en brandissant un bout de pain. « Je vois que vous êtes venu en famille.

– Ma foi, je leur devais un peu la fin de nos vacances. Ça m'a paru un endroit bien choisi. »

Orlov hocha la tête. « Aucune ville ne rivalise avec Saint-Pétersbourg. Même du temps où elle s'appelait Leningrad, c'était le joyau de l'Union soviétique. »

Le sourire de Hood se fit plus chaleureux. « Je suis content que vous ayez accepté de me rencontrer. Cela rend le séjour doublement fructueux. »

Orlov contempla son bout de pain et finit de l'émietter. Il le dispersa et s'essuya les mains. « Nous avons connu l'un et l'autre une semaine extraordinaire. Nous avons déjoué un putsch, mis fin à une guerre, et assisté à des obsèques, vous, d'un ami, moi d'un ennemi, mais l'un et l'autre morts prématurément. »

Hood détourna les yeux et ravala son chagrin encore vivace. « Au moins votre fils se remet-il sans problème. Cela a contribué à rendre l'épreuve plus supportable. Peut-être que tout cela aura finalement servi à quelque chose.

– Avec de la chance, sans aucun doute, reconnut Orlov. Mon fils se rétablit, il est ici, dans notre appartement, et cela nous donnera quelques semaines pour discuter et raccommoder les vieilles blessures. Je crois qu'il sera plus réceptif à mes paroles que par le passé, entre la blessure de son mentor au sein des commandos et le passage en cour martiale des généraux Kossigan et Mavik. J'espère qu'il verra qu'il ne faut guère de courage pour faire équipe avec des vandales. (Orlov glissa la main dans son blouson.) J'ai également un autre espoir », ajouta-t-il en sortant de sa poche intérieure un vieux bouquin, tout mince, relié cuir avec des fers et un titre doré à l'or fin. Il le tendit à Hood.

« Qu'est-ce que c'est ? demanda l'Américain.

– *Sadko.* C'est une édition ancienne – pour votre adjoint. J'en ai commandé de nouvelles pour qu'on les distribue aux troupes en poste ici à Saint-Pétersbourg. Je l'ai lu moi-même et l'ai trouvé tout à fait émouvant. C'est quand même drôle que ce soit un Américain qui nous révèle les richesses de notre propre culture.

– Toujours une question de perspective. Parfois, il est bon d'être un oiseau, parfois, il vaut mieux rester au ras du sol.

– Pour être franc, ces événements m'ont beaucoup appris. En acceptant ce poste, je m'étais dit – et peut-être avez-vous eu la même réaction – que j'allais connaître une vie d'officier d'intendance, me contentant de fournir aux autres du grain à moudre. Mais je me rends bien compte à présent qu'il est de notre responsabilité de veiller au bon usage de ces ressources. Et dès que mon fils reprend du service, je compte bien lui confier une force spéciale avec pour tâche de traquer ce monstre de Chovitch. J'espère à vrai dire que nos deux centres opérationnels pourront collaborer sur cette mission.

– Ce sera un honneur, général. »

Orlov regarda sa montre. « À propos de mon fils, je dois les retrouver, lui et sa mère, pour le déjeuner. Nous n'avons pas eu l'occasion de nous retrouver tous les trois à la même table depuis l'époque où j'étais cosmonaute, et j'ai hâte d'y être. »

Il se leva et Hood l'imita.

« Gardez simplement les pieds sur terre, dit Hood.

Nikita, Janine, vous et moi, nous ne sommes que des hommes… ni plus, ni moins. »

Orlov lui serra les mains avec chaleur. « Je garderai toujours la tête dans les étoiles », dit Orlov en haussant les sourcils pour indiquer le ciel. Puis il regarda derrière Hood et sourit. « Et malgré ce que vous pouvez en penser, enseignez à vos enfants la même chose. Vous pourriez être surpris des résultats. »

Hood regarda s'éloigner le général russe, puis il se retourna vers l'angle du parc où quelques instants plus tôt il avait laissé Alexander et Harleigh. Il vit Sharon toute seule et dut chercher un moment pour repérer ses enfants. Ils jouaient au foot avec de petits Russes.

« C'est qu'il aurait bien raison… », remarqua Hood, tout haut.

Fourrant les mains dans ses poches, il jeta un dernier regard à Orlov, puis repartit, d'un pas et d'un cœur plus léger, retrouver son épouse.

REMERCIEMENTS

Nous tenons à remercier ici Jeff Rovin pour ses idées inventives et sa contribution inestimable à la préparation de ce manuscrit. Nous aimerions également rendre hommage, pour leur aide, à Martin H. Greenberg, Larry Segriff, Robert Youdelman, Esq. Ainsi qu'à la merveilleuse équipe du *Putnam Berkley Group*, et tout particulièrement Phyllis Grann, David Shanks et Elizabeth Beier. Comme toujours, nos remerciements vont à Robert Gottllieb, de l'Agence William Morris, notre agent et notre ami, sans qui ce livre n'aurait jamais pu naître.

Mais avant tout, c'est à vous, amis lecteurs, qu'il reste à décider dans quelle mesure notre effort collectif aura été couronné de succès.

Tom Clancy et Steve Pieczenik

IMPRIMÉ EN FRANCE PAR BRODARD ET TAUPIN
1844W – La Flèche (Sarthe), le 19-07-1999
Dépôt légal : février 1999

POCKET – 12, avenue d'Italie - 75627 Paris cedex 13
Tél. : 01.44.16.05.00